文庫

高木彬光コレクション／長編推理小説

邪馬台国の秘密

新装版

高木彬光《あきみつ》

光　文　社

高木彬光コレクション

邪馬台国の秘密

目次

邪馬台国の秘密

邪馬台国の秘密

めずらしや神津《かみづ》恭介《きようすけ》

神津恭介が、急性肝炎という彼らしくもない病気にかかって、東大病院循環器内科の二一六号室に入院したのは、昭和××年の七月二十五日のことだった。

らしくない——というのはもちろん、彼が酒も飲まず煙草《たばこ》も吸わず、不摂生とはおよそ縁がないからなのだが、統計的には数十人に一人ぐらい、ビールスに原因があるこんなケースもあるらしい。その病名を聞いたときには、恭介も苦笑いするしかなかった。

なにしろ、東大医学部、法医学教室の教授だから、自分でも病気にはいちおうの見当がつく。黄疸《おうだん》が出たから一月以上の入院はしかたがないかな——と覚悟をきめて、病院の個室のベッドの上に横たわったのだった。

幸い、精密検査の結果でも、余病は発見されなかった。最初の一週間はそれでも朝晩二回の点滴で、ふーふーうなり続けたが、経過はしごく良好で、三週間目ぐらいからは、静脈注射にかわったたし、食欲もぐっと出てきて、自分の足で喫茶室まで出かけてミルクを飲むのが唯一の楽しみになってきた。

彼の親友、推理作家の松下研三《まつしたけんぞう》がほっと胸をなでおろしたのは、言うまでもないことだった。

「神津さん、よかったですねえ――実はあなたの病名がはっきりするまで、僕は寝られなかったんですよ。毎日、八幡《はちまん》さまにおまいりして、どうぞたいしたことがないようにと、お祈りをしていたんです。まあ、ここまでくれば、あとは時間の問題です。どうかゆっくり静養して、一日も早く退院してください」

八月十五日の午後三時、面会時間のはじまったとたんに、病室へ入ってきた研三は、やっと「神まいり」の秘密を打ちあけたのだが、恭介もいくらかやつれの見える顔にかるい微笑をうかべて頭を下げた。

「すまなかったね。心配をかけて……なにしろ病気の問屋みたいに、かるい病気は年中やっている男だから。ただし長期の入院は、これで二度しかないんだがねえ」

「前の盲腸は、たしか昭和三十二年でしたね。あのときは、病気のおかげといっては何ですが、やはりこの病院で『成吉思汗《ジンギスカン》の秘密』ができたんですねえ」

研三もちょっと感傷的になっていた。

――蒙古《もうこ》の大英雄、成吉思汗は、源 義経《みなもとのよしつね》の変身ではないか？

　この日本歴史最大の異説は、数百年にわたって論争され続け、しかも結論を見いだせない大問題だった。それを、恭介が退屈しのぎになるような方法はないか――と言い出したおかげで、精細なベッド・ディテクティブが始まったのだ。もちろん百パーセント、人をうなずかせる解決というのは、こんな問題に関するかぎり、とうてい望めないことだが、それでもいちおう肯定的な結論は出た。少なくともこの異説に関するかぎり、これが決定版だろうと研三はいまでも信じているのだった。

「たしかにあのときは楽しかったね……」

　恭介もむかしを追懐《ついかい》するように一瞬眼《め》をとじたが、間もなく研三を鋭く見つめて言い出した。

「ところで正直なことを言うと、今度もまたあのときみたいに、退屈の虫がさわぎだしたんだよ。また、あんな面白い歴史の謎《なぞ》ときのテーマはないだろうか？」

　研三は思わず眉をひそめた。

「よしてください。今度は病気の性質が違うんですよ。肝臓の病気には、安静が絶対第一です。ことにあなたの場合には、酒や不摂生が原因でなく、過労から来たということが、ほぼはっきりしているじゃありませんか」

「寝ていて専門外のことに頭を働かせるぐらいなら、たいして疲れはしないとも……だいたい君も知っているように、僕という人間はたえず何かしていないとおさまらない性分なんだ」

「それでも、病気が病気ですからねえ」

研三は思わず溜息《ためいき》をついたが、恭介は納得しなかった。

「ところで、君の仕事のほうはどうなんだ？　いま特に忙しい注文が来ているのかね？」

「幸か不幸か、連載が切れましてねえ。書きおろしの注文をひきうけて、二か月ほど資料を集めて読んだんですが、これがたいへんな難題で、いいかげん降参しようと思っているところなんです」

「その問題というのは何だい？　絶対に、犯人のわからない、犯人探しの傑作を書けとでもいうのかい？」

「そういうわけじゃないんですが……」

研三は一瞬かるく身ぶるいした。

「いや、その話はよしましょう」

「なぜだい？　君と僕の仲で……」

「偶然と言えば、それまでですが、このテーマは、いまの神津さんの注文にはぴったりしすぎるくらいだからですよ」

「そうなると、いよいよもって聞きたくなるな。思わせぶりはよそうじゃないか」

研三はまた大きな溜息をついた。

「そこまで言われればしかたがありません。最近『歴史推理』がちょっとしたブームになりましてね。邪馬台国《やまたいこく》をテーマにして、長編推理は書けないだろうか――とある出版社から話を持ちかけられたんですよ」

「邪馬台国？」

恭介はとたんに眼を光らせた。

「ご存じですか？　名前ぐらいは……」

「名前ぐらいは知っている。たしか、三世紀のころ、日本のどこかに存在していたといわれる女王国家だろう？　ところで、あの女王の名前は何といったかな？　ヒミコとかヒメコとかいっていたような気がするが」

「そうです。読み方のほうは、はっきりきまっていませんが、とにかく漢字で『卑弥呼』と書きます。

――この謎の女王は何者なのか？

それもたいへんな疑問ですが、それよりもこの問題の中心テーマは、

――邪馬台国はどこにあったのか？

という点にかかっているでしょうね。僕も最初は、そんなことぐらい、どうにかなるだろうとたかをくくって、安うけあいをしてしまったんですが、資料を読んでみればみるほど、これはたいへんな大難問だとわかってきました。まあ、こっちがここでおりるのは、言うなら楽屋裏、いやそれ以前の問題です。べつに名前に傷がつくわけでもないし、出版社と喧嘩《けんか》別《わか》れになるわけでもないんですから、このへんで白旗をあげようと腹をきめかけたところなんです」

「でも惜《お》しいなあ。せっかくのチャンスを」

今度は恭介が溜息をついた。

「ねえ、ことわるんならいつでもことわれるだろう？　あと一月ぐらい、目下構想中ということにして、ひきずるわけにはいかないだろうか？」

「それは、書きおろしという仕事は、締切りがあってないようなものですから、その気になれば半年ぐらいは待ったもききますがねえ。ただ、その一月のあいだに……」

「たのむから、僕に手伝わしてくれたまえ。僕が退屈しのぎになって、君の仕事がまとまれば、それこそ一挙両得じゃないか」

「あなたにそこまで言われれば、僕としては何とでもしますがねえ。話相手のつもりで毎日ここへ通ってもかまいませんけれども、成果はぜんぜん望めませんよ。あなたの才能をもってしても、この問題は解決困難、いや不可能だろうと思うんです」

「そうかなあ？」

恭介はちょっと首をひねった。

「でも、君が最初この注文をひきうけたときには、ある程度の腹案はあったんだろう？」

「なにしろ、編集者の相原久武《あいはらひさたけ》君というのが九州の天草《あまくさ》生まれでしてねえ。いろいろ話をしているうちに、自然自然にこのテーマが浮かび上がってきたんです。たしかにそのときは、僕も何とかなると思いました。この問題には、最近では専門の歴史学者や考古学者だけではなく、素人《しろうと》のマニアまで参加して『邪馬台ブーム』とでもいったところまで来ているんです。相原君の話では、潜在読者は百万を越えるというんです。まさかそこまでは行きますまいが……」

「でも、どういうわけで躊躇《ちゅうちょ》するんだ？」

「一口に言うなら、邪馬台国は大和《やまと》にあったか、それとも九州のどこかにあったか——いままでの説は大きく言って、この二つに分かれると言っていいでしょうね。しかし、九州説をとる場合でも、その結論は人によってまるっきり違います。まあ距離的に見て、東京か川崎か横浜かとでもいう程度の違いなら、誤差の範囲だ、ですみますけれども、甘木《あまぎ》市の近くか島原《しまばら》か、それとも宇佐中津《うさなかつ》の方面か——というんじゃあ、話があわないじゃありませんか。——九州といっても広うござんすですよ」

恭介はかるくうなずいた。

「とにかくAという学者の本を見ていると、そのかぎりではなるほどとうなずくところはあるんです。ところがそれとぜんぜん正反対の立場にあるB先生の本を読むと、やっぱりごもっともだという気はするんです。これじゃあ極端なことを言えば、邪馬台国は大和に一か所、九州に十数か所あったということになるじゃありませんか。ところが、これはいまの大会社が各地方に独立採算の子会社を作るような、そんなかんたんな考え方で割り切れる問題じゃありませんよ。熊本コカ・コーラとか、福岡コカ・コーラとかいうのとはわけが違うんです。少なくとも、卑弥呼という女王がそこに住んでいて、当時中国の北部を支配していた『魏《ぎ》』という国の皇帝と公式に使節をやりとりした邪馬台国は、ただ一か所しかなかったはずなんです」

「……………」

恭介もさすがに黙りこんでしまった。

「ところが邪馬台国は絶対に今まで問題になった十何か所の地点のどれか一つのはずなのだ——という前提をたてられたら、あとの問題はわりあいにかんたんですよ。いわゆる消去法を使って、一つ一つ、不適当な候補地を消してゆき、最後に残った一つをとり

あげて、

『これぞ、女王の国』

と大見得《おおみえ》を切ることもできるはずですからね……ところがこのテーマでは、その方法はききません。邪馬台国はいままでの候補地にぜんぜん含まれていないかもしれませんし、またどんな人間が、いつどんな新顔の候補地をひっさげて、

『これこそ真の邪馬台国だ』

と名のりをあげるかしれません。なにしろ郷土史を何年か研究した程度の素人までが堂々と一冊の本を出版できるような状勢ですからね……」

「………」

「だから、僕でも何とかでっちあげをやるつもりなら、作家で通っている手前、一冊の本を書きあげるくらいのことはできないでもなかろうと思ったんです。そこへ、あなたが加わったとしたら、出版社としても読者のほうでも、

『めずらしや、神津恭介』

と手をたたくでしょう。僕たちがこんな分野でコンビを組むのは、『成吉思汗』以来、十何年ぶりですからね」

「おたがいに、あのころはまだ若かったからねえ」

恭介は追懐するような調子で言った。

「ところが、そういうことになったら、読者のほうはそれこそ快刀乱麻《かいとうらんま》を断つような、颯爽《さっそう》たる論理の切れ味を要求するでしょう。よほどのつむじ曲がりや、こちこちの学者はべつとして、少なくとも百人のうち九十九人までは、『なるほど、邪馬台国というのは、ここ以外にはないはずだ』とうなずくまでの明快な推理が必要となるでしょう。しかも従来の学説とはぜんぜん違った新鮮さが要求されるでしょう。言いかえるなら、結論は仮にいままでの候補地のどこかにおちつくことになるとしても、それまでには方法論として、どこかに前人未踏《ぜんじんみとう》のアプローチがなければならないということになります」

「……………」

「それに僕はあなたの性格を、誰《だれ》よりもよく知りぬいているつもりですからね……今度の問題にしたところで、いったん興味を感じたら、これから何年も追求をやめないでしょう。ところが、たとえば永久運動や錬金術《れんきんじゅつ》の実現が不可能だということは、今日の科学では完全に証明されているでしょう。しかしその証明ができるまでは、どれだけの人間がどれだけのエネルギーを費《つい》やしたか、それは想像もできないくらいでしょう」

「つまり、この邪馬台国の秘密には、永久運動の研究のように、泥沼《どろぬま》におちこむ可能性が強いというわけだね？」

「そうです。良心的にやるならば――という前提の上ですが……ことに歴史のような人文科学は自然科学と違って、その研究は不可能だ――ということが論理的に証明されないだけ、かえって始末が悪いんですよ」

「しかし、それは切りあげ時を考えるということで解決できるんじゃないのかな？　僕にしたって年だから、むかしのようなしつこさはだいぶ少なくなってきた」

「ほんとうに、どこかで難攻不落の城にぶつかったら、きれいさっぱりあきらめてくれますか？　もうその後は、邪馬台国の問題はいっさい考えないと約束してくれますか？」

「どんな約束でもしていいよ」

「それでもし、僕が逃げ出したらどうしますか？」

神津恭介は自信ありげな微笑を浮かべた。

「誰か、ほかの人間に助手をたのむよ。その気になれば本はいくらでも集められるだろうし、ひとりごとをテープに吹きこんでおいて後で誰かに整理してもらってもいいだろう」

「まいりました……」

研三は大きく頭を下げた。

「あなたがそこまで言い出したら、絶対後へひかないことは、長年のつきあいで、僕にはよくわかりますからねえ……たしかに、いまの相原君にしたところで、この話を聞かせたら、喜んでとびついてくるでしょう。よござんす。この役は僕がつとめましょう。僕だったら、あなたの気性もよく知りぬいていますし、この問題に関するかぎりは、いちおう以上の予備知識も持っています。それに場合によって打ち切りの動議を持ち出すのには、最高の適任者でしょうからね」

「ありがとう。君がこの提案をことわることはまずなかろうと思っていたよ」

今度は恭介が頭を下げた。

「それでは、善は急げというから、さっそくいまから始めようじゃないか。最初に論じなければいけないことはいったい何だね？」

「まあまあ、待ってくださいよ」

研三はすっかりあわててしまった。

「今日はぜんぜんノー準備です。メモがなくっちゃ僕だって、責任のあることは言えません。ですから、今日はまず一般的なことだけをいくつか問題にしましょう。いったいあなたは『魏志《ぎし》・倭人伝《わじんでん》』というものを知っていますか？」

「知らないなあ、正直なところ、そういうものの名前を聞くのは、生まれてはじめてじゃないのかな？」

研三はまたうなってしまった。たしかに神津恭介の才能は、天才と称してよいくらいなのだが、その方向はたいへんな偏向性《へんこうせい》を示している。専門の法医学と犯罪捜査の実績、それには誰も批判の余地はない。数か国語を自由に話し分ける語学の才や、素人ばなれのしたピアノの腕や、若くして名前をあげた数学の研究などは、どれ一つとりあげてもりっぱなものだと言えるのだが、自分に関心のない問題となると、小学生の常識にさえ劣るところがあるくらいなのだ。百科事典を人間にした――というような表現からは、ぜんぜん縁が遠いのだった。

「よござんす。今日はごく一般論からゆきましょう。『魏志』というのは、三世紀のころ、中国の歴史でいえば、いわゆる『三国志《さんごくし》』の時代に、洛陽《らくよう》に都を定めて、北部中国を制圧していた『魏』の国の正史だと思ってくださいな。その中にこの『倭人伝』が含まれているのです。古代日本の姿を詳《くわ》しく文書におさめた最古の記録だということだけは絶対間違いありません。ただ、詳しくといったところで、原文の漢文は約二千字ぐらいのものですが、邪馬台国はこの中に一瞬姿をあらわして後はたちまち幻のように消え去ってしまうのです。ですから、邪馬台国の秘密を解く鍵《かぎ》はこの『魏志・倭人伝』が唯一のもので、極端なことを言えば、ほかにはないのですよ」

「なるほどね。それで問題はずいぶん楽になったじゃないか。山のように本を積みあげて、あれからこれと目を通すんじゃ、病院ではなかなかできる仕事じゃないからな。もっとも、こんなことを言い出したら、いままでの学者先生たちからは、素人がなんだと笑われることはたしかだろうが」

「少なくとも、頭に二本の角をはやして、かんかんに怒り出すことはたしかでしょうね。この二千字がかんたんに解読できるくらいなら、何百年かにわたって専門の学者たちが苦労するわけはないといきまくでしょうよ……。

とにかくこの『魏志・倭人伝』の中には、おそらくむこうの使節団がやって来たときの報告書を整理して書き残したものだと思うのですが、いまのソウルから女王国へやって来るまでの距離方角、道すじにあったと思われる各国の名前、女王国に隣接する国々の名前などが、ずらりと書きならべてあるんです」

「待てよ……出発点がソウルとして、それから道すじの距離方角、それに途中の経過地などがわかったら、終着点の女王国は、何とか理論的に割り出せるんじゃないのかな？いま言ったような、東京・川崎間の誤差ぐらいはべつの話として……」

「ところが、そのかんたんなはずの問題に、かんたんに結論を出せないのが、この邪馬台国の千古《せんこ》不滅の秘密なんです。難攻不落の城というような大関門が途中に横たわっているおかげで、この女王国は幻のように、手につかまえようとしても、たちまち消えてしまうんです。僕たちが、いや神津さんが、どんなに鋭い論理を展開したところで、やっぱりおなじことになるんじゃないでしょうかね……」

「なるほど、それでいままでの学説に、共通な大欠点というものはないだろうか？　もちろんこれは方法論の問題だが……」

「それはたしかにありますね。僕の見たところでは、客観的に公平に見て、なるほどこの関門を突破したな――と頭を下げさせる研究は一つもなかったと言っていいでしょう。もちろん専門家のことですから、部分的には頭の下がるようなところは多いんです。誰の研究にしたところで、たいへんな労作だということは絶対に否定できませんがね」

「なるほど、それで？」

「その難攻不落の城というような関門にぶつかっても面目上、頭を下げられないために、逆にそういう先生方は、邪馬台国はここなのだ――と途中から飛躍的な仮定をたてるのですね。それからその候補地の近くには古くからこういう地名がある。それは『倭人伝』に出てくるこういう国にあたるはずだ――と、延々と考証を続けます。そして自分の学説を立証しようというんですよ」

「はてな……それではとうぜん迷路に入るわけだな。似たような地名は全国に相当な数があるだろう。それにいくら古いといったところで、日本人が文書を残すようになったのは八世紀の『古事記《こじき》』や『日本書紀《にほんしょき》』以後のことだろう？　仮にそのころの地名が記録に残されていたとしても、それが三世紀ごろの呼び名と同じものだったと言いきれるだけの根拠はあるのかな？」

「それはたしかにいままでの学説に共通している欠点ですね。なにしろ、最初から邪馬台国はここだときめてかかるものですから、たとえば九州説だけに絞っても、候補地が九つ以上も出てくることになるわけです」

「でも、それでは『倭人伝』に出てくる記載と、ぜんぜんあわなくなってこないか？」

「だから、『誤記改訂』と呼びたくなるような強引な手段が発生するのですよ。原文の中から自分に都合《つごう》のいいところだけを採《と》って使い、都合の悪いところは知らない顔をして無視すれば、相当に無理な論法でも、なんとか理屈はこじつけられますからね……。それだけならばまだしもです。原文の中に出てくる南とは明らかに東の誤りだとか、この『陸行《りくこう》一月』というのは『陸行一日』の誤記に違いないとか、こういう自由改訂がたびたび起こったんです。この論法は明らかに強引すぎはしないかという批評をうけてもいたしかたありませんね」

研三は一息ついて続けた。

「ですから、今度の研究で、人になるほどと言わせるためには、いままでの学者の方法ではだめだと思うんです。それは『倭人伝』という文章は、経路の距離方角のほかにも、土地の自然や産物、住民の風俗、倭国《わこく》といわれる連合国家のかんたんな歴史、女王卑弥呼のかんたんな伝記、外交史的な記録など、いろんな要素に分かれています。その脇筋《わきすじ》の余分の文章の中には、いまわれわれが考えて、これはと首をひねるような部分もかなりあります。ですから、そういう方面のミスだったなら、これは枝葉末節《しようまっせつ》とは言えないまでも、第二義的な問題として部分的にカットすることは許されるでしょう。また固有名詞の文字についても、学者によっては重箱のすみをほじくるような考証をしているんです。そっちのほうはともかく最初の距離方角の部分だけは、万人が真理と認めるような大前提をおかないかぎり、一字も訂正しないという覚悟が要るんじゃないでしょうか？

そういう毅然《きぜん》たる態度をとらないかぎり、ここには屋上屋《おくじようおく》を架《か》するような新説が一つ加わるだけですね。いまさら神津さんが出るだけのことはないということになってきます。

それからもう一つ付け加えますが、この距離や方角は現実のものではない、机上《きじよう》の創作だという説もあります。もちろん、この断定には永久運動は不可能だと言いきるような科学的な根拠はありません。ただこういう考え方もあるということだけは、いちおう頭に入れておいてください」

「君の言うことはよくわかった。方法論としての心得だね。念のためにこちらからくりかえそうか」

恭介は大きくうなずいた。

「一……『魏志・倭人伝』の重要部分には、いっさい改訂を加えないこと、万一改訂を必要とするときは、万人が納得できるだけの理論を大前提として採用すること。

二……古い地名を持ち出して、勝手気ままに、原文の地名や国名にあてはめないこと。

三……万一、その難攻不落の城にぶつかって、攻略不可能だと見きわめがついたら、そのときはいさぎよく、白旗をかかげてひき下がること。

こんなところでいいだろうか？」

「正直なところ、第三条の『万一』という表現は楽観的すぎると思いますがね。いちおうそんなところでいいでしょう」

松下研三は大きな溜息をついて答えた。

邪馬台国はいずこに

「ところで松下君、五時の晩飯まではまだだいぶ時間があるんだが、もう少しつきあってもらえるだろうか？」

恭介はためらいながら言い出した。

「かまいませんよ。今日はどうせビヤホールにでも寄って、映画でも見て帰ろうかと思っていたところですから、時間はたっぷりあるんです」

「では問題の『魏志・倭人伝』の原文は、明日にでも持って来てもらうことにして、とりあえずなにか参考になりそうな話をしてもらえないだろうか？」

「でも、今日はノートも持って来ていませんし、僕がいまそらで話せるぐらいのことなら、神津さんはいまさらと言いたくなるでしょうよ」

「そういうことは言わないよ。僕たちはいま専門の学者とはぜんぜん違った角度と感覚から、この問題をあつかわなくっちゃいけないんだろう？　そしてその解決を出すとしても、極端なことを言うなら、中学生にもわかるような明快簡潔な答えになるのが理想だろう。そういう意味では、こっちのほうも年や肩書なんかはすっかり忘れてしまって、白紙になってもう一度、この問題にぶつかってみる必要があるんじゃないのかな？」

「それはたしかにもっともですねえ」

「松下先生、どうぞお話を聞かせてください」

研三は思わず椅子《いす》から腰を浮かした。

「よしてくださいよ。それはこっちも商売がら先生と呼ばれることにはなれていますが、あなたからそう呼ばれたんじゃあ、お尻《しり》がむずむずしてきます」

「と言って、からかっているわけじゃないよ」

恭介のほうは真顔で答えた。

「僕の教室の助手に、碁《ご》の滅法《めっぽう》強いのがいてね。僕は二目《にもく》おいて勝てないくらいだ。まあ三目《さんもく》でいい勝負かな？　だから、碁を打っている間だけは、僕も彼を先生と呼ぶことにしているんだよ」

「あなたの言うことはよくわかりました」

研三は椅子にすわりなおした。

「それでは、ごくかんたんなお話をしましょう。ただ、そんなことはわかっている——

と言わないでくださいよ。

現在のところ、日本で発見された石器の中でいちばん古いものは、十数万年むかしのものだと言われていますね。これには多少の掛値もあるでしょうが、まず数万年ぐらい古いものだということはたしかでしょうね。

そういう石器を使っていた原日本人がどこからやって来たかということには、もちろん定説はありませんが、蒙古系とか中国系、南方系に北方のアイヌやツングース系、そういう複雑な血統の入りまじった民族だということはたしかでしょう。

ところで何万年か前までは、いまの日本海にしても、非常に大きい内海だったと言われていますね。つまり当時の日本列島は、北は北海道と樺太《からふと》を通じてシベリアへ、西は壱岐《いき》、対馬《つしま》を通じて朝鮮へ、陸続きに続いていたようですね。たしか、信州の野尻湖《のじりこ》の底からは、二万年前のものと推定されるナウマン象の化石が発見されていますが、こういう象は、おそらく北の陸地を伝ってシベリアからやって来たのでしょう。そういう動物を食料としていた狩猟民族が同時に日本へやって来たことも、まず否定のできない事実でしょう。

ところで、日本の古代史は、考古学的には石器時代、縄文《じょうもん》時代、弥生《やよい》時代と続いていますね。稲作《いなさく》が日本で行なわれるようになったのは、縄文時代の末期からだと言われていますが、これを一つのきっかけとして、集団生活がはじまりだしたというのはとうぜんのことでしょう。西日本の沖積《ちゆうせき》平野には、いたるところに農耕生活が起こりました。

紀元前一世紀ごろになるとぐんと文明も進歩します。青銅や鉄、金属の日本への輸入もこのへんから始まったと推定されます。

ところで、弥生時代の後期、紀元三世紀ごろからは、石器が姿を消してしまいます。鉄器文化がいちおう日本の各地へ行きわたったせいでしょう。

卑弥呼の生きていたのはこの時代、つまり邪馬台国もこの時期に日本のどこかに存在していたものと推定されます。

農耕生活と同時にはじまった生活集団も時とともに、自然に統合され、大きな団体となってゆくことは人類史の法則ですね。

ですから、最初いくつかの集落が統一されて村になり、そのいくつかの村が統合されて、たとえばいまの郡程度の小国家となり、そのいくつかが集まって、たとえば県程度の中国家となり、最後に統一国家となるというのも、歴史の法則なのですが、邪馬台国当時三十余国と言われたこの各国の広さの単位は、せいぜいいまの郡程度の大きさではなかったでしょうか。しかしいまの県単位ぐらいの広さだったと言う人もあります。そのどっちが正しいかは、僕にはわかりませんが、常識的に考えて、広い単位をとるほうが、邪馬台畿内《きない》説には有利でしょうね。

ところで、前漢《ぜんかん》の武帝《ぶてい》が朝鮮を征服したのは、紀元前一〇九年から一〇八年のころだと言われています。彼は北朝鮮を楽浪《らくろう》、真蕃《しんばん》、臨屯《りんとん》、玄菟《げんと》の四つの郡に分けたのですが、その地域は朝鮮半島の東南部、韓族《かんぞく》の国には及んでいなかったのではないかと言われています。

この半島東南部と日本とが、むかし一つの共同文化圏を形成していたことも、考古学から証明されています。南部朝鮮の古墳から発掘された遺物の中に、北九州の弥生時代の遺物と共通するものが多いというのもとうぜんでしょう。

三世紀のころには、中国では三つの国が鼎立《ていりつ》して、たがいに争いあっていました。大ざっぱに言って揚子江《ようすこう》の北をおさえていた魏《ぎ》、南をおさえていた呉《ご》、重慶《じゅうけい》とか、成都《せいと》とかいうような揚子江の上流に追いこまれた蜀《しょく》、この三国なのですが、そのうち北方の魏は朝鮮にまで勢力をのばし楽浪——いまの平壌《ピョンヤン》を中心とした地域と、帯方《たいほう》——いまのソウルを中心とした地域をがっちりおさえていたのです。ただし、そのへんが中国の直接統治の限界で、その南はいわゆる韓族の国家でした。この時代には馬韓《ばかん》五十余国、弁韓《べんかん》十二国、辰韓《しんかん》十二国に分かれていたと言われています。

たいへん大ざっぱな説明ですが、邪馬台国はこの時代にこういう環境の下に発生し、存続した国家だと見ていいでしょう……」

研三がここまで話し終わったとき、ドアにノックの音がして、若い夫婦が入って来た。恭介の遠い親類にあたる、通産省の役人の小野田義貴《おのだよしたか》とその妻の澄子《すみこ》だった。

研三も知らない仲ではなかったが、この二人の前で邪馬台国の話をこれ以上続けるのは何となく気がひけた。

「神津さん、今日はこのへんで切りあげましょうか？」

とたずねると、恭介も悪どめはしなかった。

「そうだねえ。残念だけれども、明日また楽しみにしているよ」

と答えて、研三を送り出したのだった。

いちおうビヤホールに立ちよって、大ジョッキは傾けたものの、研三は何だか気が重くてたまらなかった。

明日からのことを考えると、映画にもバーにも行く気にはなれなかった。とにかくもう一度、大ざっぱにしても下調べをしておこうと思って、その足で家へひっかえしたが、帰りがあまり早かったので、逆に妻の滋子《しげこ》のほうは妙な顔をした。

「あら、今日はたいてい午前様だと思っていたけど、どうしたの?」

「それがねえ……神津さんが、えらいたいへんな……」

「病気がとたんに悪化したの?」

「そうじゃないんだ。体のほうは、しごく順調に回復しているんだが……まあ、とりあえずガソリンをもう一杯もらえないか」

洋間へ入った研三は、ビールを飲みながら事の成行きを説明したが、滋子のほうは、

「まあ、たいへんすばらしい思いつきじゃない? まったく『成吉思汗』の再現だわよ」

と眼を輝かせた。

「でも、柳の下にどじょうが二匹いるだろうかなあ? 今度という今度は、おれもぜんぜん自信がない……」

「でも、あなただけならともかくも、神津さんが出てくださったら大丈夫だわ。難攻不落の城だって、きっと今度は陥落するわ」

「それは、おれもいままで何度となく、神様、仏様、神津様と思ったことはあったがね。今度は『成吉思汗』の場合と違って、資料が少なすぎて困るんだ……」

「だからこそ、逆に推理の力の見せどころだということになるんじゃない? しかし、

ふしぎな因縁ね。きっと、横光利一《よこみつりいち》の霊魂のおみちびきよ」

「横光利一？」

研三もこの名前を聞いたときにはびっくりした。もちろん彼も作家として、この有名な文学者の名前を知らないわけはないのだが、その霊魂のおみちびき——と言われると、さっぱりわけがわからなかった。

「彼はたしか福島県の生まれじゃなかったかなあ……まさか、邪馬台国があんなところにあるわけは……」

「でも関連はたしかにあるのよ。このあいだ毎日新聞社から出ている『雑学事典』という本を読んでいたら、義経イコール成吉思汗の話が出ていたわ。ところが横光利一のほうも百パーセントこの説の信者だったらしいのよ。いずれ、このテーマで大作を書くのだと、友だちにも話していたらしいけれど、とうとう実現できなくて、死んでしまったわけなのね」

「ほう、そんなことがあったのかい？　おれはぜんぜん知らなかったが、それでは『成吉思汗の秘密』ができたときには、彼もあの世で歓声をあげたかもしれないな。まあ、その点はいいとして、彼は次に邪馬台国をねらっていたというのかい？」

「そっちのほうはできているわ。処女作だったか、出世作だったか忘れたけれども、横光利一の代表作の一つに『日輪《にちりん》』というのがあるでしょう？　あれはたしか、この女王、卑弥呼をあつかった小説だったわ」

研三は思わずうーんとうめいた。純文学のほうにかけては案外弱い彼は、いままでこの作品を読んだことはなかったのだが、滋子は津田塾《つだじゅく》の出身だし、文学の知識も相当なものだった。だからこういうことばにしても、まず間違いはなさそうだった。

「なるほどな、そう言われてみればたしかにふしぎな因縁だな……今度はその『日輪』だけでもぜひ読まなくっちゃならないな。ところで、お前はどうして神津さんがこの難問の解決に成功すると思うんだい？」

「もちろん、才能の問題はべつとして、大きな理由はひとつあるわ。あの人の生まれたのはたしか宇都宮だったでしょう？　それに関西や九州で長く暮らしたこともないでしょう。歴史や考古学にもあんまり興味のない人でしょう。そういうマイナスが、この場合には、逆にたいへんなプラスになってくるんじゃないかと思うのよ」

「なるほどな、学者たちはどうしても、従来の学説にこだわりすぎる。東大学派と京大学派、この論争に関するかぎりは、はっきりとした伝統的対立があるからな……しかし、神津さんは東大教授とはいっても、歴史が専門じゃないんだから、公平な立場がとれるというわけだ。白紙の立場から、推理一本槍《やり》で進めるということになるな……。

それに、この邪馬台国の論争には、たしかに郷土愛的なところもあるよ。自分の住んでいるところ、生まれたところ、何か関係のあるところに、邪馬台国を比定《ひてい》しようとしている傾向はたしかにある……」

「そういうあなたにしたところで、ご先祖は九州秋月《あきづき》の出身でしょう。いまで言うなら、福岡県の甘木市でしょう。何とかあそこに持って行けないかなって、このあいだも相原さんと飲みながら、さんざん話していたじゃない？」

研三も思わず苦笑いした。そういう下心があったればこそ、彼もこのあいだの取材旅行ではわざわざ鳥栖《とす》から車をとばし、いまとなっては辺境と言いたいくらいの、静かな寂しい秋月城趾《じょうし》を訪ねたのだが……。

「まあ、今度も一生懸命、頑張ってみて。神津さんは寂しがりやなのよ。案外あれで人なつっこいところもあるのよ。だから、こういうときになると、あなたを少しでも長くそばにおいておきたくなってくるのよ。万一、この研究がしくじっても、あの人といっしょに推理旅行ができたなら、あなたもけっこう楽しいんじゃないの？ ほかに何か、小説の材料ができるかもしれないわ」

「なるほどな、ベッド・ディテクティブのかわりにベッド・トラベルだと思えば、しくじってもおたがいに何ということはないな」

やっと腹をきめた研三は食事をすませて書斎へ入った。

問題の『魏志・倭人伝』の原文は、このテーマをあつかった、たいていの本にはのっていた。しかし研三は最初からそういう本をつきつける気にはなれなかった。恭介がその本のほかの部分を読んで、妙な予断を抱くことを恐れたからである。

彼は自分で、この文章を書き写そうとはらをきめた。

――邪馬台国はどこにある？

呪文《じゅもん》のようにつぶやきながら、彼はこの根気《こんき》仕事を続けていった。

――もし、この研究が成功し、その結果が一冊の本にまとまったとしても、読者は最初からこの部分で、いやけがさして、本を投げ出すんじゃなかろうか？

そんな妄想《もうそう》も途中で湧《わ》いたが、彼は首をふって自分の考えを打ち消した。

――そんなことなんかどうでもいい。要はこの文章を神津さんが読んでくれさえすればよいのだ。だいいち、今度の研究が本になるようなら、それはたいへんなことじゃないか。

そう思ったら、何となくはりあいも出た。

彼はできるだけ大きな字で、できるだけ読みやすいように、一字一字とこの文章を写していった。

漢文と、日本流の読み下《くだ》し文、それを写し終えたのは六時間後、午前の二時半ちょっとすぎだった。

第一部

1

倭人《わじん》は帯方《たいほう》の東南の大海《たいかい》の中に在《お》り。山島《さんとう》に依《よ》りて國邑《こくゆう》を爲《な》す。舊《もと》百餘《よ》國、漢《かん》の時、朝見《ちょうけん》する者有り。今使譯《いましやく》して通ずる所三十國。郡《ぐん》より倭《わ》に至るには、海岸に循《したが》いて水行し、韓國《かんこく》を歴《へ》て、乍《たちま》ち南し乍《たちま》ち東し、其の北岸《ほくがん》狗邪《くや》韓國《かんこく》に到《いた》る。七千餘里。

2

始めて一海を度《わた》ること千餘里、對馬國《つしまのくに》に至る。其の大官を卑狗《ひく》と曰《い》い、副を卑奴《ひな》母離《もり》と曰《い》う。居る所絶島にして、方四百餘里可《ばかり》。土地は山嶮《けわ》しく深林多く、道路は禽鹿《きんろく》の徑《こみち》の如し。千餘戸有り。良田無く、海物《かいぶつ》を食いて自活し、船に乗りて南北に市糴《してき》す。

3

又南に一海を渡ること千餘里、命《なづ》けて瀚海《かんかい》と曰《い》う。一大國《いきこく》に至る。官は亦《また》卑狗《ひく》と曰い、副を卑奴母離《ひなもり》と曰う。方三百里可《ばかり》。竹木叢林《そうりん》多く、三千許《ばかり》の家有り。差田《ややでん》地《ち》有り、田を耕せど猶食《なおしょく》足らず、亦南北に市糴《してき》す。

4

又一海を渡ること千餘里、末盧國《まつろのくに》に至る。四千餘戸有り。山海《さんかい》に濱《そ》いて居《お》る。草木茂盛して行くに前人を見ず。好んで魚鰒《ぎょふく》を捕うるに、水、深淺と無く、皆沈沒《ちんぼつ》して之《これ》を取る。

5

東南のかた陸行五百里にして、伊都國《いとのくに》に至る。官を爾支《にき》と曰い、副を泄謨觚《せもこ》・柄《へい》渠觚《ここ》と曰う。千餘戸有り。世《よよ》王有るも皆女王國《のくに》に統屬す。郡の使の往來して常に駐《とど》まる所なり。

6　東南のかた奴國《なのくに》に至ること百里。官を兕馬觚《しまこ》と曰い、副を卑奴母離《ひなもり》と曰う。二萬餘戸有り。

7　東行して不彌國《ふみのくに》に至ること百里。官を多模《たも》と曰い、副を卑奴母離《ひなもり》と曰う。千餘の家有り。

8　南のかた投馬國《とうまのくに》に至る。水行二十日。官を彌彌《みみ》と曰い、副を彌彌那利《みみなり》と曰う。五萬餘戸可《ばかり》あり。

9　南、邪馬壹國に至る。女王の都する所なり。水行十日、陸行一月。官に伊支馬《いきま》有り。次を彌馬升《みましょう》と曰い、次を彌馬獲支《みまかき》と曰い、次を奴佳鞮《ぬかて》と曰う。七萬餘戸可《ばかり》あり。女王國より以北は其の戸數・道里を略載《りゃくさい》するを得べきも、其の餘の旁國は遠絶にして詳《つまびら》かにすることを得べからず。

10

次に斯馬國《しまのくに》有り。次に己百支國《きひゃつきのくに》有り。次に伊邪國《いやのくに》有り。次に郡支國《くきのくに》有り。次に彌奴國《みなのくに》有り。次に好古都國《こうことのくに》有り。次に不呼國《ふこのくに》有り。次に姐奴國《そなのくに》有り。次に對蘇國《たいそのくに》有り。次に蘇奴國《そなのくに》有り。次に呼邑國《こゆうのくに》有り。次に華奴蘇奴國《かなそなのくに》有り。次に鬼國《きのくに》有り。次に爲吾國《いごのくに》有り。次に鬼奴國《きなのくに》有り。次に邪馬國《やまのくに》有り。次に躬臣國《くしのくに》有り。次に巴利國《はりのくに》有り。次に支惟國《きいのくに》有り。次に烏奴國《うなのくに》有り。次に奴國《なのくに》有り。此《こ》れ女王の境界の盡《つ》くる所なり。

11

其の南に狗奴國《くなのくに》有り。男子を王と爲《な》す。其の官に狗古智卑狗《くこちひく》有り。女王に屬せず。郡より女王國に至ること萬二千餘里。

第二部

12

男子は大小と無く、皆黥面文身《げいめんぶんしん》す。古よりこのかた、其の使の中國に詣《いた》るもの、皆《みな》大夫《たいふ》と自稱す。夏后《かこう》小康《しょうこう》の子、會稽《かいけい》に封ぜらるるや、斷髮文身《だんぱつぶんしん》して以《もっ》て蛟龍《こうりゅう》の害を避く。

今、倭の水人、好んで沈沒して魚蛤《ぎょこう》を捕う。文身は亦《また》以て大魚、水禽《すいきん》を厭《はら》うなり。後《のち》稍《やや》以て飾と爲《な》す。諸國の文身各《おのおの》異る。或《あるい》は左、或は右、或は大、或は小、尊卑差あり。

其の道里を計るに、當《まさ》に會稽《かいけい》東治の東に在るべし。

13

其の風俗は淫《みだら》ならず。男子は皆《みな》露紒《ろかい》し、木緜《もめん》を以《もっ》て頭に招《か》く。其の衣の横幅《よこはば》は但《ただ》結束《けっそく》して相連《あいつら》ね、略《ほぼ》縫うこと無し。婦人は被髪屈紒《ひはつくつかい》、衣《ころも》を作ること單被《たんぴ》の如く、其の中央を穿《うが》ち、頭を貫《つらぬ》きて之《これ》を衣《き》る。

禾稲《かとう》・紵麻《ちょま》を種《う》え、蠶桑《さんそう》して緝績《しゅうせき》し、細紵《さいちょ》・縑緜《けんめん》を出す。

其の地には牛・馬・虎《とら》・豹《ひょう》・羊・鵲《かささぎ》無し。

兵は矛《ほこ》・盾《たて》・木弓を用う。木弓は下を短くし上を長くし、竹箭《ちくせん》は或《あるい》は鐵鏃《てつぞく》、或《あるい》は骨鏃《こつぞく》。

有無する所、儋耳《たんじ》・朱崖《しゅがい》と同じ。

14

倭の地は温暖にして、冬・夏ともに生菜を食す。皆徒跣《みなかちはだし》なり。

屋室《おくしつ》有り。父母兄弟《けいてい》の臥息《がそく》するに處を異にす。朱丹を以て其の身體に塗ること、中國の粉《ふん》を用うるごとし。食飲《しょくいん》には籩豆《へんとう》を用い、手もて食う。

其の死するや棺有れども槨《かく》無く、土を封《ほう》じて冢《つか》を作る。始めて死するや、停喪《ていそう》すること十餘日なり。時に當りて肉を食わず。喪主哭泣《そうしゅこっきゅう》し、他人就いて歌舞し飲酒す。已《すで》に葬るや、家を擧《あ》げて水中に詣《いた》りて澡浴《そうよく》し、以て練沐《れんもく》の如くす。

其の行來して海を渡り、中國に詣《いた》るには、恆《つね》に一人をして頭を梳《くしけず》らせず、蟣蝨《ぎしつ》を去らせず、衣服垢汚《こお》し、肉を食わせず、婦人を近づけず、喪人《そうじん》の如くせしむ。これを名づけて持衰《じさい》と爲す。若《も》し行く者吉善《きちぜん》ならば、共に其の生口《せいこう》・財物を顧《こ》し、若し疾病《しっぺい》有り、暴害に遭《あ》わば便《すなわ》ち之《これ》を殺《ころ》さんと欲す。其《そ》れ持衰謹まざればなりと謂《い》う。

眞珠・靑玉を出す。其の山には丹《たん》有り。其の木には枏杼《だんちょ》・豫樟《よしょう》・楺《ほう》・櫪《れき》・投《とう》・橿《きょう》・烏號《うごう》・楓香《ふうこう》有り。其の竹には篠《しょう》・簳《かん》・桃支《とうし》有り。薑《きょう》・橘《きつ》・椒《しょう》・蘘荷《じょうか》有るも、以て滋味と爲すことを知らず。

獮猿《じえん》・黑雉《こくち》有り。

其《そ》の俗事《ぞくこと》を擧げ行來するに、云爲《うんい》する所有れば、輒《すなわ》ち骨を灼《や》きて卜《ぼく》し、以て吉凶を占い、先《ま》ず卜《ぼく》する所《ところ》を告ぐ。其《そ》の辭《じ》は令龜《れいき》の法の如く、火坼《かたく》を視《み》て兆《ちょう》を占《うらな》う。

其の會同《かいどう》・坐起《ざき》には、父子男女の別無し。人の性、酒を嗜《たしな》む。大人の敬う所を見れば、但《ただ》手を搏《う》って以て跪拜《きはい》に當《あ》つ。

其の人、壽考《じゅこう》にして、或は百年、或は八九十年なり。

其の俗、國の大人は皆《みな》四五婦、下戸も或は二三婦なり。婦人は淫《みだら》ならず、妬忌《とき》せず。盗竊《とうせつ》せず、諍訟《そうしょう》少《すくな》し。其の法を犯すや、輕き者は其の妻子を沒《ぼっ》し、重き者は其の門戸及び宗族を滅《めっ》す。尊卑《そんぴ》各《おのおの》差序《さじょ》有り。相臣服するに足る。租賦《そふ》を収む。邸閣《ていかく》有り。國國に市《いち》有り。有無を交易し、大倭《だいわ》をして之を監せしむ。

15

女王國より北のかたには、特に一大率《いちだいそつ》を置き、諸國を検察せしむ。諸國これを畏《い》憚《たん》す。常に伊都國《いとのくに》に治《じ》す。國中に於《おい》て刺史《しし》の如き有り。王、使を遣わして京都《けいと》・帯方郡・諸韓國に詣《いた》り、及び郡より倭國に使せしむるに、皆津《みなつ》に臨《のぞ》んで捜露《そうろ》す。文《もん》書《じょ》・賜遺《しい》の物を傳送《でんそう》して女王に詣《いた》らしめ、差錯《ささく》することを得ず。

16

下戸、大人と道路に相逢《あ》わば、逡巡《しゅんじゅん》して草に入り、辭《ことば》を傳え事を説くには、或は蹲《うずくま》り或は跪《ひざまず》き、兩手は地に據《よ》りて之《これ》を爲《な》す。恭敬《きょうけい》・對應《たいおう》の聲を噫《あい》と曰《い》う。比《ひ》するに然諾《ぜんだく》の如《ごと》し。

17

其の國、本亦《もとまた》男子を以て王と爲し、住《とどま》ること七八十年なり。倭國亂《みだ》れ、相攻伐《こうばつ》して年を歴《ふ》る。乃《すなわ》ち共に一女子を立てて王と爲す。名を卑彌呼と曰う。鬼道に事《つか》え、能《よ》く衆を惑わす。年已《すで》に長大なれども、夫壻《ふせい》無し。男弟有り。佐《たす》けて國《くに》を治む。王と爲りてより以來、見《まみ》ゆる有る者少なし。婢《ひ》千人を以て自ら侍《じ》せしむ。唯《ただ》男子一人有りて、飲食を給し、辭を傳えて居處に出入す。宮室・樓觀《ろうかん》・城柵《じょうさく》、嚴《おごそ》かに設けられ、常に人有り、兵を持ちて守衞す。

18

女王國の東、海を渡ること千餘里にして、復《また》國有り。皆《みな》倭種《わしゅ》なり。又侏儒國《またしゅじゅのくに》有り。其の南に在り。人の長《たけ》三四尺にして、女王を去ること四千餘里なり。又裸國《またらのくに》・黑齒國《こくしのくに》有り。復其《またそ》の東南に在り。船行一年にして至る可《べ》し。

倭の地を參問《さんもん》するに、絕《た》えて海中洲嶋《しゅうとう》の上に在り。或は絕え、或は連なり、周《しゅう》旋《せん》五千里可《ばかり》あり。

第三部

19

景初《けいしょ》三年六月、倭の女王、大夫《たいふ》・難升米《なしめ》等を遣わし、郡《ぐん》に詣《いた》らしめ、天子《てんし》に詣りて朝獻《ちょうけん》せんことを求む。太守劉夏《りゅうか》、使を遣わし、將《も》って送りて京都《けいと》に詣らしむ。

其の年十二月、詔書して倭の女王に報じて曰《いわ》く、

親魏倭王卑彌呼《しんぎわおうひみこ》に制詔《せいしょう》す。帯方太守劉夏、使を遣わして汝が大夫難升米《なしめ》・次使都市牛利《つしごり》を送り、汝が獻《けん》ずる所の男の生口四人・女の生口六人・班布《はんぷ》二匹二丈を奉り、以て到らしむ。汝が在《あ》る所踰《はる》かに遠きに、乃《すなわ》ち使を遣わして貢獻《こうけん》す。是《こ》れ汝の忠孝にして、我《われ》甚だ汝を哀《あわ》れむ。

今汝を以て親魏倭王《しんぎわおう》と爲し、金印紫綬《しじゅ》を假《か》し、装封《そうふう》して帯方の太守に付して假授《かじゅ》せしむ。汝其れ種人《しゅじん》を綏撫《すいぶ》し、勉《つと》めて孝順を爲せ。

汝が來使難升米・牛利、遠きを渉《わた》りて道路に勤勞せり。今、難升米を以て率善《そつぜん》中郎將《ちゅうろうしょう》と爲し、牛利を率善校尉《そつぜんこうい》と爲し、銀印青綬を假し、引見勞賜《いんけんろうし》して遣わし還

らしむ。

今、絳地交龍錦《こうじこうりゅうのにしき》五匹・絳地縐粟罽《こうじのしゅうぞくのけい》十張・蒨絳《せんこう》五十匹・紺青《こんじょう》五十匹を以て汝が獻する所の貢直《こうちょく》に答う。又特に汝に紺地句文錦《こんじのくもんのにしき》三匹・細班華罽《さいはんのかけい》五張・白絹五十匹・金八兩・五尺刀二口・銅鏡《どうきょう》百枚・眞珠・鉛丹《えんたん》各《おのおの》五十斤を賜り、皆裝封して難升米・牛利に付す。還り到らば錄受《ろくじゅ》し、悉《ことごと》く以て汝の國中の人に示し、國家の汝を哀れむを知らしむ可し。故に鄭重に汝に好物《こうぶつ》を賜うなり。

20

正始元年、太守弓遵《きゅうじゅん》、建中校尉《けんちゅうこうい》梯儁《ていしゅん》等を遣わし、詔書印綬を奉じて、倭國に詣《いた》り、倭王に拜假《はいか》し、竝《ならび》に詔《みことのり》を齎《もたら》して、金帛・錦罽《きんけい》・刀・鏡・采物《さいもつ》を賜う。倭王使に因《よ》りて上表し、詔恩《しょうおん》に答謝す。

其の四年、倭王復《また》使の大夫《たいふ》伊聲耆《いせき》・掖邪狗《えきやく》等八人を遣わし、生口・倭錦《わきん》・絳青《こうせいの》縑《けん》・緜衣《めんい》・帛布《はくふ》・丹《たん》・木弣《もくふ》・短弓矢を上獻す。掖邪狗等、率善中郎將の印綬を壹拜《いっぱい》す。

其の六年、詔して倭の難升米に黄幢《こうとう》を賜い、郡に付して假綬せしむ。

其の八年、太守王頎《おうき》、官に到る。

倭の女王卑彌呼、狗奴《くなの》國の男王卑彌弓呼《ひみくこ》と素《もと》より和せず。倭の載斯烏越《さいしうえつ》等を遣わして都に詣り、相攻撃する状《さま》を説かしむ。塞曹掾史《さいそうえんし》張政《ちょうせい》等を遣わし、因りて詔書・黄幢を齎し、難升米に拝假し、檄《げき》を爲《つく》ってこれを告喩す。

卑彌呼以《すで》に死す。大いに冢《つか》を作る。徑百餘歩あり。徇葬《じゅんそう》せらるる者奴婢《ぬひ》百餘人なり。

更に男王を立つるも國中服せず、更《こもごも》相誅殺《あいちゅうさつ》す。當時千餘人を殺せり。

復《ま》た卑彌呼の宗女、壹與の年十三なるを立てて王と爲す。國中遂に定まる。政等《せいら》、檄《げき》を以て壹與に告喩す。壹與、倭の大夫率善中郎將掖邪《えきや》狗《く》等二十人を遣わし、政等の還るを送らしむ。

因って臺《たい》に詣り、男女の生口三十人を獻上し、白珠《はくしゅ》五千孔・青大勾珠《せいだいこうしゅ》二枚・異《い》文雜錦《もんのざつきん》二十匹を貢《こう》せり。

星で方角は分らない

その翌日午後三時に、恭介の病室の前まで来て研三はぎくりとしてしまった。

名札のそばに、絶対安静を意味する赤い札が出ていたし、その上に『面会謝絶』という札までぶら下がっていたのである。

まさか、邪馬台国のせいではなかろうがと思いながら、研三はこわくなってしまった。

とにかくナース・ステーションまで行って看護婦に事情を聞いてみようと思って、研三が歩き出したとき、病室のドアが開いて恭介が顔をのぞかせた。

「松下君、大丈夫だよ。君なら入っていいんだよ」

「どうしたんです?」

研三は部屋へ入って恭介をにらみつけた。

「絶対安静ということは、ベッドの上をはなれちゃいけないということですよ。だいたい一日のあいだに、病状にどんな急変があったんですか?」

「そっちのほうは、ぜんぜん変化がないんだよ……」

恭介はいくらか照れくさそうに頭をかいて言った。

「ただ、昨日みたいに面会人がやって来て、とんだところで研究を中断されちゃこまるだろう。だから主治医の森《もり》君にたのんで、こんな細工をしたんだよ。なに、教室の関係者なら面会時間の始まる前でもやって来るよ。だから、こういうものを出しておいても、何のさしつかえもないんだよ」

「あなたでも仮病を使うような細工をすることがあるんですか？　でもあの札を見たときには、僕もびっくりしてしまいましたよ」

「まあ、ほんとうに病気なんだから、いまさら仮病とは言えないだろう」

二人は顔を見あわせて笑ったが、恭介はすぐ真顔になって、

「早くその『魏志《ぎし》・倭人伝《わじんでん》』を見せてくれないか」

とせきたてた。

「ものはこれです。こっちが漢文、こっちが日本流の読みくだしの文章です。この読み方には若干の異論があるかもしれませんが、それはケースバイケースで再検討しましょう。それから全文を三部二十段に分けたのは、僕なりの段分けです。原文はごらんのとおり約二千字の漢文を何の区切りもつけずに、だらだらと書き流してあるだけですか

ら……この段分けのほうに問題があったら、どうなおされてもかまいません」

と前置きをおいて、研三は原稿を恭介の手に渡した。

恭介は約二十分間、物も言わずにこの文章をにらみ続け、それから溜息《ためいき》をついて口を開いた。

「たしかにこれは難解だねえ。ふつうの人間だったなら、いっぺんで頭が痛くなってしまうだろうな」

「まったく僕も同感です。では研究も打ち切りましょうか？」

「冗談じゃない。僕たちはいまスタート・ラインについたばかりじゃないか。これにしたってポーの『黄金虫』にくらべたら、はるかにわかりがいい文章だ。あんな苦労は要らないと思う」

「暗号を解くつもりだったんですか？」

「だって、あれだけ君がおどかしたんだし、こっちにしても、そのぐらいはかんぐりたくもなるじゃないか？　それに、僕はひとつ妙なことに気がついた。君が昨日言ったように、『邪馬台国』がこの『倭人伝』以外、どういう文献にもあらわれていないとすると、その所在をつきとめるためには、古代史の専門的な知識は、ほとんど必要がないはずなんだ。むしろ、暗号の解読に近いんじゃないのかな？　いや、この文章の筆者のほうは、その秘密をかくそうとしてはいなかったろうし、暗号よりも解説はかんたんだろうと思うがね」

と言って恭介はやわらかな微笑を浮かべた。

「とにかく今日は初めてこの文章にぶつかったんだし、一晩ぐらいはじっくりと研究させてくれたまえ。そういう意味で今日はまだ本筋へは入りたくないんだが」

「いいでしょう。時間はたっぷりありますし……それでは今日はどうしましょう？」

「まず、僕がいま気がついた疑問について、ちょっと質問したいんだ。まず第一は問題の女王国の国名だが、ここには『邪馬壹国』と書いてあるだろう？　僕は『邪馬台国』とおぼえていたが、この違いはどういうところにあるんだ？」

「その点はいままでの研究ではっきりしています。原文、いや原書の写真版のほうにはちゃんと『邪馬壹国』と書いてありますが、これは『邪馬臺国』の書きあやまりだという説が圧倒的なのです。『臺』という漢字はいまふつう使われていませんから、そのかわりに『台』という略字を使い、『邪馬台国』と書き綴るのもそんなに無理ではないでしょう」

「なるほどね。こういうところから『改訂』が始まっているのかね……しかし、これは固有名詞のことだから、そんなに目くじらをたてる必要もないだろう……ところで、これはいったいどう読めばいいんだ？」

「この二つの字のうち、どっちを使うかによって読み方も違ってくるでしょうが、ふつうは邪馬台国と書いて『ヤマタイコク』とか『ヤマトノクニ』と読んでいるようです。畿内説の大和国《やまとのくに》、つまり奈良の説、九州側でも熊本県菊池《きくち》郡山門《やまと》郷とか、福岡県山門郡をとる説は、この地名の発音の類似性に大きな根拠をおいているわけです……。しかし、この時代の発音がいまと同じかどうかとなると、正直なところ、僕にはさっぱりわかりません。奈良時代には、甲音と乙音の区別があったとか、五つの母音も当時は八つぐらいに分かれていたはずだとか、いろいろの議論があるようですが、僕にはその区別さえわかりません」

「まあ、いいだろう。最初からそんな議論を持ち出したんじゃ、それこそ八幡《やわた》の藪《やぶ》知らずで、とんだ迷路に入ってしまうよ……それに古い地名を持って来て、こじつけるのはタブー第二条でとめられている。だから、僕たちの間ではこっちを『ヤマタイ国《こく》』と呼んで、奈良県の大和国《やまとのくに》とははっきり分けておこうじゃないか。話の問に混乱してしまっては困るからね」

「その点については、ぜんぜん異論がありません……」

「その二つの字の改訂問題は、いちばん最後の部分に出てくる、卑弥呼《ひみこ》の宗女《そうじょ》――つまり一族の娘だね――この『壹與』という名前についても言えることなんだね？」

「そのとおりです。原文の写真には『壹與《いよ》』とありますが、これも『臺與《とよ》』かもしれませんね。しかし、これも正直なところ、第二義的な問題だと思います」

「それでは次に聞きたいことは、この文章の信憑性《しんぴょうせい》の問題だね。君の段分けで行なったなら、第一部は肝心かなめの研究課題だから、いちおう棚《たな》あげということにしよう。それから第三部は外交史の記録のようなものだから、これもまず問題はないだろう。

　だから君が昨日、

『いまわれわれが考えて、これはと首をひねる部分』

と言ったのは、この第二部にあるわけだろうね。この部分にとんでもないというようなところが多ければ多いほど、記録全体、ひいては第一部の信憑性まで怪しくなってくるわけだね。ところが、僕はいまこの文章を読んだかぎりの感じでは、『首をひねるような』ところはそんなにないんだよ。いったいそれはどこなんだね？」

「どこと言って……いくつもあるじゃありませんか。まず、順序不同で行きますが、ここがいちばん重要でしょう。第十二段の最後の部分です。

『其の道里を計るに、當《まさ》に會稽《かいけい》東治の東に在るべし』

　この中の東治というのは、東冶の誤記ではないかという説が有力です。どっちにしても地名のことですから、この改訂にもあんまり目くじらをたてないで進みましょう。『邪馬台国の里程を計って考えると、その土地は会稽東冶の東に在るということになる』

こう解釈していいでしょうが、会稽というのは中国の杭州の近く会稽山にあたると見て、だいたい北緯三〇度、東経一二〇度のところにあります。東冶というのはいまの福《ふっ》建《けん》省にあり、だいたい北緯二七度、東経一一八度の地点にあります。この間の距離は緯度にして三度もありますから、たいへんな幅をとったと言えるでしょうが、これだけ長い距離を基線にとったとしても、日本の本州九州は東に入って来ないんです。せいぜい琉《りゅう》球《きゅう》・台湾の北部が含まれる程度ですよ……。

まあ、三世紀の中国人に、そういう精確さを要求することは無理でしょうが、こういう誰にもわかるミスが、第二部のほうにあるものですから、問題の第一部にあらわれる方位方向についても、信用できないんじゃないかという説が自然に生まれてくるんですよ」

「なるほどね。ちょっと地図を見せてくれたまえ」

恭介は大きな世界地図を膝《ひざ》の上にひろげて睨《にら》みつけた。

「それで、この点について、いままでの説はどうなっているんだい？」

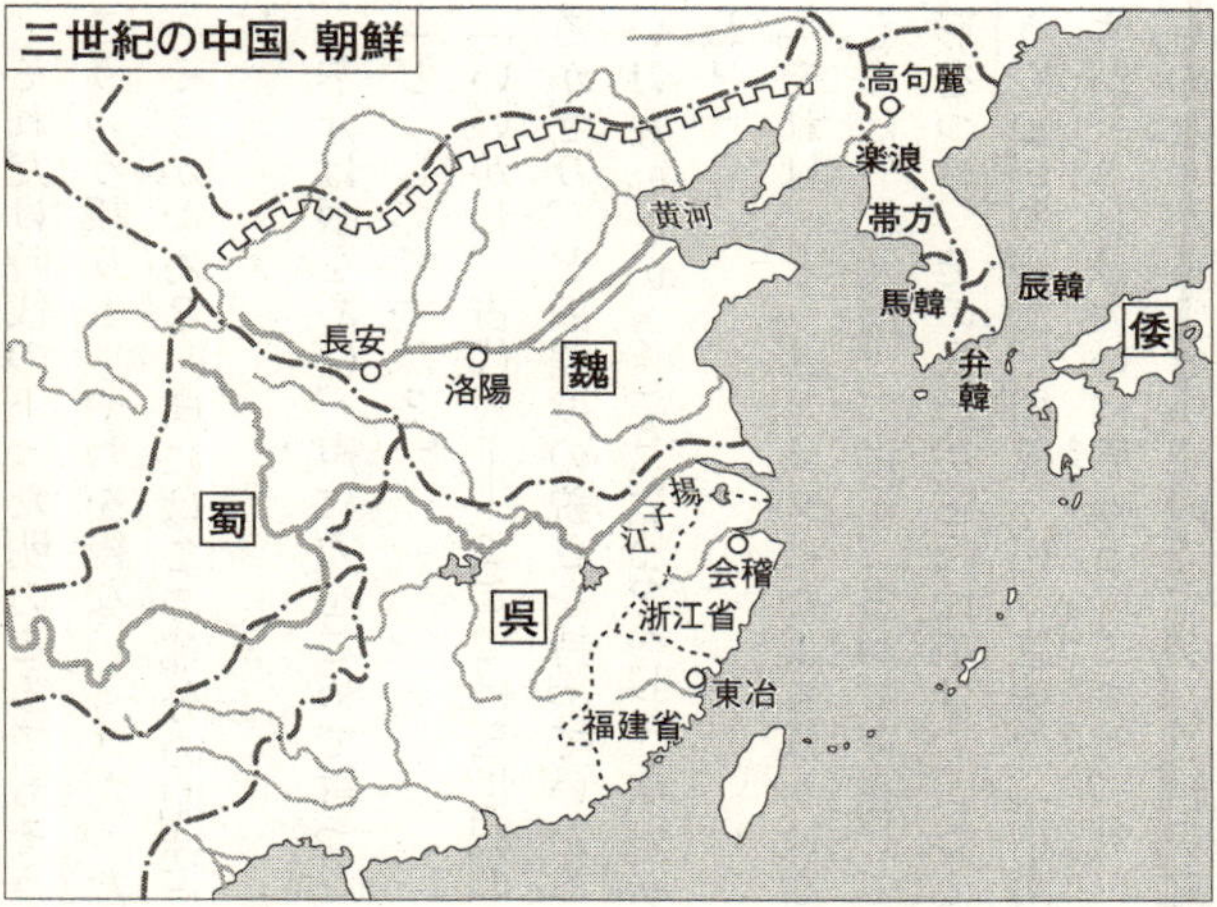

「それを一口に言いますと……むかしの中国人は、日本列島の地理的位置に、大きな錯覚を抱いていたということになるんじゃないでしょうか。

この研究をはじめてから、僕は明代《みんだい》に中国で作られた地図の写真と言われるものを、ある本の中で見たことがあります。

それは大ざっぱに言いますと、九州のどこかの地点に大きな芯棒《しんぼう》をたて、それを中心として日本列島を時計の針の進む方向に大きく九〇度ぐらいまわしていった——というような感じでしょうか。ちょうど仙台あたりが、海南島の東に来るような配置でした。

明代といえば、西暦では紀元一三六八年から一六四四年まで続いた統一王朝です。

それだけ時代の下った明のころでもそうなのですから、まして三世紀の魏の時代ではこういう誤りも、やむを得ないミスだったとは言えるでしょうが」

「そうかなあ？　僕にはこの部分の記述にしても、ミスらしいミスとは思えないんだが」

恭介は眼をあげ、声に力をこめて言った。

「どうしてですか？」

「いいかね。古代人――ここでは三世紀の中国人と見ていいが、彼らは方向感覚に関するかぎり、どの程度の鋭さを持っていたろうか？　問題はまずそこから出発しなければいけないということになるんじゃないか？　いったい彼らは何で方向を知ったんだね？」

「それは、とうぜん天文にたよるほかはなかったでしょう。磁石、羅針盤《らしんばん》という種類のものは、紀元前十二世紀ごろから存在していたという俗説もあるようです。車の上に人形をつけ、その人形が磁石仕掛けで、たえず南を指すようになっていた『指南車』というものがあった。指導という意味の『指南』という言葉もここから出ているというのですが、これは大いに眉唾《まゆつば》ものですね。せいぜい機械仕掛けで人形を動かしていた程度のものだったろうというのですが、これが常識的には妥当な解釈ではないでしょうか」

「なるほど、それでいちおう信頼できる説というのは？」

「いちおうの定説では、紀元十世紀ごろ、中国の北宋で初めて作られ、十一世紀か十二世紀ごろには航海にも使われ、ヨーロッパへも伝わっていったということになっています。フラビオ・ジョアというイタリア人が発明したというのは誤伝で、彼はただの改良者だったようですね」

「なるほどね。だが天然に磁性を持っている鉱物もいろいろあるわけだろう。だから磁石の利用というのも『定説』よりもかなり早い時代から始まっていたんじゃないかとも思われるんだが、いちおうここでは、このときの魏使たちは、磁石というものを知らなかった。少なくとも、このときの旅行には持って来たわけがないと考えておくのが妥当だろうね。ただ、天文というものについては、古代の中国人にも相当の基礎的知識はあったろうね」

「それはとうぜんのことでしょう。北極星という星が、少なくとも肉眼で見るかぎりでは一年中不動の位置にあることぐらいは知っていたでしょう。どういう呼び方をするか、星群をどう分割するかは別として、星座というものも知っていたはずです。古墳の壁画などにも星座が描いてあるくらいですし」

「とはいうものの、この魏使の旅に、北極星や星座の知識が役にたったかどうかは大いに疑問があるな」

恭介は冷たい笑いを浮かべた。

「人間が、一定のところに長く住んでいる場合には、たしかに星から方向をたしかめることは正確で便利な方法だろう。たとえば夜に北極星を見ておき、昼になってから、あの森の方向が真北だな――というふうに確認も出来るからだよ。しかし、ある土地に一晩だけ泊まって、翌朝出発ということになったら、前の晩に星からつかんだ方向感覚にしたところで、ほとんど役にたたないだろう」

「まあ、せいぜい泊まった場所が眼に見えるぐらいの区間ぐらいでしょうね」

「それでは、彼等が夜に、陸上の道中をしたということは考えられるかね？」

「常識的には考えられない話ですね。それはもちろん松明《たいまつ》のようなものはあったでしょうから、足もとを照らすぐらいのことは出来たでしょう。しかし、道路にしたところで、完全に整備されていたとは思えませんし、狼《おおかみ》や虎《とら》のような猛獣や、蝮《まむし》のような毒蛇《どくじゃ》が出て来るのではないかという心配もあったでしょう。たとえば、ハブなどは夜行性の毒蛇ですからね……。

また倭国側の人間が、いくら口をすっぱくして保証しても、群盗のような一味がとび出して来て、貴重な荷物を盗って逃げはしないかというような不安もあったでしょう。

それに考えて見れば、この旅は一刻を争うような性質のものではないのですし、昼だけ悠々《ゆうゆう》道中を続けて行ったと考えるのが、常識的ではないでしょうか」

「それでは海の場合はどうだ？」

「この場合には、いちおう朝鮮南端から対馬、対馬から壱岐、壱岐から九州北部の海岸と、三段階の舟旅に分けて、その一段階ずつを考えればいいわけですが、これにしたところで、それぞれ一日、昼だけの水行で渡れたと考えられますね」

「何か、証拠があるのかい？」

「時代はだいぶ後になりますが、秀吉の朝鮮役《えき》の開戦の日に、小西行長《こにしゆきなが》の第一軍の先鋒《せんぽう》は午前八時ごろ対馬を出発し、午後二時ごろから釜山《プサン》付近へ上陸作戦を開始しました。つまりこの『倭人伝』に出て来る『千余里の海』を、六、七時間で渡ったということになるわけです。まあ、帆船の場合には、一つの例で全部を推定することは危険ですが、夏で日の長いときに順風にめぐまれたら、明るいうちに海を渡って、ほっと一息ついたろうと考えるのが常識的じゃありませんか」

「なるほど、彼等が夜の道中をしたわけがないと推定される以上、星による方向の測定は知識としては知っていても、このさい役にはたたなかったろうということになるね。それなのに星のことばかり強調するのは、まったく馬鹿の一つおぼえといいたくなるな。

としたならば、太陽による方向測定、これしか方法はないわけだね」

「そういうことになりますね。とにかく、魏の時代には、方角を八分割するぐらいのことは常識になっていたはずです。東西南北だけではなく、東北、西北、西南、東南——というような感覚があったことは間違いありません。

中国ではこの時代からさかのぼった周《しゆう》の代にすでに、八卦《はつけ》という概念が発生していますものね。これは四書五経の一つである『易経《えききよう》』に出ていて、いまは占いの代名詞にもなっていますが、本来は一口にいえば、八元論的宇宙観だといえるんです。そしてこの八卦の一つ一つはそれぞれ八方の一つ一つの方向をさすことになっているのです。たとえば『乾《いぬい》』とか『巽《たつみ》』とか、どうしてこんな読み方ができるかと思うでしょう？ところが、これは八卦の一つ一つで、それぞれ西北と東南の方向をさしているのですよ。そのまた細かな説明はいくらでもやれる自信はありますが」

「いや、それはこのさい省略しよう。ただ古代の中国人が、方角の八方説を信じていたということがわかればそれでいいんだよ。

しかし、それ以上の細かな方角感覚がなかったとすれば、この一つ一つの方角はそれぞれ主軸を中心に、左右に二二・五度ずつの開きを持っていたということになるだろう」

「三六〇度を八で割れば四五度になりますからね。ごくかんたんな算術ですから、その考え方も万人がうなずくほど合理的ですね」

「この二つの前提が認められるなら、結論はごくかんたんだ。

たとえば彼等の『東』というのは、現代のわれわれの感覚では、『東北東から東南東のあいだ』ということになるだろう。おなじ流儀で、彼等の『東北』は、『東北東から北北東のあいだ』ということになって来る……。

しかし、何といっても三世紀の人間のことだろう。方向、角度の測定にしたところで、何度何分何秒と、天文学の計算でもするような精密な感覚を持ちあわせているはずはないし、この四十五度の開きに、さらに左右何度かずつ誤差があったとしても眼《め》をつぶる、その程度の寛容さがあってもいいんじゃなかろうか？」

「なるほど、三世紀の人間の感覚にもどって考えなおそうというのでしたら……この場合の寛容さはルーズな感覚とは違いますね」

「それでは、会稽《かいけい》を基点として、東北東と東南東、二本の線をひいて見たまえ。ここで数度の誤差まで考えたら、九州、中国、四国など、日本列島の大半は、彼等の『東』の方位内にすっぽりおさまってしまうんじゃないかな？」

「たしかに……その通りですね……」

地図をにらんで研三はうなった。

「どうだい？　これでは、地理的に不正確だと笑うどころの話じゃないね。紀元三世紀という古い時代に、よくもここまで真実に肉薄できたものだと、舌をまきたくなるぐらいの正確さじゃないのかな」

恭介は静かな口調で言った。

「なるほど、明代の地図のほうが間違っていたところで、それからはるか時代のさかのぼっている魏の代の使節がこの種の地図をたよったという保証は何もないはずですし、この地図を云々《うんぬん》することは、『後世の信頼できない資料』にたよって、邪馬台国の秘密を解こうとする誤った方法ということになりますね……ところでこの『倭人伝』の中には『噴飯もの』と言われているようなところもほかにあるのです。たとえば十八段の『侏儒国《しゆじゆのくに》』――これは後のほうの文章から考えても、明らかに侏人《こびと》の国ですね。それに『裸国《らのくに》』『黒歯国《こくしのくに》』これなどは、どう解釈したらいいのでしょう」

「そのことについては、またあらためて考えようと思ったんだがね。いまちょっと思いついたことだけを言ってみようか。

むかし、僕はどこかでアイヌの神話伝説を読んだことがあったけれども、そこには何か所か、コロボックルというような、彼らにとっての異民族の話が出てきたような記憶がある。ところがこのコロボックルというのは、いわゆる侏人族で、ふきの葉の下にかくれられるというようなことが書いてあったんだよ。

現在の日本人にしたって、ときどき侏人が生まれることがあるのは事実だ。これにしたって、遺伝学的に言えば、遠い先祖の体型が突然また個人的に復活した結果だと言えないこともないだろう。

もし、このコロボックルが侏人族だったとしても、生存競争にかけては非常に弱いはずだし、自然に絶滅したことは間違いないだろう。しかし三世紀当時の日本には、まだ相当の人数で、どこかに群居していたと考えられるんじゃないのかな？

またこの『黒歯国』にしたところで、黒い歯を持った人々の国――と考えるなら、解釈はそれほどむずかしくはない。たとえばむかしの日本人はおはぐろというものをつけて、白い歯をわざわざ黒く染める風習があったじゃないか？　僕たちは大正生まれだけれども、それでも僕は子供のころ、田舎のおばあちゃんがわざわざ黒く歯を染めているのを見て、びっくりした記憶があるよ。南洋の原住民には檳榔樹《びんろうじゅ》の実か何かを噛《か》んで、わざわざ歯を黒くする風習もあるようだ。日本で、このおはぐろの風俗がいつの時代からはじまったか、僕には見当もつかないけれど、こういう土俗といったような風俗は、その背後にたいへん長い歴史を持っているということも、まず否定はできないだろう。

だから、三世紀の日本のどこかに、おはぐろを使う人種が住んでいたとしても、そんなにふしぎはないはずだ。

また『裸国』を裸の人種の国と考えたら、むしろそれは自然の現象じゃないかな？　たとえば四国や九州の南のほうだとすれば、年中気温が高いはずだから、着物を着なかったとしても、何とか生存できるだろう。そういう種族が三世紀に日本のどこかに住んでいたとしても、ちっともふしぎはないだろう。

もちろん、僕でも、逆にそういう種族はどこに住んでいた——という直接の証明はできないよ。しかし、こうしていくつかの可能性が考えられる以上、この部分は『噴飯ものの』だと一口にかたづけてしまうような乱暴なまねはとうていできないんだ……。

要するに、僕がこの『魏志・倭人伝』には一見したかぎり、大したミスは発見できない——と言ったのはそういう意味なんだがね。これを独断と言えるだろうか」

研三は大きく頭《こうべ》をたれた。

恭介の考え方には、たしかにいままでの学者たちには見られないような新鮮さと柔軟さがみなぎっている。

これなら、この歴史的大難問にも、うまくいったら前人未踏の結論が出てくるかもしれないという、かすかな希望も生まれてきたのだった。

「それでは、神津さん、もう一つだけ質問しますが、第十四段の中ほどに、倭人はたいへん長寿な人種だというような文章が出てきますね。百年から八、九十年とすれば、こわくなるような寿命ですよ。それは当時にしたところで、たまにはそういう高齢者もいたことは間違いないでしょう。しかし、そういう老人がごろごろしていたということは、信じられないじゃありませんか？」

「しかし、そのころの日本、倭国には、そんな正確な暦があったと思えるだろうか？農耕を主体としている原始民族は一年を二年に数えると、僕は何かの本で読んだ記憶がある。つまり春の種まき、秋の収穫、それが陽の年と陰の年、それぞれの年はじめになるという考え方だね。この一年二倍説をとるならば、平均寿命は五十年から四十年、これならそんなに非常識とも言えないだろう。まして彼らが顔に入墨《いれずみ》していたとしたなら、その肌《はだ》から年齢を推定するということは、不可能ではなくても、たいへん難しいということは言えるだろう」

このあざやかな推論に、研三は最初からぶちのめされたような気がしたのだった。

男子みな黥面文身《げいめんぶんしん》す

神津恭介はベッドの上にすわりなおした。

「ところで松下君、この文章は今晩ゆっくり読みなおしてみたいんだが、今日はまだまだ時間もあるし、なにか便法はないだろうか」

研三もこうなることは覚悟《かくご》していた。

「わかりました。それでは、こうしてはどうでしょう。この研究の課題というのは、もちろんこの第一部の推理にあるわけですね。ですからここを棚あげにして、第二部から先にはじめるんです。たとえば僕が自由訳的に解説して、問題になる部分だけを、あらためて再検討してみてもいいんじゃないでしょうか」

「そうだねえ。それでいちおう邪馬台国の風俗その他の概念がつかめれば、この国を見つけてやろうという闘志もいよいよ湧《わ》くだろうし……それでは始めてくれたまえ」

「まあ、横になっていてくださいよ。こんなところでむだにエネルギーを消耗する必要はありませんからね。それではいちおう第十三段からはじめます。

――倭国の風俗はふしだらではない。男はみずらという形に髪を結い、両耳をあらわにし、頭に布をかぶっている。着物は横幅が広く、布を縫いあわさず、体にまきつけるような感じである。女は頭の真ん中から髪を左右に分けてたばねている。着物のほうは一枚の布の真ん中に穴をあけ、頭を通してすっぽりかぶったような感じである。稲や麻の種をまき収穫したり、蚕を飼って絹糸をとったり、麻や木綿《もめん》の糸や織物を作る技術は持っている。

その土地には牛、馬、虎、豹《ひょう》、羊、鵲《かささぎ》はいない。武器としては矛《ほこ》、楯《たて》、木の弓がある。弓は握りの下のほうが短く、上のほうが長い。矢の鏃《やじり》には鉄のものと骨のものがある。有るもの無いものをくらべてみると、だいたい海南島の儋耳《たんじ》、朱崖《しゅがい》の地方とよく似ているようである。

気候は温暖で年中生《なま》の野菜が食べられる。みなはだしで歩いている。部屋を区切った家に住み、父母兄弟はそれぞれ別の部屋に寝る。中国の白粉のように、赤い色の顔料を体に塗っている。食事は高坏《たかつき》のような器から手づかみでやっている。

死人が出れば棺に入れるが、中国のように墓室の外がこいの壁は作らず、直接棺を土の中に埋め、盛り土をして塚《つか》を作る。死人の出た家では十日あまり喪《も》に服し、そのあいだは肉も魚も食べない。喪主は大きな声を出して泣き、ほかの者は酒を飲んで歌ったり踊ったりする。葬式が終わると家族の者は、うすい着物を一枚着ただけで、水に入って身を清めるが、これは中国の練沐《れんもく》のような風習である。

彼らが中国に渡って来るときには、かならず持衰《じさい》という一人の男を舟にのせて来る。彼は旅行の間を通じて、髪をすいたり、しらみをとったりすることを許されない。着物が垢《あか》で汚れても替えさせないし、肉食もさせなければ女に近づくことも許さない。ちょうど喪に服している人間とおなじことである。旅行が順調にすんだ場合は、彼はごほうびに奴隷や貴重な品物を与えられ、その功績をほめられるが、逆に一行の中に病人が出たり、嵐《あらし》のような災難にあったりしたときには、お前の潔斎《けっさい》が足りないせいだとがめられ、殺されんばかりのしうちをうける。その国からは真珠と青玉がとれる。――青玉というのはサファイアだという説と、青瑪瑙《あおめのう》だという説があります。

山からは丹――辰砂《しんしゃ》がとれる。樹木には、くすとち、くすのき、ぼけ、くぬぎ、すぎ、かし、やまぐわ、おかつら等があり、竹には、しのだけ、やだけ、かつらだけ等がある。しょうが、たちばな、さんしょう、みょうがなどのような香辛植物も自生しているが、その味のよさは知らないようである。

大猿《おおざる》や雉《きじ》なども自然に棲息《せいそく》している。

何か事件があって判断に迷うときには、かならず獣の骨を焼き、その焼けた跡の割れ目を観察して吉凶を占う。これは中国で亀《かめ》の甲を焼き、その裂け目から吉凶を判断する令亀法とよく似ているようである。

大勢が集まるときには、親子や男女の席順の区別はない。みな酒を好む。貴人に対しては、柏手を打ち、ひざまずいて尊敬の態度を示す。

倭人の寿命は百歳から八、九十歳というところである。貴人は四、五人の妻妾を持つのがふつうだが、下々の者でも二、三人の妻妾を持つものもいる。といって、女のほうはやきもちも焼かず、ほかに男を持つこともないようである。

盗みもないし、訴訟も少ない。しかし、法を犯した者は、軽くても妻子を奴隷にされるし、重罪のときには、家はたやされ、一族親類までその責任を問われて同罪とされる。

尊卑の違いは、はっきりしていて、厳重な身分的階級がある。これによって社会的な秩序が保たれている。りっぱな邸宅や倉庫もあり、国々には市があって産物を交易している。大官がこれを監督している。

ここで第十四段を終わります。第十五段にはたいへんな問題がありますから、後でゆっくり検討しましょう。第十六段に移ります。

示す。――下々の者が、道で貴人に会ったときには、草むらまで入りこんで恭順《きょうじゅん》の態度を示す。貴人と話をするときには、しゃがむか、ひざまずくかして両手を地につき、態度ではっきり敬意を示す。たえず『アイ』とくりかえすのは『わかりました。承知しました』という意味なのだろう。

その国はもと男の王におさめられていたのだが、七、八十年ほど前に内乱が起こり、各国はたがいに攻防戦をくりかえしていた。ところが一人の女性を立てて王としたら、いままでの戦乱もぴたりとおさまり、全国に平和がかえって来た。

この女王の名前が卑弥呼《ひみこ》である。鬼道すなわち呪術《じゅじゅつ》に通じて、大衆の心をたくみに捕えた。かなり老年になっていたが、一生夫は持たなかった。政治のほうは弟にまかせ、自分はほとんど人にあわなかった。彼女に仕《つか》える女性は千人に達していた。ただ例外としてたった一人の男性が、彼女の部屋に自由に出入りして、食事や身のまわりの世話をしたり、用事のとりつぎなどをしていた。

りっぱな宮殿もあったし、物見やぐらや城柵《じょうさく》も整っていた。見張りの人間がいたことはいうまでもなく、軍隊がたえずその身を護衛していた。

以上で第十七段の解説を終わります。第十八段にも微妙な問題がありますから、後にまわすことにしましょう。第十九段から後の第三部は女王の使者と魏王の使節が、おたがいに行ったり来たりしたときの記録です。極端なことを言えば、土産物《みやげ》の品目の羅列《られつ》みたいなところもありますが、このさいですから、一挙にかたづけてしまいましょう。魏の明帝の景初三年――西暦二三九年にあたります。これにも最初二年が正しいという説もありますが、二年でも三年でも、邪馬台国がどこにあったかという問題を解くためには、何の影響もないでしょう。――倭の女王の卑弥呼が、大夫の難升米《なしめ》らを使者として、帯方郡《たいほう》に送り、明帝に拝謁して貢物をささげたいと言って来た。

帯方郡の太守、劉夏《りゅうか》もたいへん喜んで、部下の役人に案内させ、難升米たちを魏の都である洛陽《らくよう》まで送りとどけた。

その年の十二月に、明帝は詔《みことのり》を下し、卑弥呼に答えた。

親魏倭王《しんぎわおう》の卑弥呼に詔を下す。帯方郡の太守・劉夏は使をよこして、お前の正使難升米と副使都市牛利《つしごり》を都まで送りとどけた。貢物である男の奴隷四人、女の奴隷六人、班《はん》布《ぷ》二匹二丈もたしかにうけとった。お前のいるところは都からたいへん遠いはずなのに、このような礼をつくしてくれたのは、まことに忠義なことである。わしはたいへん嬉《うれ》しく思った。

だからいま、わしはお前を親魏倭王《しんぎわおう》とし、そのしるしとして金印と紫綬《しじゅ》をさずける。これは密封したうえで、帯方の太守を通じてわたすから、うやうやしくうけとってもらいたい。これからお前は、倭の国の人民をよく従え、今後ともわが国に忠誠をつくすことを忘れてはならない。

お前の使者の難升米、都市牛利も遠路はるばる苦労であった。そこで難升米を率善《そつぜん》中郎将に、牛利を率善校尉に任じ、銀印と青綬をさずけ、引見してその労をねぎらった。

いま絳地交竜錦《こうじこうりゅうのにしき》を五匹、絳地縐粟罽《こうじのしゅうぞくのけい》十張、蒨絳《せんこう》五十匹、紺青《こんじょう》五十匹をさずけてお前の貢物に対するお返しとする。また特に紺地句文錦《こんじのくもんのにしき》三匹、細班華罽《さいはんのかけい》五張、白絹五十匹、金八両、五尺刀二ふり、銅鏡百枚、真珠、鉛丹おのおの五十斤をさずけるから、ありがたく思うがよかろう。

これらの品物はみな密封して難升米たちにことづける。使者が帰ったら、目録と照らしあわせて品物をたしかめ、お前の国の人民たちに見せて、魏の朝廷と親密な関係にあることを教えてやるがよい。そのためにこのような品物をさずけるのだ。

魏の少帝の正始元年——翌年つまり二四〇年です——帯方郡の太守の弓遵《きゅうじゅん》は、建中校尉の梯儁《ていしゅん》たちを使節として倭国につかわした。使節は詔書と印綬をたずさえて倭国におもむき、倭王にさずけ、詔を伝え、金帛、錦罽《きんけい》、刀、鏡、采物《さいもつ》をわたした。倭の王もこの使節に上奏文をことづけ、魏帝の恩恵に深く感謝の意を表した。

正始四年に、倭王はふたたび大夫の伊声耆《いせき》と掖邪狗《えきやく》たち八人をつかわし、奴隷、倭錦《わきん》、絳青縑《こうせいのけん》、緜衣《めんい》、帛布《はくふ》、丹、木狧《もくふ》、短弓矢などを献上した。使者たちは率善中郎将の位をさずけられた。

正始六年には帯方郡を通じて、難升米たちに詔書と官軍であることをあらわす黄色い軍旗がさずけられた。

正始八年には、帯方郡の太守の王頎《おうき》が洛陽《らくよう》の都へやって来た。その報告は次のようなものである。

倭の女王の卑弥呼と、狗奴国《くなのくに》の男王の卑弥弓呼《ひみくこ》とは前から仲が悪く、たえず戦闘を続けていた。倭国の使者の載斯烏越《さいしうえつ》——これは二人の人間か、官名を頭につけたのか、僕にははっきりわかりません——彼はソウルまで出かけて行って戦況を説明した——おそらく援助を求めたのでしょう。

それに対して朝鮮側では、張政《ちょうせい》という官吏を日本へ派遣した。詔書や軍旗などをさずけてこれを応援したのだが、倭の高官の難升米はこれをありがたくいただいて、国中の人々にこのことを知らせた。

そのうちに卑弥呼は世を去ってしまった。径百余歩という大きな墓が作られ、男女の奴隷たち百人あまりは殉死させられ、いっしょに埋められた。

次に男が王位についたが、国中の人々は従わず、内乱が続いて千人以上の死者が出た。

そこで十三歳になったばかりの卑弥呼の一族の娘、壱与を王位につけたら、やっと内乱はおさまった。

むろんこれには張政たちの応援の力が大いに役だっていたことは言うまでもない。それで壱与は掖邪狗という高官に命令して、張政たちを丁重にソウルまで送らせた。

掖邪狗たちは、それから洛陽まで行き、男女の奴隷三十人、真珠五千個、青真珠二枚、かわった模様のついた日本の錦二十四などを献上した。

これでいちおう解説を終わりましたが、なにか疑問はありますでしょうか」

「どうも長々とご苦労さま。だが、君は黥面文身《げいめんぶんしん》のくだりを読み落としたようだね」

「忘れたんじゃありません。刺青《ほりもの》の学術的な研究では日本一と言われる神津博士のことでしょう。きっと一言あるだろうと思って、わざと後まわしにしたんですよ。それでは、そこのところを読みましょう。

男は大人も子供もみな顔と体に入墨をしている。むかしからその使節が中国に来るときにはみな大夫と自称している。むかし夏《か》の国の皇后、小康《しょうこう》の子供は会稽《かいけい》に封じられたとき、髪を斬《き》り体に入墨をして水中に住む蛟竜《こうりゅう》の害を避けたと言われるが、いまの倭人も水に入って魚や貝をとるために、入墨をして大魚や水禽《すいきん》をはらうまじないとしたのだろう。ただし後では肉体装飾という意味が強くなってきたようである。諸国の入墨はいろいろ変わっていて、体の左にあったり、右にあったり、大小の区別があったりするが、これで身分の貴賤《きせん》をあらわしているようである。

第十二段の現代訳は、だいたいこんなところでしょうね」

「なるほど、僕たちはおなじ肌に墨や絵具を入れるという風俗でも、原始人的な単純なものを入墨、芸術的なものを刺青と呼んで区別しているけれども、ここではさらに顔の入墨を黥面、体の入墨を文身と呼んで区別しているのだね……。

ところで、僕の知っているかぎり、男だけが入墨をする民族は、インドシナのモイ族にトンガ島民、サモア島民、ニューギニアの原住民、ボルネオのダイアク族、チッタゴン山地のクユーヨンサー、ナイル川上流のディンカ族ぐらいだ。

また、女だけ入墨をする民族は、ニューギニア、アドミラルティ島の島民、ニューアイルランドのシアラ族、フィジー島民、北海道のアイヌ、ベンガル地方のケーイエン、ジュアン、カルリア、ビルホー、オラアン諸族、アフリカのニロティ族、ワキクヤ族ぐらいだったかな？

男女とも入墨をする民族は、エスキモー、チュクチ、コリヤーク、台湾のアタヤル、ルカイ、ピューマ、バイワン族、海南島のリー族、フィリッピンのイバロイ、カンカナイ、イフガオ、イゴロット族、ニューギニアのコイタ族、ニューアイルランドやロードホウエスの諸族、ニュージーランドのマオリ族、マーシャル、ポナペ、ヤップ、パラオなどカロリン群島の原住民たち、それにマライ半島やビルマ、インドなどにもそんな風習はあったはずだ。このことは高山純という人の『縄文人《じようもんじん》の入墨』という本にもくわしく書いてある。もっともこれは一世代か二世代前までの話だから、今日ではそういう民族にも、こういう風習はなくなったかもしれないが……」

「たしかに、仮に百年前から、新しくはじめる者がなくなったとしても、それから何十年かは前の生きのこりが存在しているはずですからね。日本でも明治になってから、刺青が禁止されたことがあったでしょう。あのときにしても、それまで彫っている人間には鑑札が渡され、過去はおかまいなしということになったはずです」

「それはとうぜんのことだろうな。僕たちのまだ子供のころ、昭和の初めぐらいまでは、アイヌにも琉球《りゆうきゆう》の女にも、台湾にも、まだ入墨をしていた者は残っていたはずだ。ニュージーランドのマオリ族の女が、顎《あご》のあたりから唇《くちびる》の下に、きれいなアクセサリーみたいな模様を彫っている写真もむかし見たことがある。しかし、日本人がむかし入墨をしていたことは、たしか日本書紀にも出ていたはずだね」

「それこそ神武以来ですよ。神武天皇につかえる大久米命《おおくめのみこと》が、伊須気余理比売《いすけよりひめ》に声をかけたとき、女のほうが、男の黥面にびっくりして、

『あまつ　ちどり　まして　などさける利目《とめ》』

と歌ったのです。空をとぶ千鳥よりも目が黒く裂けたように大きいのはどうしたの——という意味ですが、これは彼が眼のふちに入墨をしていたと解釈できるのです。

これに対して大久米命は、

『陛下のお妃《きさき》になっていただくお方を見つけ出そうと大きく眼を見はっておりましたので、とうとう眼尻《めじり》がさけてしまいました。決して入墨をしたのではございません』

と答え、女を納得させて、神武天皇のお后《きさき》にするのですね。

また、履中《りちゆう》天皇のころには、黥面は阿曇目《あずみめ》と呼ばれていたようですが、だいたい阿曇族というのは、海人族、漁師や舟のりたちの一族だということになっています。そういう人々にはこの黥面の習慣があったのでしょう。また『日本書紀』には東国の蝦夷《えみし》は男女ともに入墨をしているという記事もあります。

こういう風俗のことですから、はっきりとした証拠は残っていませんが、ほかの民族の風俗ともくらべて、縄文期、弥生《やよい》期の日本人は、男も女も相当に入墨をしていたんじゃないでしょうか。『倭人伝』の記録もこの点では間違っていないと思います」

「なるほどね。まあ、その時代のミイラでも発見されれば、確実な証拠もつかめるかもしれないが、縄文時代の土偶《どぐう》の中にも、顔にいろいろな模様を刻んだものがあるようだ。

これはいわゆる黥面と考えてもいいだろう。ところで、古代日本人の入墨はアイヌ系だと思うかね？　それとも南方系と思うかね？」

「僕は南方系だと思いますが」

「その点は僕もだいたい異存はないね。アイヌの男は一般的に髭《ひげ》が濃い。だから、あえて顔を飾るだけの必要もないわけだ。それに住んでいる地方が、わりあいに寒い土地だから、どうしても着ている着物が厚くなる。だから、身を文《かざ》る必要もうすいのだろう。アイヌの女性の入墨は結婚適齢期に達したことを知らせる意味があったことは間違いない。ほかの民族、たとえば台湾のいわゆる生蕃《せいばん》の伝説の中にも、『赤い唇をした女は、男に好かれないから』というような言葉も出てくる。こういう感覚はとうぜんのことだが、最近——百年ぐらい前までは、アイヌの女性の間にもあったのだろうね」

「僕もそう思います。少なくとも、黥面はともかく文身という言葉は、南方系の風習を暗示しているようですね。古代の日本人が、北方系や南方系、いろいろな人種の血が複雑にまじりあった混血民族だということは、それこそ誰《だれ》も否定のできない定説ですが、この『倭人伝』に出てくる三世紀の日本人は、そういう意味では、南方系のほうの血がはるかに濃かった民族だったと考えてもいいんじゃないでしょうか」

「この『倭人伝』を信じるかぎり、その点はまず疑いがなさそうだね。しかし、この風俗は五百年の間には、絶滅とまではいかなくても、非常に少なくなったわけだ。僕の記憶では、紀元八世紀ごろには、入墨は身分のひくい者にしか見られなくなった——と書いてある記録もあったように思うが」

「それは間違いないでしょう。『日本書紀』に出てくる文章をすなおに読めば、たしかにそういう結論が出てきます」

「そうなると、そのあたりに一つの疑問が出てくるな。アメリカの心理学者のペイリーの言葉に、

『刺青は性《セックス》そのものである。一方に鋭い針があり、一方には皮膚を破って注ぎこまれる液体がある。与えるものと受けるもの、明らかに性行為の両面が、この風習に具現されている』

というのがあるが、古代人にとってはそういう感覚も、現代人よりはるかに強烈だったろうね……ところが、こういう性に根源を置いた風俗は実に根強いものなのだ。神話に出てくる不死鳥《フェニックス》のように、死んだかと思うとすぐによみがえってくるものだ。現に日本の刺青にしても、明治政府によって法律で禁止されながら、滅びることなく続いていた。そして終戦後の現代では、刺青師たちがお客をさばききれないと悲鳴をあげるほど、盛んになってきたわけだろう。十年前にくらべたら、刺青師の数にしたって、倍増、三

倍増しているはずだがねえ……なぜ、三世紀から八世紀の間に、入墨風俗が日本で絶滅してしまったのだろうか？」

「それはやはり文化の発達に原因があるんじゃないでしょうか？　とにかく八世紀ごろから、徳川時代まで、日本では入墨という風俗は絶滅していたと言っていいわけです。それがまた江戸時代に復興したのは、最初は罪人に対する刑罰としての入墨、それに男と女とが不滅の愛情を誓いあう証拠として黒子《ほくろ》を入れたり、『吉さま命』というふうに、相手の名前を彫りこんだりするところから始まったのでしょう。それがかんたんな絵模様となり、クリカラモンモン的な大刺青となるまでには、やはり百年ぐらいの年月が経っているわけです。江戸時代の刺青の最盛期といわれる天保時代はいまから百数十年前のことです。仮に明治の初めに、今後新たに刺青を彫る者は三年以上の刑に処する——というような厳罰政策をとったにしても、それこそ鑑札をもらっている残存者がいることですから、数十年のあいだは見本といったようなものが残っていたわけでしょう。そうなれば、禁令がゆるんだとたんに復活してくることも考えられます。まして、明治時代の刺青禁止令は、いまの軽犯罪法の前身、警察犯処罰令の対象にしかならなかったんです。刑務所へ行くことはなく、せいぜい警察の留置所に二十九日間泊められるのが最高の罰でした。しかも時効は六か月、それがすぎれば彫ったほうも彫られたほうも何のとがめもうけなかったんですよ」

「君の言うことはよくわかるが、いったい何を言おうとしているのかね？」

「つまり、三世紀から八世紀のある時期に、入墨に対して相当の重刑が科せられたものと考えたら、それから五百年もしたら、完全にこの風俗も絶滅してしまうだろうということです。明治政府の禁止令は、そういう意味では刑も軽すぎましたし、警察が眼を光らす期間も短すぎたので実効がなかったと言えるんじゃないでしょうか」

「そうかねえ……」

恭介はうなずこうともしなかった。

「しかし、たとえばアイヌ族、ニュージーランドのマオリ族などの入墨が絶滅したのは、それこそ歴史的現実でしょう？　彼らが新しい文化と接触したために、古来の風俗が捨て去られるようになったのでしょう」

「その問題はもう少し、つっこんでみる必要があるんじゃないのか？　君は東大医学部に全身の皮を残しているもとの彫勇会会長・村上八十吉のことは知っているだろうね」

「もちろん、忘れられない名前ですよ。『刺青殺人事件』の冒頭には、あの皮の話が出てくるんですからね」

「とにかく彼の刺青が古今無類の大物だったことは間違いないな。針が入っていなかったのは足の裏だけ、あとは掌《てのひら》から顔や頭、手の甲や指の先にまで、何かの模様が彫りこんであったということだ。むかし僕は、彼が自分でこの刺青のいわれを話したパンフレットを読んだことがある。それによると、彼は江戸の町火消の出で刺青も最初は日本人として人なみに、背中胸腹両腕程度のものだったらしいな。ところが彼は明治七年の日本の『台湾征伐』のとき、従軍しているんだ。そして仲間のもの数人といっしょに生《せい》蕃《ばん》の捕虜になったということなんだ。ほかの仲間はすぐに殺されてしまったが、彼はこの刺青が珍しがられたせいか、そのまましばらく生かしておかれたらしいんだよ。その直後に、原住民たちのほうは手まね物まねで、顔に入墨をして自分たちの仲間に入れば助けてやるという意味の意思表示をしたらしい。体のほうの刺青が、彼らに一種の親近感を感じさせたんじゃないだろうか？とにかく彼も命があっての物だねと、その注文をうけいれたらしい。顔に彼らとおなじ模様の入墨を彫り、原住民の女を女房に与えられ、しばらく暮らしていたようだが、そのうちに嵐にまぎれてこの集落を脱走し、日本軍の陣地へ逃げ帰ったというのだね。

その後、彼は日本へ帰って来て勲章ももらったが、こうなると顔の入墨は邪魔になる。毒を喰《く》らわば皿《さら》までと、今度は専門の刺青師のところへ通って、顔中に日本流の刺青をし、生蕃流の入墨の跡をまぎらわせてしまったというんだよ。顔や手の甲、足の甲までの刺青も顔との釣合《つりあい》をとるために、そのとき彫り足したということなんだ……空前絶後の全身彫はこうして完成したんだね。さすが大学にも顔と頭の皮は残ってはいないが、これは解剖のとき医者が遠慮したせいだろうな」

「たいへん面白い話ですが、それはこの邪馬台国とどんな関係があるんです？」

「この村上八十吉の経験談には一つの示唆《しさ》があるじゃないか。生蕃たちは、彼らとおなじ入墨をさせることによって、八十吉を彼らの仲間の一人だと公認したんだよ。八十吉のほうでは日本へ帰って来てから、その後始末《あとしまつ》に困ったが、日本流の刺青を彫りなおすという苦肉の策で、どうやら日本人の社会に復帰再同化できたのだとは思わないかね？」

「それはたしかに理屈ですねえ……」

「そこで話は『倭人伝』の世界にもどるわけだが、大人も子供も、貴人も賤《いや》しい人々もとことわっているくらいだから、この三世紀の女王国周辺では、入墨は同じ種族、同じ国民であることを示す絶対の条件だったと思わないかね。たとえば戦争などがあったときには顔の入墨、黥面や体の文身は、一目で敵味方を区別する絶好の目じるしになるとは思わないかね？　少なくとも戦場では一瞬のためらいが、生死の境に直結することも決して少なくはないんだからな」

「その理屈はいよいよもってよくわかりますよ……たしかに、南方の原住民の入墨にそんな根本的な要素がひそんでいたことは、誰にも否定はできますまいね……」

「そういう入墨風俗が完全に絶滅するには、ただ新文化に接触したためだとは思えないんだ。新しい文化を持ち、しかも入墨をしない人種が権力をとり、征服されたとまでは言えないにしても、支配階級から支配される階級に転落したためだったとは思わないかね？　極端なことを言うなら、異民族の大挙侵入の結果だよ……入墨族が支配権を失って、長い年月経過したら、たしかにこういう風俗が絶滅してもおかしくはない」

「………」

「だからこそ、僕は畿内の邪馬台国がすなおに成長して、そのまま後日の大和朝廷に変わっていったというような説は採《と》れないんだ。邪馬台国から統一国家への数百年の間には、かならず民族移動的な大きな動きがあったと思うが、今日はこれぐらいにしておこうか？　まだ晩飯には早いけれど、喫茶室へ行ってミルクでも飲んでこようじゃないか？　それから明日は九州の分県地図とデバイダーを持ってきてくれたまえ」

恭介は腕時計を睨《にら》んで言ったのだった。

われらいざ旅立たん

その翌日も、恭介はえらく元気だった。研三がやって来るのを待ちこがれていたという表情だった。

「さて、僕も昨夜はゆっくり考えて、いちおうの概念はつかんだのだが、ここに出てくる国々の名前や官名の研究は専門家の研究にまかせてこのさいはいっさい省略していいだろう？

こういうむずかしい漢字を必死に研究してそれが後世のどんな役に相当するか、それとも何々族の祖先にあたるんじゃないか——というような議論を続けることは、僕たちとしてはたいへんむだな邪道に入ることになるんじゃないのかな？」

「正直なところ、その点では僕もまったく同感です」

研三はかるく頭を下げた。

「それでは、君にガイドをたのむ。方法は君に一任するよ」

「それでは最初に、この邪馬台国に関する論争史を歴史順にごくかんたんに追ってみましょう。ただし、神津さんに妙な予断を与えるようなことはできるだけさけることにします。いいですか」

「わかった。早く話をはじめてくれよ」

「この『倭人伝』の記事が日本の書物にあらわれたのは『日本書紀』の第九巻、オキナガタラシヒメノミコト、つまり神功《じんぐう》皇后の部分に転載のような形で紹介されたのが最初です。ただし『書紀』の中には、卑弥呼《ひみこ》イコール神功皇后だというような断定的な言い方は見られません。ただ、これをすなおに読んだ読者の側から見たら、イコール意識も自然に生まれてくるわけです。

たとえば吉野朝時代の北畠親房《きたばたけちかふさ》も『神皇正統記《じんのうしようとうき》』の中で、卑弥呼は神功皇后だとすなおに割りきっています。元禄《げんろく》時代の松下見林という学者も、やはりイコール説でした。

次に出てきたのが新井白石《あらいはくせき》です。六代将軍徳川家宣《いえのぶ》の若いころ、甲府中納言《ちゆうなごん》・綱豊《つなとよ》時代から仕えていた当時最高の大学者ですが、彼もイコール説をとり、邪馬台国《やまたいこく》は大和の国だと断定したわけですね。しかし、魏《ぎ》の国の使節たちが訪ねてきたのは北九州だということははっきりしています。ただ、ここで一言おことわりしておきますが、この使節がほんとうに、邪馬台国までたどりついたかどうかということは、原文を見てもはっきりしないのですよ。結局、白石の到達した結論の趣旨は、

――北九州の首長たちは、それぞれ勝手に王と称していた。その代表者の女首長、卑弥呼が神功皇后の名前をかたったのだ。

ということに尽きるでしょう。

次は『古事記伝』で有名な本居宣長《もとおりのりなが》ですが、彼は九州邪馬台説をとりました。ただ、この九州説には『倭人伝』に書かれた距離や方角や日数などの問題で、明らかに現実と矛盾《むじゅん》すると思われるような点がいくつも出てくるのです。

明治時代、歴史学界の最高権威といわれた那珂通世《なかみちよ》、吉田東伍《よしだとうご》といった大学者たちも、いちおう九州説を支持しています。しかし、こういう疑問点に対してはすっきりとした解決を与えてはいません。

ただ、那珂博士の古代の年代の研究は、たとえ間接的だとしても、この研究にたいへんなプラスをもたらしたことはたしかです。博士は超人的な研究を続けた結果、神功皇后の時代は四世紀の後半だと推定したのです。これで卑弥呼イコール神功皇后説は、ほぼ完全に消滅したわけですね。

それからだいぶ時間がたった明治四十三年には、京都帝大の教授だった内藤湖南《ないとうこなん》――

内藤虎次郎《とらじろう》博士が、邪馬台畿内説を支持する当時としては爆弾的な学説を発表したのです。そのポイントは要するに誤記説ですね。ある部分の『南』というのは明らかに『東』の書き誤りだというのです。

むかし本居宣長は『陸行一月《りっこう》』というところは『陸行一日』の誤りではないか――と言ったのですが、この内藤説はそれに次ぐ第二の誤記説ですね。

この内藤説とほとんど同時に、東京帝大教授の白鳥庫吉《しらとりくらきち》博士は、九州説を強調する論文を発表しました。それもはっきり、邪馬台国は筑後《ちくご》国山門《やまと》郡――いまの柳川《やながわ》市のあたりだとはっきり断定したのですよ。

ただ、この九州説の弱点は、『倭人伝』に出てくる距離が長すぎて、邪馬台国は九州のはるか南方の海上にある孤島だというような推論に追いこまれかねないところにあるのですが、その点について白鳥博士は、この里程は白髪三千丈的な中国人通有の誇張《こちょう》癖《へき》のあらわれだと弁解したのです。ただ、この論法にしたところで、正直なところ、万人を納得させるだけの説得力には欠けていると言ってもいいんじゃないでしょうか？

まあこのあたりから、東大対京大の学問的な対立がはじまったことはたしかです。僕の知らない例外はあるかもしれませんが、とにかく東大出身の学者はすべて九州説をとり、京大出身の学者はすべて畿内説を支持するようになったのですね。

今度の戦争中には、この邪馬台国の研究はたいへんなタブーとされて、論文の発表さえできませんでした。いやしくも日本の国王と名のるような人間が、中国の皇帝に臣従したということは、当時の軍部や、その鼻息をうかがっている文部省の役人たちには、がまんができないことだったのでしょう。

戦争が終わって、天皇家の歴史的研究が自由になってから、邪馬台国の研究はまたすさまじい勢いで復活しました。専門の歴史学者や考古学者だけではなく、素人までが加わって百家争鳴というようなはなばなしい論戦を展開したのですよ。

京大教授の梅原末治博士は、古墳から出てきた副葬品、特に鏡を考古学的に研究して、畿内説を主張しました。東大教授の斎藤忠博士はまたそれに反論を出しています。

榎一雄博士は『放射説』と呼ばれる新説を発表して、九州説を支持しました。この説は後でくわしくお話しするつもりですが、そのポイントは、並列してある国々の名前が、あるところから放射的に、左右に枝わかれしているという考え方なのです。結論としては、邪馬台国はいまの久留米《くるめ》市付近にあったというのです。

大分大学の富来隆教授は、邪馬台国は大分県の中津《なかつ》、宇佐《うさ》あたりだったと推定しています。その方法論としては、この文章の方位はたえず六、七〇度ずつずれている。それを修正しなければ邪馬台国の正確な位置はわからないというのです。彼も『陸行一月』

を『一日』と修正しています。そして河を舟で上ったり下ったりしています。それから僕たちが一高でいっしょだった京都大学出身の直木孝次郎君が最近精力的にこの問題を論じています。彼がどっちの説をとっているかは、言うまでもないでしょう」

「わかるよ。彼ほどまじめな男は、あの当時の一高ではめずらしかった」

恭介はかるくうなずいた。

「まあ、こういった調子です。ほかにも在野のアマチュアの説まで数えあげたら、著書、論文の数は二百以上、その目録だけで一冊の本ができると言われているくらいですから、こういう百家諸説のほうはケースバイケースで採りあげてはどうでしょうか？　それから、いままでの邪馬台国の九州がわの候補地はいちおう書きあげてきましたけれど、これはどうしたらいいでしょうか？」

「まあ、それだけは眼を通したほうがいいんじゃないのかな？　もろちん、その中の一つにえこひいきをするようなつもりはさらさらないが」

「もちろん、あなたのことだから、そんなえこひいきはしろと言ったってできますまいよ。それではこれを見てください」

研三が取り出した原稿用紙の上には、

(1)　筑後山門郡　現在の福岡県柳川市付近
(2)　肥後《ひご》山門郷　熊本県菊池郡小源村？
(3)　肥後玉名《たまな》　熊本県玉名市付近
(4)　薩摩《さつま》大隅《おおすみ》　鹿児島県大隅半島
(5)　筑後御井《みい》　福岡県久留米市御井町
(6)　豊前山戸《ぶぜんやまと》　大分県中津、宇佐付近
(7)　肥前島原　長崎県島原半島
(8)　筑前甘木《あまぎ》　福岡県甘木付近
(9)　肥前千綿《ちわた》　長崎県東彼杵《ひがしそのぎ》町付近
(10)　筑前博多《はかた》　福岡県福岡市付近

と書いてあった。

「まだ、ほかにもいろいろ候補地はあるんですが、僕が調べてみて、有力——とまでは言えなくても、ある程度までなるほどとうなずけるところだけを書きぬいてきたのです。畿内説が奈良県一か所に集中していることにくらべたら、九州説は群雄割拠《ぐんゆうかっきょ》、まさに戦国乱世ですね」

「なるほど、九州の各県がみんな手をあげて立候補した感じだね……おや、宮崎県だけぬけているじゃないか？」

「まあ、そこのところは……ムニャムニャですよ」

「君は、なにか、切り札をかくしているんじゃないのかね？」

「あなたにいまさら、そういう他人行儀なまねはしませんがね……もちろん、神津さんがしかるべき推理的アプローチで、この十か所のどの一つにたどりついても、僕は何とも言いません。ただし、僕に納得がいかなかったら『邪馬台国の秘密』という原稿は書く気になれないでしょうね。もちろん、この十の地点のほかに、どこか新しい終着点があらわれても何とも申しません。ただ、信州上高地《かみこうち》説だけはいかに何でもいただけませんが」

「長野県の上高地か？　そんなとんでもないところに邪馬台国が存在したというような説をとなえた学者があったのかい？」

「そうです。名前のほうは、ご遠慮しますがね。でもそのぐらいならまだいいと言えるかもしれません。僕の知っているかぎり、いちばんの珍説は、卑弥呼は神功皇后で邪馬台国はエジプトにあったというんです。つまり、卑弥呼は紀元三世紀のころ、日本とエ

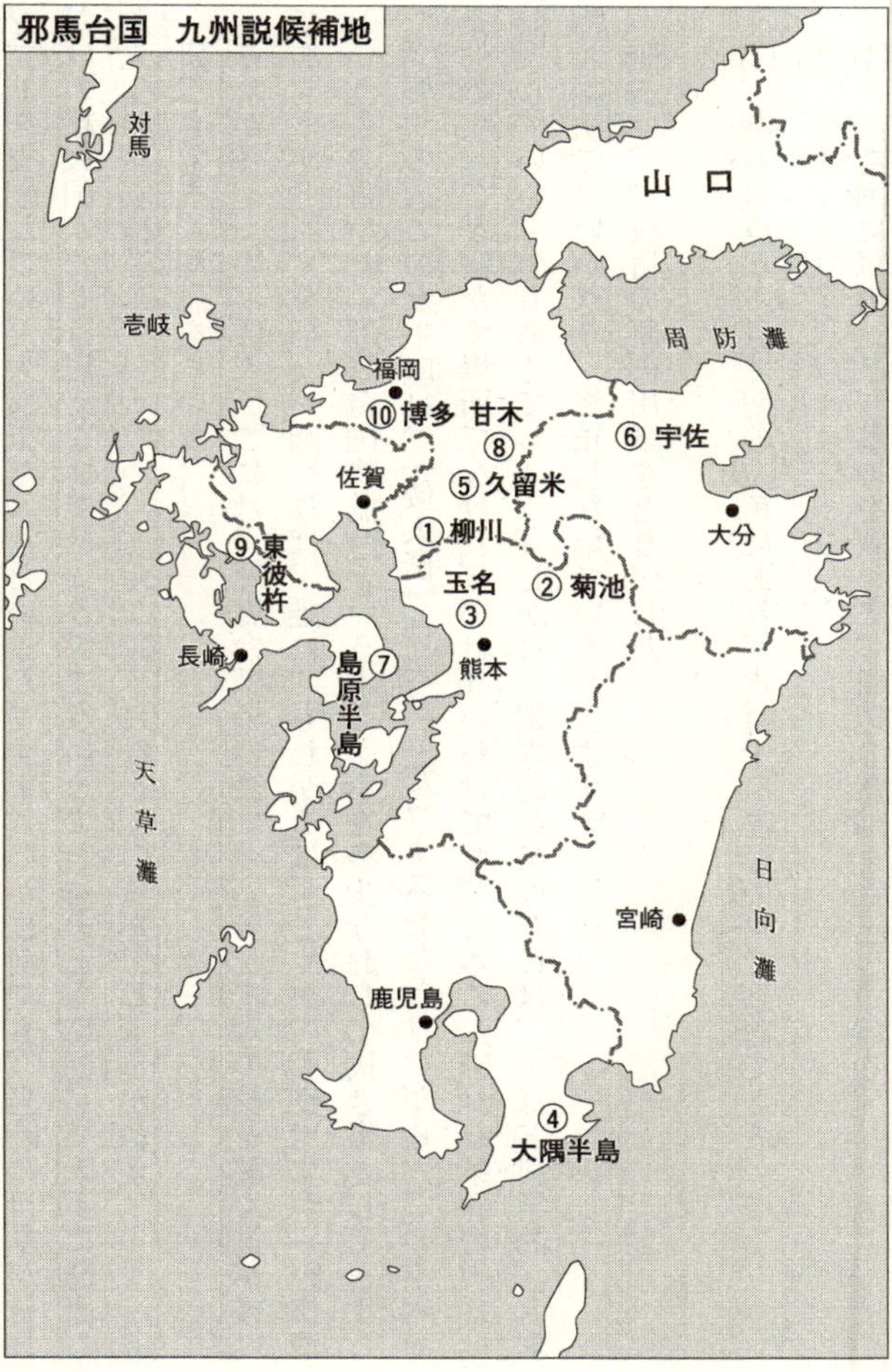
邪馬台国　九州説候補地
対馬
山口
壱岐
周防灘
福岡
⑩博多　甘木
⑧
⑥宇佐
佐賀
⑤久留米
①柳川
大分
⑨東彼杵
玉名
③
②菊池
長崎
⑦島原半島
熊本
天草灘
日向灘
宮崎
鹿児島
④
大隅半島

ジプトを支配していた大女王だったというんですよ。いかに何でも、当時の日本がそれだけの超大国家だとは思えないでしょう。こういうことをまともに信じて天下に発表した先生の頭脳構造は、いったい、どんなふうになっているんでしょうかねえ」

研三も大きく溜息《ためいき》をついた。

「それから、この『倭人伝』には、邪馬台国の特徴について、十六の謎《なぞ》を解く鍵《かぎ》が書いてあります。原文を細かく調べれば、誰にでもわかるはずですが、面倒ですから野津清という人の書いた『邪馬台国物語』という本の記事を多少なおして抜き書きしてきました。要するにこの女王国は、『倭人伝』に書かれたコースをたどりながら、この十六の条件のすべてを満たす場所でなければいけないわけです。もちろん細かな条件の中には、無視していいものもあるでしょう。しかし、根本的な条件だけは、よほど科学的、合理的な論法でないかぎり、修正しないでいただきます」

研三は、二枚目の原稿用紙をとりだした。

(1) ある地点から見て南の方角にあり、水行十日陸行一月で到着できる。

(2) 戸数約七万戸（人口約三十万？）

(3) 伊都《いと》国に軍事（？）基地を置いて、周辺の諸国を威圧している。

(4) 近傍三十国を従えている。
(5) 南朝鮮と密接な関係がある。
(6) 女王卑弥呼は神がかりで、鬼道によって民衆の心を把握している。
(7) 邪馬台国には四人の政治的要人が働いている。
(8) 卑弥呼の墓は巨大で、百人あまりの殉葬者を従えている。
(9) 天然真珠の産地である。
(10) 東には千里の海がある。
(11) 青玉、辰砂などの産地である。
(12) 卑弥呼には千人の女性が仕えている。
(13) その没後には、女が王位をついでいる。
(14) 一人の弟が卑弥呼の政治を助けている。
(15) 卑弥呼には起居《ききょ》をともにするような一人の男がついていた。
(16) 魏国から、金印、刀、銅鏡などをもらっている。

「まあ、こういったところですよ」
「まったくごもっともなご注文だね」

この挑戦状とさえ呼びたいような覚《おぼ》え書《がき》をうけとって、神津恭介はにやりと笑った。

「ただ、念のため、一つ聞いておきたいことがある。いったいこの『魏志・倭人伝』を書いたのは誰なんだ?」

「西晋《せいしん》の陳寿《ちんじゅ》という史官です。二三三年に生まれ、二九七年に死んだようですが、生まれたのは玄徳《げんとく》や孔明《こうめい》で有名な蜀《しょく》の国、いまの重慶《じゅうけい》や成都《せいと》を中心とした奥地だったようです。蜀が滅亡してからは西晋の国につかえて、同時代史とでもいうべきこの『三国志』を編纂《へんさん》したのですね。ああ、それからこれは念のためにおことわりしておきますが、孔明とか関羽《かんう》とか玄徳とか英雄豪傑が大活躍する物語は、むかしから人の血をわかし、吉川英治先生なども現代流に書きなおしておいでですが、こちらの原本は、はるか後世にできた『三国志演義《さんごくしえんぎ》』のほうで、こっちの『三国志』とは本来違うものなのです」

「なるほどね。それでこの記録が信頼できないという説はいったいどこから出ているんだろう? この陳寿にはどこかに山師《やまし》的な性格があったというようなことでも記録に残っているのかい?」

「そういうわけではありません。しかし、陳寿が日本へ来なかったことははっきりしています。もちろん三世紀のことですから、前の記録にどうかなと首をひねるようなところがあっても、それでは自分が実地調査をして確認しようというわけにはいかなかったでしょう。それで彼は、当時はとうぜん残っていたはずの魏使の報告書や、いまでは一部分しか残っていない『魏略』というような本を参考にしてこの文章を書きあげたはずなんです」

「ということは、陳寿がまじめな学者だとしても、そのたよりとした資料に不確実なところとか、でたらめなところがあったので、その結果として、この文章も非現実的なものになってきたと考えられないこともないわけだね」

「まあ、そう言ってもいいでしょう。たとえばこの文章の里程ですが、これは完全に水ましされているのです。これについては、使節たちが出張旅費をかせぐため、距離を過大に申告したという説もあるくらいです」

「そうかなあ？　その里程の問題は後でゆっくり考えるとして、いま君は、この使節たちが邪馬台国までたどりついていない可能性もあると言ったね？　それはどういう意味なんだ？」

「つまり、彼らが北九州へ上陸したことはたしかですが、不弥国《ふみのくに》という国から後の記述がしごく、あいまいなところから出てくる一つの推論です。彼らは途中の伊都国《いとのくに》まではやって来たろう。そこで女王の代理人に、金印や土産物などをわたし、そのまま帰国したのではないか、そういう説もあるのですよ」

「おかしいなあ」

恭介は首をかしげていた。

「これは個人の旅行ではない。また、たとえばヒマラヤ登山隊のように、何月何日までに目的を貫徹できなければ、いさぎよく登高を断念してひっかえそうというような冒険旅行でもないはずだ……。

倭の国からはとにかく使節が洛陽《らくよう》まで行き、貢物を献上しているんだろう。それに対するいちおうの答礼使だ。たとえ邪馬台国のほうが、臣従的な態度をとったとしても、使節のほうではとうぜん女王の都を訪ねなければ、使命は達せられなかったんじゃないのかね？」

「たしかにそれは理屈ですが……」

「邪馬台国のがわとしても、わざわざ自分のほうから朝貢《ちょうこう》を申し出たくらいだから、この魏の使節に対しても、最高の儀礼をつくしたということはまず間違いはないだろう。旅のコースにしたところで、出来るだけ、安全でしかも便利に——という配慮をはらったことだろう。卑弥呼はめったに人に会わなかったとしても、こういう大事な場合には、やはり使節を引見して労をねぎらわずにはおられなかったろう。仮に彼女がほんとうの病気で、起き上がれないほどの重態だったとしたら、弟がその代理をつとめなければならなかったはずだ……。

仮に現在の日本で、どこかの国から新しく大使が赴任して来たとする。とうぜん陛下は宮中で信任状をおうけになり、丁重に御挨拶《ごあいさつ》なさるだろう。こうしないかぎり、この新大使は公式の外交活動を始めることができないんだよ。そこで万一、そのとき陛下が大病をなさっていたと仮定したら、とうぜん皇太子殿下のほうが、国事代行者という資格で新大使にお会いになり、この信任状をうけとられるだろう。

これは世界的に通用する国際儀礼だよ。まあ、これほど厳密な形でなくても、自分から異国との外交交渉にのり出す以上、邪馬台国のほうとしても、それに通じる根本精神はかならず持っていたはずだ……たとえば、ペルリが来朝したときの江戸幕府の態度とは正反対なのがとうぜんじゃなかったかな？」

「……」

「それに、魏の使節団のほうにしても、人数は決して数人程度ではなかったはずだ。国威を示すという意味でも大勢の従者をつれて来なければいけない。大名行列とまではいかないにしても、一行数十人というのはいちおう常識の線じゃないかな？　仮に荷物をはこぶ人夫のようなものは、途中で雇うにしたところで……」

「たしかにそういうことは言えるでしょう」

「これが数人程度の小人数だったら、口裏をあわせて、実際は女王の都へ行かないのだが、行ったことにして復命しようという相談がまとまったとも考えられないことはない。しかし数十人の人間では、そんな秘密が保てるはずはない……。万一、そういうインチキな報告をしたと仮定して、その真相が魏王の耳に入ったらどうなる？　完全に首がとぶだろうね。免職失職というような物のたとえのくびではない。文字どおり一つしかない首がとぶんだ……。また、彼らが正直に、途中までしか行きませんでしたと報告したとしようか。魏の皇帝もご機嫌ななめになるだろうね。突然内乱が起こってとか、悪疫が大流行中でとか、しかるべき理由がないかぎり、君命を軽んじた不とどき者ということになりはしないだろうかな？

とにかく僕には彼らが邪馬台国に到着しなかったということは絶対考えられない。仮に里程の水ましがあったとしても、その謎は、かならずどこかで解けるはずだ。そう思うとますます闘志が湧《わ》いてくるのさ。その使節団といっしょに、指定どおりの道をたどって行けば、かならず幻の女王国にたどりつけると思うんだがね」

「わかりました」

研三は恭介の気力に圧倒される思いだった。

肝臓炎という病気では、無気力状態におちいることもとうぜんなはずなのに、これだけ気力が旺盛《おうせい》だったら、全快も遠くはなかろうと思いながら、

「今度はベッド・ディテクティブにベッド・トラベルの要素がまじった研究ですね。よござんす、タイムマシーンに乗って、紀元二四〇年のソウルにあらわれたつもりで、そこから使節団一行といっしょに日本へ帰ってくるとしましょうか」

「君がいっしょなら心強いな」

「ただ、何度もくりかえすようですけれども、これだけは忘れないでくださいよ。どこかで難攻不落の城にぶつかって、どうしても攻めおとせないと見きわめたら、そこで敗戦処理をして、きれいさっぱり使節団とは縁を切り、光速度でこの病室へ帰って来るという条件ですよ」

「わかっている……」

「それでは、いよいよ出発ですね。方法としては、昨日のように各段ごとに、いちおう自由訳を読みあげ、いちいち検討を進めて行くことにしましょうか」

「いいだろう。僕には何の異存もない」

「では第一段、出発進行と行きましょう。

――倭人は帯方《たいほう》郡、いまのソウル付近から見て東南の大海、山の多い島の上に住み、

国家を形作っている。もとは百あまりの小国に分かれていて、漢の時代には中国へ使者を送り、臣礼をとっていた国もあった。

いま、魏の時代には、三十国が通商関係を結んでいる。

帯方郡から倭の国へ行くのには、海岸づたいに舟でまず韓国に行き、それから南、東とたえず方角をかえ、倭国の北の対岸にある狗邪韓国《くやかんこく》へ行くことになる。その間の距離は七千里あまりである。

こういうところでいいでしょうか。なにか質問はありますか?」

「帯方郡は、その郡庁というような役所が置かれていた場所は、いまのソウル付近だと考えて、間違いはないのかね?」

「それはいままでの定説ですが、べつな異説もあるんですよ。別府の伊勢久信という人が『九州往来』という月刊の地方誌に『女王国のベールをはぐ』という小説型式の論文を発表していたんで、そちらへ手紙で問いあわせてみたんですが……」

研三はノートをひろげて、

「その要点はこんなところです。

『東夷伝』の中の『韓伝』には、

『建安中(紀元一九六―二二〇年)公孫康《こうそんこう》は屯有《とんゆう》県(楽浪郡)以南の荒地を分かちて

帯方郡となす。公孫摸《こうそんぼ》、張敞《ちょうしょう》らをつかわし、遺民《いみん》を収集し、兵を興して韓濊《かんわい》を伐《う》つ。舊民は稍に出《い》づ。この後、倭韓はついに帯方に屬す』

と書いてありますが……」

「松下君、ちょっと……」

恭介は手をあげて口をはさんだ。

「いまの引用文の中で『遺民』というのは、いったいどういう意味なのかね？」

「もと楽浪郡に住んでいた人間たちだとすなおに解釈してもいいんじゃないでしょうか」

「わかった。それで……」

「あとは伊勢説によりますが、この『荒地』というのは、漢江流域のソウル付近とは思えないというのです。たしかに、大同江流域の平壌《ピョンヤン》付近とソウル付近とは、朝鮮半島の二大平野ですし、むかしから沃野《よくや》だったと考えるのがとうぜんじゃないでしょうか？この伊勢説にしたがうと、ソウル付近の平野部は、戸数十万余戸、人口五十万という馬《ば》韓《かん》国に属していたのではないか――ということなんです」

「なるほど、それで伊勢さんは帯方郡の都をどこだと言っているんだ？」

「平壌から見て、ほとんど真南の方角に甕州《ようしゅう》半島がありますが、その半島の東部には、約六〇〇メートル平方の治址《ちし》——役所のあとですね——土壁で固めた治址が発見されたというんです。この治址の大きさは、楽浪郡の治址の大きさに匹敵するし、その付近の墓からは『帯方太守　張撫夷《ちょうぶい》』という文字を刻んだ印か何かも出土しているというんです」

「なるほど、それで学者の中でもその説を採っている人がいるのかな？」

「伊勢さんの手紙では、早稲田大学の駒井和愛教授と大阪工業大学の井上秀雄助教授がこの説を主唱しているようですね。ほかの学者は知りませんが……」

「それで甕州半島の港は？」

「むかしは知りませんが、現在では海州かそれとも甕津《オンジン》か、二つに一つのようですね」

「なるほどな、定説通りにソウルが帯方郡だったとしても、そこから『水行』をはじめるのには、仁川《インチョン》あたりが出発点になるだろう。甕州説をとるとして、海州または甕津が起点、いまはこれだけのことを前提として研究をはじめようじゃないか。それで狗邪韓国のほうは？」

「これはいまの釜山《プサン》か金海の付近だということもほぼたしかです。金海のほうは、いまでは砂のために、港としての機能をなくしてしまったようですが、むかしは良港だったことがはっきりしているのです。何といっても、朝鮮と日本とをつなぐには第一の要点なのですし、当時はおそらく韓人のほかにも日本人が相当以上に入りこんでいたでしょうし、その混血児といったような人間もかなり大勢いたでしょう」

「つまり、完全とは言えないまでも、相当に日本の勢力がのびていたということはたしかだね？」

「どの程度かはわかりません。しかし、一般論としたなら、そう見ても間違いはないでしょう」

「わかった。それではここは切りあげて、海を渡ることにしようじゃないか。僕は一日でも早く邪馬台国へたどりつきたいんだ」

恭介はせきたてるように言ったのだった。

二つの絶島を渡りて

「それでは、第二段の現代訳を読みあげますよ。よござんすか？」

松下研三はノートを手にして講義を再開した。

「——この釜山か金海あたりの港から千里あまり海を渡ると対馬国《つしまのくに》に着く。長官は卑狗《ひく》といい、副長官は卑奴母離《ひなもり》という。絶海の孤島で大きさは約四百里と見てよい。山は険しく、深い森林が多く、道は獣や鹿《しか》しか通れないような悪路である。戸数は千戸あまりだが、良田は無い。海産物を食料として自活し、南北と交易している。

どこかに異議はあるでしょうか？」

「さあ……ちょっと問題にしたいところはあるんだが、いちおう保留して先に進もう」

神津恭介はかるく首をひねって言った。

「この対馬国が現在の対馬だということは、それこそ証明を要しない、万人の認める真理だろうねえ。ところで君はこの島へは行ったことがあるかい？」

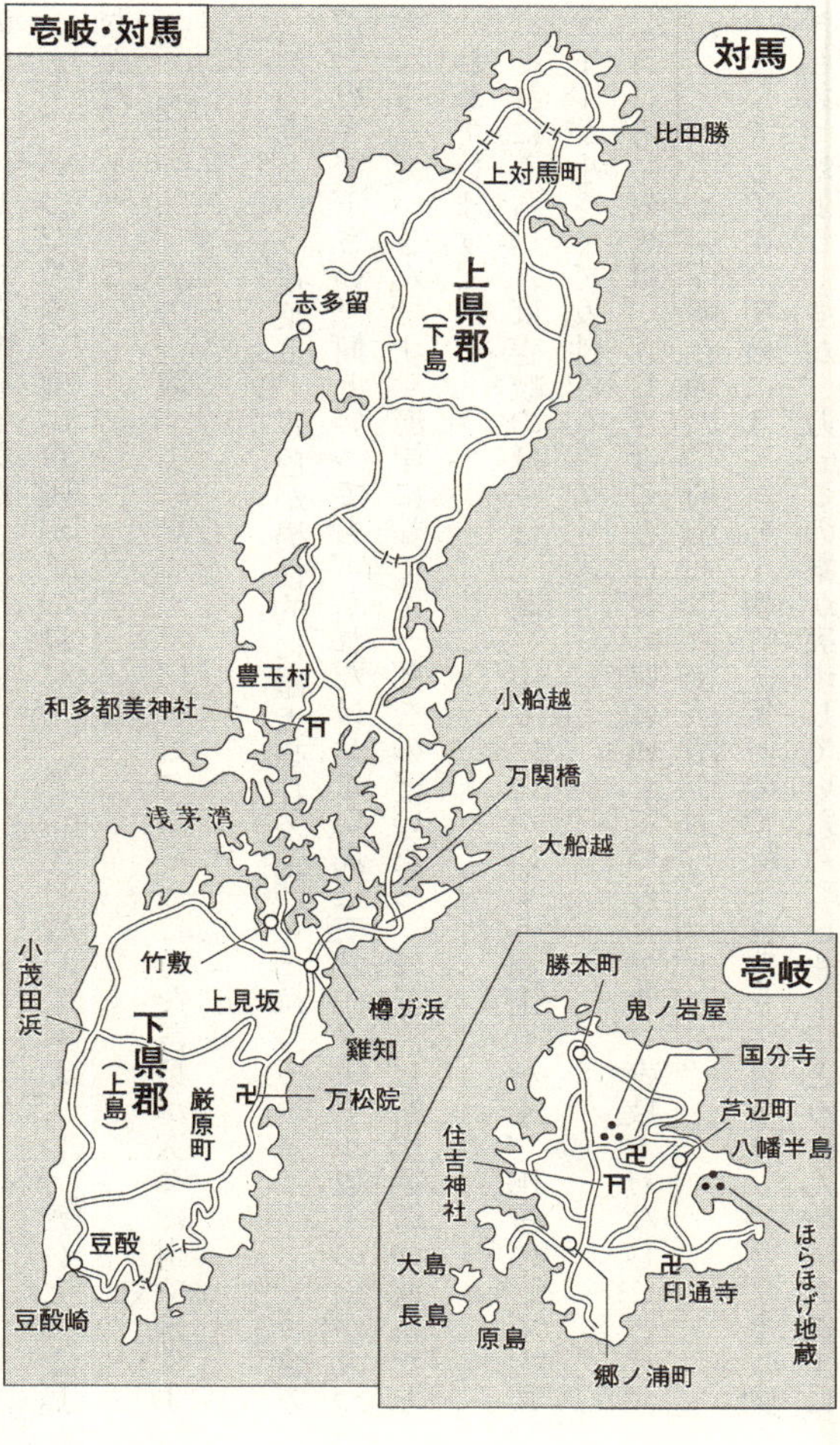

（註）対馬の地図に見られる道路には小型自動車も通行できないところが少なくない。ことに上県郡の東海岸は林道程度の道である。

「あります。一度だけですが、でもそのときは、朝鮮役関係の取材が目的で、『倭人伝』のほうにはぜんぜん関心もなかったんです」

「まあ、いいだろう。邪馬台国がこの島にあったはずはないからね。いったいどんな島なんだい?」

「国境線の島、海の辺境、男の島——一口に言ったら、こんな言葉が次々に出て来ますがねえ……。

男の島という言葉は、景色が男性的に雄大豪壮な趣《おもむ》きを持っている——という含みだと思って下さい。何といっても、これだけせまい島に三〇〇メートル以上の山が九つもならんでいるんです。海岸にしても一部をのぞいたら、ほとんど断崖絶壁の連続だといわれています。

それにくらべれば壱岐《いき》のほうは、高い山といいたいような山もなく、風景にしてもスケールが小さくて女性的なんですよ。

ところで対馬は、ふしぎなことに長崎県に属しているんです。壱岐もおなじことですが、どちらも県庁所在地の長崎市とは直接航路が通じていません。

なんでも昭和の初めには、対馬を朝鮮総督府の管轄下に移しては——というような動きもあったようですが、万一この案が実現していたら、いまではとうぜん韓国の領土になっていたでしょう。

そういうことが頭にあったせいかも知れませんが、やはりこの島の人たちには、人相学的に朝鮮系の血が濃いような気がしてしかたがありませんでしたね。

ところで、いま日本からこの島へわたるには、小倉《こくら》から船で北端に近い比田勝《ひたかつ》へ行くか博多から壱岐を経由して厳原《いずはら》へ行くか、二つのコースしかありません。僕の場合は、比田勝へ着いて厳原からもどったのですから、まあ旅行者《たびんもん》としては、いちおうていねいに見て来たほうでしょう。比田勝─厳原間はバスで四時間かかるんです。

不便なことに、いまのところ、この小倉─比田勝の間の船は、毎日一便しか出ていないんです。どっちも午後の十時に出て、朝の四時に到着するんですから、約六時間の船旅ですね」

「どうして夜しか船便がないのかなあ？」

「理由は実にかんたんですよ、船の中で寝て行けば、一泊分の料金が助かるじゃありませんか。それに、対馬へ行くほうのお客には釣師《つりし》が多いというんです。朝の四時に釣場へ着いたなら、それこそもって来いの時間でしょう。比田勝の宿屋はそういうわけで、午前四時から営業をはじめるんです。厳原行のバスにしたって、午前五時から第一便が出るんです。いまはどうなったかわかりませんが、少なくとも、僕が行ったときの時間はそうでした。

ところで、地図を見ればおわかりでしょうが、対馬は浅茅湾《あそうわん》のあたりから、南と北と二つに分かれたような恰好《かっこう》をしていますね。北のほうは上県郡《かみあがた》でむかしは下島《しものしま》と呼ばれていました。南のほうは下県郡でむかしは上島《かみのしま》だったんです。いつから上・下がひっくりかえったのか、それは僕にもわかりませんが……。

ここはむかしは完全に陸続きだったようです。といっても古い本には、

『満潮の時は島形別れて二部となる』

と書いてありますから、一島にして二島と言ってもいいでしょうね。中央部には大船越とか小船越とかいう地名がありますけれども、大むかしには文字通り空舟をコロみたいな丸太の上にのせ陸地を渡らせたらしいんです。

僕は最初、大船越のほうが距離は長いんだろうと思っていましたが、現地へ行ってみたところ、まったく正反対だったんで、実はびっくりしたんです。しかし、この地名のいわれが、『大きな船』『小さな船』を越させる陸地――というところにあったと考えれば逆に理屈があっています。これだから机上の空論はこわいんですね。

ところで、この大船越に、人工的な運河、船の通る水道が初めて造られたのは寛文十三年（一六七三年）のことだと言われていますが、日露戦争直前に、浅茅湾を水雷戦隊

の基地として使用するために、その近くの万関《まんぜき》というところに、大きな水路が切り開かれたのですね。いまは万関橋というりっぱな橋がかかっていますが、昭和三十年までは細い吊橋《つりばし》だったので、人間や牛馬が転落することも珍しくなかったそうです。なにしろ三〇メートルほど下を渦《うず》まいて流れる潮の凄《すご》さはまるで身ぶるいするくらいですよ。

この橋ができるまでは、上県の和多都美《わたつみ》神社と下県の樽《たる》ガ浜《はま》の間には渡し船が通って土地の人の足になっていたようですね。

ちょっとまわり道になりましたが、僕もこの和多都美神社には寄ってみました。海のことを『わたつみ』とも言いますでしょう。ですからこれは『海宮《うみのみや》』とも読めないこともありませんね。

なにしろ、いまではおまいりする人もそんなにいないのでしょう。鳥居も社殿も潮風に風化されたように白茶けてしまって、荒涼たる廃墟《はいきょ》といった感じが迫ってきます。

しかも僕が行ったときには、ちょうど満潮のころで、ひたひたと潮が満ちて来ると、鳥居の足も見えなくなってしまうんです。社殿全体が海の底へ沈んでしまうんじゃないかと錯覚を起こしたくらい、ドビュッシーの『前奏曲集』の中に『沈める寺』という名曲があるでしょう。あの鐘の音のようなピアノの低音が風の音にまじって聞こえてくるような、そんな気さえしたくらいです」

「なるほど、なかなか音楽的な案内だねえ。景色が耳に聞こえてくるようだ」

恭介は感心したような顔をした。

「この神社のご祭神は、彦火々出見命《ひこほほでみのみこと》と豊玉姫命《とよたまひめのみこと》ということになっています。ところで、『海彦山彦《うみひこやまひこ》』の神話のほうはご存じですか？」

「自慢じゃないが知らないねえ」

「じゃあ、かんたんに説明しましょう。これは『古事記』に出ていますが、原文を読むのはたいへんですから、ごく大ざっぱなストーリーだけ説明します。

むかし、海彦――正確にいえば海幸彦《うみさちひこ》ですが――山彦、すなわち山幸彦と二人の兄弟がおりました。ところが山彦のほうは兄から鉤《つりばり》を借りて釣りに出かけ、鉤をなくしてしまったのですね。しかたがないので、自分の長剣をつぶして、鉤を五百本作り、これでかんべんしてくれと言っても許してもらえない。千本作っても許してもらえなかったのです。

山彦が海岸で泣いていたとき、塩椎神《しおっちのかみ》という神様があらわれて、いい知恵をつけてくれました。『無間勝間《まなしかつま》の小船』という船にのせ、綿津見《わたつみ》の神の宮へ送ったのですね。

山彦はそこで海《わた》の神の女《むすめ》、豊玉毘売《とよたまひめ》と恋仲になりました。結婚して三年はまたたくうちにすぎましたが、そのうちに赤海鯽魚《たい》が鉤を飲んで喉《のど》にひっかけ、物が食えなくなっているという事実が判明したのです。山彦はこの宝物の鉤を持ってめでたく故郷へ凱旋《がいせん》しました……。

お話は、まだこの後にも続きますが、だいたい、神社の由来を理解するためには、この程度でいいんじゃないでしょうか？」

「すると、山彦はこの対馬まで渡って来たということになるのかな？」

恭介は首をひねっていた。

「まあ、神話の解釈はいろいろできるでしょうが、それはいちおう棚《たな》あげということにしましょう。対馬の案内を続けます。

厳原はこの島では現在最大の町です。歴史的には七世紀のころ、天武天皇の御世に国府が置かれたということが記録に出ている最初ですが、もちろん倭人の時代から存在していた町だということは間違いありません。もっとも町という言葉の定義は、いまあんまり難しく考えないことにしましょう。いちおう現地で聞いて来た話では、この厳原よりは北にある雞知《けち》のほうが早くから開けていたのではないかということでした。ここは浅茅湾に面した小さな町ですが、むかしは朝鮮半島のことを『雞林《けいりん》八道』とも言ったはずですから、土地の名前にしたところで、朝鮮系の言葉から出たと考えるのが妥当でしょうね。

それから、むかし厳原は国分《こくぶ》と呼ばれていたそうですが、その名前はとうぜん『国府』から出たものでしょう。厳原と呼ばれるようになったのは明治初年からだということです。

鎌倉時代から明治まで、ここは宗氏《そうし》の城下町でした。宗という一族のご先祖は、壇《だん》ノ浦《うら》の海戦で戦死した平《たいらの》中納言知盛《とももり》だという説もありますが、むろん真偽はわかりません。

ここにある『万松院』というお寺は、この宗氏の菩提寺《ぼだいじ》で、『百がんぎ』と呼ばれている長い石段が名物です。僕が数えたかぎりでは、百三十六段ありました。たしか日本三大墓地の一つということになっていますが、あとの二つはどこでしたかな？

西海岸の小茂田《こもだ》浜には、元寇役《げんこうのえき》の古戦場の跡があります。宗氏の何代目かの当主はここで討死にしたそうです。

それからそこへ行く途中に、対州鉱山がありました。いまは亜鉛の採掘が主なようですが、むかしは銀が主力だったということでした。何でも銀山としては、日本でもいちばん古い歴史を持っているようです。

あとは上見坂《かみさか》と万関の展望台へ寄って、対馬郷土館を見て、『いり焼』という料理を食べました。魚すき料理のちょっと変わったものと思っていただけばいいでしょう。だいたい、これで対馬は見つくしたわけですが……」

「ありがとう。それでこの南と北、上県と下県はどっちがにぎやかなんだね？」

「それは問題になりません。いまでも島の人口は日本に近い下県のほうに集中していて、北のほうの上県は過疎地帯もいいところなんです。三世紀にもそういう比率はほとんど変わっていなかったんじゃないでしょうか。自動車で通ってみても、北のほうはたいへんな原始林の連続なんですよ」

「なるほどね。昭和の現代でもそうだとしたなら、魏の時代にはそれこそ人跡未踏の大森林が、海岸のごく近くまでのびていたんだろうね。

『土地は山嶮しく深林多く、道路は禽鹿《きんろく》の徑《こみち》のごとし』

という表現も、決して白髪三千丈的な誇張ではなかったんだね」

「その点には、僕にしても異議はありませんね。少なくとも、一度でも対馬へ行ったことのある人間なら、それは実感としてうけとれるでしょう。何といっても、雉《きじ》が道路の上で昼寝をしていて、自動車にひき殺されそうになったくらいですからね……」

「それで、この島では、米はどのくらいとれるのだろう？」

「元禄十二年（一六九九年）に、この島の奉行となった陶山《すやま》庄右衛門《しょうえもん》は、百姓たちを督励して、十年間にわたって猪《いのしし》と鹿狩りを続け、やっと獣害を絶ったということが記録に残っています。同じ記録には、三万二千の人口に対して一万八千人分の食料しかとれないということも書いてあります。

また、ずっと古い時代には、新羅《しらぎ》との国交が悪化したとき、防人《さきもり》の官吏の食料として、太宰府《だざいふ》から毎年二千石の米を送ったというような記録もあります。大むかしから食料難に悩まされていたことは間違いないでしょう」

「たしかに、この『倭人伝』の文章は、短い中にも鋭く急所をつかんでいるという感じだね。少なくとも地理的観察では……」

「対馬に関するかぎりでは——と、そのうえにもう一つ注釈をつけましょう」

「今度は君もずいぶん石橋主義になったものだね。よほどその難攻不落の城がこわいようだな」

恭介は真っ白い歯を見せて笑った。

「ところで、保留していた問題をとりあげる前に、次の島まで渡りたいんだが」

「よござんすとも、それでは次に移ります。僕の段分けによる第三段です。

——ここからまた南に瀚海《かんかい》という名前の海を千里あまり渡ると一大国《いきこく》に着く。長官はまた卑狗《ひく》といい、副長官を卑奴母離《ひなもり》という。大きさは約三百里で、竹や木や林が多い。戸数は約三千戸ほどで、田も少しはあるが、自給自足するだけの収穫はない。この国もまた海を渡って南北に交易している。

　だいたいこんなところです。この国名については『一大国』と『一支国《いきこく》』と、どっちかという議論もありますが、ここが現在の壱岐島だということには神津さんも異存はないでしょう？　それなら固有名詞に対する疑義はいちおう棚あげにしてもいいんじゃないでしょうか」

「たしかに対馬と九州の間で見るべき大きな島といったら壱岐だけだからね。どんなに僕が天邪鬼《あまのじゃく》でも、こんなところで横槍《よこやり》はつき出せないよ。ところで、君は対馬まで行ったくらいだから、とうぜん壱岐へも寄っているんだろうね？」

「魏《ぎ》の使節ではないけれども、途中とうぜんの寄港地ですから、対馬の帰りに寄って来ました。もっとも僕の乗った船は郷ノ浦に着いたんですが、ここを足場にして、島内はほぼ一周しましたから、名所はたいていおぼえています」

「それではひとつ、ガイドを続けてくれないかな？」

「承知しました。このイキという名前のおこりはもちろん、はっきりしていませんが、ある本には『雪の白浜』という白砂青松《はくしゃせいしょう》の名所があって、遠くから見ると雪の島のように見えるので、こんな名前が生まれたという説が書いてありました。

『こぎいづる　對馬の渡《わたり》　ほど遠み

跡こそ霞めゆきの濱松』というような古歌も残っているくらいですが、いまならどのあたりになるんでしょうかねえ……。

なにしろ、この島は一名『鍋蓋島《なべぶたじま》』と言われるくらいの平坦な島で、全島を一望にのぞめるような岳《たけ》ノ辻《つじ》展望台にしたところで、せいぜい二一三メートルぐらいの高さしかないんですよ。これはむかしの火山跡で、大和朝廷時代には、のろし台が置かれていたということですが、なにしろ、これがこの島の最高峰なんですからね……。

島の中央には国分というところがあり、国分寺というお寺もあります。ここにむかしの役所、国府があったことは間違いないでしょうね。

この国分の近くには有名な『鬼ノ岩屋』があります。むかしの人間は文字どおり、鬼の住家と思いこんでいたようですが、いまのわれわれの感覚ではいわゆる横穴式石室古墳ですね。大きな石を人工的に積みあげた岩窟《がんくつ》で、羨道《せんどう》と呼ばれる入口の通路が何メートルか続き、それから玄室《げんしつ》と呼ばれる奥の一室にはいります。ここにはむかしこの国の国王の石棺がおさめられていたはずですね……。

国分から南に行くと住吉神社があり、さらに南下すると郷ノ浦に着きます。ここの湾の入口には、大島、長島、原島そのほか、いくつかの島があって、天然の防波堤の役をはたしているので、むかしから良港として発展したのですね。ただ、暗礁《あんしょう》が多いのが玉にきずだったようです。

この島は十六世紀のころから、平戸の城主の松浦氏に占領されましたが、それ以来この郷ノ浦には代官所がおかれ、ミニ城下町として発展したのですね。

ここの宿屋ではずいぶん珍しいものを食べました。まず『うに飯』——これは珍味には違いありませんが、正直なところ、料理としては行きすぎじゃないでしょうか？　一口でいうなら、うにの釜飯ですよ。たしかにうにの産地でなければ、当時五百円という値段で、あれだけ贅沢《ぜいたく》にうにを使うような料理は出来ないでしょうが」

研三は一瞬身ぶるいした。

「一口、こいつをのみこんだとたんに、脳天までツーンと来たんです。たとえば、アリナミンの注射をされた瞬間に、体全体があつくなって、にんにくくさくなるでしょう。あれに近いような感じで、全身がうにくさくなってしまったんですよ。それでもせっかく注文したものだからと思ってがまんして、ビールで流しこみましたがねえ。おかげでその旅行中は、宿屋でふんだんに出て来るうにを見ただけで、ふるえが来るような始末でした。やっぱり生うにというものは、小皿に少々入っているのを、ありがたく酒の肴《さかな》か飯のおかずにいただくものですねえ……。

それから、鮑《あわび》を貝殻《かいがら》のまま海藻に包んで焼いた『藻焼貝』、それに鮑を味噌《みそ》で焼いた『磯焼《いそやき》』――こっちはプラスの珍味でした。あの料理を食べただけでも、ここまでやって来ただけのかいはあったと思いましたよ……。

それから芦辺《あしべ》のほうにもどって、八幡《やわた》半島の南岸には有名なほらほげ地蔵があります。赤い前垂《まえだれ》をかけた六体の地蔵さまが一列横隊にならんでいるんですが、満潮になると海の中にかくれてしまうそうです。どれもみな、おなかに風穴みたいな穴があいているのはどういう意味でしょうか、何ともいえないぐらいユーモラスな恰好なんですよ。

ほかにもいろいろ名所はありますが、もう一つだけ、唐人神《とうじんがみ》をあげておきましょう。むかし、若い唐人の下半身だけが流れついたのを、土地の漁師がセックスの神様として祀《まつ》ったのがはじまりだったようです。

『わたしゃ唐人崎の唐人神よ
　腰の御用ならいつも聞く』

というような歌も残っています。場所はいまの印通寺《いんとうじ》から数百メートル離れた海岸の近くです……。

年中行事としては、鬼凧《おにだこ》とばしとか、祇園山笠《ぎおんやまがさ》のお祭りとか、神功皇后の三韓征伐以来の歴史を持つという御幸船競走とか、いろいろあるようですが、むろん僕は旅行者ですから見ていません。

あの、この島のガイドはこのぐらいで切りあげてもいいでしょうか？」

「どうもありがとう。推理旅行もけっこう楽しいなあ」

恭介はベッドの上に身を起こした。

「ところで、これから保留しておいた問題を論じたいんだが、いったい魏使たちは対馬と壱岐では、どこの港に入港したんだろう？」

「対馬の場合、上県には、比田勝とか志多留《したる》とか、いくつかの港がありますし、下県でも小茂田浜《こもだはま》、豆酘《つつ》、厳原など、いろんな港があるんです。上県の東海岸には、ふつうの地図には出ていないような小さな漁師町も点在しているようですが、ごく常識的に考えたら、途中どこかに寄港したとしても西側から浅茅湾へ入って来て、ここで順風を待ちながら休養をとり、大船越か小船越から外海へ出て、それから壱岐へ向かったと考えるのが常識的じゃないでしょうか」

「なるほど、それで壱岐のほうは？」

「こっちのほうは対馬より、はるかにわかりにくいんですよ」

研三はかるく頭をかいた。

「北端の勝本《かつもと》、西南の郷ノ浦、東南の印通寺に東側の芦辺、いちおうこの四つの港が適地じゃないかと思うんですが、そのどこかはきめきれません。しかし『万葉』をしらべたかぎりでは、印通寺、石田野——というような地名が出て来るだけですし、やはりこのへんじゃなかったんでしょうか？　とにかく、いまでも印通寺—呼子《よぶこ》のあたりにはフエリーが通っていますし、日本本土にいちばん近い港ですから」

「そうかなあ……」

恭介は一瞬の間をおいて、鋭い質問を投げ出した。

「対馬藩の大名は、たしか宗という一族だったね。その宗家の参勤交代のルートはどんなものだった？」

「参勤交代……たしか、宗家はほかの大名とは違って、例外的に三年一度の江戸まいりということになっていたはずですが……」

「三年に一度だろうが、五年に一度だろうが、参勤交代といえば文字通りの大名旅行だろう。

公式の大名旅行なら、そのルートもなにかの記録にのこっていないわけはないだろうと思うんだがなあ……」

「待って下さい。記録はあとで調べるとしてとりあえず記憶で行きましょう。僕は壱岐を調べに行ったとき、勝本町に『対馬屋敷』という地名があることに気がつきました。

いまでは建物も何もなくって、地名だけ残っているんですが、むかし江戸時代には、ここに対馬藩の出張所みたいな屋敷があったらしいんです。ところが、敷地といっても約一五〇〇平方メートル、一名『お茶屋』ともいわれていたそうですから、建物もそれほど大きなものではなかったでしょうね。参勤交代の途中の仮の宿という程度のものじゃなかったでしょうか」

「なるほど、厳原—勝本というのが宗家の江戸へ行くコースだったんだね。とすれば、このときの魏使たちにしたところで、浅茅湾—船越—勝本というようなコースをたどったという可能性は大ありだな」

「さあ、そこまでは、僕にはなんともいえませんね」

「まあ、いいよ。そのことは棚あげにして、次の問題に移るとしよう。とにかく、ここまでにはいろいろと里程が出て来たね。


其の北岸狗邪韓國《くやかんこく》に到る。七千餘里。

始めて一海を度ること千餘里。

居る所絶島にして、方四百餘里ばかり。

又南に一海を度ること千餘里。

方三百里ばかり。

第一段から第三段まで五か所だよ。ところでここに出て来る一里というのは、いったいいまの何キロに相当するのかな？

そう思ったから、僕は一流の出版社から出ている『新漢和中辞典』をしらべてみたんだ。

いくら何でも病室に諸橋轍次《もろはしてつじ》先生の『大漢和辞典』全十三巻を持ちこむわけには行かないからね。

ところが、この本の巻末には、魏の一里は三百歩で四三四・一六メートル、一歩は一・四四七二メートルだと書いてあった。それを見たとたんに、僕は思わずふき出してしまったがねえ」

「………」

「学者というものは、ともすれば精確すぎるくらい精確に物事を追求して行く性癖があるね。もちろん、それは学問の進歩のためには必要欠くべからざることだが、しかし、学問により対象によっては、それがかえって裏目に出て、笑い出したくなることもあるんだ。魏の代、紀元三世紀——その時代に、一里という相当の長さの距離を測定する場合、センチの単位まで厳密に割り出せる測定法があったろうか？　一歩の測定が、ミリの次の単位までは正確に出せたろうか？」

「たしかに、厳密すぎる数字ですねえ」

「もちろん、当時の中国人にしたところで、物指のようなものは使っていたと思うよ。たとえば、鏡の製作というような場合なら、感覚的にミリ単位より下の長さも念頭においてかかったかも知れないね。しかし、それとこれとは別の話だ。かりにこの数字がいちおう正しいとしても、甲乙両地点の距離が百里だと文献に書いてあるから、現在のメートル法では四三キロ四一六メートルに間違いないと言いきれるかね？　そういうことをいったなら、それこそセンターが狂っているといわれはしないかね？」

「まったくですね。僕もある私立大学の助教授とある雑誌で鼎談《ていだん》したとき、その魏の一里の話を持ち出されましてね。あんまり、むこうのいうことが阿呆《あほ》らしすぎたんで、まともに話をするのがいやになって、ビールばっかし飲んでいましたよ……そうそうたしか、

『精密すぎる測定をねらえば、かえって正確さを傷つけるおそれが生ずる』


というような言葉もありましたね」

「それはともかく、いままでのこの問題に関する通説はどうなっているんだ？」

「それにもいろいろの説があって、はっきりしないところがあるんですよ」

研三はあわててノートをくった。

「ええと……漢の時代の『営造庫平制』という本にはこう書いてあるようです。

一歩は五尺　　一六〇センチ

一丈は二歩　　三二〇センチ

一引は十丈　　三二メートル

一里は十八引　　五七六メートル

この計算は一尺が三二センチだという単位から割り出したものです。それから『唐六典』には一日の歩行距離は約五十里としてありますから、二〇・七キロ——それは唐代の一里がだいたい四二〇メートルだという根拠から出ているものですが、まあ平均したなら、一里というのはいまの四〇〇メートルから六〇〇メートルのあいだ、五〇〇メートルぐらいと見ていいんじゃないでしょうか?」

「おかしいな……それが、いままでの学者たちの定説になっているのかね?」

神津恭介は額に手をあてて考えこんでしまった。

「むかし僕は戦争中に北京《ペキン》にいたとき、中国の里程は各代、各王朝によってそれぞれ長さが違っているという話を聞いたことがあるよ。仮に漢代の一里が五七〇メートルで、唐代の一里が四二〇メートルとしても、それはとうぜんのことだろう。しかし、魏の代の一里がその平均ぐらいだろうという推定にはいったいどんな根拠があるんだ?」

「さあ……」

「だからこそ、僕はここに出てくる五つの数字が謎を解く鍵《かぎ》になるんじゃないかと思うんだよ。金海、対馬、壱岐という三つの地点はきまったんだ。この間の距離はいまなら正確に測定できる。対馬の大きさ、壱岐の大きさ、現在実測できる里程もここには出てきているね……こっちに出てくる実測のキロ数とこの文章の里数とをくらべて、一里が何キロにあたるか計算するほうが、そういう古文書にたよるより、はるかに正確、科学的ではないだろうかねえ」

「わかりました」

研三はたたきのめされたような思いで頭を下げた。

「僕の調べたかぎりでは、そういう方法論を採った先人は二人います。野津清氏の『邪馬台国物語』と、古田武彦氏の『邪馬台国はなかった』とにそれぞれの計算が出ています。野津さんのほうは、僕も佐世保《させぼ》まで訪ねて行って会っていますが……」

「個人的な友情の問題は別として、その二人の出した数字は違っているのかい？」

「相当な違いがありますね。一里に対して、
野津説　　約一四〇メートル
古田説　　約七五—九〇メートル

こういうことになるんです」

「なるほど、それでそういう数字の出て来る根拠は?」

「野津説は、対馬と壱岐のところに出て来る『方四百里ばかり』、『方三百里ばかり』というのを、島の一周の長さだと大胆に割りきったんですよ。いうならば『方』という文字の無視ということになるでしょうか。

たとえば簡便法を使って考えて見ますと、壱岐の島は南北一四キロ東西一二キロ、ほぼ円形に近い恰好ですから、かりに一三キロの円と考えれば、その周は約四一キロになりますね。もっとも彼の図上の実地測量では四三キロになるそうですが、これだと一里イコール約一四〇メートル、一キロイコール約七里ということになりますね。

対馬の場合も、過疎地帯の上県を度外視して、下県の周囲だけを測定すれば、やはりおなじような結果が出るのです」

「なるほど、それで古田説のほうは?」

「これは『方』という一つの文字に、こだわりすぎているという感じですね。『魏志東夷伝・韓の条』に出て来る『方は四千里』という文章から、朝鮮半島の南の海岸線を、『もっとも安定した条件の基準測定地』ときめて、それを一辺とする斜方形を想定したのですよ。その一辺の長さは三〇〇キロから三六〇キロの間だから、一里は七五メートルから九〇メートルの間だと割り出したのです」

「おかしいな。そんな方法が実地に則しているといえるかね？」

　神津恭介は首をかしげた。

「現在の地図の上に、相当の長距離になる直線をひき、その長さを測って、正確な距離を云々《うんぬん》しようというのは、完全な現代人的感覚だろう。いったい、三世紀の人間に、そんな精密測量の技術があったと思うかね？」

「それはなかったでしょうね」

「それに、たとえば朝鮮半島中央部の東西両海岸の間の距離を測ろうとしたらどうなる？　その間には山もあれば川もあるだろう。かりに東西を横断する道があったとしたところで、たえず屈曲をくりかえしているはずだろう。その間の直線距離を正確に測る方法は――と聞かれたら誰《だれ》だって、首をひねりたくなるんじゃないのかな？　海の上の距離の測定はなおのことだ。かりに漕《こ》ぎ舟を使うとしても、風や海流の影響を考えなければいけないはずだし、これだけの長距離を漕ぎ続けるあいだ、たとえば北極星のように、たえず一定の位置にとまっているような正確な目標が見つかると思うかね？」

「そういえば、たしかにその通りですねえ」

「それで、古田説で、たとえば壱岐を論ずるとどういうことになる？」

「それは、一辺三百里の正方形に内接している島ということになるわけですが、『しかし〝方三百里〟(二二・五—二七キロメートル)は、ほぼ妥当し得る数値である』といっているんですからね。これでは、実測値のほぼ倍に近い数字になってしまいますね」

「なるほど……」

恭介は眼をとじて、ちょっと考えこんでいたが、

「松下君、それは『方』という一字の解釈に問題があるんじゃないのかな」

と、鋭さをみなぎらせた口調で言った。

「といいますと?」

「たとえば人工の建造物なら『方』という概念も正確に認識できるだろう。『方丈記』という古典もあるが、たとえば方六間の御堂といったら文字通り、六間四方の建築だろう。どこにも問題の発生するような余地はない」

「……」

「その規模がさらに大きくなったとして、都市計画ぐらいの段階までだったら、似たようなこともいえるだろう。古代の中国には、幾何学的に整然とした、当時としては雄大

な規模を持った大都市も建設されたはずなんだ。ここまではいい。だが、自然の地形、たとえば島などを論ずる場合に『方』の概念はあてはまるだろうか？」

「たしかにその通りですねえ……島の形となって来たら、それこそ千差万別ですしね。いまの当面の問題にしたところで、壱岐のほうは、まあまあ円形に近いほうですから、内接または外接する正方形を考えても何とか恰好がつくでしょう。ところが対馬のほうを考えたらこの島に接する方形は、どう補助線をひいてよいやら、ぜんぜん見当もつきませんね」

「だいたい、外接正方形というならまだしもこういうところへ斜方形の概念を持ち出すというのはどういうことなんだ。たとえば一メートルの直径を持つ円があったとして、それに外接する正方形というならば、たしかに一辺の長さは一メートルになるだろう。しかし、これに外接する斜方形といったら、一辺千メートルのものさえ作れるんだよ」

「まったく、その通りでしょうねえ」

「とにかく、古代の中国人だって、そういう自然の地形に対して、杓子《しやくし》定規的な一本調子の論法があてはまるわけはない——というぐらいのことは知っていたろうね。ところが、たとえば島の概略の大きさを一つの数字であらわすとすればどういう方法があるだろう。

東西、南北――この二つの数字がわかれば話はわりあいかんたんだし、面積がわかればば相当に正確な認識も出来るわけだが、そのどちらも無理だとなって来ると……」

「やっぱり、島の場合なら、一周してその長さを測るということになりそうですね……」

「そうだろう。だから僕はここに出て来る『方』の一字は『まさに』と読むのが妥当じゃないかと思うんだよ。少なくともこの漢和辞典にはその読み方は出ているし、『諸橋大漢和』のほうを見たら、もっとくわしい解説も出ているんじゃないのかな？」

「まさに、まさに、まさに――ですねえ。まさに四百里ばかり、まさに三百里ばかり――ですか……。

なるほど、英語にもジャスト・アバウトというような言い方もありますねえ。これだって厳密に考えて見たら、ちょっとおかしな語法ですけれども、感じとしてはわかりますねえ。この『まさに……ばかり』という語法もそれに似た表現型式かも知れませんね」

「あんまり感心していないで、念のために対馬と壱岐のまわりを図上測量してみてくれないか？　この場合には、舟で島の周りを一周したと考えるのが妥当だろうし、曲線測定器《キルビメーター》よりもデバイダーを使うほうが、かえって合理的だと思うよ」

十数分の作業のあとで、研三はデバイダーをおいて頭を下げた。

「なるほど、野津説の通りのようですよ。キルビメーターよりはデバイダーのほうが、誤差は多くなるのがとうぜんでしょうが、舟で一周となるとぴったり海岸線沿いというわけには行きませんし暗礁などが存在する可能性もありますから、図上ではだいたいのことしかつかめませんしね……それで、次はどういうことをすればいいでしょう？」

「それではついでに聞いておきたいが、野津説、一キロ七里説は、この二つの島の周囲だけから割り出したものなのかね？」

「そういうわけじゃないでしょう。だいたい野津さんという人は、それこそ文字通りの『海の男』といいたいような快男子でしてね……僕も佐世保へ訪ねて行ったときは、十時間以上、二人で飲み続け、完全にグロッキーになったんです。

生まれは日本海上の孤島の隠岐《おき》の島で、子供のころには、いか釣りの漁船に始終乗っていて、帆船航法というものは身にしみた感覚になっているわけですね。それから商船学校を卒業して、いろんな船に乗ったそうですが、今度の戦争中には、満鉄につとめて陸上勤務についていたために、危い目にはあわなかったということです。それから戦後は佐世保を中心とする海域の監視船の船長を長くしていて、最近引退したんですね」

「なるほど、そういうキャリアの人だったら海に関する話は信頼してもいいだろうな。それで？」

「たとえば金海と竹敷の間は、汽船航路で約一〇〇キロ、竹敷と勝本の間もそれとほぼ同じ、約一〇〇キロと見ていいようです。ところが帆船航路では、四割増しの一四〇キロぐらいと見るのが妥当だろうというんです」

「どうして、四割も距離がのびるのかね？」

「汽船航路にしたところで、かならずしも直線距離とはかぎらないわけですが、帆船航路の場合には、たえず風が問題になって来るわけですね。近距離を順風を帆にうけて走る場合なら、それこそ直線コースもとれるでしょうが、ふつうはそんなに都合よく行きませんから、たえず蛇行《だこう》の連続になるというんですよ。なんでも『上手まわし』とか『下手まわし』というような、二つの舵のとり方が基本で、その上に細かなテクニックを自由自在に使いわけするようですが、これ以上くわしいことは僕にもわかりません。しかし、帆船航法でそういうことが常識になっているとしたら、汽船航路より距離がのびるということはとうぜんだといえますね。たとえば甲乙、両地点の間をヘリコプターで飛びきるのが汽船航法なら、帆船のほうは地上の屈曲の多い道路を自動車で走るような、そんな感じだというんです。ヘリコプターにとっては一〇〇キロの距離だとしても、自動車のメーターには一三〇キロとか一五〇キロとかそんな数字があらわれたとしても、ちっともふしぎじゃないでしょう」

「そういう距離の伸びは、たとえばスポーツ用のヨットのような現代帆船でもあるのだろうか？」

「僕は念のため、何人かのヨットマンにもたずねて見ましたが、たとえば風に向かって左右約四〇度ぐらいの角度には絶対に進めないのだそうです。だから、そういう場合にはそれ以上の角度で風を横からうけるようにして進んで行くことになるわけですから、とうぜん蛇行の現象がおこるわけですね。距離の四割増しは多少オーバーかなといっていましたが、そういうヨットと武骨な古代帆船との航法を比較するのは、小まわりのきく小型車とダンプの運転法を比較するようなものでしょう。とにかく、この問題に関するかぎりは帆船経験者のキャリアから出た結論を何よりも尊重すべきじゃないでしょうか」

「たしかにもっともな話だね」

恭介は大きくうなずいた。

「とにかく、五つの数字の平均が、実測的に一致して、一里イコール約一四〇メートル、七里イコール約一キロということになったとすれば、しばらくはこの換算率で進もうじゃないか。これで方位と距離については、いちおう科学的に合理性のある方法がきまったことになる。これを武器として進んで行ったら、邪馬台国の再発見は、そんなにむずかしいことではなかろうと思うんだがね」

恭介は朗らかな声で言ったが、研三はこの発言に対しては一言も答えなかった。どんなに、科学的合理的な方法でアプローチしたとしても、難攻不落の城がそうやすやすと陥落するわけはないと、頭の中で誰かがささやいているように思われたからだった。

太閤《たいこう》の睨《にら》みし海の霞《かすみ》

「さて、いよいよ九州上陸だね。またひとつガイドをたのんだよ」

神津恭介はやわらかな微笑をたたえて言った。松下研三もタバコを捨ててノートをとりあげた。

「この部分——僕の段分けでいうなら第四段には、たいして問題はありませんよ。——壱岐《いき》の国からまた千里ほど航海すると、末盧国《まつろのくに》に着く。戸数は四千ちょっとぐらいである。このあたりは山が海に迫っていて、樹木も鬱蒼《うっそう》と繁茂している。前を歩いて行く人間の後ろ姿も見失うぐらいなのだ。

この国の人々は、魚や鮑《あわび》を捕える術に長じていて、海が深かろうが浅かろうが、みな巧みに潜水してこれを採取する。

まあ、第四段はこれで終わりですが、この国がどこかということは、ごくかんたんなクイズでしょう。神津さんにこれ以上のことを解説するのは、それこそ釈迦《しゃか》に説法だと笑われるんじゃありませんか」

「地理的に見て、いちばん壱岐に接近しているのは、佐賀県の東松浦半島ということになるな。常識的に、魏の使節団はこの半島のどこかに上陸したということになるんじゃないのかな。末盧の国に松浦か、なるほど発音のほうもよく似ているみたいだね」

恭介は低く、ひとりごとのようにつぶやいていたが、やがて研三を凝視して言った。

「松下君、君は秀吉《ひでよし》の朝鮮役を主題として長編歴史小説を書くつもりだったんだね。それじゃあ、とうぜん、唐津《からつ》のほうへも、取材旅行に出かけたろうね?」

「とうぜんですとも。戦後だけでも三回行っていますし、長編を書くようなことになったら、このあたりに何日泊まりこんでも、実地調査をするつもりだったんです」

「まあ、そのことは後まわしにして、たしか豊臣《とよとみ》秀吉は、いわゆる朝鮮役のときには、あのあたりまで乗り出して行って、全軍の指揮をとっていたんじゃないのか? 彼のすわりこんだ大本営も、たしか名護屋《なごや》あたりにあったんじゃなかったかな? もっとも僕の日本歴史の知識は貧弱そのものだから、間違っていないとは言いきれないがね……」

「その点に関するかぎりは、絶対に間違いはありませんよ……」

研三もいくらか元気な声を出した。

「僕はあのとき『春なき国』のほかにも、たとえば『海と女の城』というような題の中編を書こうと思っていたんです。肥前名護屋の城に滞陣していた秀吉とその愛妾《あいしょう》たち、それに朝鮮へ出撃して行く将兵たちを素材に使うつもりだったんです。

細かなことをぬきにして、秀吉の朝鮮攻略は、文禄《ぶんろく》元年（一五九二年）から、足かけ七年、慶長《けいちょう》三年（一五九八年）まで続いています。途中に和平交渉の気運が起こって、かなり長期の休戦状態がはさまったので、歴史的には『文禄の役』と『慶長の役』と二つに分けて呼ばれることもあるのですが……とにかく、秀吉は出兵の前の年、天正《てんしょう》十九年（一五九一年）から、肥前名護屋に、大本営の築城をはじめました。唐津市から見てほぼ西北、東松浦半島の尖端に近いところです」

「なるほど、いまの鎮西《ちんぜい》町だね……しかし秀吉がここを根拠地にえらんだ理由はどこにあったんだ？」

恭介は佐賀県地図を睨《にら》みながら聞いた。

「もちろん、ここが壱岐へ渡る最短距離の地点にあるという地理的条件のためでしょう。記録でわかっているかぎりでは、秀吉は最初博多を予定していたのではないかと思われます。天正十五年、本願寺にあてた手紙の中にも、

『博多津、大唐、南蠻《なんばん》、高麗《こうらい》、同國に船着き候あひだ殿下御座所と號《ごう》し、普請申しつけ留守居として小早川在城のこと』

というような文章も残っていますから……しかしこの博多大本営案は、結局秀吉の頭の中のプランだけで終わって、実現はしなかったわけですね。おそらく地理的な知識に詳《くわ》しい誰かの意見を聞いて思いとどまったんじゃないでしょうか」

「なるほどね、当時の秀吉にとっては、どこに新しく城を作ろうがおなじだと思われたろうからね。ところで港の状況はどんなぐあいなんだ？」

「もちろん帆船時代のことですが、天然の良港だったことは間違いありません。湾頭近くには加部島《かべしま》という大きな島が自然の防波堤の役をしていて、呼子《よぶこ》という港をまもっている感じです。ほかにも松島、加唐島《かからじま》、馬渡島《まだらじま》というような島が散在していて、玄界灘《げんかいなだ》の荒波を間接的にでも防いでいるのでしょう。朝鮮へ海を渡って大軍を進めるためには、もちろんたいへんな数の輸送船を必要とするわけ。ですから、この名護屋湾は誰が考えても絶好の根拠地に思われたのでしょうね」

「それでその城跡はどうなっている？」

「もちろん、いまは石垣《いしがき》だけです。この築城のときには、

『わしが思う人　名護屋にござる
　長の留守すりゃ　辛苦でならぬ
エイエイエイ　ソーソーソーソーと

石をひく石をひく……』

　というような石ひき歌もはやっていたというんですが、それもいまでは夏草のあとの夢になってしまったわけですね。天守閣跡の広場の一角には、

『太閤が睨みし海の霞かな』

　という句碑が立っています。僕の行ったときはいつでも天気が悪くって遠望はききませんでしたが、そういう島々は一望に見えました。天気のいい日には、壱岐はもちろん、対馬まで見えるそうです。一年に三日は朝鮮半島が見えるという話もありますが、これはいくら何でもオーバーでしょう。

　この城跡の周囲、約二〇キロぐらいのあいだには当時の諸大名の陣営の跡が点在していますが、もちろんそれは名前だけです。むかしをしのぶよすがといったものは、ほとんどないのですよ」

「なるほどね。太閤の睨みし海——それが現在の壱岐水道にあたっているというわけなんだね。ところで秀吉は一度でもこの海を渡ったんだろうか？」

「それは記録ではっきりしています。秀吉自身が京都を出陣したのは天正二十年——後で改元されて文禄元年になるのですが——その三月二十六日のことです。彼がいつ名護屋城へ入ったかは、いまそらではおぼえていませんけれども、それから後はずっとここ

で遠征軍の後方指揮をとったわけですね……。

しかし、希代の英雄といっても、老境に入りかけて、秀吉もいくらか恍惚化《こうこつか》していたのでしょう。彼の関心事が、朝鮮でなく後方の京都のほうにあったろうということも、その行動から推定できるのですよ。

ここまでやって来て海を渡るどころか、彼は二度も京都へ帰っています。文禄元年の七月には、母親の大政所《おおまんどころ》が危篤だという理由でしたし、その翌年の八月には、秀頼が生まれたという理由からでした。それっきり、彼はこの名護屋城へはもどって来ていません。この城で彼の過ごした期間は、戦争全体の期間とくらべてもごく短かったと言えるんです」

「なるほど、餅《もち》は餅屋だね。朝鮮役の話になると、ノートさえ見ないでそれだけ話せるんだから……ところで、その『春なき国』と『海と女の城』のほうは、いったい、いつ仕上がるんだい？」

「それが……」

松下研三は頭をかいた。

「僕は編集者連中からかげで『題名予告屋』と悪口を言われているくらいでしてね。書こう書こうと思いながら、現在妄想中《もうそうちゅう》なんですよ……僕はよく、小説というものは、妄想、構想、実働の三段階をふんでできあがると言うんです。いよいよ実働となってくれば、机にすわって何十枚でも連続作業はできますがね。この二本の作品に関するかぎり、まだ構想までも行ってはいないんですよ」

「それではこの『邪馬台国の秘密』だけでも早く実働段階へ持って行きたいものだなあ」

恭介は同情しているような、しんみりとした口調で言った。

「それで、今でも呼子と壱岐の間には連絡航路があるわけだね？」

「そうです。フェリーが出ています。三〇キロを一時間二十分で渡れます」

「なるほどね。フェリーの現代はべつの話として、秀吉時代の船だったら、やはり帆にたよっていたことはたしかだね。船の大小はべつとして、航海条件だけを考えたら、西暦二〇〇年ごろの航法ともそんなに変わっていなかったろう。

『又一海を渡ること千餘里、末盧國に至る』

魏《ぎ》の使節としたら、この呼子あたりに上陸したかったんじゃないのかな。すると、この末盧国というのは東松浦半島一帯と考えたいところだが、松浦という地名は、相当に古い歴史を持っているんだろうか」

「それはある程度はっきりしています。少なくとも『万葉集』の時代まではさかのぼれそうなのです。

呼子の港と相対している加部島には、佐用姫《さよひめ》神社という名所がありますが、この佐用姫という女性は実在の人物だったと言われています。

『松浦縣《まつらがた》 佐用比賣《さよひめ》の子が 領布振《ひれふ》りし

山の名のみや 聞きつつ居らむ』

という歌も『万葉集』に残っていますが、その故実は西暦六三〇年代にあったと言われています。

第二十八代の人皇、宣化《せんか》天皇のころ、朝鮮半島で戦乱が起こり、新羅《しらぎ》が任那《みまな》に侵攻したとき、大伴狭手彦《おおともきでひこ》という将軍がこの呼子港から救援に出発したのですね。佐用姫というのは彼の恋人で、山の上に立って、首にかけたスカーフのような薄い布、領布をふって別れを惜しんでいるうちに、悲しみのあまり石になったというのです。いまでもこの神社の境内には佐用姫の化石と言われる『望夫石《ぼうふせき》』という石がありますが、いかに何でもこれは後人の創作でしょう。この石が、衣をかぶって泣きふしている女の姿に似ている――と言われれば、なるほど、そんなふうにも見えますな――と答えるしかありませんからね……。

別の本を見ていますと、佐用姫が別れを惜しんだのは、いまの唐津市の東にある鏡山、一名領布振山からだったと言われています。ここからは有名な虹《にじ》ノ松原を越して、海岸、いわゆる松浦潟《まつらがた》が眼下に見おろせます。

『音に聞き　目には未だ見ず　佐用比賣《さよひめ》が
　ひれ振りきとふ　君松浦山』
『蟬《せみ》の羽　衣に秋を　まつら潟
　ひれふる山の　暮ぞすずしき』

という古歌も残っているくらいですから、どうもこっちのほうが本家本元らしいんですよ」

「なるほど、マツラガタという地名にしても、松浦県か松浦潟かどっちか、わからないというわけだね……ただ、紀元二五〇年ごろはともかく、六三〇年ごろには――おそくとも、万葉時代には、松浦という地名も完全に定着したということは言えるわけだね？」

「それは間違いありませんよ。末盧国から松浦に――こういう地名の変化は、誰が考えてもとうぜんだということになるでしょう。魏の使節団がどの港に上陸したか、その細かな詮索《せんさく》は別として、末盧国が現在の東松浦半島にあたるということは、この問題に関するかぎり、ほぼ定説化しています。あれほどしつっこい論争を展開している畿内論者も九州論者も、この点に関するかぎりは完全に一致しています。ですから、少なくともこの末盧国に関するかぎりは、異論の入りこむ余地はどこにもないのですよ」

「そうかなあ……」

恭介はまだ納得していないような様子だった。

「でも、その恋人が、呼子の港から船出したとすれば、この鏡山からは船は見えないはずだろう。それこそ、こんなことは地図を一目睨んだらわかることじゃないか」

「ただ、ここから、いちおう出発し、呼子に立ちよってから、壱岐に向かったと考えれば、それもわからないことじゃありません。なにしろ当時の帆船は、いまの汽船とぜんぜんわけが違うんですから。それから、彼は博多から出港したという説もあります。唐津—呼子というコースなら、たしかに順路だろうという気もしますが、博多—唐津というのはたいへんな迂回《うかい》航路になりますね。このあたりには、どこか間違いがあるんじゃないでしょうか」

「なるほど、それでこの唐津湾の沿岸には、古くから栄えた港はほかにないのだろうか？」

「それはとうぜんありますとも。鏡山からいったん唐津市までバックしましょう」

何と言っても、このあたりがベッド・トラベルのありがたいところだった。いくらU

ターンしても、時間がどれぐらいむだになった、タクシー代がいくらふえたと気にやむ必要はないのだから……。

「唐津という地名は『カラに渡る津』というところから出たということも、まずいちおうの定説です。ただ『カラ』というのが、中国のことを言うのか、韓国のことをさすのか、そのへんになると議論もありますがねえ……。『津』というのは、いちおう港の古い呼び名と考えていいのですから、この地名も『大陸へ渡る港』と解釈できるでしょう。

ここは小笠原《おがさわら》氏六万石の城下町でしたが、初めて城を築いたのは、秀吉の家来だった寺沢広高です。その石材も名護屋城を築いたときの余分の払い下げだったようです。関が原の戦のときには、彼は東軍に味方して、天草四万石を加増されたのですが、その子の寺沢堅高のときに、いわゆる天草の乱が起こったわけですね。神の子と称する天草四郎時貞が切支丹《キリシタン》の信者三万七千を集め、島原の原之城にたてこもって、寄手の大軍を悩ましたという話は神津さんも知っているでしょう」

「くわしい戦況までは知らないけれども、島原、雲仙《うんぜん》のほうなら行ったことはある。天草四郎というのも、名前ぐらいは知っている」

恭介は情けなさそうな声を出した。

「ところが、この島原は邪馬台国の跡ではないか――というような説もないではないのですよ。いや、これは予断を与えすぎましたかな……いまこの唐津城の跡は、舞鶴《まいづる》公園という公園になっています。虹ノ松原と西松原を両方の翼に見たてて、鶴が舞っているような姿に想定したのでしょうね。いまこの公園にそびえている天守閣は、たしか昭和四十一年に建てられた現代城です。

唐津駅から歩いて十分ぐらいのところには『近松寺《きんしょうじ》』という小笠原氏の菩提寺がありります。ここには近松門左衛門《ちかまつもんざえもん》の墓もあり、太閤の側近だった曾呂利新左衛門《そろりしんざえもん》の造ったと言われるきれいな庭もあります。それからこの寺の山門は、秀吉の造った名護屋の城の大手門を移したものだと言われています。

ああ、それから話し忘れましたが、天草の乱の直後には、幕府は寺沢堅高に戦乱の起こった責任を追及しています。彼はそのとき江戸の邸で腹を切ったのですが、子供もなかったのでその家は絶えてしまいました。それからいろいろの大名がここを治めて、宝暦《ほうれき》のころから水野家の居城となっています。いわゆる『天保の改革』で有名な水野越前守忠邦《ただくに》は水野家最後の城主ですね。彼が浜松へ去った直後の文政元年（一八一八年）ごろからは、水野家にかわって小笠原家がこの城へ入り、幕末までこの地に君臨していたわけですね……」

恭介はこういう説明を聞いているのかいないのか、わからないような表情で、壁の一

角を見つめていたが、やがて、

「松下君、唐津の港の条件はどうなっているんだろうね？」

と問いかけてきた。

「このへんの事情は明治年間にできた『水路志』という本にくわしく書いてあります。『唐津市街は松浦川の左岸に布置し、多量の石炭を販売す。港湾は北にあり、高島、大島（各五五〇フィート）の二島ありて、よく諸風を防ぐ。しかれども北西ないし東の風おこる時は、猛浪港内に入り、錨泊《びょうはく》すべからず、かかる時は船越浦（糸島郡）に避くべし。松浦川口は磊石《らいせき》および砂洲これを閉塞《へいそく》すといへども、その西側に自然の深水道を生じ、潮流ここを疾走す』

こういう潮流や風の関係だけなら、明治時代も紀元三世紀のころも、そんなに変わりがなかったろうと考えていいんじゃないでしょうか」

「なるほどねえ……」

恭介はまた眉《まゆ》をよせて考えこんだ。

「神津さん、なにをそんなにこだわっているんです。呼子の港に魏の使節たちが上陸したという説にたいへんな抵抗が来るんでしょうか？」

「どうも距離があわないような気がしてたまらないんだよ」

恭介は腹から絞り出すような声で答えた。

「いまフェリーは印通寺と呼子の間を往復しているんだね。その距離は三〇キロと言ったろう。これは一キロ七里の換算率でいったら二百十里ということになるわけだね……かりに壱岐側の港が印通寺ではなく、北岸にあるいまの勝本だと仮定しても、距離はそんなにのびそうもない。もちろん直線コースはとれないだろうが、それにしても二〇キロものびるかな……合計約五〇キロ、仮に帆船のコースが汽船の航路の四割増しだとしても七〇キロということになる。これならとうぜん、『一海を渡ること五百里』ということになってくるわけじゃないだろうか？」

「なるほど、そんなことに悩んでいたんですか」

研三はにやりと笑い出した。

「神津さんも少し考えすぎましたね。『負うた子に教えられて浅瀬を渡る』という諺《ことわざ》もあるでしょう。ほかの問題は別として、この問題だけなら、僕にも何とか解けるんです」

「どうして？」

恭介は眼を見はっていた。

「未完の傑作……いや、未完成の労作と言ったほうがいいかもしれませんが、さっきお話しした二本の作品を書くために、いろいろと、むかしの文献をあさりまわったおかげですね……。

とにかく、秀吉時代の日本軍としては、海を越えて大軍を朝鮮に送りこみ、たえず補給を続けるためには、たいへんな数の船を必要としたわけですね。敵の水軍と戦う軍船は別としても、莫大《ばくだい》な数の輸送船が、夏となく冬となく、名護屋と朝鮮の間をピストンのように往復していたわけですね。もちろん壱岐や対馬のような中継基地はあったとしてもです。ところが冬になってくると、風や潮流の関係で、こういう直線コースはとれなくなるというのです」

「それではどういうコースをとるんだ？」

「壱岐のほうからもどってくる船は、いったん東松浦半島と北松浦半島の間にある伊万《いま》里《り》湾へ逃げこむわけなんです。そして鷹島か福島あたりに碇《いかり》をおろし、いちおう休養をとってから、日和《ひより》をえらんで沿岸ぞいに名護屋へ帰って行ったというんです。秀吉の時代でさえそうだったとしたら、それよりずっと小さいはずの三世紀の帆船ならなおのことでしょう。こういう大迂回コースをとったとしたら、仮に七〇キロの航程が一四〇キロになったとしても、ちっともふしぎはないでしょう？　このことは『邪馬台国物語』にも書いてありますし、僕は著者の野津さんからもそのことをたしかめました」

「そうか？　そういう実例も無限と言いたいくらい、前にあったわけだね……それでは、そういう冬期コースまであわせて考えたならば、末盧国は唐津の周辺、呼子港が上陸地点だったと仮定するのも、まず間違いはなかろうということになるわけだね？」

「歴史学ではこういう場合、『比定《ひてい》』という言葉を使うようですが、まあ用語はどうでもかまいませんよ」

そのとき、夕食がはこばれて来た。食膳《しょくぜん》と研三の顔とを七分三分に睨んで、恭介は大きく溜息《ためいき》をついた。

「僕はおなかがすいたんだがねえ……君だってビールが飲みたくなったろう。今日はこのへんで切りあげようじゃないか」

「よくぞ察してくださいましたね。それでは明日また来ます」

研三は喉《のど》をならしながら、病室をとび出したのだった。

魏使《ぎし》たちは東へ進む

その翌日、神津恭介はますます元気をとりもどしたように見えた。

「松下君、いよいよ陸行にとりかかろうか。君の段分けにしたがうと第五段になるわけだね」

と研三の顔を見るなり催促したのだった。

「わかりました。それでは解説を始めます。

――東南のほうへ陸路、五百里行ったところに伊都国《いとのくに》がある。長官を爾支《にき》といい、副長官を泄謨觚《せもこ》と柄渠觚《へいここ》といっている。千余戸ほどの家があり、代々男王に支配され、しかも女王国に統属している。朝鮮からの使節がたえず往来し、駐在しているところである。

それからここに第十五段の解説をつけ加えます。

――女王国の北のほうには、特に一大率という大官を置いて統治させている。諸国はこれを恐れはばかっているが、その根拠地は伊都国にある。

どうも一大率というのは軍事総督、伊都国は軍事拠点という気がしますね。――また国々には監督官がおかれている。魏の国や帯方郡《たいほう》、韓国などの交通貿易は港で検査をうける。文書や品物を女王の所へ送るときの手順は厳格で間違いない。

こんなところでいいでしょうか」

「いいとも。それでこの伊都国というのは、いままでの定説では、いったいどこにあるのだろうか？」

「この国についてもいちおうの定説は出ています。いまの福岡県の糸島《いとしま》半島、その前原《まえばる》あたりではないかということになっています。ここまでは邪馬台九州説の学者も畿内説の学者もだいたいにおいて一致しているのです。考えてみれば、畿内説のほうでは、できるだけこの全体のコースを東へ東へと持って行きたいところでしょう。九州説のほうでは、逆にこのコースをどこかでターンさせたい。ただそれがどうにもできないので、しぶしぶここまでついて来た――まあ、第三者的な無責任な批評をすればこういうことになるでしょうが、それでも極端に対立している両派の意見がこうして一致するのですから、ここではとりあえず、伊都国はこのへんだというような仮定、いや比定をおいて研究を進めてみましょうか」

と顔色をうかがうように言い出したが、恭介は眉毛一筋動かさなかった。

「かまわないとも。楽ができるところでむだなエネルギーを費やす必要はあるまいしね……ところで前原というところは……ちょうど呼子のほとんど真東にあたっているじゃないか？」

「そうなんですよ。『倭人伝《わじんでん》』の方角は、まず第一にここでひっかかって来るんです」

研三は大きく溜息をついた。

「僕たちが採用した方法では、東南といえば東南東から南南東——その間四五度の方角にあたるわけでしょう。まあ、数度の誤差を認めたところで、東を東南と呼ぶわけには行きませんね」

「それで、いままでの学者の説はどうなっているんだ？」

「そこのところは、各人各様といえるでしょうか……。

たとえば、呼子あたりから彼等は最初、南東の方向へ歩き出したのだろう——というのが穏健派だとするならば、畿内説を採っているタカ派的なある学者は、こんなことを書いています。対馬と壱岐の間のところで、

『南に一海を渡る千餘里、一大國に至る』

というのを、

『南というのは、正確にいえば西南というべきであるが、大ざっぱに南としたわけである』

と解説していますが、西南というのはいくらなんでもひどすぎますから、これは東南の誤植だと好意的に解釈しましょう。

たとえば、対馬の竹敷あたりを基点として南南東の線をひくと、完全に壱岐の島を通過します。そして南南東の方角は、方位八分割説を採るならば、南とも東南ともとれる方角ですね。ですから、この点は何の問題もありますまい。ところがこの本には、

『東南陸行五百里にして伊都國に至る……この伊都は律令制の怡土《いと》郡で、今は糸島郡となっている。ここに東南とあるのは今なら東である』

という文章が出ています。たしかにこれはもっともですよ。真東を東南ということは、いくら誤差を認めても無理ですからね」

「なるほど……」

恭介は額に縦皺《たてじわ》をよせて、ちょっと考えこんでいたが、

「ねえ、松下君、このことは第一の疑問点として保留したまま先へ進もうじゃないか。君が、難攻不落の城と表現するくらいだから、そういう疑問点はほかにいくつかあるわけだろう。そういう点は後でまとめて検討した方が、正解をつかむ早道だと思うんだが

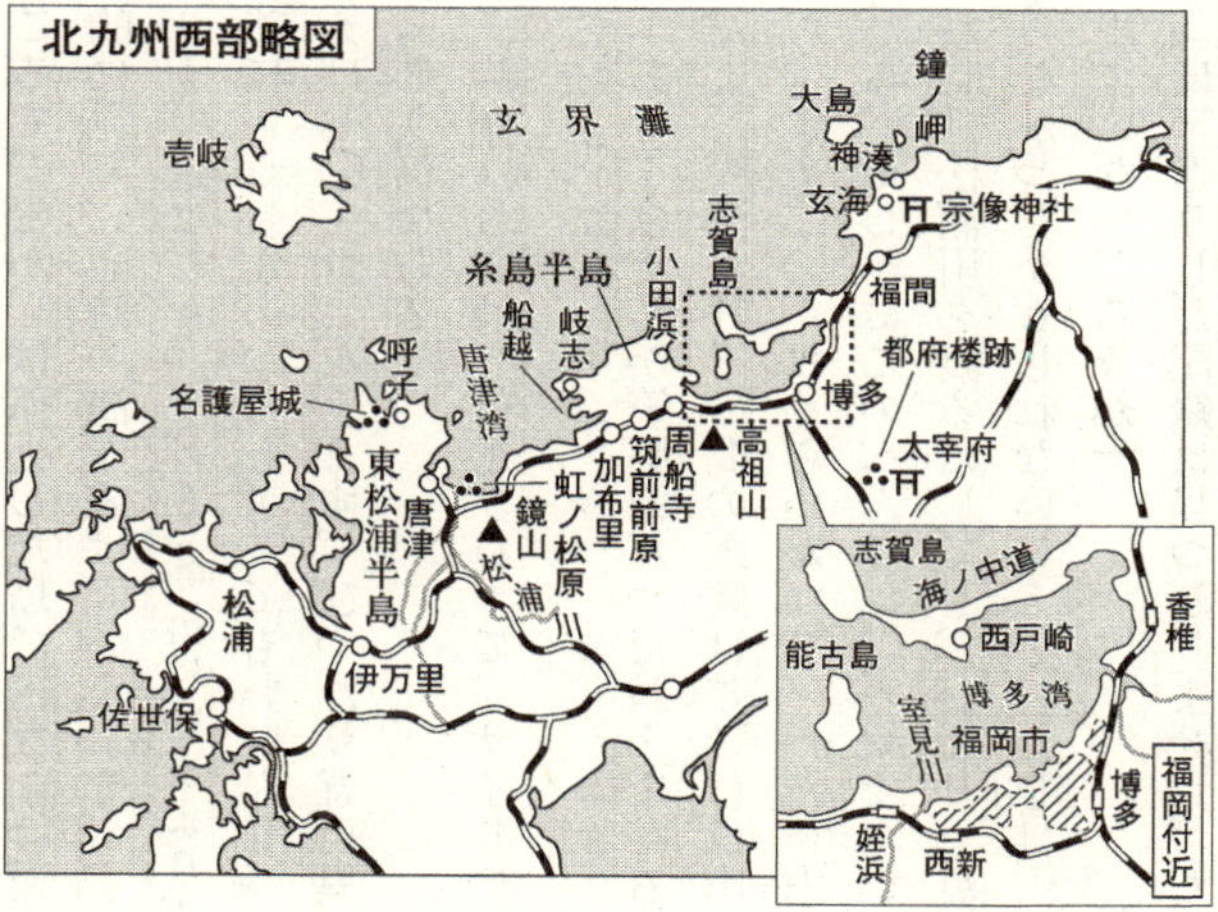

なあ」

「それはたしかにもっともですねえ。それではどういうことをすればいいんでしょうか」

「いちおう、呼子と前原の間の距離を例によって図上測定してくれないか」

「わかりました」

研三はデバイダーを持ち出して、

「これは『陸行五百里』とことわっていますから、海上の直線距離をとれないことははっきりしていますね。ですから呼子から唐津市までの、道路と、唐津から前原までの鉄道線路を測ってみましょう」

と言って作業を開始した。

「だいたい五〇キロぐらいはありそうな感じですね。しかし、この糸島半島にしたところで、むかしは孤立した島ではなかったか——と言われています。ということは一般的に見て、当時の海岸線は、いまよりもずっと内陸側に後退していたと思っていいでしょう。道にしたって紆余曲折《うよきょくせつ》はいまよりずっと多かったでしょうし、三割や四割の誤差はとうぜんあったと考えてもいいんじゃないでしょうか？　五〇キロの四割増しといえば七〇キロになります。ぴったり五百里になるわけです」

「そうかなあ？」

恭介はちょっと首をひねって、サイドテーブルの上から列車時刻表をとりあげてページをくった。

「あそこはたしか筑肥線だったね……なるほど、東唐津——筑前前原間は二七・八キロだよ。唐津と呼子の間の距離はここには出ていないが、バスで三十五分だというのだから、まあ二〇キロぐらいかな？　ただ、君の言ったような海岸線の移動のことまで考えたら、たしかにこのへんで二〇キロぐらいの食い違いが起こってもふしぎはないだろう。当時は松浦川を渡るにしても、かなり上流まで行かなければ、適当な渡河地点は見つからなかったかもしれないし……むかしは、どのへんでこの河を渡ったか、古い記録には出ていないだろうか」

「はっきりした記録は見つかりません。ただいちおうこのへんではないかと想定させるような資料はないでもないんです」

研三はノートのページをくって、

「昨日お話しした鏡山——領布振山の西側に鏡神社という神社があります。ここはいまの松浦川からはだいぶ離れていますが、万葉集の時代までは、このへんに鏡の渡しという渡河点があったようですよ。はるか後世の話ですが、藤原定家《ふじわらのていか》の歌集の中にも、

『沈めけむ　鏡の影や　これならむ

松浦の川の　秋の夜の月』

という歌があるくらいですから」

「鏡を沈めた？」

恭介は眼を輝かした。

「とうぜん、それにはしかるべき故事来歴があったのだろうね？　しかし、鏡というものはむかしはたいへんな貴重品だったんじゃないのかね？」

「そうです。この邪馬台国の論争でも、女王卑弥呼《ひみこ》が魏の国からたまわったという鏡の行方は——というのが、たえず大問題になってくるんです」

「それではまず、その『沈んだ鏡』の物語を話してもらえないだろうか？」

「よござんすとも。『童蒙抄《どうもうしょう》』という文献に出ている記録です。ここに出てくる大伴《おおともの》

佐手彦《さでひこ》という人物は、佐用姫の恋人の大伴狭手彦と同一人物ではないかと思うんですが、このことはまだ調べきれませんでした。

『大伴佐手彦、任邦國を鎭《しず》め、かねて百濟國《くだらこく》を救はんがために、詔を承けてこの地に至り篠原村の乙姫《おとひめ》を妻となす。その容人《ようひと》にすぐれたり。別去の日に、鏡をもつて姫に與《あた》ふ。婦《おんな》その別れを悲しみて、栗川をわたるに、與ふるところの鏡を抱きて川に沈みぬ。これよりここを鏡の渡しといふ』

この原文はこのとおりかんたんですから、なにも現代訳するほどのことはないでしょう」

「なるほどね、もしこの二人が同一人物だったとすれば、彼はよほどの艶福家《えんぷくか》だったんだなあ。しかし、手切金のかわりに鏡をわたしたとすれば、彼としてはやはり最高の誠意を示したわけだろうね」

恭介は溜息をついて言った。

「ところで、鏡山から唐津湾を見おろしたとすれば、海岸には虹ノ松原が見えるわけだが、これは、大むかしからあった松原なのかなあ?」

「古い記録にはこう書いてあります。

『海面は玄界灘にて、海濱砂地の潟白く、夕日さざなみに映じて虹の色をさらし、竝松青として紅白青の色をまじへ、虹を見るがごとし。この故《ゆえ》を以《もっ》て虹の濱といふなり』

名前の由来はこんなところでしょう。沼津の千本松原、天ノ橋立とならんで、日本三大松原の一つに数えられているところですが、歴史的には朝鮮役のころ、唐津城主の寺沢広高が植えたものだと言われています」

「なるほど、当時から植林ということは各大名の仕事の一つだったろうからな。ただ、その植林が成功するかどうかというのは別の話だが、いまこの松原がそれほど有名になったのは、よほど植物の生育にふさわしい条件がそろっていたせいだろうな。

『草木茂盛して行くに前人を見ず』

第四段に出ていたこの言葉にしても、簡潔でしかも的確な表現と言えるだろうな。もちろん、魏の使節が来たころには、この松原はなかったろうが……」

「それはうなずけることですね。九州北部の海岸線は三世紀のころには、いまよりずっと奥地へひっこんでいたかも知れません。この鏡の渡しにしたところで、当時は案外海岸近くだったかもしれません。このへんに、むかし鏡の松原とでもいうところがあったとしてもふしぎはないでしょう」

「ところで、前原というのはどんな所だい？」

「前原と限定しないで、このへん一帯をとりあげて説明してもいいでしょう？糸島郡というような行政組織ができたのは明治二十九年です。それまでの怡土《いと》郡と志《し》麻《ま》郡とを合併して、郡の治部《じぶ》――郡庁にあたる役所を前原に置いたのですね。怡土郡のほうは、『万葉集』にも、『筑前の國、怡土の郡《こおり》、深江の村、小負《こふ》の原の海に臨める丘の上に二つの石あり……』と書いてあります。またこれはだいぶ後世の歌ですが、

『下紐《したひも》を 夕さりかけて ときつれば
　君が身ぞ縫ふ いとの島見ゆ』

というのもありますから、当時はまだ半島ではなく島だったということになるでしょうね……。

ところで、二つの石というのは神功《じんぐう》皇后にゆかりがあります。皇后の新羅《しらぎ》遠征の話は、われわれの年代では、小学校から中学校の歴史で大きくあつかったことですから、いかに何でもご存じでしょうが、皇后は当時妊娠中だったわけですね。日本へ帰って来てから産み落とされたのが、後の応神天皇ですが……とにかく、朝鮮の戦場で産気づいては困ると思われたのでしょう。この二つの石を両方の袂《たもと》に入れて出征された。出産をの

ばすおまじないだったというのですが……」

「そういう石を持って行っても、十月十日ときまったお産をのばすだけのご利益《りやく》はあったのかな？」

恭介はいかにも医学者らしい疑問を投げ出して首をひねった。

「すると、このあたりの開けた歴史は、少なくとも神功皇后の時代までは、さかのぼれるというわけだね？」

「いや、もっと古くまでさかのぼれることはたしかですよ。この近くにはたいへんな古墳群があるのです。

まず東南に五キロほど行ったところに三雲《みくも》という集落があります。高祖《たかす》山の麓《ふもと》、川原川と瑞梅寺《ずいばいじ》川にはさまれた平野の中の何の変哲もない一帯ですが、この近くの南小路《みなみしようじ》、鑓溝《やりみぞ》、それに平原《ひらばる》には、紀元前一世紀のものと思われる土器の窯址《かまあと》、二世紀ごろのものと思われる弥生《やよい》古墳、三世紀——いまわれわれの問題としている時期の東古墳、大きなものだけでも三つは確認されていますし、遺物を掘り出した跡ぐらいなら、それこそ無数と言ってもいいみたいですよ。僕はどうも考古学には弱いんですが、とにかくキリスト誕生以前からこのあたりに相当の人間が住んでいて、集団生活をしていたことは、まず間違いないと言えるでしょう」

「それで、このあたりの港の状態はどうなっているのだろう？」

「まず問題は深江ですが、むかしはもっと奥行きの深い入江だったんじゃないでしょうか。いろいろ調べてみたんですが、このあたりにはたいしたものはなさそうです。弥生時代の古墳は一か所あるようですが、港としてはたいしたことはなかったんじゃないでしょうか。

ただ、後世のほうにかえって面白い話があります。例の朝鮮役ですが、秀吉は名護屋と往来する際に、ここを中間の宿舎に定めていたのですね。ところが淀《よど》君がここで霊夢を見て妊娠した――その子が後の秀頼だったというのですね。秀吉が狂喜乱舞して、土地の神社に、『誕生山神護寺秀覚院《たんじょうさんじんごじしゅうかくいん》』と名前をつけたというのも、無理はなかったかもしれません」

「ほかには？」

「加布里《かふり》の漁港もむかしはかなり重要な港だったようです。遣唐使の船団はここからも出発したという説があります」

「ほかには？」

「前に唐津のときに問題になった船越がありますね。これは今でも漁港ですが、この名前の由来は『続風土記』の中に出てきます。

『船越浦は北風烈しき時は、漁人その舟を海より引きて南海へ越し、南風強ければ此方の船を北海へ越す。この漁のために、風によりてあなたこなたへ舟を引越しけるゆゑ、その名起る』

この文章にも『海より引きて』と書いてあるくらいですし、対馬の大船越や小船越とおなじように、船を陸路移動させたと考えるのが常識的じゃないでしょうか？　舟を漕《こ》いで風むきによって泊地を変えるというなら、ごくあたりまえのことでしょう。べつにこうして特筆大書するようなことではないと思うんです」

「そうだろうねえ……というと、この港は古代でも、それほど重大な意味を持ってはいなかったんじゃないのかな？　せいぜい唐津の避難港としてぐらいの役しかはたしていなかったんじゃないのかな？」

「たしかに、風のかわるたんびに舟の丘越しじゃ、当時の人間だっていいかげん音をあげたでしょうからね」

「そのまた北には岐志という漁港があるね。ここの歴史は？」

「僕の調べたかぎりでは、古い記録は見あたりません」

「ということは、糸島半島の西側、唐津湾に面したほうには、自然の良港がないというわけだね……それでは、博多湾に面した東海岸のほうはどうだろう？」

「これなら、いくつか候補地はあります。いまの小田浜のあたりですが、ここはむかし韓泊《からのとまり》と言われていたことはたしかです。

『沖邊より　潮滿ち來らし　可良《から》の宇良《うら》に

あさりする田鶴《たづ》　鳴きてさわぎぬ』

と『万葉集』にもありますし、また『続風土記』にも、

『唐泊は今津より一里半西北に在り。昔は今津に異國の船來り集りしが、此所も今津と其の浦めぐりて近きゆゑ、韓人の宿する亭《てい》を置きしにより、韓亭と言へるにや、また能古島《のこのしま》と唐泊は其の間二里餘の海を隔たれども、向ひに相對して近く見ゆ。古人、敵泊能古の浦波と續けて詠《よ》める。よく境の趣に叶《かな》へり』

という文章が出ています」

「なるほど、それで今津のほうは?」

「これは『今の港』という意味の地名とうけとれます。いつの時点かはしれませんが、むかしの港にかわって新しくできた港と解釈していいでしょうか。しかし、僕の調べたかぎりでは、古い記録にはこの地名が見あたりません。せいぜい、源平時代に、平重盛が病気になったとき、ここにいた中国人の医者を迎えたというくらいのものです。また、文永八年に蒙古《もうこ》の使者はここまでやって来て、太宰府に書状を送ったというんです

が……」

「なるほどね。それでは、伊都国がこの糸島半島にあたるとすれば、今津と加布里が表玄関、裏玄関に相当すると見ていいのかな？」

なぜか恭介の顔色は冴《さ》えなかった。こう言いながら、彼はしきりに首をひねっていた。

「なにか、疑問があるんですか？」

「どうもこの土地は中途半端なところにあるという気がするんだよ。千余戸ほどの家があるというのだから、人口はいいところ数千人と見るのがあたりまえだろう。しかも朝鮮からの使節がたえず往来して、常駐しているというんだろう。しかも、これはいま君の言った第十五段だが、一大率と呼ばれるような権力者も、この国に役所のようなものを置いていたわけだろう。

ところが次に出てくる奴国《なのくに》には、二万あまりの家があるんだろう。人口もとうぜん十万近いと見てよい。しかも百里という距離は七里一キロの計算でいったら、たった一四キロだ。それこそ東京、川崎間とおなじ距離なんだよ……常識的に考えても、奴国のほうに常駐するのがあたりまえではないのかな？」

「そうですね……日本の幕末の開国当時、外国の公使館を横浜に置かせて、江戸へは入れなかったのと同じようなものだったのでしょうか？」

「その比較は成り立たないんじゃなかろうか？　当時の横浜は外国人たちにとってはそれこそ日本の表玄関だった。江戸のほうには直接船は入れなかった。だから横浜に足がかりを——と考えたのはよくわかる。しかしイギリス公使館はあのとき品川の御殿山まで進出して、薩摩《さつま》の浪士たちに焼きうちされたんじゃなかったかな？」

「それは、たしかな歴史的事実ですねえ」

「どうも、そういう眼《め》で見ると、この前原というところは、地理的に重要なポイントとは思えないんだ。南は山で北は海、たしかに東西の交通をおさえるためには要所だろうが、地理的になるほどここが急所だと思わせるような特徴はないじゃないのかな？　唐津のほうならまだしも、そこからすぐ南に陸路をとって伊万里から佐世保のほうへ向かうことも考えられる。こうして地図で見るかぎり、国鉄の筑肥線にしても、国道二〇二号線にしてもたいして高いところは通過していない。福岡のほうはなおのことだ。東南のほうに道をとれば、有明海《ありあけかい》に出るまでは一面の平野じゃないか。東北のほうへ向かっても、それこそ遠賀川《おんがかわ》流域の広い平野がひかえているわけだろう。

一大率というのが、どういう存在なのか、それはあらためて考えるとしても、もしも総督のようなものだとしたら、その役所はこの場合には唐津とか博多とか、こういう交通の要地に置くのが自然じゃないのか？　それを相手にしなければいけない朝鮮大使にしたって、とうぜんその近くに住むんじゃないのかな。

まあ、小田のあたりには韓亭というホテルみたいなものがあったろうし、地理的にも重要性はあったはずだから、僕も全面的には否定しきれないのだが……」

「わかりました。そういう疑問はたしかにもっともだと思いますが、この点については傾聴に値すると思われる一説もあるのです。それについて、一言ふれておきましょうか。

当時ここには、たとえば玄界灘水軍とでもいうような軍船部隊の根拠地が存在していたことも考えられるというのです。たしかに、古代のわが国では、道路も完全に整備されてはいなかったでしょうし、天候にさえめぐまれれば、舟による移動が徒歩による陸上の移動よりもはるかに早いということは、この時代の人間にとっても常識以前の知識だったでしょう。古代の戦争というものにも、案外、敵前上陸作戦が重視されていたかもしれませんね……。

そういう意味では、伊都国、この糸島半島のあたりは軍事根拠地として重大な戦略的ポイントではなかったかという考え方なのですが……」

「そうかなあ？」

恭介は苦い顔をして言った。

「しかし、軍事根拠地というならば、それには当然『仮想敵』という概念がともなうはずだよ。その敵が攻めてきたならこうして防ぐし、その敵を攻める場合はここを根拠地として進撃する――そういう作戦を頭に入れて、初めて軍事根拠地というものは存在意義を持ってくるんじゃないのかな？」

「それは、とうぜんのことでしょうね……」

「それでは邪馬台国にとっての、この仮想敵はどこだったんだね？」

「……」

「女王の国から見て南にあたる狗奴国《くなのくに》――これは仮想敵どころではない、現実の敵国だったろう。この原文にもちゃんと書いてあるくらいだからな……しかし、女王国から見て南にあるはずのその国との戦争に対して、この玄界灘に水軍根拠地を置いたところで、どの程度の意味があるのかね？」

「……」

「玄界灘から北の朝鮮、大陸に対する軍事根拠地かね？　だとすると、話はますますおかしいな。韓国と倭国はそのころ、ある程度まで血を分けた友邦国家だったんだろう？ 卑弥呼は朝貢という形式をふんでまで、魏の国と友好関係を結ぼうとしたんだろう？ それを仮想敵として軍事根拠地を造るというのは、たとえば昭和二十年代に、日本がアメリカを仮想敵として軍事根拠地を作ったような、おかしなことになりはしないかな？」

「……」

「このとき、日本が統一国家になっていないで、たとえば北部九州連合国、大和付近の畿内連合国、出雲《いずも》あたりの山陰連合国、瀬戸内連合国というような、いくつかの中国家群に分かれていたとしよう。その可能性もたしかに大ありと思うんだが……この伊都国が、そういうほかの中国家を仮想敵とする軍事根拠地だというのなら、僕もたしかにもっともだとうなずくがねえ。それにしては、この糸島半島はえらく中途半端な位置にありはしないかなあ……そういう意味で、ここが軍事拠点だということは、僕には納得がいかないんだよ。まあ、それにしてもこんなところで、あんまり時間をつぶしていてもしようがない。ひとつ次の国まで前進しようじゃないか」

「それには、異存はありませんが……」

「ただ、松下君、このことは忘れてはいけないと思うんだが、魏《ぎ》の使節団はたえず大きく東がわに進んでいるね。末盧国《まつろのくに》へ上陸してから、東南へ進んで伊都国へ、さらに東南へ進んで奴国へ、東へ進んで不弥国《ふみのくに》へ、彼らの歩いている方向が、たえず大きく東がわのほうをめざしていることは間違いないわけだ」

「と言いますと？」

「もしも、彼らの目標の邪馬台国が西九州、たとえば有明海の周辺にでもあったとしたら、彼らはこんな東向きのコースはとらなかったんじゃないのかな？　たとえば唐津のあたりから、伊万里——佐世保——大村というようなコースをえらんだか、たとえば——唐津——佐賀——柳川というようなコースをえらんだか、どっちにしても、唐津——糸島——博多というようなコースをえらぶより、はるかに距離も短くて便利だったろうと思われるんだがねえ」

金印の島をめぐりて

伊都国の性格に対する神津恭介の疑問は、たしかに鋭く急所をついているようだった。もちろん、松下研三はこの時点では、この疑問が後でどう解明されるか、ぜんぜん見当もつかなかったのだが……。

「それでは、第六段にかかりましょう。

――東南のほうに、百里進むと奴国に着く。長官を兕馬觚《しまこ》といい、副長官を卑奴母離《ひなもり》という。戸数は二万あまりである。

本文のほうに問題点はなさそうですね。われわれの推理にしたがえば、東南東から南南東の間に約一五キロ――そういう地点を探せばいいのですね？」

研三もしだいに作業になれてきた。恭介よりも早く時刻表をとりあげて、

「前原から博多まで、筑肥線はほぼ東のほうへ向かっています。方角を考えるかぎりこれも失格、第二の疑問点ですね。博多、前原の間の距離は二四・五キロですが、前原を

起点にとって考えると、一五キロではいまの姪浜《めいのはま》と西新《にしじん》、この二つの駅の間ぐらいに来ると思います。だいたい、室見川《むろみがわ》の河口あたりでしょうか。現在の福岡市街の最西端、こんなところじゃないでしょうか」

「なるほど、市街の中心部にはまだ入れないというわけだね？」

「でも、神津さん、今度ばかりは、足をいくらかのばしても、福岡市街へのりこむわけにはいかないんですよ。当時、福岡市の大半はまだ海の中にあったはずです。ですから、いまわれわれが鉄道線路ぞいにやって来た到着地点にしたところで、もっと南によったところに修正しなければいけなくなるかもしれませんがね」

「そう言われてみれば、いつか学会があって福岡へ行ったとき、志賀島《しかのしま》まで案内されて、ここはむかしはほんとうの島だったと説明されたことがあったな」

「それは地理学的には、はっきり証明されるようです。弥生時代には現在の海ノ中道はまだできていなかったはずです。志賀島はもちろん独立した島でしたし、西戸崎《さいとざき》のあたりが一つの島、新宮《しんぐう》のほうも二つぐらいの島に分かれていたようです。この四つぐらいの島が砂州で一つにつながったのは、いつごろだったかわかりません。まあ、この三世紀のころには、島かそれとも半島かどっちの可能性もあるとして、研究を進めようじゃありませんか」

「それはぜんぜん異存はないが、この博多付近を奴国だと仮定——いや比定することには問題はないだろうか？」

「それだけは、ほぼ決定的な定説だと言っていいでしょうね」

研三は、声に力をこめて答えた。

「志賀島からは問題の金印が発見されているからですよ。神津さんだって、志賀島までおいでになったなら、金印塚はごらんになっているでしょう？」

「いちおう石碑の前まで行ってみたがねえ。こんなことになると思ったら、案内板の説明を写真にとっておけばよかったなあ」

恭介は苦笑いして言った。

「あそこの説明には、どんなことが書いてあったか、僕もおぼえていませんが、そのぐらいのことなら充分説明できますよ……。

記録によると、天明《てんめい》四年（一七八四年）に、この島の百姓、甚兵衛が大きな石をどけようとして偶然発見したらしいんです。彼は正直者だったらしくって、猫《ねこ》ばばしようかと鋳《い》つぶしてやろうとかは考えず、そのままおかみにとどけ出ました。こうしてこの貴重な金印は当時の博多藩主、黒田家の家宝となったのです。

その大きさは二・三センチ平方、重さは一〇八グラムだということです。表面には、

『漢委奴國王』

という五つの文字が彫ってあり、蛇鈕《だちゅう》という蛇《へび》の形をしたつまみがついていたと言います。これが本物か偽物かということについては、だいぶ論争もあったようですけれど、学問的に本物だと認定されて、たしか国宝に指定されたと思いました。現物は黒田家にあり、その模造品は東京の国立博物館の大金庫の中におさめられているという話ですが、もちろん僕は写真しか見たことはありません」

「それでこの五つの文字は、いままでの定説では何と読むのかな？」

「まあ『漢《かん》の委《わ》の奴《な》の国王』と読むのが定説のようですね。もっともむかしの発音ですから、いまわれわれが振仮名をすなおに読むのとはちょっと発音が違っているかもしれませんが」

「それで、この金印に対する中国側の記録は残っているのかね？」

「あります。もちろんこの『魏志《ぎし》・倭人伝《わじんでん》』にくらべたら、それは短いのもいいところですが……。

日本――倭という国名が、中国側の文献に初めてあらわれたのは、年代不明の『山海経《せんがいきょう》』ですが、一世紀に作られたことがはっきりしている『前漢書』には、

『樂浪《らくろう》の海中、倭人有り、分れて百餘國と爲る。歳時を以て來り獻見す』

というような文章が残っています。

楽浪というのは、前にも言ったように、いまの平壌《ピョンヤン》付近ですが、この地名が生まれたのは紀元前一世紀のことです。とにかくそのころから北九州の人間は、船でこのへんまでは出かけていたことはたしかでしょうね……。

その後、五世紀に作られた『後漢書』には、

『建武《けんむ》中元二年――西暦五七年です――那奴國、貢を奉じて朝貢す。光武――当時の後漢の皇帝の名前ですね――賜うに印綬を以てす』

と書いてあります。志賀島で発見されたこの金印は、これではないかと推定されるのですよ。

その後、紀元一〇七年には、倭の国王が生口百六十人を献上したという記録も残っています。生口というのは、いちおう奴隷と考えてもいいでしょうが、この国は後に『倭面土国』とも呼ばれました。……とにかく、邪馬台国《やまたいこく》以前の日本は、中国側の歴史には、これしか跡をとどめていません」

恭介はベッドの上に身をおこし、研三がメモ用紙の上に書き続ける難しい漢字をじっと睨《にら》んでいた。

「なるほど、それでは奴国はこの志賀島に比定したいところだが、いくら何でもこの島

には何万人という人間は生存できはしないだろうな」

「それはとうぜんのことでしょう。ですからこの島を含む博多湾の周辺、かなりの広さを持つ一帯の地域が当時の奴国にあたると想定するほうが、自然で妥当じゃないでしょうか」

「でも、この貴重な国王の金印が、この島から発見されたというのは、いったいどうしてなんだろう？」

「その疑問はたしかにもっともです。あの金印塚にしたところで、当時の国王クラスの大人物の古墳の跡だとは思えませんからねえ。これにしても、いままでの学者の説には見るべきものがないと言えます」

「ところで、話は横道にそれるが、たしか秀吉の朝鮮役のときには、途中の和平交渉のときに、明の使者が、

『汝を封じて日本國王と爲す』

というような国書を持って日本へやって来たんじゃないのかな？　秀吉がかんかんに怒ってその国書を破いてしまったので、和平交渉はご破算となり、後半戦へ突入して行ったんじゃないのかな？」

「だいたいのところはそのとおりです。しかし中国という国と貿易するのには、むかし

はこうして臣服するような恰好をつけ、名を捨てて実をとるしか方法がなかったわけですよ。現に足利義満《あしかがよしみつ》などは、面子《メンツ》なんぞはかなぐり捨てて、この貿易でおおいにかせいでいたわけです。

まあ、秀吉の心境はわからないでもありませんが、明の側から言うならば、戦争で致命的な大打撃をうけたわけではありませんし、それまでの慣習に従ったわけでしょう。あのとき秀吉の持ち出した講和条件は、公平に見たらたしかに無茶すぎましたしね」

「だから、漢の委の奴の国王にしたところで卑弥呼にしたところで、この程度でいちおう満足していたんだろうな……では、松下君、例によって博多湾付近のガイドをたのんだよ」

「承知しました。博多と福岡――この地名が二つに分かれたのは、僕の調べたかぎりでは、慶長年間に黒田氏が城を築いたとき、福岡城と称したことに始まるようです。ただ博多という名前は古いといってもだいぶ後の名前で、むかしは『那津《なのつ》』とか『儺の津《なのつ》』とか『娜津《なのつ》』とか呼ばれていたと記録にあります。斉明《さいめい》天皇のころからは『長津《ながつ》』と改称されました。これも記録にもはっきり残っていますから、まず間違いはないでしょう。それから『大津』とか『大津荒津』と呼ばれたこともあったようです。いまでも福岡市内の埋立地には『荒津』と『那の津』という地名が残っていますが、これは新しくむかしをしのんでつけたのでしょう。朝鮮や中国の文献には『覇家臺』『八角島』とも書いてあるようですが、これも何となくうなずける呼び方ですね。むかしの船はこの海岸の袖《そで》ノ湊《みなと》というあたりに碇《いかり》をおろしていたようです。これでは説明がかんたんすぎますか？　それともくどすぎるでしょうか？」

「いや、たいへん結構ですよ、松下先生」

恭介はまた真顔で答えた。感心してもらっていることは確かなので、研三もいくらか嬉《うれ》しくなった。

「日本と大陸の交通となると、太宰府がたいへん重大な役をはたしますから、いくらか順序不同になるかもしれませんが、とりあえずそちらからかたづけましょう。

その創設がいつだったか、そこのところはまだはっきりはしていませんが、天智《てんち》天皇のころに始まったと考えてまず間違いないんじゃないでしょうか？

西暦六六三年の白村江《はくすきのえ》の戦で、日本は唐と新羅の連合軍に敗れ、長年にわたる朝鮮半島の地盤を失って、九州へ引きあげてきます。その後は、侵攻作戦はいっさいとらずに、防御に専心したわけですね。

対馬と壱岐には防人《さきもり》、守備隊がおかれ、烽火《すすみ》と言われるのろし台が設置されます。水城《みずき》という大堤防も築かれて、その背後に太宰府――奈良平城京の三分の一と言われる西《さい》都《と》が建設されたのですね。その最盛期は七世紀から十一世紀のころまでだったと言われていますが、六世紀ごろには大和朝廷が、朝鮮にある日本府、任那《みまな》と連絡をとるために、官家《みやけ》という役所を作り、食糧武器をたくわえ、一方では外交折衝にあたったと言われていますが、歴史的に見て、太宰府はその後身にあたると言えるでしょう」

「ちょっと……」

恭介はかるく手をあげた。

「その白村江の戦をかんたんに説明してくれないか?」

「ごめんなさい。つい話が飛びすぎました」

研三はかるく頭を下げて、

「白村江というのはいまの錦江です。朝鮮半島の西南部にある川ですね……このころ中国は隋《ずい》の王朝に代わって、唐の代になっていました。そして東方に勢力をのばしにかかったのですよ。唐は新羅と手を組んで、蘇定方《そていほう》のひきいる水軍を派遣し、百済《くだら》を挟撃《きょうげき》する大作戦を敢行しました。この作戦はもののみごとに成功し、百済の国王義慈王たちも捕虜となってしまったのです……。

百済の遺臣、鬼室福信《きしつふくしん》たちは、日本に救援を求め、日本に人質になっていた王子の豊璋を総大将に首都を奪還したいと願い出たのです。ちょうど大化の改新を終わって、朝鮮半島での勢力回復をはかっていた日本は進んでこの願いを受諾しました。

六六一年、斉明《さいめい》天皇は長津——いまの博多に大本営を設け、全軍の指揮をとりますが、その翌年に陣没し、中大兄皇子《なかのおおえのおうじ》、名をあらためて天智天皇がその志をつぐのです。六六三年八月二十七日から二十八日にかけて、日本の水軍は白村江の川口近くで、唐の水軍百七十隻に包囲され、全滅に近い大損害をうけました。阿倍比羅夫《あべのひらぶ》にひきいられ、朝鮮にわたっていた二万七千の遠征軍も命からがらひきあげました。これ以来、日本は完全に朝鮮の基地をなくしてしまったのです。こんな程度でいいでしょうか?」

「ありがとう。それで何とか、太宰府の由来記はわかったよ」

「もちろん、その遺跡はいまでは残っていません。ただ都府楼といわれる政庁の礎石だけがむかしの面影をしのばせます……。

いまこの太宰府を訪ねる人は、むしろ菅原道真《すがわらのみちざね》を祭っている太宰府天神宮——太宰府神社のほうに足をひかれるはずなのですよ」

「菅原道真というと……学問の神様だったねえ。たしか京都の北野にも、彼を祭った神社があったね。ええと、

『東風《こち》吹《ふ》かば　匂《にお》ひ起せよ　梅の花
あるじ無しとて　春な忘れそ』

という歌の作者じゃなかったかな?」

「ご名答です。神津さんにそれだけの歴史的、文学的知識があるとは思いませんでしたよ」

「だってこの話はむかし、中学校で教わったものね。僕の歴史と文学の知識は、あれ以来一歩も進歩していないんだ」

恭介はにこりともしなかった。

「それではついでに菅公の話をしておかなくちゃいけませんね。邪馬台国の研究からはちょっと横道に入りますが、日本と大陸の関係を論ずるとなると、ぜんぜん無関係でもない人物です」

研三はタバコに火をつけて、

「菅原道真は平安朝の有名な学者、菅原是善《これよし》の三男として、八四五年に生まれました。十一歳の時に初めて詩を作って、学者の父親を啞然《あぜん》とさせたということです。最初彼は文章《もんじょう》博士として、政治とは無縁の学者的なコースを進んでいたのですが、宇多天皇に認められて、しだいに朝政に参与するようになってきました。遣唐大使に任ぜられ、辞退したこともあったくらいです。天皇としては、彼を重用することによって、『この世をばわが世とぞ思う』藤原氏の専横をおさえようと思っておられたのでしょう。道真の政敵、ライバルというのは、藤原基経《もとつね》の子の時平《ときひら》ですが、最後には時平が左大臣、道真が右大臣というように、朝権を二分するような当時の最高位についたのですよ。なにしろ、学者出身の大臣としては、吉備真備《きびのまさび》以来二人目のことですし、ことに菅原家は門地も低かったのですから、この記録的な立身出世は、周囲の人々——特に藤原一門の反感を買ったことは間違いありません。

醍醐《だいご》天皇の御世、延喜《えんぎ》元年（九〇一年）正月に、突然、道真は太宰権帥《だざいごんのそつ》に左遷され、この太宰府に送られました。その理由は、お芝居の『菅原伝授手習鑑《すがわらでんじゅてならいかがみ》』で言うならば、自分の養女の苅屋姫《かりやひめ》と、帝《みかど》の弟斎世《ときよ》親王とを結びつけ、皇室の外戚《がいせき》として勢力をふるおうとした陰謀が発覚したせいだというのですが、まあ公平に見たならば、道真の失脚をねらった藤原一門の陰謀が成功した結果だと言えるでしょうね……」

「僕はそんなに歌舞伎《かぶき》は見ていないが……十年ほど前、人によばれてしかたなくつきあったとき、『菅原』の『車引き』と『寺子屋』をやっていたよ。吉田神社の社頭かどこかで、こわれた牛車の中から、青黒くマオリ族の首長の黥面《げいめん》みたいな隈《くま》どりをした妙な顔で立ち上がった怪人が、その藤原時平だったんだね」

「たしかにそうです。それに間違いありません……」

歌舞伎マニアと自称している研三は、思わず眼をつぶって溜息《ためいき》をついた。彼に言わせれば、恭介が十年に一度でも、劇場へ行って歌舞伎を見たことがあったというのは、それだけでも驚異のたねだった。だから、ここで下手に歌舞伎の話でも続けたら、漫才に堕しかねないとも思ったのだった。

「また、実説でいきますと、道真はここでは榎寺《えのきでら》というお寺にこもり、悶々《もんもん》の生活を送っていたのですね。

『一たび謫落《たくらく》せられて柴荊《さいけい》に在りてより
萬死兢々《きようきよう》たり跼蹐《きよくせき》の心
都府の楼にはわづかに瓦の色を看る
観音寺にはただ鐘聲を聴く
中懐《ちゆうかい》はことむなし好逐《こうすい》孤雲にしたがひて去り
外物は相逢《あ》つて満月を迎ふ』

というのは『菅氏文集』に出てくる当時の彼の詩作ですが、そのうちに彼は病気にかかり、二年後にはこの配所で寂しく死んでいったのです……。

ところが、彼が死んでからというものは、都ではしきりに天変地異が続いたのです。なにしろ四月に大雪が降ったり、宮中に雷が落ちて何人かの死人が出たりしたというのですから、当時の人々は、これこそ菅公のたたりだとふるえ上がったのですね。それでその怨霊《おんりよう》の心を安らげようとして作ったのが、京都北野の天満宮とこの太宰府の天神宮です。もっともいまでは、こちらも天満宮と呼ばれているようですが……。

このそばを流れる染川は、たいへんきれいな流れで、配所の菅公が墨をする水につかわれたと言われています。一名を思川とも言いますが、

『染川を　渡らん人の　いかでかは

色になるてふ　ことなかるらん』

『おもひ川　たえず流るる　水の沫《あわ》の

うたかた人にあはで　消えむや』

こういう古歌も残っています。その後のほうは菅原道真に代わって、その心境を歌ったものだということになっているんですよ」

「くわしいなあ……」

恭介は舌をまくような調子で言った。

「よくもまあ、そんなことまで調べあげたなあ。正直なことを言って、僕はすっかり見なおしたよ。それだったら、邪馬台国へたどりつかなくっても、長編一本ぐらいは書けそうなもんじゃないか？」

「まあ、最悪の場合には、こういう材料を全部ぶちこんで『蘭医道中記《らんいどうちゆうき》』という長編

を書いてやろうかという下心もないわけではなかったんです。ですからどんなに資料を調べても、ぜんぜんむだにはなるまいというような気持ちもないではなかったんです」

「なんだい？　『蘭医道中記』とは？」

「その話は後にしてください。きっとこの邪馬台国の研究中にどこかでお話をするチャンスが出てくるはずですから……」

研三は苦笑いして話題を変えた。

「とにかく、最初は日本防御前線総司令部というような存在だった太宰府も、長い年月の間には、しだいしだいに性格を変えてきたのですね。新羅にしても唐にしても、日本へ侵攻してくるつもりはない——ということが自然にはっきりしてきたのでしょう。そうなれば地理的な関係から言っても、友好関係、貿易の取引関係などが再開するのも自然の成行きです。そういう大陸からの来訪者を迎えるために、博多には『筑紫館《つくしのむらずみ》』というような豪壮な建物もできました。これは後に『鴻臚館《こうろかん》』と呼ばれるようになります。この建物が建っていたのは、現在の平和台球場のあたりではなかったかと言われているのです……。

どうですか？　奴国のご案内はこのぐらいで充分じゃないでしょうか？」

海と地下との正倉院

「結構だとも。次はいよいよ不弥国《ふみのくに》か。いよいよ難攻不落の城に近づいてきたような感じだねえ」

恭介はかるい微笑を浮かべて言った。あまりにも自信ありげなその態度に、研三はあらためて眼を見はった。

「それでは第七段にかかりますよ。

――奴国《なのくに》から東に百里行くと不弥国に着く。長官は多模《たも》といい、副長官を卑奴母離《ひなもり》という。家は千軒あまりある。

さあ、このとおり原文には、なんの問題点もありません。それでは不弥国とはどこでしょう」

「テレビのクイズの司会者みたいな声を出すなよ」

恭介もさすがに苦笑していた。

「東南東から東北東の間に一五キロ――そのへんに適地はないのかな？」

「方位を考えないかぎり候補地は二つあります。ただし、そのどっちへ向かって行ったところで、それ以上は一歩も前進できないんですよ。ここは第三の疑問点だということになります」

「まあ、とにかく行き着けるところまで行ってから考えてみようじゃないか？」

「それではまず両方の地名をあげます。東へ進めば宇美《うみ》八幡宮、東北へ進めば香椎《かしい》宮《ぐう》――まずこのあたりが一五キロ線のぎりぎりという感じです。ところで、ふしぎなことには、この二つとも、神功《じんぐう》皇后にゆかりのある神社なんです」

「ええと、神功皇后というと、三韓征伐に出かけて行った女丈夫だというぐらいしかおぼえていないな。いったい、いつごろの皇后だったたい？」

「その点に関するかぎりは、僕にしたところで大同小異ですよ。なにしろ、百科事典を見ても、こんなことしか書いていないんですからね。むかしは卑弥呼イコール神功皇后説もあったくらいですから、念のため書きぬいておいたんですが、最初の部分を読んでみましょう。

神功皇后……『古事記』や『日本書紀』に見えるいわゆる三韓征伐の物語の主人公。

記・紀によると、皇后は名をオキナガタラシヒメといい、父は開化天皇の曾孫《ひまご》、仲哀天皇の皇后として熊襲《くまそ》を討つために天皇とともに北九州におもむいたが、天皇が筑紫で急死すると、武内宿禰《たけうちのすくね》とはかって、妊娠中にもかかわらず、海を渡って新羅《しらぎ》の都城に攻め入り、国王を降伏させたのち、筑紫に帰って応神天皇を生んだ。これによって百済《くだら》と高句麗《こうくり》もはじめて帰服したが、皇后はやがて大和に帰って応神天皇を皇太子に立て、約七十年間みずから政治をとって二六九年に死んだ、ということになっている。いうまでもなく記・紀のこのころの記事は史実性がひじょうに少なく、この物語も伝説の域を出ない。おそらく多くの朝鮮関係の事件の記憶に後世の観念が加わって、皇后を主人公とする一つの説話がまとめられ、それが後世の史家によってある一定の意図のもとに大きくとりあげられたものであろう……。

(平凡社版『世界大百科事典』による。傍点筆者)

だいたいこんなところですね」

「なるほど、伝説的な人物だったというのだね……それで『倭人伝』から以後の朝鮮半島の情勢はどうなったのだろう?」

「大ざっぱに言うと、南朝鮮では韓族《かんぞく》が馬韓《ばかん》と辰韓《しんかん》と弁韓《べんかん》と三国に分かれて鼎立《ていりつ》していたのです。そのうちに満州から朝鮮北部にかけておこった高句麗《こうくり》という国が、しだいに勢力を強めてきました。

紀元四世紀に入ると、中国は『五胡《ごこ》十六国の乱』といわれる動乱時代に突入しました。朝鮮に対する統制力がゆるんだのをきっかけに、高句麗は南下して楽浪郡、平壌を攻めおとしました。それと同時に南方では百済が馬韓諸国を併合して帯方《たいほう》郡を占領しました。辰韓諸国は新羅に統一され、高句麗、百済、新羅の三国の間には約三百年にわたる抗争が続いたわけなのです。

日本はそれに対して、弁韓の狗邪《くや》韓国《かんこく》の後身といわれる任那に出兵し、朝鮮の拠点を守り続けようとしたのですが、白村江の戦にやぶれて退却したわけです。

その後間もなく、朝鮮半島全体は新羅によって統一されます。

まあ、こういったわけですから、神功皇后が実在していて、実際に朝鮮に攻め入ったものだとしたら、それは四世紀のことだったでしょう。卑弥呼《ひみこ》からは百年ぐらいはなれています。ですから、この二人のイコール説は、まず成り立つわけはないのですよ」

「なるほど、だいぶはっきりしてきた。それじゃあ、その二つの神社の案内をしてもらおうか」

「それでは香椎宮のほうから始めましょうかな……この参道には日本一と言われる楠《くす》の

並木がならんでいます。由来記によると神功皇后が自分で仲哀天皇を祭った社だというんですが、今では皇后もいっしょに祭られているようですね。民間の伝説では、ここで応神天皇が生まれたので、安産の守り神ということになっていますが、そのへんはどんなものでしょうか。いつ初めて建立されたかはわかりませんが、歴史にはっきり名前が出てくるのは天平《てんぴょう》九年（七三七年）のことです。宮廷からの勅使《ちょくし》が初めておまいりをしているせいでしょうね。

宇美八幡宮のほうは、最初から応神天皇誕生の地ということになっていますが、僕なんかにはべつに見るべきところもないような気がしました。境内には応神天皇の産湯《うぶゆ》に使われたという『産湯水』があります。安産のおまもりだというところまではいいのですが、遠くへ送る便利のために『産湯水護符』というおまもりができているのは、いささか商魂に徹しすぎた感じがありますね。

まあ、この二つの神社については、これ以上、説明することもないくらいですよ」

研三は一息いれて続けた。

「まあ、この両方のどちらを不弥国に比定しても、たいしたことはないでしょう。当時にしても一千軒ぐらいの家ならば、どちらでも作れないことはありますまい……ただ問題はその後です。次がこの大テーマの中で最高の大難問になるのです。第八段から第九段に行きますよ。

——南のほうに投馬国《とうまのくに》がある。水行二十日の距離である。長官を弥弥《みみ》といい、副長官を弥弥那利《みみなり》という。約五万あまりの家がある。

南のほうに邪馬壱国がある。女王の都である。水行十日、陸行一月の距離である。長官は伊支馬《いきま》といい、副長官を弥馬升《みましよう》、弥馬獲支《みまかき》、奴佳鞮《ぬかて》という。約七万戸あまりの家がある。

女王国から北の国は、その戸数や道程里数を略記することができるが、ほかの近接国は遠くはなれているために、詳細はわからないというほかはない。

さあ、このあとの第十段には、奇々怪々な国名が延々と続きます。これは翻訳も何もできませんから、原文を見ていただくとして、その最後には、前に一度通ってきたはずの奴国がもう一度顔を出します。そして、

——これが女王の支配下にある国々の境界の限界である。

そういう意味の文章で終わるのですよ。ところが、不弥国から女王国までは、あと千三百里——僕たちの仮定をとっても約二〇〇キロの距離が残っています。しかも投馬国まで南に水行二十日、邪馬台国までは南に水行十日、陸行一月という指定があります。この距離と日程の問題に対しては、いままで誰一人として納得できる解決を出していま

せん。どうです、神津さん、難攻不落の城と僕が言いきったわけもおわかりでしょう?」

研三はじっと恭介を見つめて言ったが、彼はふしぎなくらい動揺の色を見せなかった。かえってやわらかな笑いを浮かべて、

「それは、僕にしたって最初この文章を見たときから、ここがポイントだなと見きわめていたがね。やはりこの難関を乗り越えるには何日かかかりそうだな」

「何日かですって?」

さすがに研三も眼をむいた。もちろん神津恭介の才能に関しては、いままで一度も疑いを抱いたこともなく、尊敬を忘れたこともなかったが、今度ばかりは何となく、腹が立つような思いがしたのだった。

「冗談じゃありませんよ。いくら神津さんだって、この問題が何日かというような短い時間で解けるわけはありませんよ。何か月、いや何年かかっても……どうですか? このへんで、そろそろ作戦の打ち切りを考えようじゃありませんか」

「あきらめるのはまだ早い」

恭介はむっとしたような声で言った。

「しかし、僕にはこの二つの候補地のどちらかを不弥国と比定することに、何となく抵

抗が来るんだがねえ。もう少し、候補地を東にずらすわけにはいかないだろうか？」

「われわれのたてた原則をまもりながら――という前提でですね？」

研三はだめをおしながらノートをくったが、恭介は追いうちをかけるように続けた。

「たしか呼子――前原の五百里、七〇キロというところにはちょっと余裕があったはずだ。それをここにまわしてもらえないだろうか？」

「まるで大蔵大臣と何とか大臣が予算の折衝でもやっているような感じですねえ……あそこでは二〇キロぐらい余裕はありましたね。よござんす。伊都国を前原のかわり、いくらか博多側によせ、奴国を姪浜のあたりから、いくらか東側によせたところに設定しましょう。誤差はいちおう認めるとして、現在の博多駅から三〇キロ以内――これをかくし財源をさらけ出したぎりぎりの一線としますが、それでもいいですか？」

「松下大蔵大臣のご協力に対しては、感謝のほかはありません」

恭介はしかつめらしい顔で冗談を言った。

「博多駅から三〇キロ、その距離だけ鹿児島本線へ乗って門司《もじ》のほうへ向かったとすれば、いったいどこまで行けるだろう？」

「赤間と東郷、この二つの駅の中間地帯のどこかまでは、たどりつけますが……」

「その近くには、何か名所はないだろうか」

「あります。宗像《むなかた》大社です……そこから博多よりの途中には、宮地嶽《みやぢだけ》神社もあるのです。ただし、どちらも方角的には完全に失格ですが……」

研三は何となくこわくなってきた。一瞬に虚をつかれたような思いだった。

「なるほどねえ……」

恭介は自分でデバイダーを握り、地図にむかって測量をはじめた。

「たしかに福岡市のどこに基点をおくかによって微妙な違いは出てくるだろう。しかし、福岡からみて距離では三〇キロ以内に宗像神社が存在することは、誰も否定はできないだろうな？」

「地図にあたって測ってみたら、どんなにがちがちの学者でも、まず反対はできないでしょうね……いや、この先生だけは何か物言いをつけてそうだ」

研三はかすかに身ぶるいしてノートをひろげた。

「名前は遠慮しますがね。とにかくこのテーマについて、細かな活字で四百数十ページという大冊を書いているある学者の考え方ですよ。この先生の努力と労力は僕もおおいに買うのです。しかしこの本に関するかぎり、『斬人斬馬剣』という感じが来るのです。つまり村正《むらまさ》の妖刀《ようとう》か何かをふりまわして、人にさわれば人を斬《き》り、馬にさわれば馬を斬るとでもいったような十六方斬り——ほかの研究家の説をかたっぱしから、こっぱみじんにたたきつけているような高姿勢ですからねえ……それはたしかに、いままでのほかの先生の説にしたって、弱点が多すぎるということは僕だってよく知っています。しかし、ここまで来たならば僕でも頭をかかえますよ。

この先生は大胆至極に、末盧国の中心を唐津市桜馬場《さくらのばば》だと一点に固定してしまったのですよ。そして次の伊都国の中心は、前原三雲《みくも》地区であると、自分で一点にしぼったのですよ。まあ、そこまではいいのです。ただ、そこには『魏志・倭人伝』の方向から見て、六五度の開きがあると、正確無比な測定が続くのです。

その点はまだがまんしましょう。さあ、そのあとがいけません。

『以上のように二つの点で重大な誤りをおかしながら、〇〇は――」

この〇〇というのは、彼がここで血祭りにあげた論敵の学者の名前です。

『〇〇は北部九州の沿岸諸国の地理的記載は少なくとも方角においてはほぼ正確であると平気で嘘をついている。考古学徒ならば、地理調査所の五万分の一地図、二十万分の一地図を使いなれているから、正確にその方位を出せるが、文献史学者の〇〇は江戸時代の地図でも使用しているのであろうか』

と大見栄を切っているのですよ……」

恭介も大きく溜息をついた。

「その先生の名前は聞かないことにしておこうよ。あとで何かのはずみに顔をあわせたとしたら、おたがいに気まずい思いをするだろうからね。たしかにこういう先生じゃ、よほどこちらが合理的な解答を出さないかぎりうけつけないだろうな。しかし五万分の一や二十万分の一の地図は、この問題の研究にかぎり、あんまり役に立ちそうもないね」

「だからこそ、僕もせいぜい分県地図しか集めなかったんですよ。この先生は、考古学的に虫眼鏡で物を見ることにだけなれてしまって、大局的に物を見ることを忘れてしまったのでしょうね……」

二人は顔を見あわせて、もう一度大きな溜息をついた。

「さあ、それではひとつ、宮地嶽神社と宗像大社と、この二か所の案内をしてもらおうかな？」

「承知しました。まず宮地嶽神社のほうからはじめましょう。ここは神功皇后がしばらく滞在された土地だということになっていますが、いまでは開運災難よけ、それに商売繁昌のご利益があると言われていて、正月の七日間は参詣人もたいへんなものらしいんです。

それよりも、このさい問題になることは、このへんにある古墳群ですね。この神社の裏山にもたいへんな規模の横穴式古墳があるはずです。大正時代にはその副葬品が発掘され、三千いくつかという数の宝物が、人々の眼を見はらせたということです。『地下の正倉院』という言葉もあるくらいですから、この発見が学術的にたいへんなものだったことは間違いありませんね。

宗像大社のほうは、歴史的にはそれよりもはるかに重大な意味を持っています。一口に言えば、この大社は三つの神社の総称です。玄界灘《げんかいなだ》の沖に孤立している沖ノ島に祭られている沖津宮、神湊《こうのみなと》に近い大島にある中津宮、玄海町にある辺津宮《へつのみや》です。この三つの神社の祭神はそれぞれ田心姫命《たごりひめのかみ》、湍津姫命《たきつひめのかみ》、市杵嶋姫命《いちきしまひめのかみ》の三柱で、みんな天照大神《あまてらすおおみかみ》の子孫にあたる女性だと言われています。

まあ、神話の議論はこのさい完全な横道に入るはずですし、真偽を論じてみてもはじまりますまい。ただ、誰かむかしの指導者が、海路の安全を祈願して、こういう神社を造ったということには誰も異存はありますまい」

「それで君は、その三つの神社へおまいりしたことがあるのかね？」

「とにかく、沖ノ島にはふつうの方法じゃ近づけないんです。『海の正倉院』とさえ言われているところですから、行ってみたいとは思ったんですが、なにしろ神湊から五〇キロはあるんでしょう。一人で船をチャーターして行くのもたいへんだと思ったものですから……中津宮のほうには定期船がありましたが、これも面倒なんで遠慮しました」

「それじゃあ、陸地の辺津宮しかおまいりしていないのかい？　案外、信心不足だね」

「でも……たとえば出羽《でわ》の羽黒《はぐろ》三山の場合でも、月山《がっさん》や湯殿山《ゆどのさん》のほうは、便利が悪いんで、なかなかおまいりできないでしょう。ですから神社側の政策かもしれませんけれども、羽黒山におまいりすれば、ほかの二つにも同時におまいりしたことになると言われているんですよ。ですからこの宗像大社にしたところで、それと同じことだと思ったわけです」

「なるほどねえ……伊勢神宮なら内宮へまいって外宮へまいらないという手はないだろうし、宇佐八幡宮のように、三つの拝殿がいっしょにならんでいてくれれば、お賽銭《さいせん》も三社平等ということになるわけだが、三社代表というような考え方もあるのかなあ。それじゃあ、お賽銭も三倍はずまなければいけないだろうな」

恭介は妙なところに感心していた。

「まあ、冗談はぬきにして、もう少しくわしい案内をしましょうか。いまはどうなっているかしれませんけれども、江戸時代には黒田藩から沖ノ島へ足軽三人と船子四人を百日交替で派遣していたと言いますし、明治になってからはずっと、神主一人、下男一人、船子五人をやはり百日交替で送りこんでいたようですね。

『島に登れば、波打際より険しき坂あり、胸突くばかりにて、石階《きざはし》を傳ひよじ上るに、道の左右に蘇鐵《そてつ》の生ひ茂れるあり。石階およそ二百三十段もありぬべし。皆、自らの石もてつくれるなり。社の左右には三丈もあらんとおぼしき大盤石、三つ四つ高くそびえて立ち、その間には喬木鬱蒼《きょうぼくうっそう》たり。左の大岩の下なる空虚の所は、これ寶庫《ほうこ》にて昔より今に至るまで神寶祭器の類をうずたかく積みおさめたり。其の中に銅器鐵器の形も砕けて定かならぬに、所々鍍金のあざやかに見るはいと珍し。また溫石の白玉、硝子玉《ガラスだま》、蛇貝《へびがい》の玉なども數も知られず埋もれり。すべて社の前後または空堀《からぼり》などの中に、古き甕《かめ》の破損したるもの多く埋まり居りぬ』

古い本にはこんな文章がありましたが、昭和二十九年からは数回にわたって本格的な発掘調査が行なわれました。そのとき発見された遺品は総計二万一千と言われています。その発掘品の一部はいまでは辺津宮の裏手にある宝物館に陳列されて、かんたんに見られるのですが、たしかにすばらしいものばかりでした。正倉院に匹敵するだけのことはあるんじゃないかと思ったくらいです」

「なるほどねえ……そういう話を聞くと、多少の無理をしても、この宗像のあたりを不弥国だと比定したいところだね」

「かまいませんよ。その点は……その後に『水行』と続くのですから、どこか港のあるところに持って行きたいわけですしねえ。ただくどいようですが、ここを不弥国に比定したら『倭人伝』の方位指定からは、はずれて来ますよ」

「それでは、この神湊あたりのほうは、まだ古代の港としての適性はあるわけだね」

「そうです。博多の港のほうは、北西の風が吹くと海がひどく荒れるので、それよりはこの神湊が栄えていたらしいんですが、さあ、ここを起点としたところで、水行二十日の投馬国、それから水行十日、陸行一月の邪馬台国、それはいったいどこでしょう」

恭介は何とも答えなかった。研三は大きな溜息をついて続けた。

「正直なところ、あなたの才能をもってしたら、不弥国まではすなおにたどりつけるだろうと、僕は最初から思っていました。この不弥国の問題については、若干の問題はありますが、博多湾のあたり、奴国までは、いままでの学者のすべてが認めた決定版的なコースですからね。もちろん、ここへ来るまでにも、方角的には三つの疑問点がありましたね。僕たちはそれについては眼をつぶって、ここまで進んで来たわけです。しかし、ここから後は、ぜんぜん決定版がありません。この後を、万人が認めるような合理的、論理的な方法で追求して、邪馬台国へたどりつけたら、そのときこそは僕にしたって大喜びで、

『これぞ真の女王の国』

と叫び声をあげられるでしょうがねえ」

さすがに恭介も深刻な表情で考えこんだ。そしてしばらくしてから、

「これから後は明日にしようよ」

と、沈痛な声を出して言ったのだった。

難攻不落の城の攻防

その翌日、松下研三は敗戦処理をはじめるつもりで病院へむかった。何となく足も重かったのだが、気のせいか、神津恭介のほうも昨日よりずっと顔色が悪く、元気もないように見えたのだった。

「どうしたんです？　体のほうは？」

「うん、昨夜はどうしたことか眠れなくてねえ。さっきうとうとしていたら、白い衣を着たきれいな女が、手まねきしている夢を見たよ。あれは卑弥呼の幽霊か何かじゃなかったのかな」

「あんまり卑弥呼の怨霊にとりつかれちゃいけませんよ。まあ、この邪馬台国の謎がとけなかったとしても、なにも恥じゃあないんです」

「いや、なにもまだあきらめる必要はないと思うんだが……ただ、今日はどんな研究を続けたらいいのかな」

「そうですねえ。それではこうしたらどうでしょう。僕はいままで神津さんに予断を与えたくなかったから、前人の研究についてはほとんどふれなかったんです。しかし、こういうことになってきたら、いちおう、この問題を討議してもいいんじゃないでしょうか。ひょっとしたら、そのどこからか、新しい突破口が発見できるかもしれませんよ」

「なるほど、それも一案だね。それじゃあ、はじめてもらおうか？」

恭介がすなおに賛成してくれたので、研三も内心ほっとした。

「それでは江戸時代の研究は抜きとしてまず内藤湖南《ないとうこなん》の説の要点から説明しましょう……。

彼は水行二十日の投馬国《とうまのくに》に対して、こういう意味のことを言っています。

――本居宣長は日向国《ひゅうがのくに》、いまの宮崎県の都万《つま》神社を投馬国であると判定した。またほかの先人には筑後国いまの福岡県の上妻郡や下妻郡を考えたものもおり、薩摩国《さつまのくに》いまの鹿児島県だと判断した人もいる。しかし、こういう説はみな南という方角にこだわりすぎたと言わざるを得ない。中国の古い書物には、東と南をいっしょにし、西と北とをいっしょにしている例は少なくない。したがって自分はこの部分の南を東と解釈し、投馬国を広島県の三田尻付近と断定する。邪馬台国が大和朝廷にあたることは言うまでもない。

それから博士はあの難解な三十国の国々に対して、たとえば斯馬国《しまのくに》はいまの三重県だとか、弥奴国はいまの岐阜県だとか、対蘇国《つそのくに》はいまの滋賀県だとか、為吾国《いごのくに》はいまの岡崎あたりだとか、細かな考証を続けています。これはみな古い書物に出てくる地名と発音が似かよっているというところから出たものです。

これ以上、くわしい説明は必要ないでしょう」

「結構だよ。次に移ってくれたまえ」

恭介は首をひねりながら答えた。

「次は白鳥説ですが、その要点は距離のほうを重く見たところにあったのです。つまりソウルから女王の国までは一万二千里あまりということになっていましたね。そこから途中の七千里、千里、千里、千里、五百里、百里、百里の合計を引くと、後には千三百里あまりしか残らないと算術的に計算したのです。この短距離ではとうてい畿内に到着できるわけがないと断定しています。それから、女王の国の東には相当の大海があるはずなのに、奈良の東に海があるのかと、畿内論者の痛いところをついているのですよ。結局、博士の推定では、邪馬台国は八女《やめ》の山前、いまの福岡県の八女市の近くだろうということになるのですが――」

「なるほどねえ。算術的な距離計算をしたわけだね。それでは次は?」

「榎博士の論説は、邪馬台国の研究にエポックメーキングなものだと言われています。放射説と言われる新説ですが、ちょっとこの図（四一九ページ参照）を見てください。上がそれまでの考え方で、すべての国は方向はともかく、連続的に一線上にならんでいるというのでした。下がいわゆる放射説で、伊都国から後は道が各方面に分かれると断定したのです。ただしこれでも正直なところを言って、陸行水行の説明に苦しいのです。投馬国を本居宣長の想定したように、宮崎県の西都市、都万神社のあたりに比定したのはいいのですが、

『豊予海峡を通っても、大隅《おおすみ》半島を迂回《うかい》しても、伊都から日向に至るのに、水行二十日を要したことは、必ずしも非常な誇張だとは思われない』

と断定したことに、反対論者は鋭く反撃しています。その一例をあげますと、

『九州西回りのコースといっても、平戸瀬戸から以南の西海岸は狭隘《きょうあい》な土地で、殷賑《いんしん》をきわめた港を語るような遺跡や遺物は見あたらないのである……（中略）

九州西回りコースに港の存在が考えられないと言ったが、あと十日を加えて薩摩大隅の両半島を迂回する港の設定はさらに不可能であり、さらにそんな方面への船で運ばれた北部九州文化の伝達はないのである。

九州東回りを考えてみると、そこでは港の設定は十分にできるが、伊都国と関連の

ある顕著な遺跡、遺物といえば、弥生時代では広形銅矛《どうほこ》、広形銅戈《どうか》のたぐいであるが、これは日向（宮崎県）へは南下せずに、東の豊予海峡を渡って四国に上陸し、伊予（愛媛県）で二分して、一方は南の土佐《とさ》（高知県）へ、他方は北の讃岐《さぬき》（香川県）に達している。農業共同体のシンボルと考えられた青銅祭器が、このように日向とは無関係であるとともに、民衆の文化的関係のある弥生土器は、豊前・豊後（福岡県東部と大分県）では伊都国方面とは無関係の文化を形成し、その無関係文化が南下して南宮崎方面に達しているのである。

かように伊都国と南宮崎とは別に直接の関係はない。それよりも間接的関係のある豊国《とよのくに》の主要な、しかも文化の開花した土地がいくらもあるのに、どうしてそこを素通りして無関係の土地と伊都国が結びつかなければならなかったのか、その具体的証拠を挙げて説明してもらいたい……』（原田大六『邪馬台国論争』より）

だいたいこんな調子なんです」

「なるほどねえ」

神津恭介は溜息をついた。

「たしかに、榎博士の説も、万人を納得させるだけの根拠はとぼしいようだねえ。まあ、この論敵の原田氏の説は、ちょっと感情的になっているような気もしないではないが、批評としてはまったく鋭い」

「まあ、何事によらず創造はむずかしく、批評はやさしいものですからね」

今度は研三が溜息をついた。

「とにかく、この『魏志《ぎし》・倭人伝《わじんでん》』の里程と方位をぴったりあわせて邪馬台国の位置をつきとめるというのは、このとおりたいへんな仕事なんですよ。最後まで方角と里程でつめてくれたら、こんな苦労はなかったんですが」

「でも、それだったら、いまさら僕たちの出る幕もなかったろうな」

恭介は冷たく鋭い調子で言った。研三はその言葉を無視するような調子で、

「とにかく、水行十日となると、最後は河を使う説まで出てきます。筑後川を上ってみたり、宇佐川を下ってみたりして……しかし、黄河《こうが》や揚子江《ようすこう》なら別でしょうが、日本の、ことに九州あたりの川で、十日も舟で旅のできる大きな川があろうとは僕には思えないんですがね。とにかく、こういう難攻不落の城を、いままでの学者はどうしても攻め落とせなかったんですね。それで僕が前にも言ったように、この問題には眼をつぶって、飛躍的に結論へ突入して行くようなことになってくるのです」

「たとえば、どんな例がある？」

「たとえば、福岡県山門郡の説をとる学者の主張をあげてみましょうか。その要点はだ

いたいこんなところですね。
(1) 山門《やまと》という地名は、邪馬台という国名に発音が非常によく似ている。
(2) 『日本書紀』の「神功紀」には、皇后が山門県の女酋、土蜘蛛《つちぐも》の田油津媛《たぶちつひめ》を征伐する記事がのっている。山門県が山門郡であるとすれば、古代にここに女酋の支配する勢力が存在したと推定できる。
(3) 山門郡には古墳が多く、ことに東部の女山にはいわゆる神籠石《こうごいし》の遺跡があって、古代に政治的勢力の存在したことを推定させる。
(4) 『書紀』に見える儺《な》(博多付近)伊都(前原付近)末浦(唐津付近)などの県は『魏志』に出てくる奴、伊都、末盧などと発音がよく似ている。
だいたい、こんなところですが、それに対して、反対論者はこういうふうに反撃しているのです。
(1) 後世の例で類推する方法は、正当な理由なしには論拠となり得ない。『書紀』が作られたのは邪馬台国から五百年も後のことであるし、山門と邪馬台の発音も完全に一致するとは言えない。
(2) 神功皇后が実在の人物であり、この記録が史実だったと仮定しても、田油津媛は卑弥呼から百年以上後の人物である。

(3)　神籠石は、六世紀から七世紀のものと推定される。卑弥呼の時代からは四百年程度後のものとすれば、邪馬台国の『城柵』とは何の関係もない。

だいたいこんな調子です。この山門郡説にしたところで、不弥国からどうしてここへやって来たかという直接的な証明はどこにもないんですからね。疲れたでしょう。このへんで一服して、むだ話でもしましょうか」

研三はタバコに火をつけた。

「君がくたびれたというなら、どんなむだ話でも、つきあうけれども、いったい君はどこを邪馬台国に比定するつもりだったんだい？　いったん、ひきうけた以上、なにか漠《ばく》然《ぜん》としたものでも、いちおうのあてはあったんじゃないのかな？」

「それが僕の酒のわるいところでしてねえ」

研三は苦笑いして答えた。

「なにしろ、この注文が来たときには、僕は右膝《ひざ》の神経痛に悩まされていましてね。膝頭に虫歯が何本か生えているような痛さがしょっちゅう続くんですよ。痛みどめの薬を飲んだら、今度は胃をやられてしまって吐血ですよ。しかたがないんで、朝のうちからビールをのんで痛さをまぎらわせていたところへ、編集者がやって来たんで、話がだいぶ無責任になってしまったんです」

すが」

「それで場所は？」

「福岡県の甘木《あまぎ》市です。ここが邪馬台国だと主張した人がいることは、僕も前から知っていました。ただその細かな内容については、そのときは、ぜんぜん知らなかったんですが」

「どうして甘木市に執着したんだ？」

「僕の五代前のご先祖が、いま甘木市の一部になっている秋月の出身だったからですよ。そこにはむかしお城があって、黒田家五万石の城下町でした。僕のご先祖というのは、そこで代々藩医をつとめていたのですね。

ところが啓太郎というその五代前の先祖は、天保年間に長崎へ出て蘭医の術をおさめたのです。そして殿様の難病をみごとに全快させたのです。そこまではまことに結構ですが、さあその後がいけません。彼はその後で、殿様の御簾中《ごれんじゆう》と不義を働き、現場をおさえられてしまったのです。

不義はお家の御法度です。まして相手が殿様のお国御前となってくれば、命がいくつあっても足りるわけはないんですが、その殿様にしたところで、藩の歴史に名前をのこすような名君だったのでしょうか、それに命の恩人を死罪にするということには、やはり一種の抵抗があったのでしょうか。罪一等を減じられて、永のおいとまをたまわったのです。

それから彼は、諸国漫遊の旅に出かけました。といっても当時、天保年間では、蘭医というのは、全国にもそれほど数のいない貴重な存在だったわけでしょう。行く先々で病人をなおしてやって神様のようにあがめられ、何の不自由もない大名旅行を続けていたんじゃないかと、僕は推定しているんですがね」

「なるほど、それが君の『蘭医道中記』の構想だったんだね？」

「正直なところは、まだ構想までも行かない妄想《もうそう》の段階ですがね。まあ、こういうことが頭にあったものですから、このあいだ、足がなおってからの取材旅行では、車で秋月まで駆けつけたんです。それまでにも九州には何度か行っているくせに、このご先祖の発祥の地へ一度も行っていないというのは、それこそ慙愧《ざんき》の至りですがねえ」

「それで、そこはどういうところだった？」

恭介はいくらか興味を感じたような顔をしてたずねた。

「まったく、えらいところでしたよ。桃源郷という感じが、車をおりた瞬間に、まず頭にぴんと来ましたねえ。平和な、のどかなところでした。空気もたいへんうまかったんです。公害というものは、それこそ薬にしたくても――いや、これはたとえがへんですが、毒にしたくてもなさそうです。ただ、ああいうところには僕は三日と住めません」

「どうしてなんだ?」

「あそこにはカレーライスさえ、ないんじゃないでしょうか? まともな食堂らしいものは、少なくとも僕の歩いた範囲では、ただの一軒もなかったんですよ!」

研三は吐き出すような調子で言った。

「お城の跡というところには、いま学校ができています。それはいっこうかまいません。黒門という当時の城門にしたところで、いまでもそのまま残っています。それもまことに結構でした。しかし、その前にある『黒門茶屋』というのが、少なくとも僕の見た、ただ一つのいこいの場所らしき存在だったんですよ。その店の前に出ているメニューには、カレーライスもなかったんです……せいぜい、中学生めあての汁粉か、ぜんざいかうどんか、あの調子ではビールさえ、おいてなかったんじゃないでしょうか?」

「でも、宿屋ぐらいあるんだろう?」

「この城跡を中心として、僕が足で歩きまわった範囲では、一軒も見かけませんでした。だいぶ前、秋田の山奥に一週間滞在したことがありますが、そこにさえ宿屋とパーはあったんですよ。この秋月に関するかぎり、そのパーさえなかったんです」

「パーとは何だ?」

「あれじゃあバーとは言えませんよ。何しろ暗闇《くらやみ》で逢《あ》ったらお化けかと思えるようなおねえちゃんがお酌をしてくれるんですからね。バーより少し足りないパーと言いたいようなぶきみな店だったんですが、それでも夜になると、お尻《しり》がむずむずしてきて、出かけたくなってくるんです。対馬《つしま》の厳原《いずはら》でも一、二をあらそうバーは『ミス東京』か『網走《あばしり》』かというところでした。こっちは東京から来たんですから、その『網走』へ行きましたが……」

「ちょっと話が脱線しすぎる。いったい、この秋月には、邪馬台国の遺跡だと思わせるような何かがあったのかね？」

「とにかく僕はまず郷土館へとびこみましたよ。ところが、弥生《やよい》も縄文《じょうもん》も、そういうものはあらばこそです。いちばん注意をひいたのは『りんびょうおくすり』と平仮名で書いてある薬屋の大きな板の看板でした。きっと、僕のご先祖当時のものでしょうが……あの看板を見たときには、僕もくらくらときましてね。たしかにあそこに住んだなら、長生きすることは間違いありませんが、僕にはとても住みきれません。ご先祖さまが命がけで放浪の旅にとび出した理由もよくわかりました。とにかく僕はその晩六時に、博多に住んでいるある女性と食事をする約束がありましたし、秋月の調査は二時間ぐらいで切りあげて、車で帰って来たんです」

「惜しかったなあ……もし、甘木市の中心部にでも帰って来たら、宿屋の一軒や二軒はあったんじゃないのかな？　そこで一晩でも二晩でも泊まって秋月へ通ったら、それこそ君のご先祖の誰かが夢にあらわれて、なにかの暗示を与えてくれたんじゃないのかな？」

「神津さんも、今日の卑弥呼《ひみこ》の夢がえらく気になると見えますねえ……まあ、たしかにこの秋月にしたところで、女王を盟主とした三十国の連合国家、その一つには連なるぐらいの小国だったかもしれません。何といっても、江戸時代には五万石の城下町だったんです。紀元三世紀にしたところで、相当の米はとれたんじゃないでしょうか。そして、邪馬台時代の人間は、それこそバーもカレーライスも縁なき衆生だったでしょうしね」

「それでは、秋月邪馬台説はあきらめたんだね？」

「あきらめました。すっぱりと……なにしろ秋月というところは海に面しちゃいないんですよ。仮に当時の国境線を相当に拡大したとしても、せいぜい有明海の海岸まで出られたらいいところでしょうか。しかし、こちら側から有明海は、西南の方角にあたっています。西南を東と言いきるのは、いままでの学者にしたところで、誰もやってはいない暴論です。いくら僕が向こう見ずの大胆不敵の傍若無人のオッチョコチョイだとしたところで、持ち出せる議論じゃありませんよ。甘木市邪馬台国説はあのとき以来、きれいさっぱりあきらめました。これは惜しいというような、重大な手がかり、たとえば神篭石のようなものでもあれば、まだしもですが……」

「そうかなあ……」

恭介はいかにも未練のありそうな表情でつぶやいた。

「しかし、この甘木市が女王国に隣接する国家の一つだということが、何かの方法でたしかめられたら、そこから逆に邪馬台に迫る何かの手がかりがつかめる可能性もあったんじゃなかったろうか？」

「神津さんともあろう人が……僕の区分による第十段には、ただ、べたべたと国名が書きならべてあるだけなんです。方角も距離も、その他いっさい手がかりらしい手がかりは皆無なんです。いまあの国名の一つ一つを比定して行く方法といったら、それこそ発音の類似以外にはないでしょう。しかし、それは僕たちが自分で作ったタブーによって、原則的にとめられています。

それは、ある説によると、この甘木市は巴利国《はりのくに》にあたるはずだというんです。しかし、この推論の根拠にしたって、いいかげんなものだとは言いませんが、決定的なきめ手は何もないんですよ。針摺峠《はりすりとうげ》、針摺集落、この程度の地名ぐらいではまだまだ、うなずきされません。斉明天皇の新羅遠征のとき、なぜここに行宮《あんぐう》を造営されたか、という疑問もありますが、それはただの疑問の提出にすぎません。遺品や古墳の数がほかの地名にくらべたら、はるかに多いと言われても、それは決定打になりません。正直なところ、あなたがほかの三十国の追求をはじめるようなことがあったら、僕だって、そのときから、お手伝いをおことわりするつもりだったんです」

「そうなんだ。僕たちはただ、邪馬台国の秘密をとけばそれでいいんだ。ほかの三十の国がどこにあるかは、ほかの人間の研究にまかせておけばそれでいいんだ」

恭介は憑《つ》かれたようにつぶやいていた。

山門《やまと》は我がうぶすな

「ところで、いまの話に出てきた神籠石とは何だね？」

恭介はいくらか興味を感じたような顔でたずねた。

「せっかく甘木の話までしたんですから、このあたりの邪馬台候補地も、一まとめにかたづけてしまいましょうか」

研三はまたノートをひろげた。

「久留米《くるめ》、柳川《やながわ》、大牟田《おおむた》と、大きく言ってこの三つの都市から東に寄った一帯には、いろいろな遺跡が分布しています。『倭人伝』の方位、里程を離れたら、ここが邪馬台国だという説はかなり有力なんですよ。ただ有明海の西海岸では東に千里の海があるという条件は満足させられません。

たとえば高さ二〇〇メートルたらずの女山ですが、この付近で現在発見されているだけでも古墳の数は数百もあり、塚《つか》の中からは百人以上の人骨が発見されていると言います。

この麓《ふもと》には四つの大きな吸門《すいもん》があります。谷川の水をまとめる小規模なダムではなかったかと言われるのですが、細かなことはわかりません。

それからいま話に出た神籠石、これは本に拠ると、長さ一・五メートル、横一メートル、厚さ八〇センチぐらいに統一された、きれいな切石だということです。しかも、たいへんていねいな仕上げで、角もきれいに直角になっているのですよ。

正直なところ、全山に八百もあると言われるくらいですから、僕も全部は見ていませんが、この寸法も大きさもだいたい一致しているというのですから、とうぜん大むかしの大権力者が集めたものとしか思えませんね。たしかに、この女山という山は、何かしら考えさせるものを持っています。土地の人たちが卑弥呼の居城の跡ではないかと、想像しているのも、何となくうなずけます。

この山の頂上近くには、前方後円型の古墳があります。ここからはむかし副葬品が掘り出されたらしいんです。たいした大きさではありませんが、とにかく相当にえらい人間がここに埋葬されたことだけは、どうしても否定できませんね」

「ただ、それだけでは卑弥呼の墓とは断言できないだろうな。問題の金印が掘り出されたとでもいうなら、話はぜんぜん変わってくるだろうが」

恭介は先まわりするように言った。

「それはそうですよ。どこかで金印が発見されたら、この千何百年の謎にしたって一度に解決ですよ。そうなれば『倭人伝』の里程や方位がふっとんでしまっても、誰《だれ》も何とも言いますまいがね……」

「しかし、神籠石が六世紀ぐらいのものだということには、何か証拠があるのかね？」

「それは、学者の研究の結果ですから……こういう問題に関するかぎり、専門家にはかないません。僕たちが口出しする余地はないだろうと思います」

「それはそうだね。ただし、古墳や副葬品から邪馬台国の位置を決定することは、金印が出ないかぎりは不可能なのだ。ここに僕たちの望みがかかっているんだが……」

「その望みも正直なところ、だいぶうすれてきたという気がするんですが……まあ、大急ぎでこの一帯のご案内をかたづけましょう。

この近く、八女市のあたりにも古墳は無数に存在しています。たとえば、人形原《にんぎょうばる》に石人山、石人というのは石を刻んで作った人形だと思ってください」

「どのくらいの大きさの彫刻なんだ？」

「僕が見た感じでは、二メートル近かったでしょう。赤い色が塗ってあって、ちょっとぶきみな感じがしました。たとえば観音さまの本堂前に仁王門があって、中に仁王さんが飾ってあるでしょう。ああいうぐあいに、守護神の役目をはたす、おまもりではなかったかと思うんですが」

「いったい何をまもるのだね？」

「この山自体が大古墳だったことは間違いないのです。案内書には、全長一一〇メートル、後円部径七八メートル、前方部幅五二メートルと書いてありました。しかも装飾古墳だと言いますから、たいへんえらい人物のお墓だということは間違いありますまいね」

「なるほど、それだけの墓だとすると、王様クラスの人物が埋葬されたとしか考えられないわけだね……」

「でも、この古墳にしたところで、岩戸古墳にはとうてい及ばないのですよ。こちらは八女市の近くにあり、九州一と言われています。全長一三五メートル、後円部径六〇メートル、前方部幅九二メートル、高さは約六九メートル、千人の人夫が毎日八時間仕事をして一年はかかったろうと言われています」

「そこまでゆくと、天皇級の人間のお墓だったと言うほかはないな」

恭介は首をひねりながらつぶやいた。

「ところが、こちらのほうは、誰の墓かはっきりしています。筑紫君《つくしのきみ》、磐井《いわい》の墓――それも生前に造りあげられたものなのです。ただ彼の死体が埋められていないことはまず確かだといえるでしょうが」

「それはどういう人物なんだ？」

「六世紀の時代の筑紫の国　造《くにのみやつこ》だということはわかっています。新羅《しらぎ》国に日本の保護国任那《みまな》をうばわれた大和朝廷は、六万の兵を朝鮮に送って任那を奪還しようとはかるのですが、この磐井は新羅と手を結んで、遠征軍に加わることを拒否するのですね。征討軍は彼の軍と、いまの久留米市近くで戦って完全な勝利をおさめます。磐井は戦場から逃走し、行方知れずになったけれども、間もなく捕えられて殺されたというのですから、この墓に埋められたわけはないのです。『磐井の乱』と呼ばれるこの事件は、紀元五二八年に起こっています」

「なるほど、それは『日本書紀』に出ている記録なんだね？」

「そうです。それから瀬高町の大塚、ここは神功皇后と戦って大敗した、山門の女首長、田油津媛の墓だとも言われています。この田油津媛が卑弥呼か、その跡つぎかという説があることは、前にお話ししましたね」

「……」

「それじゃあ、最後に柳川へ寄って、ぼつぼつこの旅行を切りあげましょうか。

柳川は立花《たちばな》家十二万石の城下町で、九州の水郷とも言われています。詩人北原白秋の生まれ故郷で、母校の裏には有名な『歸去來』の詩を刻んだ詩碑が立っています。

山門は我が産土《うぶすな》
雲騰《あが》る南海《はえ》のまほら
飛ばまし 今一度《いまひとたび》

筑紫よかく呼ばへば
戀ほしよ潮の落差
火照沁《ほでりし》む夕日の潟《がた》

盲《し》ふるに 早やもこの眼
見ざらむ また葦《あし》かび
籠餉《ろうげ》や水かげろふ

歸らなむいざ 鵲《かささぎ》

かの空や櫨《はじ》のたむろ
待つらむぞ今一度《ひとたび》
故郷《ふるさと》やそのかの子ら
皆老ひて遠きに
何ぞ寄る童《わらべ》ごころ

朗々誦すべき名詩ですね……。

さあ、神津さん、どうでしょう？『歸らなむ、いざ鵲』というのですから、その鵲でもおともにつれて、東京へ帰って来ようじゃありませんか？」

「あきらめるのはまだ早い。この詩にだって『待つらむぞ今一度』と歌ってあるじゃないか。せめて今日一日だけでも、つきあってくれたまえ」

研三も思わず溜息をついた。彼はこの詩の朗詠が、ベッド・トラベルの最後を飾るにはいかにもロマンチックで効果的だと思っていたのだが、こう言われれば、あと一時間ぐらいは延長戦もやむを得まいと思いなおした。

「それはいっこうかまいませんが、それではどこへ行きましょう？」

「僕はその岩戸山古墳なるものに、ちょっと興味を持ったんだが、大和のほうには、古代の天皇のものと思われるような古墳があるだろう。そっちの規模や大きさにくらべて、どういう違いがあるか、それはかんたんにはわからないかね？」

「そうですね。正直なことを言って、僕は邪馬台畿内説には反対でした。ですから、そっちのほうはあんまりくわしく調べなかったんですが、ここまで来たら最後のしめくくりをつける意味でも、ちょっとぐらいはふれておきたいところですね……。

日本二番目の大古墳と言われる応神天皇陵はいまの大阪府羽曳野《はびきの》市にあります。奈良の明日香《あすか》村付近のいわゆる『大和飛鳥《やまとあすか》』に対して、このへんは『河内《かわち》飛鳥』とも呼ばれていますが、歴代天皇の大古墳がいくつも集結しています。その中でも応神天皇陵は仁徳天皇陵とともに、ひときわ群を抜いているのですね。

全長は四二〇メートル、幅は前方部が三三〇メートル、後円部のほうは直径二五二メートル、高さは三五メートルです。仁徳陵のほうは、全長四七五メートル、前方部三〇〇メートル、後円部直径二四五メートル。まあ、似たような大きさですね」

「なるほどな……それで、当時の臣下なり豪族の墓はどのくらいのものだったか、かんたんにわからないだろうか？」

「これは伝承ですから、はっきりした証拠はないと言われればそれまでの話ですが、いわゆる大化の改新で一族を滅ぼされた蘇我《そが》氏にしても、当時は日本最大の豪族と言えるでしょう。もちろん年代は違いますけれども、その一人蘇我馬子《うまこ》の墓というものは二つ残っているのです。

　その大きなほうは、いわゆる『石舞台古墳』で、まわりの土が残らずはぎとられ、真ん中の石室だけが残っているのですが、その高さは四・七メートル、長さは七・七メートル、幅は三・五メートル、堤《つつみ》の位置から判断して、最初は一辺約八〇メートルぐらいの大きさを持っていたろうと推定されているのです」

「なるほど、蘇我氏にくらべても磐井の墓は格段に大きかったんだな。豪族クラスをはるかに越えて、天皇クラスの墓なんだね……しかし、彼はどういう地位にあったんだ？　ただの地方豪族だったなら、たとえ富力は充分だったとしても、これだけの墓を作ることは許されたのだろうか？」

「国造というのは、たとえば筑紫国というような一国の支配者ですからね。当時の日本はいちおう統一国家になっていたはずですが、それでも地方豪族の力はまだまだ強大ですから、中間的な手段として、その豪族を国造に任ずるという妥協的な政策がとられていたんじゃないでしょうか？　それにしても、言われてみれば、たしかに磐井の墓は臣下としては大きすぎるような気がします。彼が叛臣《はんしん》として討たれたかげには、こういう専横な態度に対する大和朝廷の怒りがこもっていたかもしれませんね」

「なるほどな。それから次の問題だが、畿内説をとる学者は、いったい、卑弥呼の墓をどこだと考えているのかね？」

「これもはっきりしてはいません。三輪山の麓にある箸墓《はしはか》というのがそうだという説もありますが、これは五世紀ごろのものだと推定されているようですし、奈良市山陵町にある狭城盾列池上陵《さきのたてなみいけのへのみささぎ》を卑弥呼の墓だと断定した学者もありましたが、現在では、これはいちおう神功皇后の御陵だということになっているのです」

「しかし、いうことになっている——というのには、政治的判断が含まれているんじゃないのかな？　神功皇后という人物には、謎の要素が多いのだろう」

「といって、ここが卑弥呼の墓だとも言いきれませんしねえ……。かりに箸墓が、卑弥呼の墓だとしたならば、その名前は倭迹迹日百襲姫命《やまとととひももそひめのみこと》ということになります。彼女は大物主神《おおものぬし》の妻なのですが、夫の正体が三輪山に住む蛇《へび》だということを知って気が狂い、女陰を箸《はし》で突いて自殺したということになっています」

「どうも『倭人伝』に出てくる大女王卑弥呼とはぜんぜんイメージがあわないねえ。ほかに大和説の場合には、しかるべき候補者がいるのかね？」

「まあ、ちょっと待ってくださいな。百襲姫の話はまだすんではいません。

畿内説をとるある学者の説によると、日本で最初に神に祭られたのは、この三輪の神ではなかったかというのです。蛇というのは灌漑《かんがいよう》用の水路にあたるのではないか、蛇神《じゃしん》すなわち水神ではなかったかというのです。弥生時代から日本で稲作がはじまったことはたしかですから、この考えにも一理はあると言えるでしょう。

仮に百襲姫が卑弥呼としたならば、彼女を助けた男の弟というのは、開化天皇にあたるわけですし、その甥《おい》にあたる崇神天皇の娘には、豊鍬入姫命《とよくわいれひめのみこと》がいます。彼女は天照大神を笠縫邑《かさぬいむら》に祭ったと言われていますから、『倭人伝』では壱与《いよ》に相当するわけですね。百襲姫が神がかったという話も、『書紀』には出ています」

「……」

「それから、卑弥呼は垂仁天皇の娘にあたる倭姫《やまとひめ》だという説もあります。彼女は天皇の命によって、いまの伊勢神宮の土地に神社を開き、ご神体を笠縫邑から移してお祭りしたわけですね。まあ、こっちにしてもイメージが合わないと言われればそれまでですが……」

「……」

「ことのついでに、鏡の問題までかたづけてしまいましょう。卑弥呼が魏王《ぎおう》からたまわったという百枚の銅鏡、これは金印までは行かなくても、邪馬台国の謎を解く手がかりの一つになることはわかりますね。

ところが、堺市の南にある黄金塚という古墳からは、景初三年の銘のある画文帯神《がもんたいしん》獣鏡《じゅうきょう》という鏡が発見されたのです。これで邪馬台畿内説は有力な証拠を得たということになったのですが……」

「待てよ。鏡が見つかったぐらいのことが、きめ手になるのかな？」

恭介はまた首をひねった。

「それは、当時の鏡といえば、たいへんな貴重品だったことはわかるが、石棺や何かとは違って、わりあいに手がるに移動できるものだろう？　だから、たとえば九州の邪馬台国に伝わった鏡の一枚が、かなりの時日を経過してからここに伝わったことも考えられるだろう。それにこういう出土品の年代から、古墳の作られた年代を推定するのはどうかな？　だから、この黄金塚古墳にしたところで、紀元二五〇年以前のものとは言えないと、その程度のことしか推定できないわけだね。仮にこの古墳がそれから二百年後に造られて、それまで秘蔵されていた鏡をいっしょに埋めたとしても理屈は通るはずだ」

「たしかにごもっともですよ。ですから、考古学的に、邪馬台畿内説を証明することは不可能だと言えるんじゃないでしょうか。たとえば、前方後円墳と言われる大古墳が大和に発生して九州に移ったという説も、いまでは動揺しているようですし。中国の各地の古墳にしたところで、もし日本にあったなら、前方後円墳と呼ばれることは間違いないだろうと皮肉を言っている人もいるんですよ」

「それに、僕はもう一つ思いついたことがあるんだが、当時の鏡というものは、みんな中国製か朝鮮製ときまっていたのだろうか？　日本で造られたものはなかったのかね？」

「あるはずです。仿製鏡《ぼうせいきょう》という名前です。これはいわゆるメイド・イン・ジャパンの模造品ですね」

「ということは、とうぜんその材料が日本にあったというわけだね……石器、青銅器、鉄器というのは、人類の文化発達の必然的なコースだが、邪馬台国の時代、三世紀ごろからは、完全に鉄器文化に突入しているわけなんだね。その前の青銅器文化はどういうことになっているんだ」

「日本に青銅期があったかどうかという点には異説もあるようですが大きく言って、青銅製品の遺物は、釣鐘《つりがね》みたいな恰好をした銅鐸《どうたく》と、銅剣、銅鉾《どうほこ》、銅戈《どうか》などの武器と、二つに大別されると見てもよいでしょう。ところが、この銅鐸のほうは島根、広島、香川、高知の西側には、ほとんど発見されていないのです。それに対して武器のほうは、逆に兵庫、大阪の瀬戸内沿岸を限界として、その東にはほとんど発見されていないのです。したがって、中間地区では多少両方の勢力が入りまじっているところがあったとしても、古い時代には、日本は東西二つの文化圏に分かれていたと見てもいいんじゃないでしょうか？」

「なるほどね、それも理屈で考えて、武器を持っているほうが強かったと見ていいだろうね……二つの文化圏と見るよりも、二つの民族と見たほうがいいくらいの区別があったかもしれないな……ところで、松下君、その青銅なり鏡を作る白銅なり、鉄器文化の鉄なりは、いったいどこから出てきたんだ？」

「つまり、日本の国内で、鉱石を精錬して、そういう金属が造り出されていたかどうかという問題ですね……少なくとも、銅に関するかぎり、三世紀には日本の国内では採れなかったろうと思います。元明天皇の御代に和銅（七〇八年―七一五年）という年号がありますが、これはいまの埼玉県秩父《ちちぶ》の山で初めて銅の鉱石が出た、日本でも初めて銅が生産できると喜んでつけた年号だということになっていますから……」

「そうだとすると、それまでは、こういう金属は地金の形で、日本へ輸入されていたとしか考えようはないわけだね？」

「それはとうぜんだと思います。たとえば銅鐸のほうは九州や対馬や壱岐ではぜんぜん発見されていません。もし、中国や朝鮮から製品を輸入していたものだとしたら、とうぜん、そういう土地のどこからか、出土品として発見されることもあったろうと思います」

「しかし、そういう金属のすべてを輸入にたよっていたのかな？　そうだとすると、それに対する代償の見返り物資は何だったんだろう？」

恭介は首をひねりながら言った。

「とにかく、奈良朝以前には、日本に正式な文書の記録がなかったことは間違いないね。そういう意味では、和銅のころよりもっと古い時代に、日本のどこかに鉱山というものが存在していてもふしぎではないと思うんだが。たとえば鉱脈は露頭という形で地表に顔を出すこともある。露天掘りなら採掘もそんなにむずかしいことではない。鉄のほうなら砂鉄というようなものもある。これから鉄をとることは技術的にもわりあいかんたんにできるんだが、もしも原始的な鉱業というものが起こっていなかったとしたら、ここから導き出される推論はたいへん、こわいことになってくるんじゃないのかな？」

「それは、どういうことですか」

「もし、戦争中にこんなことでも言い出したら、それこそ、ただじゃあすまなかったろうな」

恭介は唇《くちびる》のはじをつりあげ、自嘲《じちょう》のような笑いをもらした。

「朝鮮民族にしたところで、やはり青銅というものは、たいへんな貴重品だったろう。それを相当の代償なしに、日本へただ送りこむことは、考えられないんじゃないのか？その代償は何がある？そう考えたとき出てくる結論は二つしかないね。武力的に強圧をかけ貢物のような形でめしあげたか、それとも朝鮮民族のほうが、自分で自発的にそれを運んで日本へ持って来たかということだ。

この後の考えをとるならば、彼らは原日本人に対しては支配階級的な存在だったということになるね。後世の感覚とは違うだろうが、日本は彼らにとって一種の植民地的存在だったと考えられないこともない……まあ、こういう考え方が、邪馬台国の謎を解くのに役に立つか、どうかはわからないがねえ」

恭介の言葉は研三にもよくうなずけた。しかし、邪馬台国の追求に関しては、彼はいいかげん投げかけていたのだった。

まぼろしの邪馬台国

「ところで神津さん、せっかくここまで研究を続けてきたんですから、仮にこのへんで切りあげるとしても、推理旅行の記念のために、一冊ぐらいは本を読んでおいてもいいんじゃないでしょうか？」

こう言いながら、研三は恭介の顔色をうかがった。

「いよいよ打ち切り宣言かね」

恭介もさすがに苦笑していた。

「それは、君がこれを読めと言うなら、何冊でも何十冊でも読んでみるがね。一冊というのはどういうわけだ？　いったい何という本だね？」

「宮崎康平という人の書いた『まぼろしの邪馬台国』という本です」

「いったい、どこの大学の先生だね？」

「いや、学校の先生じゃないんです。九州の島原に住んでいる事業家らしいんですが、むかしは文学青年で、死んだ火野葦平《ひのあしへい》氏なんかとも親交があったようなんです。ところが、この人は戦後失明してしまったんですね。それなのに、邪馬台国の研究を続けること三十年、とうとうこの一巻を書きあげたんです。吉川英治賞もおくられ、ベストセラーにもなった本です」

「なるほど、こう言っては何だが、眼が見えないのに、よくそれだけの研究を続けられたもんだねえ。いったいどんな方法で?」

「奥さんがたいへんな賢夫人だったからでしょうねえ。たとえばベニヤ板に地図をはりつけ、指の先でさわって海岸線や山や川がわかるような特製品を三か月もかかって作りあげたというんです。また奥さんに、『魏志《ぎし》・倭人伝《わじんでん》』や『古事記』や『日本書紀』などの重要部分を朗読してもらい、それをテープにふきこんで、何百回となく、くりかえし、くりかえし聞いたんだそうです」

「なるほど、たいへんな努力だねえ。それだけの超人的な努力家だったら、たしかにこの研究にしたところで見るべきものはあるだろうな」

「もちろん、最後の結論の『邪馬台国はここだ』という点では異論も出るでしょう。僕にしたって、その結論には全面的に賛成はできないんですが……ただ、これは『情熱の書』とでも呼びたいような感動的な本ですよ。そういう意味で、あなたにもぜひ読んでいただきたいと思って持って来たんです」

「それでは今晩でもぜひ読んでみよう。ただ結論を先に聞きたい。彼の説では、邪馬台国はどこなんだ？」

「島原一帯——この本に出ている地図では、長崎市、大村市、多良岳《たらだけ》、島原市、雲仙岳《うんぜんだけ》、千々石湾《ちぢわわん》そういう土地を含む地域を比定しています」

「島原一帯？」

恭介は眼《め》をとじて、しばらく考えこんだ。

「この人には失礼だけれども、島原市に住んでいるとしたら、それこそ郷土愛的な感情が強すぎたんじゃないだろうか？　何とか自分の生まれ故郷に邪馬台国を持って来ようとして、無理をしているところはないだろうか？」

「これは人間のことですから、そういう感情が絶無だったとは言いきれないでしょう。しかし、それもわりあいに希薄だったと思います。

たとえば、こんなことが書いてあります。

『……ふるさとを愛するのあまり、なんでも、こじつけたがる郷土史家にありがちなドグマのように受け取れはしないだろうか。だが私はかくれ切支丹《キリシタン》の偽物の骨董品《こっとうひん》を判別する郷土史家でもない。

私が交通会社に関係しているからといって観光宣伝の具に供するのではないかと、痛くもない腹を探られるかもしれない。だが私はこんな、まわりくどい血のにじむような犠牲を払わなくても、もっと、てっとりばやく金もうけのできる方法を知っている。

これでも私は、今まで芽が出なかっただけの、文学精神に徹した一介の作家だ。しかし、いやなことはいやである。どうすれば私の郷里が邪馬台国にならないですむかという逆な見方で反証をあげるために、それからの私は努力をつづけた……』

『……今は邪馬台国が郷里の近くにあったことを疑ってもいなければ、不愉快にも思っていない。むしろ信じきっているし、誇りだと思っている。ただ残念なことは、なお多くの人々が、猜疑《さいぎ》の目と、興味本位に私の比定した邪馬台国を見るだろう。それでもかまわない。歴史的事実は、何人かの、一人でもいい、倭人伝に対する私の解釈を理解し、納得してくれる学者たちとともに発掘した〝親魏倭王〟の金印が、千七百年目の太陽の光を浴びたとき、はじめて証明されることを知っているからだ。それまで私の金印への思慕はつづくだろう。これからは、その最後の卑弥呼《ひみこ》の塚《つか》をつきとめるために、すべての精力を傾けなければならない。この努力は生涯《しょうがい》を必要とするかもしれない。あるいは発見されたとき、もはや私はこの世を去っているかもしれない……』

『……三方を海に取り巻かれ、静かな山のたたずまいに私の頭の中で暮れなずむ邪馬台国。やっと二十五年もかかってたどりついたその邪馬台国は、もはやこの目で現実に見ることができない。

それでも霧のような視界に、太古の邪馬台国は絵はがきのように映っている。私と私の妻は、その風景を、しっかりと手をとり合ったまま、固唾《かたず》をのんで見守っている……』

このあたりを初めて読んだときには、僕も涙が出てきました。これでも僕は作家のはしくれですからね。こういう言葉はすなおにうけとれるんですよ。とにかく、この人には、郷土愛から邪馬台国を自分の故郷の近くに持って来るような気持ちは、比較的少なかったろうと信じています」

「そうだろうねえ……ただ、方法論としてはどういうテクニックを使ったのかな？」

「狗邪韓国《くやかんこく》から狗奴国《くなのくに》まで、ここにあらわれる三十一の国々の名前を、古い記録に出て来る地名と比較して、一つ一つ比定していったのですね。それから自分の白い杖《つえ》を各地の土壌に突きさして、その感覚で弥生時代の耕作に適した土地かどうかを鑑定していったというのです」

「たいへんな努力をしたもんだなあ……しかも、ひとり歩きのできない不自由な体で……」

恭介はさすがに舌をまいた。

「それで、宮崎さんは『水行、陸行』の謎をどう解釈しているのか？」

「投馬国《とうまのくに》は天草だと比定されています。伊都国《いとのくに》、糸島半島から平戸の瀬戸を通り、長崎の野母崎《のもさき》から島原半島の南端をまわって天草へ到着するためには、水行で二十日かかるというのです。

また邪馬台国のほうは、水行すれば十日、陸行すれば一月というふうに解釈しているのです。水行十日では平戸の瀬戸を通り、佐世保湾から大村湾を抜けて諫早《いさはや》市の津水に着けるというのですし、陸行一月のほうは、糸島半島からの陸路で、鳥栖《とす》経由でも唐津経由でも一月かかるというのです」

「そうかなあ？」

恭介は首をひねりはじめた。

「ちょっとこの日数は多すぎやしないかな？」

と、ひとりごとのようにつぶやいて、時刻表をくっていたが、

「鳥栖——諫早の間は、長崎本線を使うとして、一〇〇・五キロだよ。博多——鳥栖間

は二八・六キロ、博多――前原間は二四・五キロ、総計して一五三・六キロだ。

また、前原――伊万里間は六〇・九キロ、仮に松浦線をまわるとして、伊万里《いまり》――佐世保間は八〇・九キロ、佐世保――長崎間は八一・四キロ、総計二二三・二キロになる。しかも松浦線というのは、海岸沿いのたいへんな迂回《うかい》コースだねえ。

まあ、むかしの道と国鉄の路線と比較することは冒険だとしても、この間の距離は約二〇〇キロ前後と見ていいんじゃなかろうか。それを三十日で歩くとすると、一日の走行距離は約七キロ、これはいかに何でも少なすぎるんじゃないだろうか？」

「当時にしても、いちおうの道路はできていたでしょうからね……」

「とうぜんだろうな。たとえ原始的な形でも、いちおう、国家の組織が生まれ、当時としては相当な大きさと人口を持つ町のようなものが生まれていた以上、その町と町とをつなぐ道が、野っ原同然で、一歩行くにも、はあはあと息をつかなければいけなかったようなものとは考えられないからだよ。対馬では『禽鹿《きんろく》の徑《こみち》の如し』という言葉があったが、九州のほうではまさか、そういう道が連続することはなかったろう」

「たしかにそのとおりですねえ」

「とにかく話を聞いただけでも、宮崎さんの情熱と努力には頭が下がるだけだ。だから、その説にけちをつけようという気持ちはさらさらないいんだが、この点はどうしても納得できない」

「それはたしかに、九州邪馬台説のすべてに通じる泣きどころですね。仮にほかの土地をとるとしても、陸行一月という難題はどうしても克服できないんですよ」

「しかし、その問題をぬきにすれば、島原や天草あたりには、何か魅力を感じるな。いったい、このあたりが古代朝鮮と密接な関係を持っていたと思われる根拠は何かあるのだろうか？　古墳の問題を別としてね」

「だいぶ南に下りますが、八代海は一名不知火海《しらぬひかい》とも言われていますね。この不知火が面白いのですよ」

「不知火というと、たしか夜、海上に幽霊のように燃えあがる火じゃなかったかな？」

「そうです。景行天皇もこれを見ておどろいたといういわれもあるようですが、古い本に出ている文章を読んでみましょう。

『八代郡の海上に陰火あり。毎歳八朔《はっさく》の暁《あかつき》に出づ。此の夜山岡に登りてこれを見るに、一帯萬點連珠の如く、幾千萬といふ數を知らず。宇土《うど》、益城《ますき》、八代《やつしろ》、盧化の四郡、向ふは天草《あまくさ》にかけ延々二十餘里の海面、其の夜は見る者群をなす。五更、潮の盈《み》つるころより出はじめ、咄明《とつめい》に出そろひ、夜白むに従ひて消沒す。

是を世に龍燈と名づけ、また不知火ともいふ。今は天下の一奇觀となれり。この火五郡に係るといへども、八代を以て正面とす。故に八代の不知火といふ』

まあ、こういったところです」

「なるほどねえ、科学的に言えば、僕はそれを夜光虫の一大群棲《ぐんせい》したものと見たいんだが、それが朝鮮とどういう関係があるんだい？」

「むろん直接じゃないんですが、むかしの歌の枕《まくら》ことばに『筑紫しらぬひ』とあるんですよ。それについて、

『筑紫は綿の産地だし、しらぬいというのは白縫とも書く。木綿の着物から出た言葉である』

というような解釈もあるんです。また、一説では、『高麗錦《からにしき》、新羅繡《しらぬい》』という古い言葉もあり、朝鮮から渡って来た貴重な織物をさしていたようです。ですから『しらぬひ』という言葉は、朝鮮とはぜんぜん無関係とも思えないんですよ」

「さあ、そのへんはどうかなあ。僕にはちょっとこじつけがすぎるような気がするが」

恭介は首をひねっていた。

「ただ、僕にはちょっと気になることがあるんだ。むかし、もちろん黒船以前の時代だが、中国や西洋の船が平戸や長崎あたりにやって来たという事実は相当に多かったはずだね。

そういう意味では、このあたりから直接、中国に往来する古代航路も開けてはいたんじゃないだろうか?」

「それはあったと思います。ただ秀吉の朝鮮役では問題にもなりませんし、今度のテーマには直接関係もなさそうなので、僕もあんまりくわしく調べていませんが、長崎、天草方面から五島列島を経過して、黄海《こうかい》の南側をまわり、直接シナ海を横切って、大陸と交通する古代航路はたしかに存在していたはずですが、ただこの時期には、揚子江《ようすこう》の南はほとんど呉《ご》の国の勢力範囲だったんです。言うまでもなく、魏《ぎ》とは戦をまじえていた敵国ですから、この場合には、魏に向かおうとするかぎり、こういう南まわりコースは、とれなかったんじゃないでしょうか?」

「なるほど、当時の航海術では、支那海を渡るのがぎりぎりで、いったんどこかで、水や食料を補給しなければ、それからさらに北上して黄海にまではいるのは無理だったかもしれないなあ……」

「ただ、ここにはこんな説もあります。女王の敵国の狗奴国、こっちは邪馬台国から見て南のほうにあるわけですね。この国が呉と交通なり通商なりを続けていたというような可能性は絶無だと思えませんね。ですから、邪馬台国と狗奴国との戦争は、魏と呉の大陸での戦争の飛び火みたいなもんじゃなかったかというんですよ。最近の朝鮮戦争にしたところで、北朝鮮と韓国の民族戦争だとは言っても、その後ろに、一方にはソビエトなり中国が、一方にはアメリカがついていて、その代理戦争というようなものだったことは誰《だれ》しも否定はできないでしょう」

「話がだいぶ飛んで来たな……テーマの朝鮮半島から離れてはいないけれども」

　恭介は溜息《ためいき》をついていた。

「それで、宮崎さんは女王の敵国、狗奴国《くなのくに》をどこに比定しているのかね？」

「熊本県の八代近くです」

「邪馬台国が島原として、その敵国が不知火海、このせまい海をはさんで睨《にら》みあっているというのかね……」

　恭介はうめくような声を出した。

「そうです。そしてこの本では、投馬国が天草にあたるというのですが」

「信じられない。その点に関するかぎりは、僕はこの人の説を信じられない」

　恭介は、むしろ悲痛と言いたいような感じでつぶやいた。

「どうしてです？」

「三十年、それだけの超人的な情熱を傾けてさえ、やはり彼は、『倭人伝』の指定にもとづいて、邪馬台国を比定することはできなかったのかね……この文章にあらわれている条件を全部満足させて……」

「……」

「いいかね。狗奴国というのは、女王国の南にあるということになっていたろう。ところが天草と八代といえば、この方向は東から東南——絶対に南とは言えないだろう。この原文の許容範囲にははいってこない」

「……」

「それに、これだけの短距離で、しかも内海とさえ言いたいような海をはさんで、強力な敵国同士が対立して長期間共存できるということは、常識的に考えられるだろうか？　少なくとも、邪馬台国のほうでは、玄界灘をわたって朝鮮へ行くだけの航海術を体得していた。糸島に根拠をおいている玄界灘水軍というものの存在さえ考えられないことはないのだろう？　それだったら、精兵を一挙に集結し、敵の本拠をつくことは、誰にでも考えられる単純無比な戦法ではないのかね？　たとえば関が原前夜のように、両軍の大勢力が東西から進撃し、明日の戦場を中にはさんで、一夜ないし数日を睨みあいながら対峙《たいじ》していたというなら話はわかる。しかし、こういう対立関係のまま、何年も睨みあっていたということは、僕にはとうていうなずけないよ」

「そう言いますが、神津さん。日本の戦国時代というのも、だいたい、そんな状態によく似ていたんじゃありませんか。たとえば甲州の武田信玄《たけだしんげん》と越後《えちご》の上杉謙信《うえすぎけんしん》、この二人は川中島あたりを中心として、一生戦い続けたのですよ。尾張《おわり》の織田《おだ》家や美濃《みの》の斎藤《さいとう》家、あるいは駿河《するが》、遠江《とおとうみ》、三河《みかわ》の三国に君臨していた今川家も、なかなか相手の国に対して、決定的な打撃を与えることはできなかったのです。まして、それから千年以上さかのぼった紀元三世紀のころだとすれば、そのぐらいの睨みあい現象は、むしろ、とうぜんのことではなかったでしょうか？」

「そう言われればしかたがない。あとは個人の感覚の差だ。この問題、この研究では、僕は感情を入れたくはないが、それでは女王の国から東に海を渡って一千余里、また倭種の国があるというくだりを、宮崎さんはどう解釈している？　察するところ、熊本県の宇土半島のあたりまでは、全部女王の国の領域、三十国に比定されてしまったのではないかね？」

研三は、何とも答えず、だまって、うなずいただけだった。

「そうだろう？　それでは魏使は呼子《よぶこ》へ上陸し博多から、また船にのって西へひっかえしたのかな？　そうだとすれば、東松浦半島から博多まで七百里という陸行は、完全にむだになってくる。もしも陸路をたどるなら、不弥国《ふみのくに》から後の国々にも、たとえ説明はかんたんでも、ある程度の紹介は続いたろうな。残念ながら、僕はこの人の説には賛成しきれない」

「でも、神津さん、正直なところ、この研究には最初から、こういう難関があるのです。あの『魏志・倭人伝』の方位と距離とを尊重して、邪馬台国はここにあり――と決定することは誰にもできないことなのです。自分に不可能な問題を、人が解決できなかったからといって、その相手を悪く言うことは間違っていると思います」

「誤解してはいけないよ。僕は決して、この人の悪口を言うつもりはない。それだけの努力に対しては、障害者として、それだけの悪条件をおしきって、三十年間、この幻の女王国に挑戦し続けた情熱には、むろん頭を下げるとも。下手な学者の独断的なきめつけよりは、どれほどりっぱかわからない……。

ただし、これだけはことわっておく。すべて学問の研究には、感情をまじえることは許されない。これだけの悪条件を征服して、よくもこれまで――ということは、一つの感情論なのだ。しかし、それだけの努力があった以上、その結論も正しいはずだという言い方は許されないと僕は思う」

「あなたの言うことはよくわかります。ただそれだけの努力と情熱を傾けても、これは解決不可能な問題だと、僕はそう言いたいだけなのです。まあ、今晩でもこの本をじっくり読んでください。きっと明日あたりは、神津さんでも、もうやめた――と言いたくなるでしょう」

「拝見しよう、その本を」

恭介は研三が渡してくれた本をとりあげて、ぱらぱらページをくっていたが、研三が、しおり代わりにはさんでいた一枚のはがきを見て、首をひねりはじめた。

「暑中お見舞い申し上げます　夏樹静子」

もちろん、印刷された儀礼的な挨拶状にすぎないが、恭介はその活字を食い入るように見つめていた。

「福岡市に住んでいる人らしいね……いったいどんな女性なんだい？」

「最近、ファン層も広がり、実力派の女流推理作家なんです。旦那《だんな》さんはかたぎのサラリーマン、小さい子供も二人いるようですが、一口に言えば才色兼備の美人ですね。このあいだの取材旅行では、いっしょに食事をしたんです」

「すると君が、秋月から車をぶっとばして帰ったときの約束の相手というのは、この人だったのかい？」

「そうです。僕のほうではそのとき会ったのが最初ですが、出版社のほうでアレンジしてくれていたんです。そのとき、福岡一と言われる水たき料理の店へ案内してもらったのはいいんですが、なにしろ僕の酒くせの悪いのは通り相場でしょう。またそこでイチャモンつけたんですよ」

「たしかに君の酒は酒乱かと言いたいような線まで行くことがあるからな……僕にしたって、何度絶交しようと思ったかしれないくらいだ」

恭介は真剣な表情で言った。

「すみません……でも、あのときは夏樹さんのほうにはそんなにからまなかったはずですよ。ただ料理屋のほうに、魚の刺身はできないのかと注文して、ここは鳥が専門でございますからとことわられて、

――おれが博多へやって来たのは、玄界灘の鯛《たい》が食いたかったからなのに……。と溜息をついて、二次会にはすし屋へ行って、鯛をさんざん平らげて……まあ、その程度のことでしたよ」

「何だって？　玄界灘の鯛だって？」

恭介の眼は、とたんに爛々《らんらん》たる光を放った。

「そうです。それがいったいどうかしたんですか？」

研三も一瞬、呆然《ぼうぜん》としていた。

「今度ばかりは、君の酒癖の悪さにも感謝しなくちゃいけないなあ……」

恭介は大きく溜息をついた。

「この夏樹静子という名前、それに玄界灘の鯛——なんというこわいヒントだろう。きっとそのとき、女王卑弥呼の霊魂はふっとその酒席にあらわれたんだろうねえ。生きているときには鬼道で衆人を心服させたというような女の大呪術師なんだ。死んでから千何百年たってからも、それだけの力を発揮できたとしても、ちっともおかしくはない……。彼女、女王卑弥呼としたならば、自分の国がどこかをはっきりした根拠をもって推定できない現代の学者たちには、あの世で腹をたてていたかもしれないよ。それで神がかり的な傾向がないでもない君にのりうつって、秘密を打ちあけようとしたのかもしれないよ。僕がさっき見た夢にしても、今日の話には注意しろという卑弥呼のお告げだったかもしれない……。

僕はいま、たいへんな希望を持ったよ。おそらく、いままでの学者が一人としてやったことのないアプローチだ。しかし、このアプローチがうまく行ったなら、この難攻不落の城にしたって、今度こそ陥落するんじゃないのかな？

もう一度言う。夏樹静子という名前、それに玄界灘の鯛——これが謎を解く鍵なんだ。邪馬台国千何百年かの秘密は、この鍵で解ける可能性が出てきたんだよ！」

唐津《からつ》街道海中に在り

「どうして、夏樹静子という女流作家の名前と、玄界灘の鯛とが、謎をとく鍵になったんですか！　それがどうして、邪馬台国の秘密と結びつくんですか！」

松下研三は思わず棒立ちになっていた。叫ばんばかりの声を出して、恭介にいどみかかったのだった。

神津恭介は静かに笑った。

「まあ、かけたまえ。それじゃあ研究にならないよ。これからゆっくり説明しよう」

「失礼します」

研三は椅子にすわりなおして、タバコに火をつけた。心臓の動悸《どうき》も、いつもより五割かた早くなっているようだった。

「この夏樹静子という名前が本名かペンネームか、ペンネームとしたなら、どんな理由でつけたのか、僕にはいっさいわからないよ」

恭介は静かに話しはじめた。

「しかし、すなおにこの名前を睨んだら、

『夏の樹は静かなり』

という連想は誰にも浮かんでくるんじゃないのかな？　しかも君はこの人と食事をしている最中に、とたんに玄界灘の鯛が食いたくなってたまらなくなったと言っていたろう……そこから僕は、

『夏の海――玄界灘は静かなり』

という連想を働かせたんだよ。いったい、このとき魏使たちは、いまの暦でいったなら何月ごろ海を渡って来たんだ？　この問題について、いままで徹底的に追求した先人はいたのかね？」

「ぜんぜんおぼえがありません……」

大奇襲とでもいいたいようなこの質問に、研三は眼もくらむような思いだった。

「それに、いまひとつふしぎなことがあるんだ。君がこのはがきをはさんでおいたのは、この本の一六二ページと一六三ページの間だが、君は僕をためそうとして、こんなところにわざといれておいたんじゃないだろうな」

神津恭介は眼を光らせた。

「あなたをためそうなんて、とんでもない。それは完全な誤解ですよ」

研三は呆然として答えたが、恭介は笑いながら本をつきつけた。

「ここのところ……『まぼろしの邪馬台国』の『糸島水道と千七百年前の海岸線』というところを、もう一度読んでみたまえ」

研三は、あわてて本をとりあげて、そのページに眼をおとした。

『邪馬台国が確実に存在した時代は、三世紀中葉である。弥生《やよい》時代の最終末期といってもよく、古墳時代の初期でもある。

その頃、現在の糸島半島は、まだ完全な島であった。半島として地続きになったのは、七、八世紀以後ではなかろうか。すくなくとも、邪馬台国時代には、現在の加布里《かふり》付近から今津《いまづ》湾までは、完全な海峡で、大きくいって、博多湾と唐津湾はつながっていたのである。この海峡のことを地質学では糸島水道と呼ぶのだそうだ。

このことを十分に頭に入れておかないと、伊都国《いとのくに》の中心であった伊都が、どの付近にあったかを捜す場合、とんでもないことになる。現在の学者の間でさえ、このことを知らないで、伊都が深江付近ではなかったかと比定する人が多いのは、遺憾《いかん》である。さいわい、九大名誉教授の山崎光夫博士が、考古学者の意見を取り入れて、専門的な地質学の立場から作製された、弥生期の博多湾一帯の地図があるので、これによって、記入された弥生線と現在の町の関係を比較してみると、当時のようすがよくわかる。おおむねこの弥生線の近くが、邪馬台国時代の海岸線と考えてもいいだろう。

この地図から教えられることは、当時は、まだ深江も、加布里も、今宿も、完全に海中であったことである。福岡市内もほとんど海中で、主要な当時の海岸線の地名をたどってみると、まず志賀島《しかのしま》はいうに及ばず、西戸崎《さいとざき》も島であったことはだれもが知っている。和白《わじろ》と三苫《みとま》の間も切れていて、これを三苫水道というのだそうである。名島《なじま》の付近から、多々羅《たたら》川の河口はずっと上流にあり、宇美《うみ》川は別に海へ直流し合流していない。

市内の海岸線と思われる地名を列記してみると、原町、別府《べふ》、臼井《うすい》、住吉神社、新柳町、高宮駅、平尾、薬院、警固《けご》、草ケ江《くさがえ》、小田部《おたべ》、長垂《ながたれ》山、周船《すせん》寺《じ》、志登、波多江《はたえ》、前原《まえばる》となる。千五百年の間に、四キロから五キロも陸化している所があり、なかなか現在の地形では、素人判断することはむずかしい。とにかく、標高五メートル内外の線を基準として見当をつけてみた。糸島水道で、半島側は、比較的に陸化が遅く、地形が弥生線では安定しているので、瑞梅寺《ずいばいじ》河口と、雷山《らいざん》川河口の堆積による変化に問題があるようだ』

研三は、この部分を二度読み返した。

「神津さん、これは？」

「わからないかね。当時の糸島は半島でなくいくつかの島に分かれていたというんだよ。この地図をみても、糸島平野は完全に海に没している。沖積平野だとすれば、大むかしは海だったということも、とうぜん考えられる話だが、そういう状態だったとしたら、いままでの定説のように、魏使たちが唐津のほうから福岡のほうへ陸行して来たということは、考えられないんじゃなかろうか？」

「ああ……」

研三はうめいた。さすがにここまでいわれれば、恭介の意図も充分にのみこめた。

「糸島水道があるかぎり、彼等はここを舟で渡って来たほうが便利だったということになりますね……かりに呼子あたりにいったん舟をとめ、それから唐津へ寄港したと仮定しても……」

「それはいちおうの理屈だが、この点はもっと深くつっこんでみる必要があるんじゃないのかな？」

恭介は何かを思い出そうとするように眼をとじて、

「前に、学会があって福岡へ行ったとき、東唐津と虹ノ松原の間にある海岸近くのホテルに泊まったことがあった。ちょうどつれが二人もあったんで、福岡までは車でドライブしたんだが、その間の道はたしか国道二〇二号線、むかしのいわゆる唐津街道、一本

弥生期の博多湾沿岸図

講談社刊『まぼろしの邪馬台国』宮崎康平著より

しかないと聞いたおぼえがある。しかも、この道の浜《はま》崎《さき》と深江の間は、相当に傾斜の急な山が海岸近くまで迫っていた。鹿家《しかか》海岸というはずだが、この部分では国鉄の筑肥線にしたところで、この道とごく接近した山側をほとんど平行して走っている。しかもこの間だけで、トンネルを七つもくぐりぬけると聞いたんだがね。いったい、この唐津街道は、いつのころから出来たんだろうね？」

「ということは……神津さ

ん、もしこの本に書いてあるように、海岸線が現代より何メートルか高いところにあったとしたら、唐津と福岡をつなぐただ一つの便利な道、唐津街道は、いたるところで分断される可能性があるというわけですね？　卑弥呼の時代に、もしこの国道二〇二号線と平行して近くを走っている道があったと仮定しても、それは急な斜面の山の裾《すそ》を伝って行くような感じになるはずだから、たとえていえば、親不知子不知《おやしらずこしらず》のような嶮道《けんどう》になる可能性が強いというわけですね」

「そうなんだ……これはいまふっと思い出したんだが、五年ほど前に佐世保へ行った時、眼鏡岩という市内の名所へ案内してもらったことがある。小高い丘に、そうだな、四メートルか五メートルはありそうな一つの岩がそそりたっていた。極端なことをいうと、爪《つめ》でひっかいても、傷がつきそうなやわらかな砂岩で、かなり大きな二つの穴があいていた。これが名前の由来だということは、聞くまでもないことだったが、この穴が海蝕によって生じたということが、学術的に証明されていたとしたら……」

「とうぜん、大むかしには、そのあたりは波打ぎわだったということになりますね……いったい、生成はいつごろと推定されているのですか？」

「学者の説では、七千五百年から一万年ぐらい前だったということだが、いまでは海抜五〇メートルぐらいになっている」

「ちょっと待って下さい」

研三は眼をとじて暗算作業に移った。

「ざっと、一年平均で五ミリから七ミリぐらいの海退ですね。卑弥呼の時代、千七百年前には、年六ミリの海退として、約一〇メートルになりますね……つまり、いま現在の地図で一〇メートルの標高線が、邪馬台国時代の九州の海岸線、そう見て間違いはないわけです」

「その断定は早すぎる」

さすがに、恭介も苦笑いした。

「おなじ九州といったところで、佐世保のような西海岸と、魏使が上陸したはずの北海岸とでは、いっしょにかたづけられないだろうな。たとえば地震や火山の噴火などで、局地的な陥没や土地の隆起があることは、長年月の間にはさけられないからだよ……しかし、佐世保の場合の一〇メートルに、安全係数をかけて半分から三分の二、五メートルから七メートル近くの海退があったと想定することはそう独断でもないだろう。この数字なら、山崎博士の数字ともそんなに違いはないような感じだ」

「わかりました。でも、唐津街道にしぼっても、各地の標高を一々たしかめるのはたいへんですね……ベッド・ディテクティブの範囲を逸脱するかも知れませんね」

「そんなことはないだろう。少し頭を働かせれば、ベッドの上でも作業は出来る。ただ、小道具はいくらかふえてくるが」

「たいていの小道具なら、費用は惜しみませんよ」

「金はたいしてかからないが……いや、一円もいらないよ。君が少し歩いてくれさえすればいい」

「それぐらいなら、お安い御用です。どこまで行けばいいんです」

「理学部の地理学教室まで。教授の成瀬一豊君は、君だって知らないことはないだろう」

「ああ、一高野球部のセカンドでしたね。このところ、何年かあってはいませんけれど、顔をあわせればツーカーでしょう。それでいったい何を調べるんです？」

「こうなってくれば、残念ながら、分県地図では間にあわないんだ。陸地測量部――いや今ではたしか国土地理院といったはずだな。あそこで発行されている五万分の一の地図を調べるんだ」

「むかし、われわれの学生時代には、参謀本部の地図と称していたやつですね？　あいつをいったいどういうふうに……」

「あの地図には、いたるところに海面からの標高をあらわした水準点の数字がちらばっているんだ。だから、国道二〇二号線付近の水準点を追って行けば、この時代、紀元三世紀ごろに唐津街道が存在していたかどうかは、いいかげん見当がつくんじゃないかな？」

「わかりました。ほかには？」

「どうせ、成瀬君のところへ行くのなら、ついでといっては何だが、朝鮮と日本の間の海峡の風についての出来るだけ長期間のデータをたしかめてくれないか？」

「それがいったいわかるでしょうか？」

「対馬の厳原《いずはら》測候所——あそこの開設が何年だったか、そこまでは僕もおぼえていないけれども、こういう測候所がある以上、長期にわたる観測の統計のデータが存在しないはずはない。何とかそれをつっこんでみてくれないか」

「わかりました……」

この調査の結果がどういうことになるか、それは研三にも想像は出来なかった。ただ、何となくこの研究の風向きが変わりはじめたことだけは理解できた。

神津恭介の仇名《あだな》だった「推理機械」がいま初めて動き出したような感じだった。ここまで来ると、その動きにさからうことは研三には出来なかった。

立ち上がって部屋を出ようとしたとき、恭介はまた口を開いた。

「松下君、もう一つ」

「何です？」

「僕はその唐津街道のドライブのとき、国鉄の筑前深江の駅のあたりの海岸で車をとめ、海をバックにして記念写真を撮っている。後には姫島という島があり、そのむこうに壱岐の島が見えた……しかし、東唐津の海岸からは、東松浦半島に妨害されて、壱岐の島影は見えなかった……いったい唐津街道から壱岐が見えるのはどこからどこまでか、それもついでに調べて来てくれないか？」

松下研三が病室へ帰って来たのは午後五時四十三分のことだった。

夕食をすませて横になっていた恭介はゆっくりと身をおこした。

「おやまあ、君はいいかげん調査を持てあまして、ビールでも飲みに行ったかと思っていたよ」

とひやかされて、研三はいかにも悲しそうな顔をした。

「いや、今日だけは……こうなって来ては、面会時間の終わるまでは、絶対断酒ですよ。飯さえ食っていないんです……このバナナをいただいてもかまいませんね？」

「何本でも遠慮なく食べてくれよ。飲物はあいにくジュース類しかないが、それで調査の結果はいったい？」

「まず最初に、これを見て下さい」

一枚の原稿用紙を恭介につきつけると、研三は急いでバナナの皮をむいた。

2.3（唐津・舞鶴橋）—**5.3（虹ノ松原）**—**3.4（浜崎）**—7.4—9.3（鹿家《しかか》）—**5.3（串崎）**—6.3—**2.5（福吉）**—**4.9（二丈海岸）**—**4.4（筑前深江）**—**3.1**—**2.2**—**3.1（加布里駅）**—**5.7（筑前前原）**—6.1（浦志）—7.4（波多江）—8.3（産ノ宮）—9.8（周船寺《すせんじ》）—**3.3（今宿）**—**5.9（生ノ松原）**—**2.6（姪浜）**—**3.2（室見）**—**3.0（福岡城大手門）**—**3.1（福岡県庁）**—（註、ゴシックは六メートル以下）

恭介はこの数字を食いいるように見つめていた。そして、研三が二本目のバナナをかたづけるのを見はからって、

「この括弧の中に書いてあるのは、その水準点の付近の地名だろうね？　それが書きこんでいないのは？」

「付近に、適当な地名が見つからなかったんで……なにしろ急いでいましたからね。しかし、そんなに手をぬいたわけではありませんよ。これでも、いちおうのことは見当がつくでしょう？」

「うむ……これで話はすっきりして来た。海岸線が現在より六メートル高かったら、この道、唐津街道は大半が海の中に消えてしまうというわけだ」

「いや、かりに五メートル高かったとしても道は方々で寸断されますよ。それに周船寺という地名は、むかし造船所があったことから出た名前ではないか——というような説もあるくらいです。もし、この説が正しかったら海岸線も八メートルか九メートルぐらいのところにあったということになりませんか？　そうなって来ると、山崎博士の数字より、眼鏡岩の数字のほうが、かえって実地に則していたということになるんじゃないでしょうかねえ」

二人は顔を見あわせて溜息をついた。

「なるほどねえ。やっぱり卑弥呼の時代にはこの道は存在しなかったんだなあ」

「それなのに、ある人によると、魏使たちはこのとき、白砂青松の海岸を悠々《ゆうゆう》と陸行して来た——というんですよ。虹ノ松原、生《いき》ノ松原、そういう名所もこの時代にはこの数字から見て、完全に海中なのに、いったいどこに白砂青松があるんですかね」

研三は吐き出すように言って、福岡県地図をとりあげた。

「それから、この街道の上から壱岐が見えるのは、だいたい浜崎と深江の間になります。もちろんこれは現在の海岸線を前提にしての話で、むかしはいくらか違っていたかも知れません。なにしろ、このどっちも三世紀には海中都市だったはずですからね。浜崎の西側へ来ると東松浦半島にさえぎられますし、深江の東側、たとえば浜窪《はまくぼ》あたりまで行くと、今度は鷺《さぎ》ノ首という岬に邪魔されて見えなくなります。道路をはなれて糸島半島の海岸線に沿って歩いたときには話もかわるでしょうが、この点の調べはこんなところでよかったでしょうか？」

「結構だとも……」

「それで、正直なところ、神津さん、僕はあなたが憎らしくなったくらいなんですよ」

研三は、何ともいえない複雑な表情で、

「呼子か名護屋か、どちらを基点にとるかによって、里程はいくらか変わってくるでしょうが、唐津市付近までは約一五キロといったところでしょう。ところが唐津市の大半は、この六メートル海岸線説を採ったら、完全に海没してしまいます……。鬼塚《おにづか》舞鶴《まいづる》橋を渡って虹ノ松原へ向かうどころか、唐津線で約六キロぐらい南下して、鬼塚駅のあたりから対岸の国鉄・鏡《かがみ》駅のほうへ渡らなければ、松浦川も越せないんですよ……」

「でも、君の話によると、万葉時代には、やはり『鏡の渡』というものがあって、舞鶴橋なんかなかったんだろう？　そう考えれば、自然地理学的追求は、文献学的研究と、結構一致するんじゃないのかね？」

「それはたしかにその通りですがね……」

自分でアル中第二期と称するぐらいだからこの時間になって、バナナの胃中醱酵《はっこう》にたよらなければならないことが、肝にさわってたまらないのかも知れない。研三は油のついていないもじゃもじゃ頭をかきむしりながら、

「虹ノ松原や国鉄筑肥線どころじゃなくって浜崎までの現在の平野部は全部落第です。六メートル以上の道を考えると、それは領布振山《ひれふりやま》ともいう鏡山の山裾《やますそ》を伝わるコースになるんですよ。ここからすでに、親不知子不知みたいな感覚のコースがはじまるんですから、いったいどうしてくれるんです！」

「僕に怒ってみたってしようがないよ。これがどこかのホテルなら、ウイスキーの一本はルーム・サービスでとりよせるところだが、どうにも細工のしようがない」

「かまいませんか？」

「なにが？」

とたんに研三は、鞄《かばん》の中から一本のポケット・ウイスキーの瓶《びん》をとり出した。恭介もそのときはさすがに腹をかかえて笑った。

「政治家だったら、舌の根もかわかぬうちに公約違反をやってのけたかとせめられると

ころだな。また、君が肝臓で入院していて、僕が主治医だとしたら、横っ面をひっぱたいてもその壜《びん》はとりあげるがね。まあ、ここのところは見て見ないふりをするということで妥協しようじゃないか」

「助かりましたよ。おかげで生きかえったようです」

研三は、サイドテーブルの水さしをとりあげて、ダブルぐらいの水割りを作ると一気に飲みほした。

「とにかく、この山裾伝いのコースをとっても、なかなか現在の海岸線へは出られないんです。たとえば、浜崎はとうぜん海中にあったと想定されますから、そこから二キロほど奥地へ入った玉島のあたりで玉島川を渡るのがやっとでしょう。川を渡った向こう側には谷口古墳という遺跡がありますから、このへんはむかし海岸近くだったかも知れませんね。おことわりしておきますが、このへんの標高は六・三メートルです」

気つけ薬が入ったせいで、研三はやっと生気をとりもどしたようだった。恭介は九州全図をにらみながら、

「谷口古墳の北には、背振山塊《せふりさんかい》がつらなっているね。十防山《とんぼう》が五三五メートル、城山が三七八メートル、浮嶽《うきたけ》が八〇五メートル、雷山《らいさん》が九五五メートル、背振山が一〇五五メートルか。まさか、古代人はこの山脈を横切って歩いていたんじゃないだろうね？」

とだめをおした。

「ところが、ところがですよ」

研三は口角泡《あわ》をとばすような調子で、

「むこうの教室の助手から聞いた話では、天平時代の公道は、この玉島―谷口というあたりから、山越えになって福吉の近くに出ていたというんです。このことは、かんたんに手に入れられる本としては、筑紫豊という人の『古代筑紫文化の謎』にもはっきり出ているそうですよ」

「何だって?」

恭介はおどろいたように地図から眼をあげた。

「いったい彼等は、何メートルぐらいの高さの地点を越えたのかね?」

「白木峠か七曲峠か、この二つの峠のほかには考えられませんが、どっちを通ったとしても、三五〇メートルぐらいの地点を通過しなければならなくなります。五万分の一の地図を睨んでも、道はたいへんな屈曲で、それこそ羊腸といいたいような感じですよ。白木峠を越えるほうがいくらか近そうですが、この間の距離を曲線測定器《キルビメーター》で測ってみたら、約一六キロというところでした」

「その間の唐津街道は?」

「浜崎駅と福吉駅を基準にして約九・三キロになります」

「それに浜崎―玉島間の二キロを加えても一一キロか……そして、唐津街道には一〇メートル以上の高さの地点はないわけだね。かりにこの唐津街道に沿って、現在の二〇メートルぐらいの高さの古道があったとしたら、古代人はどっちの道をえらんだろう？」

「それはいうまでもないことでしょう。そういう道があったとしたら、地形的に見て、唐津街道と似たような長さになって来るはずです。たとえ親不知のような危険な道だったとしても、こちらが公道になったでしょう」

「ということは、天平時代にさえ、唐津街道や、それと平行して走っていた道はなかったということになるね。さっき言った海退のデータをあわせて考えたら、三世紀の卑弥呼時代には、とうぜん海中街道だ……ところがいままでの研究家は、こういう地形の変化を考えあわせないで、魏使たちはこの唐津街道を悠々と陸行して行ったと信じていたんじゃないのかな？」

「僕には、大半がそうだったとしか思えませんね」

「そうだとすれば、この点に今まで一人も疑問を起こした人間がいなかったのがふしぎなくらいだ」

　恭介は突き刺すような調子で言った。

「だいいち、彼等は銅鏡百枚だけではなく、ほかにたいへんな大荷物を運びながら道中しなければいけなかったはずだね？　たとえば鏡一枚の重さはどのくらいあったろう？」

「さあ……」

研三はあわててノートをひろげた。

「僕の調べたかぎりでは、この時代の鏡としては、原田大六という人が前原《まえばる》付近で発見した『内行花文八葉鏡』というのがいちばん大きくてりっぱだったようです。重さはちょっとわかりませんが、直径四六センチというのですから、相当以上の大きさですね。もちろん、この鏡そのものが、卑弥呼に贈られた百枚の中に含まれていたかどうかという点についてはなにもわかっていないようですが」

「白銅製の鏡で直径が四六センチとなると相当以上の重さになるな……包装のことまで考えたら一人で三枚か四枚、背負って歩くとしたら限界じゃないのかな」

「たしかに……当時の日本には牛も馬もいなかったはずですし、車があったとも思えませんね。結局人力運搬しか方法がなかったでしょう。たとえば天秤棒《てんびんぼう》のような棒の両はしにつるしてかつぐ手もありますし、また一人で持てあます荷物なら、棒につるして二人でかつぐというような手もあったでしょうが……」

「かりに、卑弥呼の鏡が直径三〇センチぐらいだったとしても、一人で十枚もまとめて運べないことだけはたしかだろうね。ということは鏡だけでも何十人という人夫を必要としたことになるわけだ。それに、ほかの下賜品にしたところで、相当以上にかさばり重いものだろう。人夫と本隊とあわせたら、陸行のときの人数は百人以上になっていたんじゃないのかな？」

「常識的には、とうぜんきわまる数字でしょうね？」

「ところが、陸行の場合にならそれだけの人数を必要とする大荷物でも、水行だったら舟を使って比較的楽に運べたということになるね。まあ、舟の数は増えるだろうし、荷物のあげおろしの時にはやはり相当の人手を必要とするが、これはしかたがないだろう。ところで、呼子から深江付近まで、陸路をたどったとしたら、どのぐらいの距離になる？」

「唐津街道を通ったとして、約三六キロというところです。ところがこの道は海中だったはずですから、べつに一〇メートルぐらいの標高線を追ってみたんです。それにしても、むかしの古道と一致しているかどうかはわかりませんがだいたい六〇キロでした」

「それで、壱岐と深江の間の距離は？」

「直線距離で四〇キロぐらいでした」

「まあ、この場合には壱岐のほうの港をどこにとるかによって、多少の違いは出て来るはずだが、たしか印通寺《いんとうじ》と呼子《よぶこ》の間は、直線距離で二二キロ、汽船航路で三〇キロといったね。それでは、壱岐から深江へ直接舟で行ったとしたときの差は十数キロになるわけだ。しかし、君が話してくれた朝鮮役の例によると対馬―釜山《プサン》の間は六、七時間で渡れるはずだし、この十数キロの違いは、水行が一時間か二時間ぐらいのびたらおさまる距離だろう。ところでいったい唐津湾のこのあたりには、舟の難所はあるのだろうか？　前にここで聞いたかぎりでは、そういうものはなかったはずだが」

「僕の調べたかぎりでは見つかりませんでした……」

「そうだとすると、いままでの『定説』には実におかしなところが出て来る。六〇キロの道を大荷物をはこんでの道中では、一日で行けるかどうかわからないよ。しかも三五〇メートルの高さの峠を越えて歩いて来るわけだろう。山道の途中のどこかから、壱岐の島が見えるということもとうぜん考えられるだろう。まあ、それだけの難路を越えて、福吉あたりに出て来た彼等が海上に壱岐の島影を見つけたらどういうことになるだろう？　なぜここまで舟でつれて来なかったかと、かんかんに怒り出すんじゃないだろうか？」

「それはとうぜんの話でしょうね」

研三は腹の底からしぼり出すような溜息をついた。

「朝鮮と対馬、対馬と壱岐、この間の距離にくらべたら、壱岐と呼子の間の距離は半分以下、壱岐と深江の間の距離も約半分と見ていいでしょう。たしかに、呼子上陸説にくらべたら、深江へ上陸するほうが、はるかに理屈も通りますね……いや、この『陸行』の困難さについては『謀略説』もあるんですよ。つまり、当時の倭国側では、倭国はこの通り不便なところにあって、武力で征服することなどはとうてい思いもよらない――という考えを魏使たちに植えこもうとして、わざわざ不便な嶮路《けんろ》をたどらせたのだろうというんですが、この海岸まで出て来て壱岐が見えた日には、それこそ頭かくして尻《しり》かくさずということになりますね」

「そんな謀略説がまともに信じられるかい？」

恭介は唇《くちびる》のはじを歪《ゆが》めて笑った。

「当時の倭国は臣礼をとってまで、魏《ぎ》と友好関係を樹立しようとしたのだろう？　その努力がやっと実を結んで、答礼使を迎える段階になってから、土壇場で妙な小細工をしたところで何になる？　それにただ一度きりの使節なら、あるいはごまかしおわすことも出来たかも知れない。しかし、帯方《たいほう》郡からは何度となく、いろいろな相手がやって来ていたんだろう？　そういう偽装工作を連続して成功するようなことは可能と思うかね？」

研三はまた溜息《ためいき》をついた。

「とにかく、魏使たちの一行は、末盧国《まつろのくに》へ上陸してから、東南、東南、東というふうに陸行しているわけだね。大ざっぱにいって、東側へ歩いている感じだ。ところが、かりに呼子—深江という沿岸コースをたどったとしても、糸島水道がある以上、博多湾までは船でたどり着けるはずだろう。それならば、彼等の上陸地点は、いちばん西に見たところで現在の博多港あたりが限界だったろうと考えるのが常識的じゃないのかね？」

「常識的にはたしかにそうです。僕は対馬の厳原から船で壱岐の郷ノ浦へ帰って来たんですが、その間は約八〇キロ——二時間半の航程でした。その船は三十分ほど郷ノ浦に泊まって、そのまま博多港へ向かうんですが、やはり約八〇キロの距離で二時間半ぐらいの航程なんです」

「ということは、糸島水道を通過するむかしの沿岸航路をとらなくても、対馬—壱岐の間を一気に渡れる船だったら、現在の博多港あたりまでは糸島の北を通るコースで悠々たどりつけたということになりはしないかね？　僕が『悠々』というのは危険な夜間航行をしないで、昼の明るいうちに——という意味なんだがね」

「朝鮮役の上陸作戦のデータから考えたら、とうぜんだろうといえますね」

「それを前提とするかぎり、呼子—博多の陸行はぜんぜん無意味で不必要だったということにならないかね？　この魏使たちにとっては、邪馬台国を訪ねることが、ほとんど唯一と言っていいくらいの目的だったんだろう。そして、賓客を迎える倭国の側から見れば、出来るだけ安全でしかも便利な旅をしてもらうことを主眼として、計画をたてたんじゃなかったろうか」

冬の海路　夏の海路

短い沈黙の後で、恭介はたまりかねたような調子でたずねた。

「ところで、厳原測候所の観測結果について何か収穫はなかったかね？」

「ありました。とにかくこれを見て下さい」

研三はもう一枚の原稿用紙をとり出し、二杯目の水割りを作った。

1	13.0
2	10.9
3	9.2
4	6.8
5	6.4
6	7.7
7	6.7
8	3.8
9	5.2
10	4.2
11	6.2
12	9.6

「これは、一九四九年から一九六七年まで、十九年間の厳原測候所の観測結果をまとめた数表です。左側は月、右側はその月間に厳原で秒速一〇メートル以上の風が吹いた日数の平均です。ところが、これは陸上の観測で付近の海上の風速はふつう五割増しと見

てよいという話でした。ところが、風には風速によって、いろいろな名前がついているようです。ポイントだけをぬき書きして来ましたが」

研三はまた一枚の原稿用紙をとり出した。

軽風　秒速一・八—三・三メートル
　風を皮膚に感ずる。樹葉が動く。
軟風　秒速三・四—五・二メートル
　樹葉や枝が動揺し旗がなびく。
和風　秒速五・三—七・四メートル
　砂塵《さじん》が上がり、小枝が揺らぐ。
疾風　秒速七・五—九・八メートル
　葉の繁った木が揺らぐ。
雄風　秒速九・九—一二・四メートル
　大枝が動く。傘《かさ》を使うのが困難である。
強風　秒速一二・五—一五・二メートル
　樹木全体が揺ぎ歩行が困難である。

疾強風　秒速一五・三―一八・二メートル

　小枝が折れ、歩行不能となる。

「なるほどね。厳原で一〇メートルの雄風の場合、海上では一五メートルの強風になるというわけだね。そしてこの数字はそのまま、対馬付近の海域に、強風、疾強風以上の風が吹いた日数の統計だと解釈してもいいわけだ。ところで、それだけの風が吹き荒れた場合、帆船の航行は可能だろうか？」

　恭介は眼を光らせて聞いた。

「たとえばコロンブスの航海でも大西洋を渡る途中で嵐にあったというような話もありますし、そういう時の風速はとうぜん一五メートルを越えていたでしょう。だから、不可能というような言葉は使えないかも知れませんが、とにかく僕の聞いた話では、秒速一〇メートル以上の風が吹いたときには、帆船の航行はたいへんな危険をともなうということでした」

「なるほどな、たしかに何日も何十日もかかる航海だったなら、途中の気象の変化はやむを得ないだろうが、何時間かの渡海なら、いちおうは事前に気象も予想できたろう。朝からそういう強い風が吹いていたら、港から船を出さないいんじゃなかろうか？」

「それはとうぜんのことでしょうね。僕が対馬で聞いた話でも、つい最近、六、七百トンの船を使っていた当時には、冬の休航欠航は珍しくないということでした。玄界灘付近の小型漁船の遭難は、現代でも冬には毎月四、五件、夏は毎月一、二件あるというような話でした」

「そんなに危険な海なのかねえ。しかし、三世紀の人間でも、科学的統計的な知識はなかったとしても、長年の経験の積み上げで、やはり似たような結論はつかんでいたんじゃないのかな？　また、江戸時代にも局地的な天気予報の名人が各地にいたというような話を聞いたおぼえもあるが、たとえば鳥の群の動きとか前の日の夕焼の色の変化とか、微妙な前兆的な現象から翌日の天候の変化を予知することも、古代人にはある程度できたんじゃないかと僕は思うが」

「とうぜん考えられることですね。持衰《じさい》というのもある程度海の気象の変化を予測できる能力を身につけていた人種かも知れません。また、卑弥呼につかえた婢《ひ》千人というのも、ただの侍女ではなく巫女《みこ》たちの集団ではなかったかともいわれています。そういう巫女たちだとすれば、とうぜん占いの能力もあったでしょうし、海岸の港に住んで天気予報のようなことをやっていたと考えてもふしぎなことはありませんね」

「その通りだと僕も思う。正直なところ、僕は福岡へ行ったとき、玄界灘の冬の航海は

たいへんだという話は聞いていたんだよ。それでさっき、夏樹静子という名前を見たとき、

『夏の樹は静かなり』

『夏の海は静かなり』

というような暗示をうけたんだろうなあ。また『倭人伝』のほうにも、『草木茂盛して行くに前人を見ず』という文章があったね。こういう推理を進めて行ったら、とうぜんのことだが、魏使たちは夏——この統計の数字から見ても、いちばん大風の日が少ない、いまの八月ごろに渡海して来たんじゃなかろうか？」

「たしかにその公算は高いでしょうね。帰りのことまで考えなければいけないはずですし……それに六月は梅雨の季節でしょう。たとえ、風は弱くても、天気が悪くて目標を見失いそうな日の航海は古代人も出来るだけ避けたかったでしょうし、それからこれを見て下さい」

研三はいま一枚の原稿用紙をとり出した。

11・12・1月　北または北西の風。
2月　北東にかわり出す。

3・4・5月　北東が主体であり、五月中旬ごろから西南にかわり出す。
6・7・8月　南または西南の風。
9・10月　九月中旬ごろから北または北東に変わって行く。

「これは年間の玄界灘方面の風向の変化です。もちろん厳原測候所での長い観測の結果ですから、いちおう信用できるでしょう。ただし、これはいうならば『平均的な主流』ですから、日によっては、ぜんぜん反対方角の風が吹いたとしてもふしぎはないでしょうが……。

ですから、玄界灘に関するかぎり、五月中旬から九月中旬まで、南または西南の風の吹く期間が『夏の海』、ほかの期間が『冬の海』という分類が出来るようです。少なくとも昭和二十八年ごろまで、九州北部に使われていた機帆船の乗組員たちの間では、こう大別されていたようです」

「なるほどな、気象条件のいい春秋の海路というようなものは実際にないわけだな。汽船時代になってからならともかく、帆船時代だったなら、そんなものは言葉のあやにすぎなくなる」

恭介は吐き出すような調子で言った。

研三はほっと一息ついて、三杯目の水割りを作ったが、恭介はそれが終わるとほとんど同時にせきこんでたずねた。

「それで朝鮮半島と九州の間には、いわゆる対馬海流が西から東に流れているね。もちろん場所によって、いくらか流速はちがうだろうが、平均流速というようなものはわからないだろうか？」

「そのぐらいのことは、僕だって前から調べていましたよ」

研三はノートのページをくりながら、

「だいたい主流部で一ノットぐらいのようです。秒速にして約五〇センチというところですね」

「なるほど、たいした速さじゃないが、それなら西風の季節には『吹送流《すいそうりゅう》』というような現象がおこるだろう。つまり、風が海流の表面に吹きつけて後おしするような感じだから、夏にはその海流にのった舟はだまっていても、二ノットから三ノットぐらいの速さで東の方へおし流されるということになるんじゃないのかな？」

「とうぜんきわまる話ですね。逆に、冬には東北の風の力とこの海流の力とが相殺《そうさい》しあって、海面に関するかぎりは湖水のように、なんの動きもなくなるようなこともたまにはあるようです。これは、僕が対馬へ行ったとき聞いて来た話ですが、そういうおだやかな湖みたいな『冬の海』は、年に何度かという現象だということでした」

「例外中の例外だな。たしか日本海海戦は五月の二十七日だったかな？　あの時期でさえ東郷艦隊は、霧の心配をしていたんじゃなかったかな？」

「そうですとも。ですから秋山参謀の、

『敵艦見ユトノ警報ニ接シ、連合艦隊ハタダチニ出動、コレヲ撃滅セントス。本日天気晴朗ナレドモ波高シ』

というような、後世に残る名文が生まれたのでしょう」

「常識的にも霧の発生しやすい理由はわかるな。対馬海峡は暖流だし、そこへシベリア方面からの冷い北風が吹きつけたら……」

恭介は研三が水割りを一口飲み終わるのを待って、

「このとき、彼等の乗って来た船はとうぜん帆船だったろうね。かりに漂流している船でも海流の関係から言って、自然に東へ進むはずだし、まして帆いっぱいに風をうけるとすれば、東への航海はそれだけ有利になって来るだろう」

「たしかに夏の航海だとすれば、西南の風の吹く季節ですから、そういうことになりますね。考えて見れば、強い風の吹く日の少ない八月ごろ——日の長さなどから言っても、このへんが渡海にはいちばん便利なはずです。それに夏なら、万一どこかで船がひっくりかえったとしても、泳いで船団のほかの船にひろいあげられるチャンスもありますね。冬の海ならおっこちたとたんに心臓麻痺《まひ》なんかおこしてもふしぎはありませんし」

「とうぜんきわまる話だろうな。君の口まねをするわけじゃないけれどもね……それから僕はもう一つ、ここで気がついたことがあるんだ。夏の八月、九月ごろといえば、たしかに平均して見れば、大風の日の少ない期間だといえるだろうが、その一方では台風の季節に入っているという事実も否定は出来ないわけだね……ところが、魏使は九州沿岸のどこかの港に上陸してから、陸行に移っているわけだろう。しかし、彼等の乗って来た船というのは、当時としては最高に優秀な船だけをえりすぐった船団だったはずだろう。少なくとも、これだけの荷物をはこんで来る以上、くり舟の二隻や三隻でやって来たとは考えられないね。だから、彼等の上陸した港というのは、あらゆる角度の風に対して、いちばん安全な港だったんじゃなかろうか？」

「なるほど、魏使たちが上陸して、邪馬台国へ行っている間に、台風か何かにあって、船をやられてしまっては、帰国するにも手段がなくなって来ますね。たしかに、いまのように、マリアナ方面に台風が発生し、こういう方向にむかっているから、四日目あたり、九州は警戒を要する——というような予想が出来るわけもありませんからね」

「松下君、僕だって元寇《げんこう》の話ぐらいはおぼえているが、あのとき蒙古《もうこ》の大軍は、二回にわたって博多方面へ侵攻して来たはずだね。しかも二度とも、いわゆる『神風』にやられて自滅したはずだね。そのどちらかは夏の季節で、台風と考えられるんじゃなかったかな」

「そうですね……最初の『文永《ぶんえい》の役』のほうは、冬の侵攻作戦でした。台風のシーズンを外れていますから、いまでも冬の玄界灘に年何回か発生するという局地的な大暴風雨ではなかったでしょうか。二度目の『弘安《こうあん》の役』のほうは、夏の侵攻作戦ですから、こちらは完全に大型台風だと見ていいでしょうね」

「そういう風に対するそなえまで考えると、博多湾方面に、良港は一つしか考えられないんだがなあ……たとえば、宮地嶽《みやぢだけ》神社に近い津屋崎《つやざき》は、西風に対しては完全に無防備といっていいだろう。もっとも、卑弥呼時代の海岸線は、現在の地形とは相当にかわっているかも知れないけれど……」

宗像《むなかた》海岸、神湊《こうのみなと》——

僕には、風に対して強い古代の港は、博多湾では、ここしかないように思われるんだ」

「神湊……」

「そうだよ。こうして地図をにらんでも、草崎という岬のかげに曲がりこんでいるから、西風、西南の風には強いはずだ。勝島、大島、地島など、こういう付近の島々も、北風に対しては、かなりの障壁になってくれるんじゃないのかな?」

「………」

「それに、僕は毎日こうして九州の地図とにらめっこしているあいだに、ふしぎなことに気がついた。九州の海岸や島に『神』という名前がついているところが三つある。一つはこの宗像の神湊、それから唐津湾の神集島《かしわ》、周防灘《すおうなだ》に面した苅田《かんだ》町沖の神の島――まあ、細かな地図を調べたら、ほかにも見つかるかも知れないがね」

「神津さん、あなたはなにを……」

「僕のいわんとするところはね。古代人はすなおに『神』の存在を信じていたろうということだ。神社を作ってその神を祭るかどうかはぜんぜんべつの話としてね……この三か所の神のつく地名はどれも荒れやすい海の海域にある安全な泊地――と推定できるんじゃないだろうか? たとえ海上で嵐にあっても、あそこまで逃げこめればまず大丈夫だ。神様が守護して下さる場所だから――という考えが古代人の頭にしみこんでいたために、自然にこういう名前が生まれたんじゃなかろうか」

「たしかに……さもあるべきことですね!」

「しかも、宗像大社のほうは、神湊と大島と沖ノ島との三か所にわかれた三社から成りたっているというんだろう。これは一つの古代航路を暗示しているんじゃないのかね？」

「たしかにそうです。『日本書紀』には『海北道中』というような言葉が出て来ます。

『即《すなわ》ち日神《ひのかみ》の生《あ》れませる三《みはしら》の女神《ひめがみ》を以ては、葦原中國《あしはらなかつくに》の宇佐嶋《うさのしま》に降《あまくだ》り居《ま》さしむ。今、海の北の道の中に在《ま》す。号《なづ》けて道主貴《みちぬしのむち》と曰《まう》す』

これも一つの古代航路と考えれば、実にすなおにうけとれますね……。

それから、もう一つ興味のある話を思い出しました。僕たちの仲間の推理作家で、九州に住んでいる石沢英太郎君が、一度沖ノ島の取材を思いたって、わざわざ舟をチャーターして出かけたことがあったそうです。海の水でみそぎをとって上陸し、個人としては出来るだけこの島中を調べまわったそうですから、その話だったら信用してかまわないでしょう。

とにかく、最近までの学説では、この島の遺品は紀元四世紀が上限だ——とされていたようですが、昭和二十九年からの学術調査では、弥生《やよい》、縄文《じょうもん》——そういう時代の土器さえ発見されたというんですよ」

「なるほどね。しかし、この島に多勢の人間が定住するということは、江戸時代、いや明治以後でさえ出来なかったわけですね。ということは、この島はあくまで朝鮮——日本の渡海航路の中継基地、そう考えるしかないわけだろう。しかもその渡海航路は縄文時代にさかのぼる。そう見ていいんじゃなかろうか」

「……」

「僕はさっき、ふっと思いついて、沖ノ島から各地への直線距離を測ってみた。釜山《プサン》から一四五キロ、対馬の厳原《いずはら》港から七五キロ、壱岐の勝本港から五〇キロ、神湊から五〇キロ、博多港から八〇キロ、下関から八三キロ——だいたいそんな感じだった。一目見ただけでも沖ノ島は厳原からみて真東の感じだし、海流の方向まで考えあわせたら対馬—沖ノ島—神湊、というような古代航路があったことは想像できる。ただ、壱岐—沖ノ島—神湊という航路はちょっと想像できないがね。

しかし、壱岐から見て神湊は、やはり真東にあたるだろう。念のために直線距離をはかって見たまえ」

研三は、いわれるままにデバイダーをとりあげたが、それを地図からはなす前に眼《め》をあげて、

「約八〇キロという感じですね。壱岐のどの港を基点にとるかによって、若干違いは出て来るでしょうが……」

といくらか声をふるわせて言った。

「いまの、君の話では、対馬の厳原から壱岐の郷ノ浦、郷ノ浦から博多港——この間には毎日、何便かずつの定期船が通っているということだったね。汽船航路の里程も約八〇キロずつで、時間はどちらも約二時間半ずつということだったね？」

「そうです……」

「ところが、壱岐から末盧国へ渡る部分は、

『又一海を渡ること千餘里、末盧國に至る』

という文章で、方向指定はなかったんだ。ところが、対馬—壱岐の間は、

『又南に一海を渡ること千餘里、命《なづ》けて瀚海《かんかい》と曰《い》う。一大國《いきこく》に至る』

と方向指定があったんだよ。しかし、壱岐から東松浦半島へ上陸したとすれば距離は約半分という感じだし、おそらく、

『又南に一海を渡ること五百餘里……』

というような文章になったんじゃないのかな？　しかし、東松浦半島へ上陸した場合のその後の陸行の不可能といいたいくらいの困難さは、今日の研究ではっきり証明できたね。

また、冬の航路の壱岐—伊万里—呼子というようなコースは、それこそ朝鮮役のような戦争中の非常輸送、それを連続しなければならない場面に必要なやむを得ない航路で

はなかったのかね？

今日、わかったような気象条件を考えあわせたときに、安全の上にも安全な旅を求める魏使たちが、冬に玄界灘を渡って来るということは、僕にはとうてい信じられない……。

たしかに『倭人伝』には、対馬と壱岐のどちらにも『南北に市羅《してき》す』という文章はあるが、市糴というのは、ふつうの交易に使われる一般的な海路だろう。ところが、このときの魏使たちの旅は、特殊な目的を持った、特別重大な旅行だった……。

この一般的な海路を、こういう特殊な旅行にまであてはめようとする人間には、どこかに現代の定期航路に似た感覚があるのかも知れない。それとも、四百年も後に出て来た文献上の地名に固執するあまり、自然地理学的見地からの追求を忘れたのかも知れない。

ただ、もう一度くりかえすが、原文によるかぎり、対馬―壱岐間の方向指定はあったが壱岐―九州間の方向指定はなかったんだよ。

松下君、魏使たちは、ぜったいに夏、日本へやって来たんだよ。そして、『倭人伝』の記録を信ずるかぎり、その上陸港は宗像、神湊、そこしか考えられないんじゃなかろうか」

松下研三も、だいぶ前から、恭介の出して来る結論は、ここにあるのではないかと気がついていた。しかし、ここまで一糸みだれず理路整然と話を進められ、本人の口からこの結論を投げ出されたときには、やはりたたきのめされたような衝動を感じて、しばらく口もきけなかった。

恭介は静かな微笑を浮かべて続けた。

「魏使たちは、北部九州のどこかの港に上陸してからは、東南、東南、東——というふうに『陸行』を続けている。そういう意味で、大荷物の運搬という難題をあわせて考えた場合には、できるだけ東側にある港に上陸したいというのが自然だろう。

しかし、この旅が、安全の上にも安全を期したいものだとしたならば、神湊から東の『水行』は、ちょっと考えられないんだよ」

「どうしてです？」

「僕だって、君に教えてもらわなくっても、『万葉集』のいくつかの歌は知っているさ」

恭介は唇の左のはじをつりあげて笑った。

「学会で福岡へ行ったとき、車で付近の名所を案内してもらって、志賀島《しかのしま》へも行ってみたんだが、あそこの志賀島神社には万葉歌碑が立っていたね……。

『ちはやふる　金《かね》の三崎を　過ぎぬとも

吾は忘れじ　牡鹿《しか》の皇神《すめがみ》』

たしか、こういう歌だったよ。そして、あの神社のどこかには、占い用の鹿《しか》の骨をおさめてある庫があるという話も聞いた。『どこの馬の骨かわからない』という言葉は、たとえば庶民が、鹿の骨と称して馬の骨を持って来たとき、神官が笑ってつっ返す言葉から出ているようだね。たしかに、馬の骨と鹿の骨の区別が出来ないようでは、鹿卜《ろくぼく》などやる資格はないといえるだろう。馬鹿《ばか》という言葉の語源はそんなところにあるのかな?」

「僕の知っているかぎりでは、馬鹿の語源はもっと古くて、別の意味があるんですがね え……まあ、その話はこのさい省略します。いまの『牡鹿』という言葉にしても、オガと読むのだという説があります。オガは遠賀に通ずるし、『牡鹿の皇神』というのは、遠賀川の河口近くの狩尾崎にある狩尾明神だという説と、芦屋《あしや》町の高倉明神だという説があるようですが……」

「そんなことは僕にはあまり関心がないな。『オガ』か『シカ』かという論争は、それこそ『万葉学者』たちの論点の一つなんだろうし、僕たちのような素人が知ったかぶりの口を出すことはなかろうと思うがねえ……。

ただ、この歌からわかることは、鐘ノ岬が海路をたどる場合には、どちらから来てもたいへんな難所になるということだね。そのとき聞いた話では、鐘ノ岬とその沖の地島との間にはたいへんな暗礁群がある。こういう地名のおこりにしても、むかし朝鮮から大きな鐘をはこんで来た船がこのあたりで難破し、鐘といっしょに海底へ沈んだ――という故実から出ているときいたおぼえがあるんだがねえ」

「……」

「それに、鐘ノ岬を越えて東へ進めば、いわゆる響灘《ひびきなだ》だろう。こっちのほうは玄界灘にまさるとも劣らない荒海だと聞いたこともあったよ。そこを越えて、瀬戸内海に入るためには関門海峡があるだろう。僕も和布刈《めかり》神社へは一度行って見たことがある。時間によってもかわるだろうが、そのときの印象では、海の中に流れの急な河が走っているような気がしたね。そこを越えれば周防灘――これにしたって、灘という名前がついている以上、生やさしい海ではなかろうね……」

もう一度いう。このときの魏使の旅のコースは安全の上にも安全を期し、しかもいちばん便利な道をえらんだはずだ。

陸行して東のほうへ進むとすれば、出来るだけ東側の港に上陸すべきだろう。玄界灘はしかたがないとして、そのほかの海の難所は出来るだけ敬遠したいところだろう。上陸中の船団の安全保持にも万全を期したいところだろう。こういうすべての条件を満せる古代の港は、九州北海岸では神湊のほかにあるとは思えない」

静かな声の中に鋭さがこもっていた。病気入院中とは思えないこの気魄《きはく》に、研三は身ぶるいしたくらいだった。

「では、神津さんは魏使たちの上陸地点が神湊だと断定するんですね……でも、ここは僕たちの推理でも、せいぜい不弥国と比定できればいいところだったわけでしょう。ここが上陸地点だとなると、途中にあったはずの末盧国、伊都国、それから奴国と、国が三つもふっとぶんですよ！」

研三は、われを忘れて、譫言《うわごと》のような調子で言った。

「そうかなあ？　僕はそうとは思わないが」

恭介は眼を輝かせた。

「いったい松浦半島を末盧国、糸島半島を伊都国、博多付近を奴国と比定したのにはどんな根拠があったんだ？　金印の問題を別としたら、後世、四百年以上後につけられた地名の発音からの類推じゃなかったのかね？　それは僕たちの場合には、タブー第二条でとめられていたはずなんだよ」

「でも……」

「政治の大変動が起こったとき、権力によって強制的に地名が変更させられることはちっとも珍しくはない。ペテルグラードがレニングラード、スターリングラードがヴォルググラード、清朝時代の北京《ペキン》が日本占領当時には北平《ペーピン》となり、また北京にもどったというように、世界の歴史にそういう例はいくらでもある。日本の場合にしたところで、そういう例はあるだろう」

「………」

「とにかく、三世紀以後には、日本人の間にも、民族大移動的な大規模な変化が起こったことはたしかだね。このころ、日本になかったという馬にしたって、平和な時期に渡来したかどうかは疑わしいね。いわゆる『騎馬民族の侵入』というのは、とうぜん異民族の大挙侵攻作戦のことをいうのだろう？　そういう時代には、政治的権力の中心が、何度となく転々と動いた可能性もある。各小国家の名前がどう変わったとしてもおかしくない」

「………」

「どうしていままでの研究家たちは、ここまでの国々だけは絶対間違いないと信じて疑わなかったんだ？　それは一口で言ったなら、魏の使節団が上陸したのは、広く見て東松浦半島のどこかだという大前提に何の疑問も抱かなかったためだろう？　しかし、この上陸地点が変わったとしたならば、この大前提は崩れてしまう。その場合には、この末盧国から不弥国までの比定も、とうぜん論理的に変わってくるね。いままでのほとんどすべての学者の定説は、上陸地点が根本的にかわったとたんに、まるで砂上の楼閣のように、一瞬に瓦解してしまうんだよ。そして、東松浦半島上陸は、僕が今日論証したように、その後の陸行を考えたら、およそあり得べからざることなんだ」

恭介は鋼《はがね》のように顔の筋肉をひきしめて、

「そして、神湊の上陸には、やっぱり今日の論証で相当以上の公算が認められるということになったろう。しかし、その考え方をとったなら、とうぜん宗像一帯が末盧国になるわけだね……。

ねえ、君、僕の考え方はいったい非科学的だろうか？　非論理的だと笑われるかね？」

「そういう非難はうけますまい。推理には、いままで誰も眼をつけなかった自然地理学的な根拠がありますし、仮定としては、たしかに論理的、合理的です」

「そうだろうね」

恭介はかるく何度かうなずいた。緊張しきっていた表情もやわらぎ、鋭い眼の光もふだんの色にかえって来た。

「末盧国が宗像一帯……これは面白いことになって来た。これで難攻不落の城も何とか攻め落とせるような気がして来たよ。どうだね、あとは明日のお楽しみ――そういうことにしようじゃないか」

研三が興奮と酔いのあまり、よろめく足をふみしめて立ち上がったとき、恭介は天井の一角を見あげて、ひとりごとのような調子で言った。

「このあたりが、君のいう『前人未踏のアプローチ』じゃないのかな？　もし、この研究が、将来活字になるようなことがあったら、いままでの研究家の――その中でも特に頭の悪い男は、『それは許さるべきことではありません』とか『到底無理な相談だ』とか、頭から湯気を出していきりたつだろうね。

そういう低能連中が、徒党を組んで、先輩の説を金科玉条のようにあがめたてまつっていたからこそ、日本の古代史はこれまで進歩がおくれていたんじゃないのかな？　聖書に太陽が地球のまわりをまわる――と書いてある以上、地球が太陽のまわりをまわる――という考えは、許さるべきことではないとか、到底無理な相談だとか、なるほど宗教裁判の時代には、ローマ法皇の鼻息をうかがう裁判官たちは、そういう発言もしたんだろうね」

出船の港　入船の港

思いがけない宗像、神湊上陸という前人未踏のアプローチに、松下研三はすっかり嬉《うれ》しくなってしまった。

もちろん末盧国《まつろのくに》を宗像付近と比定しただけでは、邪馬台国の秘密は解きれたとは言えないが、これから後の追求にも何となく希望は生まれて来た。

午前中から午後三時ごろまでは、理学部の地理学教室でいろいろと下調べをくりかえし、それから昨日とは打って変わった明るい心境で、雷雨の襲来を気にしながら、彼は恭介の病室を訪ねて行ったのだった。

「神津さん、昨夜はよく眠れましたか？」

最初の質問に、恭介は朗らかな顔で笑った。

「おかげさまでね。夢も見ないで熟睡できたよ。卑弥呼の幽霊にしたところで、今度は成仏してくれたらしいな」

「楽観するのはまだ早いですよ。たしかに、昨日は前人未踏のアプローチで、ホール・イン・ワンの大記録は出たという感じですが、このコースはまだまだ先が長いんですよ」

「まあ、もう一度、卑弥呼が夢にあらわれてくれれば、それでゴールインだよ。ところで今日はどういうことをすればよいかな?」

「いろいろ考えて見ましたが、まあ、その前に僕のいうことを聞いて下さい」

研三は真剣な表情で椅子《いす》をすすめた。

「僕は作家の中では、神がかりだとか、神秘主義とかいわれるほうで、合理的精神なんか人の半分以下ぐらいしか持ちあわせていないだろう——といわれていますけれどもね。その僕が、昨夜はぞっとしましたよ。

まったく奇妙な因縁です。たしかに、この邪馬台国の秘密を解く役は、神津さん、前世からあなたださまっていたんですよ」

「前世から?　それはいくらなんでもオーバーだろう」

恭介もさすがに眼を見はっていた。

「いや、そうじゃありませんね。たとえば夏樹静子さん——その旦那さんは出光《いでみつ》といいます。出光石油の一族です」

「石油と邪馬台国の関係は？　そんなクイズには解答なんか出せっこない」

「ところが、ここまで推理が進行してくるとその眼に見えない関係が、眼に見えて来るからふしぎじゃありませんか。出光一族は、この宗像の出身です。そういう縁もあるでしょうが、この沖ノ島の学術調査には、たいへんな協力を続けていたようです。その総額は知りませんが、出光側の援助がなければ、この調査は出来なかったろう——といわれているくらいですから、ちっとやそっとの寄付ではなかったんでしょうね」

「なるほど、それでは出光——じゃない、夏樹さんという人も、古代史にかけてはいちおう人なみ以上の興味や、関心を持ちあわせているというわけだね」

「ところが、御本人は古代史のコの字もといっては言いすぎでしょうけれども、邪馬台国や卑弥呼のことに関しては、あまり関心はなさそうでしてね……もっとも、それだけの条件にめぐまれているんですから、むこうが先にこの問題をあつかったら、僕なんかの出番はなかったかも知れませんね。それから、もう一つ、あなたの名前がふしぎですよ」

「僕の名前が？　どうして？」

「夏樹静子——という名前から、魏使たちは夏の静かな玄界灘をわたって来たという推理が出来たんでしょう？

その上陸地点は宗像神湊《こうのみなと》——ところが『津』という一字は、むかしの港にあたる文字だということも疑いありませんね。神津恭介——というあなたの名前の中には、この邪馬台国の秘密を解く鍵——神湊という固有名詞がみごとにかくされていたんですよ」

「な、な、何だって！」

さすがに、恭介もあわてて、ベッドの上に身をおこした。

「そんなことをいっても、君、僕の名前をつけてくれたのは、死んだ母親の話だと、鶴《つる》巻悟堂《まきごどう》とかいう姓名学の大家だったというんだよ。いや、この場合に問題になるのは姓のほうだろうが、神津家というのはもと武田家につかえていた徳川家康以来七百石の旗本で、どう考えても邪馬台国や卑弥呼や宗像神湊とは、縁がありそうもないんだよ……そうそう、そのまた前の御先祖は、いまの鎌倉腰越のあたりに住んでいたらしい。あそこに神戸《ごうど》川という川がいまでも流れているが、むかしは『神戸の津』ともいわれていたらしな。そこから出た姓だということなんだがねえ」

「その眼に見えない、あるはずの縁のことを因縁というのですよ。世の中には、理外の理ということもあるのです」

「それはまあ、時にはそういうことだって、絶対にない——とはいえないだろうがね」

恭介も思いがけないこの言葉には、さすがにたじろいだようだった。

「とにかく、ふしぎな因縁ですよ。昨夜そのことに思いついて、女房に話をしたら、やはりびっくりしていましてね。今度はたしかに卑弥呼の霊がまもって下さる。神津さんが神湊という上陸地点を発見した以上、邪馬台国へもかならずたどりつけるはずだというんですよ。まあ、いまゴルフの話なんか持ち出したのは、これからぐっと気持ちをひきしめてという含みですから、気を悪くしないで下さいな」

「君と僕との間で、いまさらそんなことは気にならないが……あの後で思いついたことをちょっと追加しておこうか」

「どうぞ」

「昨日、はっきりデータをつかんだような、風と海流の関係から、朝鮮側から日本へ渡海して来る場合には、出来るだけ東側の港へ入るほうが便利だということになったね。ところが逆に、日本側から朝鮮へわたる場合にはどういうことになるだろう？」

「たしかに、条件は逆ですね。風や潮流、そういう自然の力にさからう感じになるわけですから、出来るだけ西側の港から船出したい感じですね……」

「そうだろう。そして、そういう時にこそ、糸島水道の存在が大きくものをいうんじゃないかな？　たとえば、大伴佐出彦は、博多、唐津、呼子という三つの港から舟出をしたというんだろう。壱岐方面に向かうのに、博多湾から舟出して、それから唐津へ寄港するというのは現在の地図を見ているかぎりでは、たいへんなむだな行動のように見える。しかし糸島水道の存在を考えるかぎり、このコースは、ほとんど必然的な『水行』じゃないのかな。これは単なる想像だが、この水道には対馬海流の影響が少なかったかも知れないし」

「なるほど、何となくわかって来ました。こういう風と潮流の関係まであわせて考えた場合には、『入船の港』と『出船の港』とを、はっきり分けたほうがいいということになりますね。ですから魏《ぎ》使《し》の旅にしても、神湊へ上陸して邪馬台国を訪ねてから、帰りのコースは、たとえば神湊から糸島水道を通りぬけて、深江―唐津―呼子という各地の港に寄港し、呼子から壱岐へ向かうという『水行』の連続だったかも知れませんね」

「その可能性は大ありだと僕は思うな。古代の文献などに残っている渡海コースは、たいてい日本側から朝鮮側へ向かう道を論じているわけだろう。汽船時代になってからならともかくも、帆船時代の渡海なら、往路と復路を区別するくらい、細かく神経をとぎすまさなければ真実はいつまでもつかめないんじゃないのかな?」

「たしかにそんな感じですねえ。ところで船といえば妙な話があるんです。このあいだ言ったある学者が、はば二メートル、長さ二〇メートルの船には、漕《こ》ぎ手を別として百五十人の人間が乗れるという、珍妙無類な説を堂々と持ち出して来ましてね。聞いていた僕が呆然唖然として、口がきけなくなったことがあったんです。大ざっぱに言って、畳三十枚ぐらいはば二メートル、長さ二〇メートルといったら、大ざっぱに言って、畳三十枚ぐらいの大きさの船でしょう。そこへ百五十人といったら畳一枚に七人の人間がつめこまれるわけでしょう。ラッシュアワーの国鉄だったら、時によってはそのぐらいの人口密度にもなるかも知れませんが、この場合には大海を渡る船という条件なんだそうですよ。それに、漕ぐ人間のほうはとうぜんのことですが、前後に相当の空間がなければ、文字通り動きがとれないでしょう。この船に百五十人の人間と何人かの漕ぎ手をのせて出発した日には、港を出ないうちにひっくりかえることだけは絶対に間違いありませんね」

「まったく非常識な計算だね……いったい、どこから百五十人という人数が割り出せたのか、その根拠を聞いてみたいくらいだな」

さすがに恭介も苦笑いしていた。

「さて、昨日あれだけの推理が出来たんだから、今日は神湊を起点として、七百里の陸行に移りたいな。ありがたいことには、上陸地点が変わったのだから、『定説』通りに陸行した場合、棚《たな》あげにしておいた方向の三つの疑問点は追求する必要はなくなったね」

「全くありがたいことですね。もっとも今度僕たちの行くところは、いうなれば完全な処女地ですから、それなりにべつな難関があらわれないともかぎりませんがね。とにかく、神湊を起点として陸行をはじめるとしたら、地理的に道は三つしか考えられません。

第一の道は、海岸沿いに福岡市方面へ逆行して行くコースですが、魏使たちがこの道を通ったということは絶対考えられませんね。もし目的地がその方向にあったとしたら、彼等は博多湾沿岸のその近くのどこかに船をつけたでしょう。

第二の道は、海岸ぞいに鐘《かね》ノ岬《みさき》から芦屋《あしや》のほうへ向かって行くコースですが、前に神津さんが指摘した弥生海岸を考えると、卑弥呼の時代にこの道が存在していたかどうかは大問題になって来ます。念のため、水準点をしらべて見ましたが、芦屋橋のあたりが四・四メートル、芦屋飛行場の滑走路が約一〇メートル、新松原海岸、三里松原のあたりはほとんど五メートル以下でした。こちらのほうは五万分の一の地図で調べても、水準点の分布は唐津街道にくらべてはるかに粗いんです。天平時代になってくると、宗像—鐘ノ岬—芦屋というのは、公道の一部になっているようですし、この道は西は香椎、福岡を通って大宰府へ、東は芦屋から洞《くき》ノ海と呼ばれていた洞海湾の海岸を伝わって、現在の戸畑と思われる鳥旗、企救《きく》高浜《たかはま》と呼ばれていた小倉のほうへ通じているんですが、魏使たちがこの道を通ったかどうかは大いに疑問です。『山崎地図』を調べてみても遠賀川河口一帯の地形は現在とはぜんぜん違っているんですから」

「なるほど……」

恭介はまた『まぼろしの邪馬台国』をとりあげた。

「この本でいえば九七ページのあたりだね……。

『……遠賀川は、古代九州の象徴であった。

弥生末期から古墳時代の前期にかけて、この川の河口はまだ直方《のおがた》市付近にあって、古遠賀湾《こおんがわん》と称せられる湾の奥に注いでいた。したがって木屋瀬《こやのせ》も中間《なかま》も水巻《みずまき》も、当時はみな海中で、現在の遠賀郡の大部分が陸化を終わったのは、きわめて新しい。洞海湾も久妓《くき》ノ海と呼ばれて、奈良朝までは響灘につづいていた。これを地質学者は洞海水道という』

たしかに君のいう通りだな……今度の場合は唐津街道のときとは違って、はっきりこの道は存在しなかったろうとはいえないけれども、やはり卑弥呼の時代には、存在していたかどうかは疑問だね……。

とすると、第三――そして最後に残された道は、東南、赤間か東郷のほうへ向かうコースしかないわけだ」

「たしかにこれが唯一の道ということになりますね。それに天平時代にしても、この海岸沿いのコースが唯一の公道で、ほかには道がなかったか——ということには、大いに疑問の余地があるんです。それにたとえば、神湊と小倉の間の道がただ一つで、ほかには人間の歩ける道はない——というようなことは考えられないんじゃないでしょうか。

それに僕は、文化十年（一八一三年）に長崎の『文松堂』という本屋から発行された『九州九ケ國之繪圖』という古地図を持っています。

昨夜、あわててその地図をひっくりかえしてみたんですが、これには宗像—赤間の道と赤間—黒崎の間の道がはっきり描いてありました。

なにしろ、現代の地図と違って、この道がどういう地点を経過していたか——そういう細かな点まではわかりませんが、版元が長崎なのですから、九州の地理にそうでたらめがあるわけではないと思えますね。ですから、少なくとも江戸時代には、こういう旧街道が存在していたことは間違いありません」

「それで、宗像—赤間の距離は？」

「直線距離で約五キロというところです」

「それで、赤間から黒崎へはいまの国鉄鹿児島本線なり国道三号線を通る感じになるのかな？　途中には相当の山塊があるな……北から見て、湯川山が四一七メートル、垂見峠が一〇三メートル、孔大寺山が四九九メートル、地蔵峠が一六九メートル、城山が三六九メートル、戸田山が二六七メートル……そして国鉄はトンネルで城山と戸田山の間を通りぬけ、国道三号線はそのトンネルのほとんど真上を通っているわけだね。このあたりの標高はどのくらいだろう」

「ちょうどトンネルの真上あたりで、六九・九メートルという数字が出ていました」

「それじゃあ、たいした高さじゃないな。僕の記憶に間違いがなければ、東京山手線内の最高所は目白の椿山荘《ちんざんそう》の近くで、約七〇メートルのはずだがねえ」

「そういう意味もあるでしょうが、五万分の一の地図を見ても、ここには峠の名前もついていないんですよ。付近に浦ケ谷という地名が見つかっただけでした。

そういうわけで、僕は最初この道がむかしの古道だと思ったんですが、むかしの官道はこのあたりでは、石峠《いしのとうげ》を越えたのだ——という説があったんで、赤間駅—須恵—平等寺—石峠—笠松—海老津《えびつ》駅というコースをキルビメーターではかってみましたが、その距離は約六・三キロでした。石峠の高さは約二〇〇メートルというところです。そして、この間の国鉄の路線の長さは、七・二キロでした」

「なるほど、約一キロの距離を倹約するために、七〇メートルの丘のかわりに二〇〇メートルの峠を越えたというわけだね……しかし、この場合の道行は、鹿家海岸の場合とはだいぶ話が違うな。陸行五百里といえば約七〇キロだから、一キロの出入りぐらいなら、誤差として処理したところでたいした違いはないはずだね」

「これは簡便法ですが、国鉄の距離で計算すると、赤間―八幡の間は二四・三キロです。宗像―赤間の間は約五キロでしたから、宗像―八幡の間は約三〇キロとみてよいでしょうし、たしかに一キロぐらいの違いなら、誤差の範囲におさまるといっていいでしょうね」

「それから、後はどうなんだ？」

「鹿児島本線は黒崎―八幡と進んで行きます。むかしは黒崎のほうが栄えていたらしく、近くの岡田宮というところには、神武天皇が東征当時、宇佐から出て来て一年間滞在したといわれています。

　そして、黒崎のあたりまで、国鉄は路面電車の西鉄・北九州線が走っている道路とほぼ平行して走っていますが、八幡駅のあたりから国鉄は北にカーブして、枝光《えだみつ》―戸畑―新中原―小倉と進んで行きます。路面電車の道のほうは、その南を南小倉の方角へ直進しているのですが、この二つの線路間には金比羅《こんぴら》山という山があるだけです。もっとも山といったところで、その高さは一二六メートルですがね」

「その国鉄に沿った道と、路面電車の道とはどっちが古いと考えられるんだね？」

「なんといっても、海岸沿いの道となると、今度の場合は、たえず弥生海岸を頭においてかからなければいけないでしょう」

さすがに研三も苦笑いしていた。

「たとえば、この路面電車の道のほう、九州歯科大学のあるあたりは到津《いとうづ》といいます。この津にしたところで、何度もくりかえしていうようですが、むかしの港にあたる文字ですね。大むかしはこのへんまで海が入りこんでいたんじゃないか——と思われる節もないではありませんね」

「何だって？　イトウヅだって？　それはひょっとしたらイトの港、伊都国《いとのくに》の港——というところから出た地名じゃないのかな？」

恭介は憑《つ》かれたように口走ったが、一瞬後には自嘲《じちょう》のように冷たく笑った。

「これはいけないな。呼び方による地名の比定は、僕たち自身のタブーで禁じられていたんだ。いまの話はなかったことにしてもらおうか」

「まあ、たまに一つぐらいは御愛嬌《ごあいきょう》にいいでしょう。べつにきめ手にするわけではなく、参考意見の程度でしたら」

笑ってそう答えたものの、研三は内心ぎくりとしていた。ひょっとしたら、北九州市一帯は伊都国の領域に含まれるのではないかという気がして来たからだった。

「とにかく、さっき言った文化時代の古地図には黒崎―大倉―小倉という道が出ているんです。大倉というのは、この路面電車の道のそばにある大蔵という土地の古名だということもはっきりしてきています。もっとも、そのまた一つ古い時代には、大蔵氏という一族もこのへんに住んでいたようですが……」

「なるほど、このへんで最初の陸行五百里の半分以上は来ているわけだね……しかし、魏使たちが、小倉から門司のほうへ進んで、関門海峡を渡り、下関付近へ上陸してそれから本土を陸行して行ったということが考えられるだろうか？」

「さあ、そのへんは山カンだといわれればそれまでですが、僕にはどうも彼等が関門海峡を渡ったとは思えませんねえ」

「僕もまったく同感だな。いかに関門海峡の潮の流れが速いといっても、その方向のかわる短い時間をねらって、海峡を横断することはそれほど難しくはなかったろう。しかし、これは木屋瀬か水巻のあたりで古遠賀湾の湾口を渡るようなこととは、まったく性質が違うんだ。その場合には案内役の倭人からもしかるべき説明はあったろうし、この『倭人伝』の記録にも書きのこされたと思うんだがな。

まあ、その重大な『水行半刻』の記事がなかったとしたところで、彼等が関門海峡を渡らなかったとはいえないが、ただ本土方面へむかったら、それこそ『東南』という方向指定が崩れてしまうだろう。かりに門司を基点にとって考えたら、完全に北にあたるはずの下関が眼の前に見えているわけだろう」

「わかりました。そうなると、魏使たちは、現在の日豊本線に沿うコースで南下して行ったとしか考えられませんね。こうなると、いま僕の言った路面電車の道が活きて来るわけです。国鉄の路線で、八幡―小倉―南小倉の距離は一五・七キロですが、小倉の近くで鹿児島本線と日豊本線は多少だぶっているところがあります。往復一・七キロとして、これをひくと、約一四キロということになりますね。

たとえて言えば、この区間の国鉄は四角形の三辺を大迂廻《だいうかい》している感じですから、路面電車の道のほうは、その一辺をつっきるような感じです。その距離は約六キロですから、こうなれば歩く場合に、どちらの道を選んだか一目瞭然《いちもくりょうぜん》じゃありませんか」

「まったくだな。石峠を越えて一キロの長さを倹約するどころの話じゃないな」

「とにかく、この道は江戸時代に旅人が始終利用していた道だということははっきりしています。現在でもこの道は急坂があって――とか何とか寝言みたいなことを言っている人間もいますけれど、路面電車がトンネルもなし、何の仕掛けもなしに走れる道だったら、常識的には急坂とはいえませんよ。まあ、港区の愛宕山《あたごやま》なら、たとえ高さは二七メートルでも、むかし曲垣平九郎《まがきへいくろう》が馬で石段をかけのぼって、あっぱれ武名をあげたという講釈ダネの逸話も残っているくらいですから、急坂という言葉を使っても、何の異存もありませんがね」

「君が腹をたてている理由はわからないでもないが、とりあえず話を進めようじゃないか。いちおう日豊本線に沿った道をたどるとして、約三五キロ前進すればどこまで行けるだろう？」

「椎田で三三・四キロ、豊前松江で三六・三キロ、宇島で四一・七キロですから、現在の豊前市あたりにおちつくんじゃないでしょうか？」

「なるほど、宗像―赤間が約五キロ、赤間―八幡間が約二三キロ、八幡―南小倉間が約六キロ、南小倉―豊前松江が約三六キロ――この総計が約七〇キロになることは、それこそ小学生でもわかるだろうね。神湊上陸説を採り、『倭人伝』の方向指定を忠実にまもるかぎり、伊都国はこの豊前市を含む一帯としか考えられない……」

「でも、神津さん……」

「待ちたまえ。もう少し話を続けよう。

この場合には、『点と線』という有名な言葉の下にもう一つ、面の概念をつけ加えて、『点と線と面』と言わなければならないだろう。つまり国は相当のひろがりを持つ面の一部なのだし、そこにはとうぜん、中心の国庁の置かれてある町、点があるわけだ。そのほかにも、いくつかの町、点はあるかもしれない。魏の使節団はその面を通過しながら、点と点とを線でつないでいったということになるわけだね」

「それは、とうぜんのことでしょう」

「それでは、いま末盧国と伊都国の境界がどこにあったかという問題を棚上げにして、両方の国がいっしょになったと仮定してみようか。宗像から門司までの海岸線は、完全に彼らにおさえられてしまうんだ。いや、いまの面の概念を使うなら、瀬戸内海の周防灘、この海に面した海岸線も、相当部分まで、彼ら、いや伊都国の支配の下に置かれているんだ。九州全体の面積と比較したら、たいした面積ではないとも言える。しかし、伊都国のおさえているはずの関門海峡は、それこそたいへんな要地じゃないか。日本のジブラルタルとさえ言いたいところだよ……」

「まったく、馬関を制する者は天下を制すると言えるくらいかもしれませんね」

「とうぜんそうだ。そうなのだ……門司《もじ》というところは言うまでもなく、九州から本州へ渡るためには最短距離の要地にある港だよ。海路のほうを考えても、瀬戸内海から日本海あるいは朝鮮方面へ向かうためには、絶対に関門海峡を通らなければならないんだ。古墳などから考えても、当時は近畿地方にも、あるいは瀬戸内海の各地にも、相当に文化の発達した小国家あるいは中国家が存在していたことは間違いないね。しかし、当

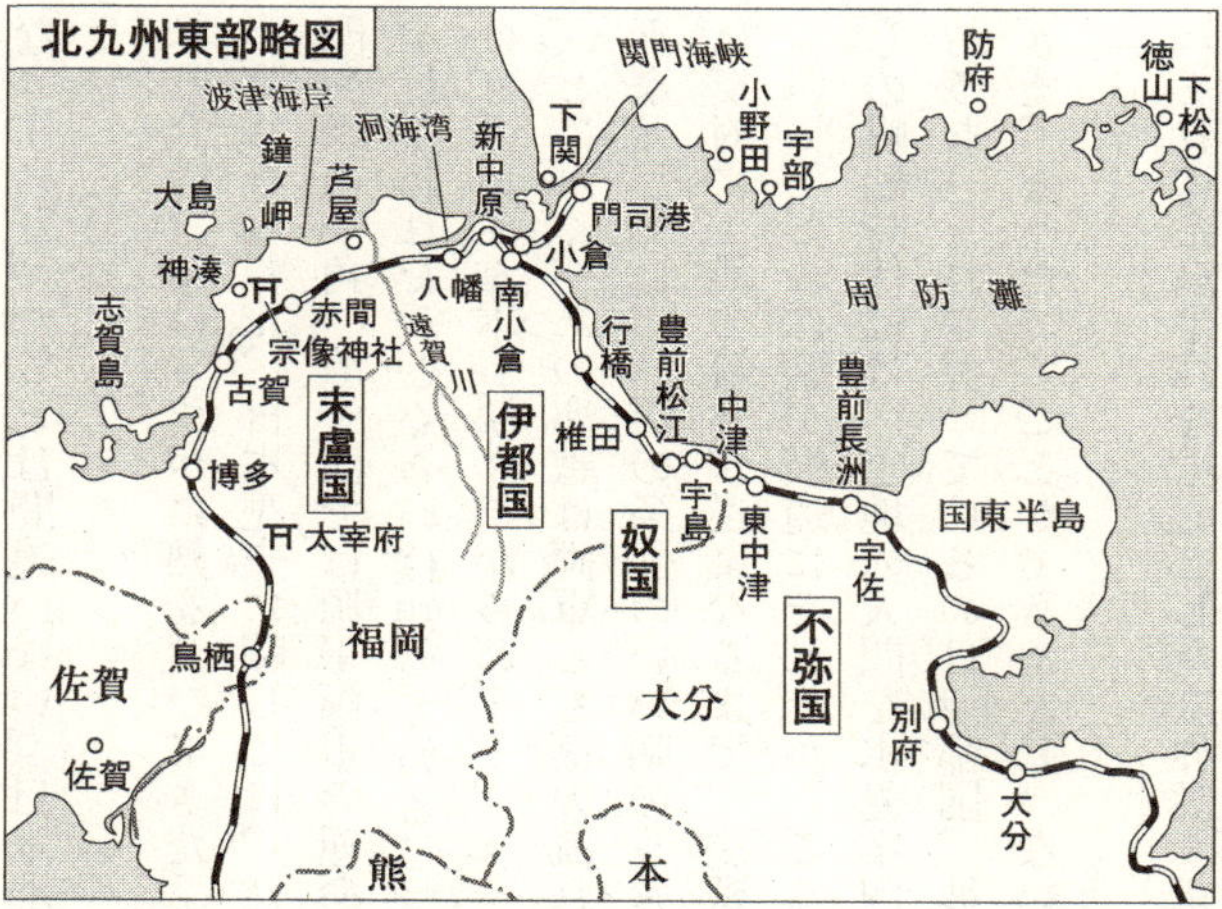

時の彼らの文化が、朝鮮なり、魏の国の文化の水準をぬいていたとまでは、どんなに頑固《がんこ》な学者でも言いきれないだろう。

彼らが高度の文化を求めて朝鮮と通交したかったとしても、それは自然の感情だろう。

しかし、いいかね、こういう中国家がまた統合して統一国家とならないかぎり、近畿や瀬戸内の中国家は、大陸との交通に関しては、完全にこの伊都国に死命を制されていたんだよ。

もちろん、日本海側の港、たとえば敦賀《つるが》などから直接朝鮮に向かうというような航路も、当時から存在はしていただろう。しかし、それはこの関門海峡を通るコースにくらべたら、はるかに長く、はるかに危険なコースだったことは間違いない。日本地図を睨《にら》んだら、それこそ一目瞭然の事実だろう」

恭介の言葉はさすがに熱をおびてきた。

「僕はもちろん、日本歴史に関しては、たいした知識は持っていない。しかし、この関門海峡の一角、壇ノ浦では源平両軍の運命をかけた決戦、当時としては最大規模の海戦が行なわれたことぐらいは知っている。『成吉思汗《ジンギスカン》』の研究のおかげで、あのあたりだけはずいぶん本も読んだからね……。

とにかく、あの海戦は両軍とも潮の流れを利用した虚実のかけひきだったんだろう。平家としては、潮流の条件のいい朝のうちに勝負をつけたかったのだろう。源氏のほうは反対に、潮の流れが逆になるまで、決戦をひきのばしたんだね……。

いや、これは話が横道にそれたが、こういう潮流の激しい場所だったら、むかしの帆船時代には、土地の人間を水先案内にしないかぎり、とうてい航行はできないだろうな。それを握っているのは伊都国、彼らとしては、一隻いくらというような通行税さえ、とりたてることができたんじゃないのかね？」

「……」

「それは糸島半島を中心とした玄界灘水軍というようなものが存在していたことも考え

られない話ではない。しかし、当時の北九州と朝鮮とは親密な友好関係が続いていたんだろう。またこの糸島半島一帯をおさえるということは、地理的に軍事的にそれほど意味を持たないんだ。それに対して関門海峡をおさえる瀬戸内水軍というものが、どれほどの存在意識を持っているか、これは誰にもかんたんにうなずけることじゃないだろうか？　当時としては相当な軍事拠点と考えてもいいだろう」

「たしかにもっともな考え方です……」

「そうだとすれば、ここに一大率という軍事総督的な人物が常駐していたこともうなずけるんじゃないかな？　朝鮮から常駐していた使節としても、卑弥呼のほうが、いわば女の法王的な存在だったとしたなら、この一大率を相手に折衝して仕事をすますということも充分考えられる」

「わかりました。それでは伊都国は現在の北九州市、豊前市を含む一帯と比定できるというわけですね……」

現代の地理区分なら、福岡県と大分県に分かれますが、むかしは福岡の東側と大分とは、豊国《とよのくに》と一括されていたはずです。江戸時代からはそれがまた、豊前と豊後にわかれるのですが……この『トヨノクニ』にしたところで発音的には何かありそうですが、まあそのことはぬきにしましょう」

「まあ、僕たちはいま『魏志・倭人伝』の文章を信じるという条件で、ベッド・トラベルを続けているんだよ。勝手気ままな修正は出来ない。ただ、こういうことは言えるだろうね。いまの点と線と面の理論だが、面としての伊都国が門司を含んだとしても、点としての国の中心は必ずしも門司にある必要はないわけだ。そして線としての旅行のコースは、出発点と到着点の二つを出来るだけ便利な短い経路で結ぶことに主眼があるだろう。かならずしも、途中の国の都には立ちよる必要はないわけだね……ただ、念のためにくりかえしておくが、僕たちは最初に、使節たちは邪馬台国まではたしかにたどりついたはずだという大前提をたてたうえで、この研究をはじめたんだよ」

「わかりました……」

「なるほど、豊前市なら宗像から東南だと言っても、ぴったり方角はあうわけだ。もしここを伊都国の中の一つの町としたら、次の奴国《なのくに》はどこに想定できるだろう？」

「このあたりから、日豊本線はほとんど東に向かっていますね。豊前松江を基点として、中津まではちょうど一〇キロ、東中津までは一四・九キロです。中津市近くと想定してもいいでしょう」

「それでは、次の不弥国《ふみのくに》は？」

「東に百里、一四キロ……国鉄はまだまだ東へ走っていますね……東中津を基点にとって宇佐《うさ》が一九・一キロです。その手前の豊前長洲《ながす》が一四・三キロ……だいたい、こんなところでしょうか？　日豊本線はこの長洲の駅から大きくカーブして、東南のほうへ向かうのです」

「どうも、いろいろご苦労さま……」

　神津恭介は微笑した。

「今度は途中の名所旧跡の案内も何もなく、超特急で飛ばしたような感じだったが、壱岐から夏の海路をたどって、宗像へ上陸したならば、後は『倭人伝』の距離、方角を信用するかぎり、必然的にここまでたどり着くんじゃなかろうか？　伊都国を豊前市、奴国を中津市近く、不弥国を宇佐の近く豊前長洲あたりと比定したのは、これまでに誰か前例があったろうか？」

「正直なところ、僕の知っているかぎりでは、一人も前例はありません」

　研三は大きく頭をさげた。

「少なくとも、こういうアプローチの仕方があるとは誰も思ってはいなかったでしょう。このテーマに関心を持つあらゆる人間が、東松浦半島への上陸が自明の理だと信じて疑わなかったためです。たとえ、この研究が未完に終わって、邪馬台国の所在がつきとめられなかったとしても、ここまでの推理を活字にしたとしたら、この研究史のどこかには、『神津説』という名が残されることは間違いありませんよ」

「そういうことは、どうでもいいんだがねえ。ただこの『伊都国門司付近説』を裏づけしてくれるような資料は一つぐらいはないだろうか？」

「たしかにあります。待ってください」

研三はあわててノートをくった。

「これは『日本書紀』の垂仁天皇の御代の中にある文章ですが、任那人《みまなじん》が日本に帰化したいと申し出たところの段に、『傳聞日本國有聖皇、以歸化、到干穴門、其國有人、名伊都々比古』という文章が出てきます。直訳すれば、『日本の国に神聖な帝王がおられると伝え聞き、帰化を望んで、穴門――関門海峡までやって来た。その国の県主《あがたぬし》の名前は、伊都都比古《いとひこ》という』

まあ、こう言ったところでしょう。穴門《あなと》というのは長門国《ながとのくに》の旧名ですが、長門穴門とも言ったように、穴門は関門海峡をさすというのが定説です。たしかに海峡の潮が渦《うず》まくときには、海の底に大きな穴でもあり、海水がそこに吸いこまれているようにも見えるでしょう。ですから、穴門というような名前が生まれたとしても、ぜんぜんふしぎはありませんね。そして、ある時期には九州側の領海だと考えられていたとしても、無理ではありますまい」

「なるほど、たった一つにしても、伊都国が関門海峡に接近しているところに存在していたことを証明するような記録があるとすれば、僕の考えにしたところで、そうそう乱暴な独断だとは言われないでもすむだろうな」

恭介は安心したように溜息《ためいき》をついた。

二つの宗廟《そうびょう》の意味は

恭介が洗面所へ立った間に、研三は今までの追求をふりかえって、ひそかに溜息をもらしていた。

末盧国《まつろのくに》　宗像《むなかた》神湊《こうのみなと》付近
伊都国《いとのくに》　北九州市・豊前市一帯
奴《な》国《のくに》　中津《なかつ》市付近
不弥国《ふみのくに》　宇佐《うさ》市付近

神湊《こうのみなと》上陸説を採り、七里イコール約一キロという距離実測法の指定を守るかぎり、『倭人伝《わじんでん》』にしたがえば、こういう比定しか考えられない。それに対して従来の定説による地名比定は、

末盧国　東松浦半島一帯
伊都国　糸島半島一帯

奴　国　福岡市付近
不弥国　香椎宮《かしいぐう》または宇美《うみ》神社付近

となっていたのだが、この定説を信じてやまない頑固な学者たちが、この新説に対してどういう態度をとるかと思うと、何となくそら恐ろしくなって来たのだった。

間もなく帰って来た恭介はベッドの上に横になった。

「さて、これからはどうすればいいのかな」

「いまも考えてみたんですが、ここのところは途中の名所にもよらず、景色も見ずに、あれよあれよと、宗像—宇佐間を飛びきったというような感じでしたね。ですからもう一度宗像までもどって、あらためて宇佐までやって来ることにしましょうか。こういうわがまま勝手ができるのも、ベッド・トラベルのありがたさですね」

「それじゃあ案内してもらおうか。僕はちょっと横になるけれど、かんべんしてくれたまえ」

恭介が眼をとじるのを待って、研三は話しはじめた。

「いまの波津《はつ》海岸、鐘ノ岬の東側は、むかし内浦《うつら》郷と呼ばれていました。むかし、奈良や京都から大宰府に往来する途中の宿駅だったこともたしかです。この海からは『うつら貝』という変わった種類の貝がとれると、むかしの本に書いてありますが、いまはどうなっていますかな？　とにかく、大蛤《はまぐり》よりもはるかに大きな貝だったということですが……。

遠賀川《おんががわ》の河口には、むかしから芦屋《あしや》というところがあったことも、わかっています。いまでも芦屋飛行場という名前が残っていますね……。

このあたりには、洞海湾《どうかい》に通ずる運河のようなものがあり、崗水門《おかのみなと》と呼ばれていたと言いますが、もちろん魏使《ぎし》の旅のころには、そんなものはまだなかったでしょう。いまの海岸線に沿って、ここから東へ進むと妙見崎《みようけんざき》にかかります。むかしは岩屋崎と言われていたようですが、関門海峡の潮流はこのあたりまで及んでくるはずです。

『およそ周防灘《すおうなだ》の潮流は、豊後《ぶんご》水道より浸入し、九時をもつて姫島に至り、九時三十八分をもつて下關海峡にのぞみ、その途中、八尺ないし十尺の潮昇をなし、十時をもつて全て大瀬戸を過ぎ去り、ここに玄界灘より來るものと相戰い、俄然《がぜん》、潮昇の減ずる四、五尺とす』

と古い本にも書いてあります。

若松、戸畑――むかしは鳥旗《とはた》と書いたようです――こういうところも、かなり古くから開けていたようですが、いまの小倉の近くにある黒崎には、岡田宮というところがあり、神武天皇が東征当時、宇佐からここへ立ち寄って一年滞在したということになっています。

ここを過ぎれば門司ですね。早崎のあたりで海峡は、いちばん狭くなるのですが、ここには隼人《はやと》神社、一名和布刈《めかり》明神《みょうじん》があります。この沖がいわゆる壇ノ浦の古戦場です。万葉に『隼人《はやと》の追戸《おいと》の岩穂《いわお》』とあるのも、このあたりでしょう。隼人というのは、速門——潮流の速い関門から出た名前だというのが定説です。速鞆瀬戸《はやとのせと》という名前も、とうぜん潮流の速い海峡だというところから出ているのでしょう。

小倉のあたりから、いま言ったようなコースで東南に進むと京都《みやこ》郡にはいります。この名前は、景行天皇が行宮《あんぐう》を置かれたところから出ているらしいのです」

「松下君、行宮というのは何だっけな？」

恭介は突然眼を開けてたずねた。

「天皇の一時の御座所ですよ。カリノミヤとも読むようですが、何か疑問がありますでしょうか？」

「いいんだ。先を続けてくれたまえ」

恭介はまた眼をとじた。

「その行宮は御所谷《ごしょだに》付近にあったと言われています。いまでも青竜窟《せいりゅうくつ》という名所がありますが、ここはこの時代に土蜘蛛《つちぐも》族《ぞく》が住んでいた鼠窟《ねずみのいわや》の跡だと言われています。

ここを過ぎると、中津宇佐のあたりまでは、古代から名前を残しているような名所はほとんどないのですが」

「ちょっと待ってくれたまえ」

恭介はまた眼をあけた。

「あの近くには耶馬渓《やばけい》という名所があったはずだね。邪馬台国という名前にもちょっと似ている感じだが、なにも関係はないのかな？」

「こっちのほうは望みうすです……耶馬渓というのは、江戸時代の文政年間、『日本外史』で有名な頼山陽がつけたというのが定説ですから……中津市付近に注いでいる山国川の上流にある奇岩怪石の名所ですが、有名な青ノ洞門《どうもん》もこの一角にありますね。菊池寛の名作『恩讐《おんしゅう》の彼方《かなた》に』では、この難工事を完成した善海和尚はたいへんな偉人名僧だということになっていましょう？　ところが実説によりますと、案外、それほどでもないらしいんです」

「というと？」

「天明年間に書かれた『西遊雑記』という本に出てくる文章ですが、

『今より四十年以前、江戸淺草邊の六十六部の、善海といへる者來りて、山の掘りぬきやすきことを見て、この近郷を勸化《ごんげ》して石工をやとひ、東の穴道百二十餘間、高さ一丈、横幅九尺、所々に明りとりの窓をあけ、通行のなるやうにせし道なり。西の穴道は僅々《きんきん》三間ばかりなり。それより此の穴道を往來するものは一人につき四文、牛馬には八文づつ取りし事にて、善海坊後には金百兩ばかり集めて羅漢寺《らかんじ》に於て死す』いまこそ、親の仇《あだ》をお討ちくだされ——どころではありませんね」

恭介もさすがに声をたてて笑った。

「どうも、そっちが真相らしいな。しかし、金儲《かねもう》けが目的だったとしたところで、それだけの大事業を完成できたのだから、やっぱりえらかったことは事実だろう。ただ、菊池寛先生もあまりに彼を美化し、英雄化しすぎたということは言えるかもしれないな」

「それは、しかたがないでしょうね。作家が小説を書くといっても、純然たる孤立作業ではありませんし、読者の好みや時代の趨勢《すうせい》、そういうものの影響からは、なかなか脱却しきれないんですよ……ところで、中津や宇佐近くにも、いろいろの古墳は残っています。しかし、この不弥国《ふみのくに》のあたりで、そういうものにあんまり、こだわっているのも、どうかと思いますし、このへんで、ひとつ宇佐八幡宮に参拝して、それで、ここまでの道中を切りあげることにしては、どうでしょう？」

そのとき、暗雲にとざされていた空から鋭い雷光がひらめき、大粒の雨がぱらぱらと窓ガラスをたたきはじめた。天気予報でも予想されていた雷雨の襲来だった。

窓のほうに、ちょっと眼をやって、恭介は起き上がって口を開いた。

「宇佐八幡宮というと、僕は一度しかおまいりしたことはないが、たしか和気清麻呂《わけのきよまろ》と弓削道鏡《ゆげのどうきょう》の事件で有名な神社だったと、おぼえている。あれは、いったい、どんな事件だったっけねえ」

「要するに天皇位をねらう陰謀のあらわれと、すなおに解釈していいでしょうね」

研三も、ちょっと首をひねりながら、

「正直なところ、道鏡の問題にはあんまり関心がなかったんですが、今度の問題では邪馬台国宇佐説もありましたから、いちおうのことは調べておきました。まあ、道鏡という怪人物を主人公としたら、とうぜん一本の小説は書けるでしょう。もちろん時代がぐっと下りますから、邪馬台国との関係はないでしょうけれども。

奈良に都があったのは、いちおう、元明《げんみょう》天皇の和銅三年（七一〇年）から、元正《げんしょう》、聖武《しょうむ》、孝謙《こうけん》、淳仁《じゅんにん》、称徳《しょうとく》、光仁《こうにん》の各天皇を経て、桓武《かんむ》天皇の延暦三年（七八四年）の長岡遷都まで七代七十五年と言われているのです。

この時代は小野老《おののおゆ》の、

『青丹《あおに》よし　寧樂《なら》の都は　咲く花の
薫《にお》ふがごとく　今盛りなり』

という歌にも象徴されているように、仏教を中心とした唐風文化が絢爛《けんらん》たる花を咲かせた時代です。天平時代という言葉は、ギリシャ時代とか、ルネッサンス時代というように、日本の美術史のうえでは最高の時代ということになっていますね。

しかし、文化的には栄えても、当時の政情は、かならずしも安定はしていなかったようです。政権をたがいに争奪しようとする血なまぐさい派閥闘争も、いくつか記録に残っていますが、そちらの細かいことはいっさい省略しましょう。

とにかく、聖武天皇のころから、仏教は国教と認められ、天皇自身も仏の奴《やつこ》と卑下されたくらいですから、僧侶《そうりよ》の身分が飛躍的に高まったとしても当然です。その代表者が河内国《かわちのくに》、弓削に生まれた道鏡だったのですね。

彼は法相宗の僧侶でしたが、天平宝字五年（七六一年）に孝謙上皇のご病気を祈禱《きとう》か何かで全快させてから、皇室の信任が厚くなり、上皇がまたふたたび皇位につき、称徳天皇となってからは、とんとん拍子に出世して、人臣としては当時最高の位だった太政大臣になったのです。それだけならばともかく、彼は『法王』という位を新しく作って、自分でその地位を占めたのです。

この異常なくらいの大出世は、道鏡が天皇家の血をひいていたためだったとか、女帝称徳天皇と密接な仲だったせいだとか、いろんな説もありますが、もちろんその真相は永遠の謎でしょうね。

まあ、権力者に対するおべっか使いがあらわれるのは、どの時代、どの国家でも変わりがないでしょうが、この時代にも中臣習宜阿曾麻呂《なかとみすけのあそまろ》という男があらわれました。彼は宇佐八幡宮のご神託と称して、

『道鏡を皇位につかせれば、天下はたちまち太平となるだろう』

という意味の上奏文を奉ったのですね。

この処置に困った天皇は和気清麻呂を使者として、宇佐八幡宮に派遣し、あらためて神託を問わせました。ところが、その復命は、

『わが国は開闢《かいびゃく》以来、君臣の別ははっきりきまっていて、臣下を君とするようなことはまったく前例がない。皇位には正統な天皇家の子孫をあてるべきで、無関係の者は、早く除き去るべきである』

という意味の内容だったのです。おそらく道鏡の怒りを買ったせいでしょうが、清麻呂は別部穢麻呂《わけべのけがれまろ》と名前を変えさせられ、大隅《おおすみ》へ流罪という刑に処せられたのです。

しかし、その翌年に、天皇が亡くなられてから形勢はたちまち一変しました。次の天皇は天智《てんち》天皇の孫にあたる光仁天皇で、これでいままでの天武天皇の血統は断絶し、天智天皇の血統が復活したのです。

それと同時に、道鏡は下野《しもつけ》薬師寺の別当に左遷され、清麻呂は無罪放免となりました。こうして、道鏡の野望はついに日の目を見ずに終わったわけなのです」

「なるほどね。まあ、奈良時代のことだから、政治に宗教問題がはいりこんだということも、そんなにふしぎはないとして、とにかく宇佐八幡宮の神託は、天皇家の行方を左右するほどの影響力を持っていたということになるわけだね。それだけ、この神社が尊ばれたのは、どこに理由があったのだろう？」

「やはり、その祭神の関係からだったでしょうね。三つの本殿がならんでいることからも一目でわかるように、宇佐神宮は三柱の神を祭っているということになっていますが、最初に祭られたのは応神天皇だったようです。神社がはじめてできたのは和銅五年（七一二年）のことだったようですが、最初は近くの鷹居瀬《たかいせ》というところにあり、いまの菱《ひし》型《がた》山に移ったのは神亀《じんき》二年（七二五年）だったと言われています」

「なるほど、たとえば東郷神社とか、乃木神社とか、明らかに現存していたことがわかっている人物を祭った神社は全国にいくつでもあるだろうが、その歴史的第一号が、この宇佐大神宮だというわけだね……ただ、この場所はどうしてえらばれたのかな？　前に言った宇美神社や香椎宮のほうが、応神天皇との関係はもっと濃さそうに思われるんだが、その選定の根拠はどこにあったんだろうか？」

「そこは僕にもわかりません。ただ、香椎宮や宇美神社にくらべたら、この宇佐大神宮のほうが、はるかに重く見られていたということは、『大神宮』という称号からだけでも、はっきりわかることですね」

「しかしねえ……応神天皇の御陵というのは昨日も話に出たように、河内の飛鳥《あすか》にあるんだろう？　そっちの近くにお宮を作るというのなら話はよくわかる。また香椎宮か宇美神社を拡張したというのなら理屈も通る。しかし、この宇佐というところは、応神天皇とはぜんぜん無関係なところだと言っていいんじゃないのかな」

「正直なところ、その理由は僕にも見当がつきません」

「それで、二番目のご祭神は？」

「玉依姫《たまよりひめ》、または比売大神《ひめおおかみ》と言われていますが……玉依姫というのは、神武天皇のお母さんだということです。しかし、考えてみれば、応神天皇からはるかにご先祖になるわけでしょう。それが、こんなところに突然とび出してくるのは、おかしな話ですね。しかも、この第二神殿ができたのは、わりあい歴史が古いのです。天平三年（七三一年）のことなのですから」

「応神天皇の皇后をお祭りしたのではないのかな？　それなら話ははっきりするが、いったい何という名前だね？」

「これは古事記によりますが、応神天皇は三人の妃《きさき》を持ったということです。しかも三人姉妹で、上から高木之入日売命《こまのいりひめのみこと》。中日売命《なかつひめのみこと》、弟日売命《おとひめのみこと》の順番です。皇后といえば、とうぜんこの三人のうち、どれかということになるわけですが、どれにも『ヒメ』がつきますから、ちょっと判断できませんね。とにかく応神天皇は、ほかにもいろいろな妃を持たれ、子供の数は二十六人に上ったということです。その一人、大雀命《おおさざきのみこと》が次の仁徳天皇になるわけです……」

「まあ、この問題はいちおう切りあげることにしよう。三人のお妃の中から一人をむりにえらんでみても、しようがあるまい。それで三番目のご祭神は？」

「三番目のご祭神は大帯姫《おおたらしひめ》、つまり神功皇后だと言われています。こっちのほうは平安時代、弘仁《こうにん》十四年（八二三年）に追加されたようです。

神社は神殿が南に面して、三つ東西にならんでいますから、むかって左から応神天皇、真ん中が玉依姫または比売大神、右が神功皇后を、それぞれお祭りしているということになります。

伊勢神宮の神殿は、二十年ごとに造りかえられ、遷座の儀式が行なわれることになっていますが、こちらの宇佐神宮のほうは、むかしは三十年ごとに造りかえられ遷座の儀式も行なわれたようです。もっとも現在残っている本殿は、江戸末期に建てられたものがそのままの位置にのこっているということになっていますが、その建築様式にしたところで、むかしとはそんなに変わっていなかったのではないでしょうか？

建築史でいう『八幡造り』の発祥地、そのいちばん古い建築様式だったことはまず間違いはありますまい」

「なるほど、神功皇后は応神天皇のお母さんだったね。だから、ここにいっしょに祭られることにも意味はありそうだが、どうしてそれが三番目、しかもはるか後世の百年後までのばされてしまったのかな？」

「そのへんの事情は僕にはわかりませんが、とにかく、この第三神殿ができてから『宇佐の宗廟《そうびょう》』というような呼び方も出てきたのですね。それまでは廟の字がついている神社は前に言った香椎宮で、香椎廟とも言われていたようですが、この宇佐宗廟が生まれてからは、自然に香椎宮の廟号は消えてしまったわけなんです」

「宗廟というのは、いったい、どんな意味なんだ？」

「厳格に言えば、むずかしい解釈も成り立つでしょうが、いちおう常識的にみたら、ふつうの辞書に書いてあるように、

『天子の祖先を祭るみたまや』

と解釈しても、いいんじゃないでしょうか」

「なるほどね……それでは伊勢神宮のほうは、伊勢宗廟と呼ばれてはいなかったのかね？」

「ちょうど宇佐宗廟の呼び名が起こった時代から、伊勢宗廟とも呼ばれたようです。また石清水《いわしみず》八幡宮のほうも、宗廟あつかいをされたのですが、こちらはやはり応神天皇を祭ったお宮ですし、宇佐八幡宮の分け御霊《みたま》、分身の神社ですから、本家本元争いのような問題は起こらないと言えるでしょう」

「それで、石清水八幡宮の起こりは何年ごろなんだ？」

「貞観《じょうがん》元年（八五九年）のころだと言われているようですが……」

「ところで、神武天皇をお祭りしてある神社はどこだったかな？」

「奈良の橿原《かしはら》神宮です。しかし、こっちは明治二十六年に初めて作られた神社です。ですから極端なことを言うなら、江戸時代までは、神武天皇は天皇家にとっても、それほど意味あるご先祖とは考えられていなかったのではないでしょうか」

「それに対して、応神天皇のほうは、奈良時代から、天皇家にとっては、たいへん重要なご先祖だったと考えられていたわけだね？」

「たしかに、そう考えるしかありません」

「その理由は？」

「………」

「これもまた、僕の大胆すぎる推理だし、戦争中なら、口に出すだけでもたいへんなことになったろうが、神功皇后は新羅へ渡ったとき妊娠中、しかも出産をのばすため、石を使っておまじないをしたというような話だったね……しかし、そういうまじないで、出産が延期できるとは、現代人にはとうてい、うなずききれない話だね。ここには何かの作為があると考えていいだろう。ずばりと言うなら、応神天皇は異民族、ほとんど純粋に朝鮮民族の血をひいた、そんな人物ではなかったのかな？」

「そういう考え方はたしかにできます……三世紀当時の日本には、『倭人伝』の記事によっても、牛や馬はいなかったはずですね。しかし、応神陵の陪塚《ばいちょう》、丸山古墳からの出土品の中には『金銅製鞍橋《くらぼね》』と呼ばれている馬具が発見されています。馬史《うまのふひと》、馬首《うまのおびと》というような官職もできているのです。この時代から突然日本で馬というものが重要性を増してきたことは、歴史的に否定はできますまい」

「それに対する記録のようなものは、残っているのかな？」

「あります。『古事記』の応神天皇の段に、百済《くだら》の国王の照古王が、牡馬一匹、牝馬一匹を阿知吉師《あちきし》につけて貢上したということが出ています。しかし、一番《ひとつがい》の馬から子供が生まれたとしても、それが相当数に達するまでには、かなりの年月がかかりますよ。

こういう官職を最初からわざわざ作る必要はなかったろうと思いますがねえ……」

「もしもそうだとしたならば、応神天皇があれだけ大きな墓を築いたわけもわかるな。異民族、自分の征服した民族に対する力の誇示なのだ。そのためには、莫大《ばくだい》な労働力を動員しても、孫子の代に至るまで、この威圧感が続くようにと考えたら、その心境も決してわからないことはない」

恭介は憑《つ》かれたようにつぶやいていた。

仲哀天皇と神功《じんぐう》皇后

しばらくしてから研三はためらいながら言い出した。

「神津さん、実はこれは本筋の邪馬台国《やまたいこく》の研究からはかなり離れた横筋にはいると思ったので、いままでわざとふれなかったのですが、研究がここまできたのですから、騎馬民族と倭の五王のことについても、ちょっとお話ししておきましょうか？」

「君のいいと思う方向に進めてくれよ」

恭介はまた眼《め》をとじた。

「いま、神津さんが言われたような学説はたしかにあります。騎馬民族の侵入説、つまり四世紀か五世紀ごろには、朝鮮から乗馬になれた人々の集団が日本へやって来た。騎兵と歩兵の戦争では、守る日本の側に勝目がないのもとうぜんですね。彼らはこうして日本の中心部を征圧し、大和王朝の支配者となったというのです。ただ、これが応神天皇か、それとも第十代の崇神《すじん》天皇かということには、いろいろ議論もありますが」

「さもあるべきことだと僕は思うな。天皇家の『万世一系』という表現は、国粋主義の立場から言えば疑うべからざる信念だろうが、科学的、歴史的にはうなずけない」

「もちろん、この騎馬民族の学説は、まだ全面的に認められてはいませんが、これといわゆる『倭の五王』の問題を対照してみたら、面白いことになるんじゃないかと思います。まあ、邪馬台国の研究からはちょっと方向がずれてくるわけですが」

「その倭の五王というのは誰《だれ》なのだ？」

「まあ、あんまり急がないで、僕の話を聞いてください。

卑弥呼《ひみこ》の時代から約百五十年間、中国と日本との外交交渉はばったりたえてしまいます。むこうの公文書に日本がまた顔を出すのは、紀元四一三年、むこうの晋《しん》の記録の中に見られるのです。

ところが、それをきっかけとして『讃《さん》』からその弟の『珍《ちん》』、つづいて『済』、その世子の『興《こう》』さらにその弟の『武《ぶ》』――この五人の倭王が連続的に、中国側と外交交渉をはじめているのです。この交渉は紀元五〇二年まで、約九十年続いたと見ていいでしょう」

「九十年に五人の王、讃、珍、済、興、武、その五人が連続的に王位についていったのか？」

恭介は大きく眼を開けて、天井の一角を睨《にら》んでいた。

「その王様たちは日本の古代の天皇にあたるのかね？　とすれば、どういう天皇たちになるんだろう？」

「人物比定の問題ですね。まあ、それにもいろいろの説がありますが、その前にこれを見てください。こうなればどうしても、『日本書紀』や『古事記』を持ちださないわけにはいかないのです」

研三は一枚の紙を取り出した。

1　神《じん》武《む》　七六　（一三七）
2　綏《すい》靖《ぜい》　三三　（四五）
3　安《あん》寧《ねい》　三八　（四九）
4　懿《い》徳《とく》　三四　（四五）
5　孝《こう》昭《しょう》　八三　（九三）
6　孝《こう》安《あん》　一〇二　（一二三）
7　孝《こう》霊《れい》　七六　（一〇六）
8　孝《こう》元《げん》　五七　（五七）

9	開《かい》化《か》	六〇	（六三）
10	崇《す》神《じん》	六八	（一六八）
11	垂《すい》仁《にん》	九九	（一五三）
12	景《けい》行《こう》	六〇	（一三七）
13	成《せい》務《む》	六〇	（九五）
14	仲《ちゅう》哀《あい》	九	（五二）
	（神《じん》功《ぐう》）	六九	（一〇〇）
15	応《おう》神《じん》	四一	（一三〇）
16	仁《にん》徳《とく》	八七	（九三）
17	履《り》中《ちゅう》	六	（六四）
18	反《はん》正《ぜい》	五	（六〇）
19	允《いん》恭《ぎょう》	四二	（七八）
20	安《あん》康《こう》	三	（五六）
21	雄《ゆう》略《りゃく》	二三	（一二四）
22	清《せい》寧《ねい》	五	（？）

と書いてあった。

「これはいわゆる古代の天皇の名前です。名前の上の数字は第何代をあらわし、名前の下の数字は在位年数をあらわすものと考えてください。そしてカッコの中はその寿命です。下の数字はところどころに、信じられないと思われるほど、過大なものが出てくるでしょう。これは『書紀』の編者が、政治的な圧力で、日本の起源をできるだけ古いところへ持っていくために、水増しをしたものだと考えられます。

それで、われわれの中学校のころには、神武天皇の即位はキリストが死ぬ六六〇年前、西暦一年は、日本の紀元六六一年だと教えこまれるようになったわけです。いわゆる『皇紀二千六百年』の式典が盛大にもよおされたのは、昭和十五年、われわれの大学時代のころでしたね。

ところで、いちおう、いままでの定説にしたがうと、讃王は十七代の履中天皇、珍王は十八代の反正天皇、済王は十九代の允恭天皇、興王は二十代の安康天皇、武王は二十一代の雄略天皇ということになっています。

もちろん、こういう人物比定に対してはいろいろな異論もありますから、これが正しいとは言いきれません。ただ、この履中天皇のあたりからの記録は、それまでの各天皇にくらべたら、年代的な正確さをはるかに増してきたと考えられるんじゃないでしょうか。外国の記録とくらべても、たいして異同を認められないようなところまで達して来たと言えるでしょう。

ですから、仁徳以前の各天皇の記事はいわゆる伝説にすぎない。履中天皇から後は、伝説と言っても、かなり歴史的信憑《しんぴょうせい》性を増して来たと、そう言いきっても、いいんじゃないでしょうか」

「なるほど、筋の通った論法だね……もちろん紀元前七世紀に、神武天皇が日本に統一国家を作ったということは、いまなら中学生でも信用しないだろう……。ただ、松下君、その讃王イコール履中天皇説を信用し、それからこの在位年数をいちおう信用すると仮定したら、卑弥呼は自然に神功皇后時代の人物になってくるわけだね？」

「そこが、この『日本書紀』の編者のジレンマだったんじゃありませんか？　仁徳天皇の在位八十七年はどうも長すぎるでしょう。応神天皇の四十一年にしても、神功皇后の摂政時代六十九年をあわせて考えたらどうかと思います。

応神天皇が仲哀天皇の子供だとしたら、七十歳で即位して、百三十歳まで帝位にあったということになるじゃありませんか。まあ、一年二倍説を採用したなら、この年数も半分につまるわけですが……。

もちろん、神功皇后が実在の人物だったとしての話ですが、そのお産が常識をはみ出すぐらい遅れたとしたら、仲哀、応神——この二代の天皇の親子関係は認められなくなるわけです。仮にそういう人物が実在していたとしても、神武天皇からの血統はここでぱったりと絶えてしまった。新しい天皇家が誕生したのだという解釈しかできなくなりますね。

とにかく、神功皇后、応神天皇、仁徳天皇、この三代の記録には作為の跡が歴然としていますね。しかもそれは邪馬台国の卑弥呼時代にかなり接近した時代です……古代日本の歴史でいちばん謎を残すのは、四世紀を中心とした百数十年、ここにあるんじゃないでしょうか?」

「そうだねえ……正直なことを言って、僕は不弥国が宇佐のあたりと比定できるようになってから、眼の前がぱっと明るくなってきたような気がするんだ。卑弥呼イコール神功皇后の説は、いちおう否定されているとしても、このあたりの記録をもっと深く調べてみれば、なにかつかめるような気もする。

仲哀天皇、神功皇后、応神天皇——このあたりの記事に、何か変わったことは出ていないだろうか?」

「変わったことどころか、たいへんなミステリーですよ。『古事記』の文章を、いちおう自由訳みたいな形で読んでみましょうか。

仲哀天皇は日本《やまと》武尊《たけるのみこと》の第二皇子ということになっていますが、ふしぎなことに、幼時は常陸国《ひたちのくに》におられ、帝位に即《つ》かれてからは、長門国《ながとのくに》——いまの山口県の長府と、筑紫国《つくしのくに》つまり福岡県香椎宮に八年も行宮を置かれて、大和国には帰っておられなかったのです。

その正皇后は大中津《おおなかつ》比売命《ひめのみこと》ということになっていましたが、その子供には香坂王《かごさかのみこ》、忍熊王《おしくまのみこ》という二人の男子が生まれました。神功皇后すなわち息長帯《おきながたらし》比売命《ひめのみこと》は最初は副妻だったのですが、後に皇后に昇格したのです。こちらには最初品夜《ほむや》和気命《わけのみこと》、大鞆和《おおともわ》気命《けのみこと》の二人の子供が生まれましたが、こちらは妾腹と見なされて、帝位継承の資格はなかったのですね。

ところで、皇后のほうは、神がかりの素質があったのですね。香椎宮で天皇が熊襲《くまそ》の叛乱《はんらん》を制圧する作戦を神託に求めたことがあったのです。

天皇は琴《こと》を弾《ひ》いて神おろしの役をつとめ、皇后にのりうつった神様との問答は、内閣総理大臣といった格の人物、武内宿禰《たけうちのすくね》がつとめたのです。

さて皇后は暗闇《くらやみ》の中で、その『神託』を伝えました。

『熊襲を攻める前に、まずしなければいけないことがある。西のほうにある国を攻めるのだ。そこには金銀財宝はじめ、いろいろ珍しい物資があり、たいへん豊かな国だから、こちらを先に帰順させるがよい。神々がついているからこの戦の勝敗については心配しないように』

というような内容だったのですが、このお告げに対して、天皇はかんかんに腹をたてたのです。

『待て、西のほうには海はあるけれども、国はない。そのような神託があるものか』

と言って、琴をひく手を休めたのですが、皇后にのりうつった神様のほうも怒って、

『神託に物言いをつけるような不届き者は、帝位にとどまる資格はない。お前に残された道はただ一つ、死があるだけだ！』

と叫んだのですね。そこで武内宿禰は、神罰をうけてはいけませんから——と天皇をなだめ、また琴を弾かせたのですが、しばらくしてその音は聞こえなくなりました。そこで灯《あかり》をつけてみると、天皇の息はもう絶えていたのです……。

神津さんはこの事件をどう思いますか？」

「それが現実に起こった事件だとしたら、言うまでもない殺人だろうね。皇后と宿禰はどうしても朝鮮へ行きたい事情があったと思うほかはない。その至上命令にさからう者は天皇たりとも——ということになったんじゃなかろうか？」

「僕もそのとおりだと思います。しかし、いちおう表面的には、神罰による即死ということになり、神の心をなだめようとするいろいろの儀式が行なわれました。というのは、表面上の言葉のあやで、実はこの事件に対する反対者の政治的粛正を強行したものだと僕は思うのですが……。

その後で、武内宿禰はまた皇后を通じて神託を乞いますが、そのときのお告げでは、

『この国は、いまお前の胎内におる男の子がつぐべきである』

と、はっきり言われたのですね。

それから、皇后と武内宿禰は新羅《しらぎ》征伐に出陣します。そしてめでたく、勝利をおさめて凱旋するのですが、そのあたりの原文には、

『故《かれ》、其の政《まつりごと》、未だ竟《お》へたまはざる間《ほど》に、懐妊《はらま》せるみこ、産《あ》れさむと臨《し》つ。即《すなわ》ち御腹《みはら》を鎭《しず》めたまはむ爲《た》めに、石を取らして、御裳《みも》の腰に纏《まか》して筑紫國に渡りましてぞ、其の御子生れ坐《ま》しける。故《かれ》、其の御子生みたまへる地《ところ》を宇美《うみ》とぞ謂《い》ひける。亦《また》、其の御裳に纏《まか》せりし石は、筑紫國の伊斗《いと》村になも在る』

とあるのです」

「なるほど、ここで例の石と宇美という地名が出てきたのだね……」

「ところが、皇后のほうでも、すなおに皇位継承ができるとは考えてもいなかったので

しょう。皇子は死んだと称して、葬礼船を作り、そういう噂《うわさ》をばらまかせました。それに対して、正皇后の二皇子、香坂王と忍熊王は途中で兵を集めて反撃に出たのです。彼らは皇子が死んでいると信じていたはずですから、神功皇后と武内宿禰を殺し、父親の仇を討とうとしたのでしょうか。

ところが、香坂王のほうは戦の勝敗を占う狩猟の途中で猪《いのしし》にやられて死んでしまいました。忍熊王のほうは、それからも全軍をひきいて、大激戦をくりかえすのですが、結局、神功皇后軍は偽装降伏というトリックを使って、最後の勝利をかちとります。忍熊王も船の上で、伊在比宿禰《いさひのすくね》という大将といっしょに、

『いざ　吾君《あぎ》
振熊《ふるくま》が痛手負はずば
鳰鳥《におどり》の淡海《おうみ》の海に
潜《かず》き為《せ》な　吾《わ》』

という悲壮な歌を歌い、水中にとびこんで自殺したというのです。ここで『淡海の海』というのは、いまの琵琶湖《びわこ》だと言われていますが……」

「なるほど、それで正皇后のほうの男の子供は二人とも死に絶えたわけだね？」

「そうです。それから神功皇后は、しばらく摂政を続けて、応神天皇の成長を待ったと

いうことになっているのですが」

「そして応神天皇の子供が仁徳天皇だね。そうして、自分の子孫が皇位についたので、母親のほうも自然に正皇后に昇格したというわけだね？」

「そういうことになるわけです……」

「ところで、神功皇后のほうの家系は、どういうふうになっているのだろう？」

「これについては『日本書紀』に奇妙な文章が出てきます。父親は気長宿禰王《おきながすくねのおおきみ》、母親は葛城高額姫《かつらぎのたかぬかひめ》——まあ、こういう名前はいいとしましょう。父親は開化天皇の子孫ということになっていますが、さて、

『幼くして聡明《さと》く叡智《さか》しくいます。貌容壮麗《かおはなはだよ》し。父の王、異《あや》びたまふ』

という文章をどう思います？

子供のころから、たいへん利発で聡明で、しかも非常な美人だったので、父親も不審に思った。そう解釈するほかはないでしょうが」

「何だって？　父親が不義の子ではないかと疑った——そう書いてあるような文章じゃないか？」

恭介も眼を見はっていた。

「そうですね。学者ならどう読むかしれません。『父親がたいへん喜んだ』とでも解読

するかもしれませんがねえ……」

研三も苦笑いして答えた。

「しかし、仮に不義の子だったとしても、同じ人種の子供だったら、子供のうちには、なかなか識別もできないはずだが……いまのように、血液型の理論から、はっきり父子の関係はあり得ないと証明されるなら、話は別になってくるが……おそらく、異民族の血をうけた子供——そういう特徴が、幼いころからはっきりと、顔や頭にあらわれてきたんじゃないだろうか?」

「僕もそうとしか思えません。そして、この時代、高貴の女性に近づいて子供を産ませる可能性のある異民族といえば、朝鮮民族しか、考えようはないじゃありませんか」

二人は顔を見あわせてしばらくだまっていたが、やがて恭介は溜息をついて言った。

「なるほどね。仮に『日本書紀』と『古事記』の記述を百パーセント信用するとしたら、神功皇后その人も、半分は朝鮮民族の血をひいている可能性が強いわけだね。そして、応神天皇がそのまた不義の子だったとすれば、七割五分まで朝鮮民族の血をひいていた天皇だったという可能性も考えられる」

「そうです……『古事記』にしても、『書紀』にしても、この時代の記録は、信用できないという説はたしかにあります。しかし、こうして細かなところを吟味してゆくと、ぎくりとするような場面もないではないのですよ。

まあ、『書紀』のほうでは、その神託論争があったのが秋の九月、天皇の死んだのがその翌年二月、出産がその年の十二月ということになっていますから、辛うじて親子関係は成り立つとも言えるのですが、『古事記』のように、神託論争のその晩に天皇が死んだとなると、不義の子の可能性は百パーセントになってくるわけですね。まあ、僕は作家のことですから、暗闇の中で琴を弾きながら殺された――という『古事記』のドラマチックな場面をとりたいところですが……」

「ところで、応神天皇が実在していなかったというような、歴史家の説はないのかな？」

「僕の知っているかぎりでは、一度も聞いたことがありません」

「それなのに、一方では神功皇后が想像上の人物だ――という説は、学界では有力視されているわけだね？」

「そうです。『古事記』や『日本書紀』の中には、数えきれないぐらい多くの秘密がひそんでいると言われていますが、この神功皇后の正体にしても、その最大の謎の一つと言えるでしょうね」

「面白いな。どうせ邪馬台国の秘密は、少なくともこの国がどこにあったかという問題だけなら、あと二日もすれば完全に解けてしまうだろう。だから、退院するまで残りの時間はこの二つの本の研究にとっくもうか」

恭介はひとりごとのような調子で言った。研三もそのときは呆然《ぼうぜん》としていた。

——あと二日ですって？　とんでもない。

と叫びたくなったくらいだったが、わざと聞こえないふりをして、何とも答えなかったのだった。

「ところで松下君、ことのついでに問い申さんだが、『古事記』のほうにも、『書紀』のほうにも、神武天皇東征の話が出ていたはずだね……。

もちろん僕も、神武天皇が西暦紀元六六〇年前に、日本を統一したというような話は信用できないが、ごくかんたんにこの東征の経路を説明してくれないか？」

「わかりました。それでは事のついでにお話しいたしましょう。ところでこれは『日本書紀』の記録を主として行きますよ。

神武天皇は日向国《ひゅうがのくに》、いまの宮崎県に生まれたということになっています。父親は鸕《う》葺草葺不合尊《がやふきあえずのみこと》、母親は玉依姫《たまよりひめ》——海神の末娘ということになっています。宇佐神宮の中央に祭られているというご祭神ですね。十五歳で皇太子となり、日向国の吾平津姫《あひらつひめ》を妃にむかえられました。なにしろ、天孫降臨高千穂峰《たかちほのみね》に天孫瓊瓊杵尊《ににぎのみこと》が天くだられてから、百七十九万二千四百七十余年目のことだというのですから、日本の古さもたいしたものです。この年数は、いまなら小学生にしても、まともに信用しないでしょう。

とにかく、神武天皇は、四十五歳のころ、日本統一を志して日向を出発します。豊予《ほうよ》海峡を通って宇佐に着き、菟狭津彦《うさつひこ》、菟狭津姫《うさつひめ》の出迎えをうけます。そしてこの菟狭津姫を家来の天種子尊《あまのたねのみこと》と結婚させるのですが、これが中臣氏――後の藤原氏の先祖と言われているのです。

天皇はそれから、福岡県に一年とどまり、広島県、岡山県などの港を経由して、大阪湾に上陸し、淀川《よどがわ》をのぼり生駒山《いこまやま》を越えて奈良にはいろうとしますが、土地の豪族長髄《ながすね》彦《ひこ》は、必死にこれを要撃します。天皇の長兄五瀬命《いつせのみこと》も戦傷を負い、陣中で死んでしまいます。

天皇の軍はいったん退却し、和歌山県の熊野のほうに再上陸し、八咫烏《やたがらす》に先導させて、山の中をたいへんな強行軍をつづけ、どうにか長髄彦を攻め滅ぼします。そのとき、天皇の弓の先に、金色の鵄《とび》がとまったという伝説は、後でタバコの『金鵄《きんし》』のデザインのいわれとなったわけですね……」

正直なところ、研三もこの話には気がのらなかった。いまさら、こんな神話の説明をやったところで、邪馬台国の秘密に対する追求には、何の役にも立つまいと思いながら、話を続けてきたのだが、恭介の顔色はしだいに明るさを増していた。

その顔色の変化に気がついたとき、研三もぎくりとしたのだった。

十八歳——一高入学以来の長いつきあいのおかげで、恭介がこんな表情を見せるのは、難解きわまる謎を九割九分まで解ききったその瞬間だということを知りぬいていたからである。

古事記と書紀の秘密

「どうもいろいろありがとう」

　恭介の声は、気のせいか実に明るく感じられた。

「それではちょっと、補充質問といったような形で、いろいろたずねたいことがあるんだがね。『古事記』と『日本書紀』は、正確に言えば何年に、どういう形で作られたんだ？」

　研三はまたノートをひろげた。

「これは奈良時代に天皇の命令で作られたものだと言われています。というのは、『古事記』のほうは、はるか後世に作られた偽書ではないか——という説もあるからなのですが、いちおういままでの定説にしたがって話をすすめましょう。

　それ以前にも、推古天皇の御代に、聖徳太子と蘇我馬子《そがのうまこ》が作った歴史の本はあったようですが、大化の改新のとき、蘇我氏の滅亡とともに焼け失せたと言われています。

その後、天武天皇の御代、六八二年に天皇は国史編纂の命令を下したのですが、その四年後にはなくなられました。次の持統天皇は天武天皇の皇后だった女帝ですが、その治世中にも本は完成していません。その後、元明天皇の和銅五年（七一二年）にやっと『古事記』ができあがり、その八年後、元正天皇の養老四年（七二〇年）に『日本書紀』ができあがりました。三十年と三十八年、どちらもたいへんな労作だったことは間違いありません」

「たしか、稗田阿礼《ひえだのあれ》とかいう記憶力のいい老人が、代々語りつがれた話の内容を口述して、文字に写しとったのが、その根本になっていたはずだね？　とすれば、その編纂にこれだけ長い年月がかかったというのは、かえっておかしいんじゃないのかな？」

「しかし、いわば国家的事業として、後世に残す国史の決定版を作るというような大計画でしょう。口述筆記に手を入れて、そのまますぐに活字にするような現代の出版とはぜんぜんわけが違います。もちろんその口述が基本になったことは間違いないとしても、それに朝廷や豪族に伝わっていた史料を参照したりする付帯作業がたいへんだったんじゃないでしょうか。たとえば江戸時代の『大日本史』にしたところで、水戸光圀以来代々の藩主の継続事業だったのでしょう。あれにしたって完成まではたしか二百五十年かかっています。それにくらべたら、三十年という年月も、時代の古さを考えたら、むしろ短かったと言ってもいいんじゃないのでしょうか？」

「僕の言うのはそんなことではない。『古事記』のほうは、むかしから神話とされているだろう？　『日本書紀』にしたって、ほんとうの歴史だと断定するのには、疑問があるんじゃないのかな？　つまり当時の天皇家、または、政治の中枢にあった権力者たちに有利な材料は採用し、不利な材料は捨てるという政治的な工作が行なわれていたんじゃないだろうか？　編纂された歴史としてより、作られた歴史としての感じが強かったんじゃないのかな」

「最初から最後まで全部――とは言えないでしょうが、部分的にはそんなところもあるでしょう。少なくとも、いわゆる神話時代の記事は、どちらの本にしたところで、そのままにはうけとれませんねえ」

「もっと、時代が下ってもじゃないのかな」

恭介の語気は鋭かった。

「たとえば、邪馬台国が紀元三世紀にあったことは、中国側の記録からはっきり証明されているね。ところが、それはいわゆる神武天皇の東征の前だったろうか？　後だったろうか？」

「……」

「邪馬台国はどう考えても、統一国家とは思えない。たとえば北九州連合国、大和方面連合国、出雲地方連合国、瀬戸内海連合国といったような中単位の連合国の一つだという気がする。こういう中国家が統合されないかぎり統一国家は生まれないはずだが、神武天皇の業績は、『古事記』や『書紀』で見るかぎり、明らかに統一国家の完成だね……しかし、紀元前六百年というむかしはもちろん、この三世紀でさえ、九州連合国と大和方面連合国が分離した存在だったとしたら、とうぜん『神武の東征』は卑弥呼以後、三世紀の後半から四世紀ぐらいになってくるんじゃないのか？　そういう意味では、神武天皇以降第何代かの天皇までは『作られた天皇』ということになってくるんじゃないのかな？」

「たしかに、そういう考え方は成立するかもしれません……もし、神武天皇が実在の人物だったとすれば、橿原《かしわら》神宮も奈良時代にはできていたでしょう。少なくとも、明治時代になって初めてということはなかったと思います。伊勢神宮は天照大御神をお祭りしているのですから、『宗廟』と敬われることはとうぜんとしても、応神天皇をお祭りする宇佐神宮が『宗廟』と言われることはなかったでしょう。正直なところ、僕がこの点に気がついたのは、ここでこの研究をはじめてからのことだったのですが……」

「それで、神武天皇以下の天皇の業績は、いったいどの程度あつかわれているだろう？」

「ごくかんたんに言いましょうか。『日本書紀』は全三十巻ですが、最初の二巻は神代です。第三巻が神武天皇、第四巻が綏靖《すいぜい》天皇から開化天皇までの八天皇、第五巻が崇神天皇で、第六巻が垂仁天皇、第七巻が景行天皇と成務天皇、第八巻が仲哀天皇――という構成です。そして神功皇后は超別格のあつかいで、第九巻全部を占めているのです」

「なるほどね。こう言っては悪いが、第二代から第九代までの天皇は、『日本書紀』でも『その他八人』という程度のあつかいしか受けなかったんだね……いよいよもって、『作られた天皇』という疑いが強くなってくるわけだ」

　恭介はつぶやくような調子で言った。

「それから次に聞きたいことは、この謎の四世紀と日本と中国の関係だよ。『倭人伝《わじんでん》』に出てくる壱与《いよ》の最後の使節が洛陽《らくよう》に行ったのは、たしか二六六年のことだったね……それから倭の五王の最初の使節が送られたのが四一三年だとすれば、日本と中国の国交は約百五十年間中絶していたことになるわけだ。このブランクは、日本側の事情で発生したものだろうか？　それとも中国側の事情で起こったものだろうか？」

「日本の事情は、はっきりわかりません。というのは、『古事記』や『書紀』のほうにいまのような疑問が起こるからです。何といっても神武天皇以下九人の天皇の実在さえ疑われるようなことになっているからです……。

しかし、中国や朝鮮半島の情勢なら、わりあいにはっきりわかります。前の話とダブる恐れはありますが、念のために、もう一度くりかえしましょう。

紀元二六五年に魏《ぎ》の国の後身、晋《しん》の国はついに待望の中国全土統一をなしとげますが、天下太平はそんなに長く続きません。四世紀にはいると、北方の匈奴《きょうど》、鮮卑《せんぴ》、羯《けつ》、氐《てい》、羌《きょう》の五民族がしだいに勢いを増し、中国本土に侵入を開始するからです。三一六年には晋の国はついに匈奴によって攻め滅ぼされました。洛陽、長安の都を失った晋の王室の一族は、いまの南京《なんきん》に移って新しい国を作ります。

中国の歴史では、南北朝時代とか、五胡《ごこ》十六国時代とか言いますが、南朝のほうは、東晋、宋、斉、梁、陳と続いてゆきますし、北朝のほうは匈奴の作った漢から北魏と続いてゆきます。そして六一八年まで中国全土は統一されないわけなのですが、四一三年に日本が使節を送ったのは、この南朝の東晋です。

この中国の動乱と呼応して、一世紀ごろいまの満洲に勃興《ぼっこう》した高句麗《こうくり》族は南に侵攻を開始します。三一三年には楽浪《らくろう》郡、三一四年には帯方《たいほう》郡、三一五年には玄菟《げんと》郡を次々に攻め落としますが、南方におこった百済《くだら》国《こく》は何とか帯方郡だけを奪回するわけですね……。

まあ、このような時代ですから、仮に日本側が平和な統一国家だったとしても、朝鮮経由で中国と往来することは、事実上不可能に近い状態になっていたんじゃないでしょうか？」

「そういう情勢だったとすれば、戦乱の余波といった形で朝鮮半島のかなり有力な一族が日本へ渡って来ることもとうぜん考えられるわけだ。それがいわゆる騎馬民族の侵入だったかもしれないね……神武東征にしたところで実はこの四世紀に現実に起こった事件かもしれないね……」

「そう言えば、面白い一致もあるのです。神武天皇はハツクニシラススメラミコトと呼ばれていますし、第十代の崇神天皇もやはり、ハツクニシラススメラミコトと呼ばれています。ですから、名前だけで言えば、この中間の『その他八人』の天皇は想像上の天皇で、神武天皇イコール崇神天皇だと解釈できないこともないのです」

「そうかなあ？」

恭介は首をひねって言った。

「それで、崇神天皇の御世には、外国関係で重大な事件は起こっているのかね？」

「対外関係に関しては、全然と言っていいくらい、重大事件は起こっていません。ただし東方十二道——いまの関東地方一帯と思われますが、ここは征服されています。また北陸や東海地方も、この時期にはいちおう平定されたということになっています」

「次の垂仁天皇は？」

「この天皇もたいした事績は残してはいません」

「その次、第十二代の景行天皇は？」

「天皇自身というよりも、その二番目の皇子である小碓命《こうすのみこと》——一名、日本武尊《やまとたけるのみこと》のほうがはるかに武功をたてていますね。だいたいこの小碓命は、かなりの凶暴性があったらしく、兄にあたる大碓命《おおうすのみこと》をつまらない理由で惨殺して、しかも平然としていたようです。

景行天皇も、その処置には頭をいためてしまったのでしょう。死刑に処することができないものですから、戦場で死ね——という含みをこめて、各地に遠征を命じるのですね。

ところが日本武尊のほうは、悪運と言っていいか武運と言っていいかしれませんが、つきについていたことは間違いありません。南九州連合国というべき熊襲《くまそ》の国王の暗殺に成功する、出雲《いずも》王国の国王をだまし討ちにする、東国攻めにむかっては、焼津《やいづ》あたりで火攻めにあいながら逆火《さかび》をつけて難をのがれる、走水《はしりみず》あたりで海を渡るとき、大嵐《おおあらし》にあいながら、妃の弟橘媛《おとたちばなひめ》が自分から犠牲となって海にとびこんだおかげで命びろいする——こういうことの連続で、奇跡的と言いたいぐらいの武功をたてたのですが、大和国《やまと》へ帰り着く前に、伊吹山《いぶきやま》の近くで病気にかかり、いまの三重県亀山市《かめやま》のあたりでそのまま死んでしまいます。

その最後の辞世は、

『大和は國のまほろば　たたなづく　青垣
山ごもれる　大和し　うるはし』
『孃女《おとめ》の　床の邊に
吾が置きし　劍《つるぎ》の大刀《たち》
其の大刀はや』

という哀愁切々たる歌だったと言われています。その日本武尊の第二皇子が後の仲哀天皇だということは前にお話ししましたね」

「その間の成務天皇は？」

「この天皇も、あってないような存在ではなかったでしょうか？　こういう貴人多妻時代に皇后も一人、子供も一人だったというのですから、非常に体が弱かったということになるのでしょうか？　一生を通じて見るべき業績もなく、またその皇子は天皇の位をつげなかったのです」

「その次が仲哀天皇だね。天皇在位の九年間のうち八年間までは大和に帰らなかったというが、それでは、相当以上の長期にわたって、大和国は『天皇不在』の状態にあったわけだね。新幹線や飛行機で、何時間かで飛んで行ける時代とはわけが違うんだ。こういう異常な状態は常識で信じられるだろうか？」

「まったく信用できません。仮に熊襲がたいへんな敵国だったとしたところで、将軍に兵をひきいさせ、攻撃に向かわせるのがとうぜんでしょう。天皇自身の親征で、しかも八年の長期間、九州に滞在するというようなことは、およそあり得べからざることだと言ってもいいでしょう」

「そうだろう……だからこそ、僕は、このあたりまでの記録は『作られた歴史』ではないかと言いたくなってくるんだがねえ……ほかにも何か不自然なところはないだろうか？」

「ありますとも。『書紀』に出てくる崇神天皇十七年のところの文章です。

『十七年の秋、七月《ふみづき》の丙午《ひのえうま》の朔《ついたち》に詔《みことのり》して曰《のたま》はく、船は天下《あめのした》の要用《むねつもの》なり。今、海《わた》の邊《ほとり》の民《たみ》、船無きに由りて甚《はなは》だ歩運《みちはこび》に苦しむ。其れ諸國《くにぐに》に令《のりごと》して、船舶《ふね》を造らしめよと。

冬十月に始めて、船舶を造る』

とあるくらいですよ」

「何だって！」

恭介は大きく眼を見はった。

「神武天皇から数えたら、第十代目の天皇だろう？　しかも『神武東征』では、相当数の船が使われたこともはっきりしているのだろう？　たとえば江戸時代のかごが、明治時代になって人力車になり、馬車になり、汽車や自動車、電車になっていったために、かごを作る技術者もいなくなったというなら話もわかるよ。舟というものは当時の必需品じゃないか。その舟を造る技術にしたところで衰えるとは思えない。いったいこれはどういうことなんだね？」

「たしかに、崇神天皇のえらさをたたえる文章としてもばかばかしすぎるような気がしますね。この文章を書いた人間が、奈良から一歩も出たことがなかったので、ついうっかりしてしまったのでしょうか？」

「さあ、そのへんはわからないが、このあたりの感覚だけを考えると、明らかに退化現象さえ起こっているじゃないか？　これが統一国家と言えるかね。これでは四国の征服さえできそうにもない。やはり大和を中心とする中クラスの連合国家と見るしかなかろう。海を渡ってはるばると、魏の国まで使節を送るほどの力があろうとは思えない」

「そうですね。たしかに『古事記』にしても、『書紀』にしても、全部が全部とは言えないまでも、相当に不自然さが目立つことはたしかですねえ」

研三も溜息《ためいき》をついていた。

「だから古墳の大きさなどからも判断して、神武東征というものは応神天皇の時代に行なわれたのではないかと僕は思うんだよ。これは言いかえれば、北九州連合国家が近畿連合国家に対して、武力侵攻を強行したということになってくるんじゃないのか？　もちろん、その指導者には相当に朝鮮民族がまじっていたろう。朝鮮側の豊富な物質や、馬のような新兵器が役に立ったことも考えられる。しかし、こういう武力侵攻はある意味では統一国家を産み出すための必然的な一つの過程と言えるだろう。後世の侵略主義といっしょにすることは間違っていると思うんだが」

「わかりました。それでは一口に言うならば、騎馬民族プラス北九州連合国家の遠征隊の近畿侵攻作戦が、神武イコール応神東征だということになりますね？」

「これにしたって、正統の歴史学者からは何と言われるかしれないが、僕にはそうとしか思えないのさ。もちろん、侵入軍にしてみても、現地の勢力者、指導者の全部を殺す必要はなかったはずなのだ。国王クラスの大指導者を殺してしまえば、自分たちに服従する者はある程度までの既得権を認めてやり、いちおうの地位も与えてやって、利用したほうが得策だろう。時間をかけるつもりなら、結婚政策で手なずけてゆくという手もある。こうして百年もたったなら、いちおう、統一国家の形式もできあがるだろう。紀元四世紀の日本歴史は、こういうふうに理解してもいいんじゃないのかな？」

「たしかにそう考えたほうが、理屈の筋は格段に通ってくるような気がしますね。ただ、それでは、応神天皇以前の天皇は全部抹殺するのですか？」

「さあ、これぐらいの研究では、僕もはっきり断定はできないがね……ただ、こういう歴史書が作られた奈良時代ともなってくれば、日本人、少なくとも国家の最高指導者の間には、国家意識や独立意識、そういう感情が芽ばえてきたことはとうぜんだろうな。そうだとしたら、史官たちが国の始まり、建国を、できるだけ古いむかしへ持ってゆこうとしたのもわからないことではない」

「指導者たちにしたところで、史官に無言の圧力をかけていたかもしれませんしね」

「そういう意味で、彼らは苦しまぎれに、千年近くの年月を前にのばし、十何代かの天皇を作りあげ、応神天皇以後の事件を多少形をかえて、その中へ織りこんでいったのかもしれないね。また『前大和王朝』とでもいうべき時代の記録を適当にアレンジして、加えていったことも考えられないではない。いわゆる倭の五王が近畿地方に都をかまえる天皇たちかどうかはまた別の問題になってくるが」

「わかりました……『古事記』と『書紀』の研究では、かなり道草を食ったような気もしますけれども、おかげで僕もいい勉強ができました」

研三はかるく頭を下げて、

「ところで、本筋の邪馬台国の研究は、これからどういうことにしましょう？　不弥国《ふみのくに》イコール宇佐付近、そこまでの比定はできましたが、正直なところその後は、一歩も進めないんじゃないでしょうか？」

「その謎は二日以内に解いてみせると言ったろう」

恭介の眼は爛々《らんらん》たる光をはなっていた。

「正直なところを言うと、邪馬台国はどこにあるかという第一の謎については、九割九分まで解けたんだよ。だが卑弥呼が何者かという謎については、まだそこまでは行ききれない。ただ、それについても、いちおうの推理はできると言えるだろう」

「ほんとうですか？　神津さん！」

研三は叫ばんばかりの調子で言った。

「それができたら驚異ですよ。わずかこれだけの日数で……いったい邪馬台国はどこなのですか？」

「それは明日にしてくれないか」

恭介はかるい微笑を浮かべて言った。

「あと一晩だけ、僕はゆっくり考えてみたいんだ。おそらく僕の考えには間違いはなかろうと思うんだが、念には念という言葉もあるし、まあ、殺人事件の犯人を捕まえるのとはわけが違う。ここで一晩おいたところで、もう邪馬台国はどこへも逃げてはいかないんだよ……」

余里を誤差と解釈す

松下研三も、さすがにその晩は眠れなかった。

神津恭介の才能に対しては、彼は一高時代から一度も疑いを持ったことはなかった。しかしこの千数百年の謎と言われる邪馬台国の秘密の解決に関しては、その才能も用いる余裕がなかろうというのも、偽りのない印象だった。

しかし、嬉《うれ》しいことにはその第一印象はみごとに裏切られたのだ。宗像《むなかた》神湊《こうのみなと》上陸にはじまる前人未踏のアプローチ、そして、「定説」に見られた「陸行」の不可能に近い困難さをはっきりさせた論証には、完全に頭の下がる思いだった。

ただ後には、一千三百里という未知のコースが残っている。「陸行、水行」の難題がひかえている。

そう思うと、楽観ばかりはしておられなかったが、それを承知で恭介が一日待て——と言いきった以上、とうぜんここにも「しかるべき解決」はあるはずだった……。

期待と不安に、胸をわくわくさせながら、彼は午後三時の病室のドアをたたいた。

恭介はちょうど、おやつの配給らしいアイスクリームをなめているところだった。

「松下君、カステラでもどうだい？　紅茶の代わり、オレンジ・ジュースならあるが」

「残念ながら甘いものは……それで、邪馬台国の秘密は解けました？」

「解けたと思うな。約束どおり……それではゴールに突入しようか」

と言って、恭介はハンカチで口をぬぐった。

「さあ、不弥国までたどりついた以上、邪馬台国までは一息だ。残った二つの問題は、不弥国と邪馬台国の距離、そして『陸行、水行』の謎、この二つを合理的に解決できればいいわけだね？」

「そうです。それが合理的に解けますか？」

研三はまだ半信半疑の思いだった。

「いいかね。まずこの距離の問題をもう一度、理論的に検討してみようじゃないか」

恭介の声の調子は淡々としていた。

「昨夜のうちに、僕はもう一度、自分の考えを再検討してみたんだが、まず間違いはなさそうだ」

恭介は一枚の紙をとり出した。

(1) 帯方郡――狗邪韓国《くやかんこく》　七千余里、
(2) 狗邪韓国――対馬国　千余里、
(3) 対馬国――一大国　千余里、
(4) 一大国――末盧国　千余里、
(5) 末盧国――伊都国　五百里
(6) 伊都国――奴国　百里
(7) 奴国――不弥国　百里
(8) 帯刀郡――邪馬台国　一万二千余里、
(9) ○○――邪馬台国　水行十日陸行一月
(10) △△――投馬国　水行二十日
(11) 対馬国　方四百里可
(12) 一大国　方三百里可

「これは『倭人伝』の旅程の里数日数をかんたんにぬき書きした一覧表だが、この数字に間違いはないだろうね？」

「ありません……」

「それで、この(1)から(7)までの数字を加えるといくらになる？」

「いま『余里』というのをはぶいて概算してみれば、一万七百里ということになります。小学生にでも出来るかんたんな計算ですね」

「それで、不弥国と邪馬台国の間の距離は」

「理論的には、いま計算した数字を(8)からひけばいいわけですね。答えは千三百里ということになります。これに『余里』というプラス・アルファを加えたものが、不弥国から邪馬台国までの距離にあたるということは、いままでのほとんどすべての学者の通説でした。僕の考えでは、ここには異論の余地はありません」

「ところが、僕はいまここで、その異論をあえて提出しようというんだよ」

恭介は満々たる自信をこめてこう言いきった。

「その算術的な単純計算が、すべてのあやまりのもとだったんだ。このためにいままで千何百年の長いあいだ、邪馬台国は幻のベールのかげにかくされて、その正体を誰にもつかませなかったんだ。しかし、ここに一つの新しい感覚の計算法を導入したなら、邪馬台国の位置は、一瞬にしかも正確にきまってしまうんだよ」

「得意の高等数学でも使うんですか？」

「微分積分、対数計算、そんなものさえ必要ないよ。ただ、いままでの小学生的な計算から、中学生ならわかるだろうというところまで、程度をあげるだけなんだ。その鍵はここに出てくる『余里』なんだが、これは(5)(6)(7)の純陸行のほうにはぜんぜん出ていないね。いったい彼等は陸上の距離をどうして測ったのかな？」

「そうですね……むかし僕たちは学校の教練や軍隊で『歩測』というやつを教わりましたね。自分の歩はばを正確に測っておいて、歩数を数え、だいたいの距離を測定するあれです。たしか、ポケットに豆を入れておいて、百歩ごとに一粒ずつ左から右へ移せと教わりましたが三世紀ごろの人間にも、その程度の知恵はあったんじゃないでしょうか？」

「とうぜんあったことだろうね……それに切り上げ切りすてや四捨五入の感覚ぐらいなら持っていたろうと思うんだがな。たとえばむかしの軍隊で、野外の演習中にある距離を歩測して来いと命令されて、二千百五十三メートルと報告したら、どういうことになったろうか？」

「まず上官から『この大馬鹿野郎！』とどなりつけられたことは間違いないでしょうね。二千二百か、約二千か——小学校しか出ていない二等兵でも、そのぐらいのことは一度教えられたら忘れないでしょう」

「まったくその通りだろうなあ。おそらく三世紀の人間でも、そのぐらいの感覚はあったろう。だからここに出て来る『陸行』の数字が、五百里、百里、百里というようなラウンド・ナンバーになっているのはちっともふしぎじゃない。逆に自然だといえるだろう」

恭介はそこで一息ついて、

「ところが『水行』となって来ると、この歩測的な感覚もぜんぜん役にたたなくなるな。これにかわる方法といったらいったいどうするのかね？」

とたずねた。

「そうですね……中国本土には揚子江《ようすこう》とか黄河《こうが》とか、上り下りしてある地点まで行くのにも何日もかかる大河もありますね。その上り下りの時間を平均して、たとえば近くを走っている道路を歩測してつかんだ距離と比較したら、ある程度のことはわかったかも知れません。また、比較的短距離だとすれば、それこそ漕ぎ舟を使って、ピッチの数を測り、割合正確な距離も出せたか知れませんね」

「そういうことはあったろう。たとえば、対馬や壱岐の周の長さを測るときにはこの感覚で、左まわりと右まわり、両方の一周のピッチの数を平均し、比較的正確な数値が出せたと考えられるからね。しかし、風や海流、その他いろいろの要素が複雑にからみあって来る渡海航路となったなら、そういう方法にしたところで採用できなくなるだろう。とうぜんのことだが、精確な海図があるわけじゃないんだし、たとえば現在のわれわれが日本全図を持ち出して、釜山《プサン》―対馬―壱岐―博多と直線距離を測って行くようなことは、三世紀の人間にとっては、それこそ人智を超越した神わざとしか思えなかったろう。彼等にとっては、航海に費やしたおよその時間から、距離の大ざっぱな見当をつけるしか方法はなかったろうし、そうなれば、切りすて切りあげ四捨五入さえ出来なくなったかも知れない。いわゆるプラス・アルファといった含みで誤差を書き出す。それが(1)から(4)にあらわれて来る『余里』の意味じゃないのかな?」

「なるほど、そんな感覚の数字だとすれば、たとえば『千余里』といったところで、千数里ぐらいのプラス・アルファじゃないかも知れませんね。千数十里や千百十数里か千数百里か、いろいろなケースが考えられるわけです」

「それが合理的な考え方だろう。それなのにこれまでの研究家は、余里といえばせいぜい数里ぐらいの距離だろうから、通算のときには無視してもかまわない――というぐらいの感覚しか持っていなかったんじゃないのかな。

いま、この一覧表のナンバーにしたがって(1)から(4)までの余里をそれぞれ、A_1 A_2 A_3 A_4と呼ぶことにする。それから(8)の余里のほうは別にBと呼ぶことにしよう。

ところが、紀元三世紀というような古い時代、それも長距離の水行の距離測定ともなると、プラス・アルファ的な誤差といったら、数パーセント以下におさえられるというわけには行かないだろう。かりに一〇パーセントとしたら、A_2は百里ということになって来るわけだし、二〇パーセントとしたら二百里になるわけだ。そう考えれば(2)の『千余里』という表現は、千百里か千二百里か、どうにでもとれるということになって来るね」

「まあ、誤差というのは本質的にそういう感覚なのですからね。中学卒業ぐらいの数学の素養を持っている人間なら別に異存もないでしょうがね」

「それだけのことを頭において、この第二表を見てくれたまえ」

恭介はいま一枚の紙をとり出した。

一〇パーセント　一万一千七百里
一三パーセント　一万二千里

一五パーセント　　一万二千二百里
二〇パーセント　　一万二千七百里
二三パーセント　　一万三千里

「この数字が出て来る理由はわかるかね？」

「そうですね。いま(1)から(4)までの数字から余里を省いて小計したら、一万里ということになりますね。これを基本の数字として、そのおのおのについている余里のパーセントを見るのでしょう。その答えは、一万一千里、一万一千三百里、一万一千五百里、一万二千里、一万二千三百里――となりますから、それに陸行の小計七百里を加えて、こういう数字が出て来るわけは誰にでもわかるでしょう。つまり、神津さんは、帯方郡から不弥国までの距離は『誤差』と解釈できる『余里』のパーセンティジをどうとるかによって、この第二表に出て来るような、いろいろの場合が考えられるはずだ――と言わんとしているのでしょう？　たしかに魏使たちにしたところで、一口に『千里の海』といっても、一割や二割の誤差はあるものと考えていたでしょうし、そこで『千余里』と微妙な表現で含みを持たせたんじゃないでしょうか」

「わかったね。それだけのことを前提として(8)の数字をにらんで見たまえ。こっちの

『一万二千余里』をかりに『一万二千里から一万三千里のあいだ』と読みかえたら、一三パーセントから二三パーセントの誤差を考えたときの数字とぴったりあって来るんじゃないかね？　これはどういうことになる？」

研三は、頭のてっぺんをハンマーでたたきのめされたような衝動を感じた。

「僕はこういうことを考えたんだよ」

恭介は柔らかさの中に鋭さを秘めた口調で言葉を続けた。

「陳寿は人一倍良心的な史官だったと仮定しよう。いや、かりに彼が、机上の作文的な数字を堂々と、正史に書きこんで知らない顔をしているような非良心的な歴史家だったとすれば、それから千七百年もたった後で、彼の書きのこした記録から邪馬台国の所在をつきとめようとすることなどは、まったくナンセンスだといいたくなる。そして何度もいう通り、この『倭人伝』をはなれて、邪馬台国の位置の追求を進めることは論理的にまったく無意味なんだ……。

陳寿が良心的な史官だったとすれば、彼は帯方郡から邪馬台国までの距離、一万二千余里――という数字に対しても、とうぜん彼なりの信念を持っていたはずだ。しかし、彼がこの数字を出せる方法は一つしかない。それは足し算、信頼できる正式な報告書にあらわれた数字の積み上げしか方法はなかったはずなんだよ」

「わかります。その感覚は……」

「僕は前の一覧表の(1)から(7)までの数字は、魏使の報告書というような文献に含まれていたものだと思うんだがねえ。まあ、帯方郡からはこのほかにも郡使というような使節がしょっちゅう倭国へ行っていたろうから、そちらからも似たような報告なり、里程の数字も出ていたかも知れない。

しかし、そういう記録をまとめて、正史に書こうとした陳寿にしては、やはりこの『余里』のあつかいには頭をなやましたんじゃないのかな？　かりに、使節団の一人をつかまえて、これ以上正確な数字は——と追求したところで、

『これ以上、説明しようはありません』

と逃げられてしまったろう。誰にも精密測定など出来ないからだよ。それでも陳寿が、帯方郡から邪馬台国までの総距離を、正確に記録に書き残したかったら、やはり誤差を頭に入れた数字を出して来るほかはあるまい。だから彼が、

『一割三分から二割三分ぐらいの誤差を見こんでおけば大過はないかな？　まあ、たいていこの範囲におさまってくれるだろう』

とでも自問自答して、一万二千余里——という表現をしたとする。当時の歴史家としたならば、最高に良心的な正確な表現だったと思わないか？」

「そうです。まったくその通りです」

「そうなんだ。しかも、(1)から(4)までの『余里』はかならずしも同じ割合と考える必要はないんだよ。たとえば(1)が一〇パーセントましの七千七百里、(2)から(4)までが二〇パーセントましの小計三千六百里——そう考えることも誤差論的には無理のない判断だ。この場合にも、総計の距離は一万二千里だ」

「なるほど、あとの三つの距離の誤差を、かりに二十数パーセントとしたら、やはり一万二千余里ということになりますね」

「そうだろう。ところが(8)の数字のほうは、帯方郡と不弥国の間の距離をあらわす数字じゃないんだよ。帯方郡と女王国、邪馬台国との間の距離——これはどういうことになる？」

研三は思わず椅子から腰をうかし、たちまち崩れるように腰を落とした。

「その感覚で進んだなら、この問題の千三百里は、誤差の範囲に含まれる無視していい数字だということになりますね！　千三百里イコール・ゼロ——誤差という感覚を入れて考えたらこういうことになるわけです。そうなれば、とうぜん、不弥国、邪馬台国の間の距離も誤差の中に含まれる程度の長さのはずですから不弥国は邪馬台国の隣接国家だと——、こういう結論しか出ないわけです……」

「そうなんだ。僕たちは昨日までの研究で、不弥国は宇佐市の近く、豊前長洲のあたりだという中間結論に達していたんだ。そして、このときの魏使たちは、卑弥呼の都までやって来て、印綬詔書を手わたしたことは間違いないと睨《にら》んでいたんだよ。陳寿にしたところで、当時一流の史官だったに違いないし、こんな短い文章で、不弥国と邪馬台国の間の距離を意識的に無視してみたり、不注意で書きおとしたりするようなことはなかったろうと思うな。おそらく魏使の報告書のほうには邪馬台国と不弥国が隣接国だということを明示する文章があったんだろうと思う。それが頭にあったればこそ、陳寿のほうも安心して帯方郡から不弥国までの里程を総計し、そこへ誤差の感覚をつけ足すくらいで、帯方郡から邪馬台国までの総距離を割り出す気になったんじゃないのかな？」

「そういわれて見れば、たしかにそうとしか思えませんね……たとえば神奈川県庁のある横浜市から東京駅近くの東京都庁まで、いまだって無理をしたら一日で歩けないことはないでしょうし、その程度の距離だったかも知れませんね」

「とにかく、僕たちはいままで七里イコール約一キロという計算で進んでいたわけなんだよ。たとえば、伊都国と奴国の間の百里にしてもその計算だと約一四キロということになるんだ。だから、不弥国の都と邪馬台国の都がたとえば五十里ぐらいの距離だったとしたら、使節にしても陳寿にしても、あえて記録に書きのこすまでのことはあるまいと思ったのかも知れない。いまの神奈川県庁のたとえにしたところで、横浜市は県の中心とはいえない東端近くにあるんだし、古代の国家にしたところでこういう例はいくらもあったろう」

「たしかに、国と国との境界線にしたところで、三世紀当時の日本では、そんなに厳密なものではなかったでしょうからね……五十里といえば約七キロ、日本の江戸時代のほうの里程で言えば約二里弱ですね。ところが、江戸の場合には日本橋を起点として当時の里程でほぼ二里――約八キロの地点に各街道の最初の宿場があったのです。いまの地名でいうなら品川、千住、板橋、新宿――むかしの内藤新宿ですね」

「そういう宿場は、江戸でなくても江戸だという性格を持っていたんじゃないのかな？　たとえば、この本郷にしたところで、三丁目のあたりには、むかし堀部《ほりべ》安兵衛《やすべえ》が書いたという平仮名の『かねやすゆうげん』という看板で有名だった『かねやす』という薬屋か歯磨屋《はみがきや》かがあったというんだろう。たしか、むかしの川柳《せんりゅう》にも、

『本郷も　かねやすまでは　江戸のうち』

とうたってあったそうだから、とうぜん赤門から板橋宿へよったほうは、政治上の区分では江戸ではないかも知れないが、たとえば中山道の長い道中を続けて板橋まで着いた旅人なら、感覚的に江戸へ着いたのもおなじことだ――という気になっていたんじゃ

ないのかな？　つまり、物理的地理的には、あと何キロかの距離が残っていたとしても、心理的にはその距離はゼロと考えられるという意味なんだよ」

「たしかに、そういうゼロの感じはわかりますねえ。たとえば品川宿にしても、とうぜん相当の数のいわゆる飯盛女郎《めしもり》がいたわけですし、江戸のほうからわざわざそっちへ遊びに行く人間も少なくはなかったんですよ。吉原のほうを『北国』といったのに対して、品川のほうは『南国』と呼ばれていたのです」

「わかった……そういう感覚をとりいれたら不弥国が豊前長洲のあたりと比定される以上邪馬台国は現在の宇佐市一帯ということになって来ないかね？

もちろん、それだけでは戸数七万といわれるだけの人口は養いきれないかも知れないがそれに国東半島なり、別府大分方面までの拡がりを持っていた大国だとしたら、とうぜんその程度の戸数、人数は包含できるだろう。まあ、魏使の一行にしたところで、この旅行の途中で、各国の戸数や人数を一々数えて歩いたとは思えないから、この点に関するかぎりは多少の伝聞があったかも知れないが、それはべつにこの『倭人伝』の権威をきずつけることにもならないだろうしね……。

そういう意味で、宇佐市が邪馬台国としたら、豊前長洲あたりの不弥国がその外港、こういう考え方は相当に合理的なものじゃないのかな？」

「たしかに、そういうことは言えますね……。とにかく、この『謎の千三百里』の問題は邪馬台国の論争史では、最高の論点だったことは事実です。しかし、こう考えてみれば、たしかに合理的な解決ですねえ」

「ところで、松下君」

恭介は語気を強めて言った。

「僕はこの問題に関する研究書は、一冊も読んでいないと言っていいくらいだが、『余里』というものに対して深く突っこんだ研究はあったろうか？　この『誤差』という概念をとりいれた学者はいたろうか？」

「僕の知っているかぎりでは、どちらも先例がありません」

「それでは、学者に特有な『精確すぎるくらい精確に』物事を考える性格が、この場合には完全に裏目に出たんじゃないのかな？

もちろん、古文書などの解読ともなれば、一文字一文字を虫眼鏡で追いまわさなくてはならないとしてもとうぜんだろう。出土品の考古学的な調査にしても、それこそミリ単位までの計算が必要だろう。遺跡の調査ということになったら、五万分の一の地図でもまだ粗すぎるというくらいの精密な測量も必要になって来るだろう。僕にしたって、専門の法医学のほうだったら、とうぜん、そういう方法をとる。しかし、この邪馬台国の位置決定というような問題に関するかぎり、そういう精密分析の方法がとれないことは、最初からわかっていたんじゃないのかな？

誤差というものは、科学的な思考にもとづいた合理的な概念なんだからね。現代の超精密測定でもないかぎり、誤差が存在しないと考えるほど、精密すぎるくらい精密に物を割りきることは、現代科学の基礎教育をうけた人間には一人もいないといえるだろうな。僕はかえって、三世紀の中国人たちが、『余里』という表現で、誤差をあつかおうとした細心さに頭を下げたいくらいだよ」

恭介は、そこで一息ついてたずねた。

「ところで次に、この『謎の千三百里』が、実質的にゼロと考えられる——という結論に達した先人はいるのかね？」

「僕の知っているかぎりでは、古田武彦という人が『邪馬台国はなかった』という本に発表した論説があるだけです」

「その論証の方法は？」

「一口で言うなら『半周説』と言えるでしょうか。あなたの作った表の⑾と⑿には、対馬国と一大国、この大きさが書いてあるでしょう。これを半周するというのです。対馬の場合は四百里の倍で八百里、壱岐の場合は三百里の倍で六百里、これを両方加えた千四百里が、いわゆる『謎の千三百里』に相当するから、これは実質的にゼロと見てもよいというのです」

「なるほど、かりにここで百里ぐらいの違いが出ても、それこそ『誤差』としてあつかえるだろうからね……つまり、その本では魏使たちが、島の西北端に上陸し、陸上を東南端まで歩いて、そこからまた船で出発したということになっているのだろうか？」

「たしかにそう書いてありました」

「じゃあ、松下君、君の実地調査の感覚から言って、そういうことは可能だろうか？　または必要があるだろうか？」

「まず可能性のほうから行きましょう。壱岐の場合はその気になれば、やってやれないことはないと思います。しかし、対馬の場合には、それは絶対不可能でしょう。僕は厳《いず》原《はら》に行ったとき、対馬郷土研究会というところから出ている『対馬風土記』という郷土誌を手に入れましたが、これには斎藤隼人という人の苦心談が出ていました。役人か、それともＮＨＫの職員か、そこまではわかりませんが十五年ほど前から、三か月に一度ずつ島内の集金旅行を続けていたというのです。ところが、海岸沿いには道らしい道はなくって、厳原―比《ひ》田《た》勝《かつ》間約九〇キロの縦貫道路が出来るまでは、全行程を舟にたよらなければいけなかったというのです。これは北島―上県の話ですが、南島―下県のほうにしても、たとえば西南端に近い豆酘《つつ》は、むかしは陸の孤島と呼ばれていたくらいで、他の集落の人間とは往来もしなかったというんです。厳原―豆酘の道路にしても、明治三十年代、日露戦争の直前に軍事道路として初めて作られたというくらいです。現代でさえこういう調子なのですから、紀元三世紀というような大むかしに、海岸沿いにこの島を陸路半周するなんて考えられることじゃありません。この本の前半の考証部分には、なるほどと感心するところもあるんですが、このあたりは、私にはちょっと納得できないんですよ」

「というと、彼は邪馬台、不弥国隣国説を証明し〈ヽ〉て〈ヽ〉い〈ヽ〉な〈ヽ〉か〈ヽ〉っ〈ヽ〉た〈ヽ〉ということになるな。少なくとも、自然地理学的検証などは考えもしなかったんだな。本人は証明したつもりだろうがね。その『半周説』が、かりに海路をとるとしても、おそらく古田氏の計算では、対馬の『半周』の距離が八百里になるという計算は出て来ないだろう。それで、九州の上陸地点は？」

「唐津市の付近だということになっていますよ」

「それにしても、糸島半島鹿家《しかか》海岸あたりの陸行の不可能といいたいぐらいの困難さはつきまとうな。それに僕たちのように神湊上陸説を採った場合、壱岐の島を半周することには何の意味もない。おそらく宗氏の参勤交代のルートはそうだったろうが、壱岐の北端の勝本から、風と海流をうまく利用して、真直ぐに博多湾のほうへ向かえばいいはずだからね。南端の印通寺《いんとうじ》を経由する必要はぜんぜんないわけだ……。ところで古田氏の最終結論、邪馬台国はどこなんだ」

「彼にいわせれば『邪馬壱国』で福岡市南方の高地、いまの春日市あたりだというんですがねえ」

「最終目的地の邪馬台国が、福岡市あたりにあったとしたら、魏使たちはとうぜんこのあたりまで船を進めて来たはずだろう。博多湾のどこに船を着けたとしても、その後は、それこそ『陸行一日』程度ですんだんじゃないのかな?」

「正直なところ、僕も直感的にそう思いましたね。まあ、糸島水道の存在や、唐津街道海中説には気がつかなかったんですが、『海北道中』のほうは気がついていましたからね」

「それから、『倭人伝《わじんでん》』の第十八段には何と書いてある?

『女王國の東、海を渡ること千餘里にして、復國有り。皆倭種なり』

博多にしても宗像にしても、とうぜん海に面している。しかしこの海は陸地から見て北——たとえば東がわが響灘《ひびきなだ》と名前はかわっても玄界灘の延長なんだ。たとえば宗像あたりから、直線距離で約八〇キロといえば、いまの山口県の日本海側の吉見から豊浦、そのへんまではたどり着けるだろうし、関門海峡から瀬戸内海へ入ったら、山口県の宇部市の近くまではたどり着けるんじゃないかな？　どちらも古代の小国家として、相当に繁栄していたろうと考えられないこともない……。

ただ、この場合は、関門海峡を横断すれば道の大半は陸路にたよって行けるわけだ。当時の人間にとって、陸路と水路とどちらをえらぶかということには、いろいろと問題もあったろうが、響灘というのが危険な海域だということがわかっている以上、荷物の運搬という大問題がなかったら、出来るだけ陸路をえらんだんじゃないのかな？　千余里といえば、僕たちの換算では約一四〇キロと見ていいはずだからね。

それに対して豊前長洲あたりから、東がわのほうに直線距離で約八〇キロといえば、周防灘《すおうなだ》を渡って、光、屋代島、直線距離ではこのあたりになって来るわけだが、地図を一眼にらんだだけでも、関門海峡を横断する陸路の長さはその数倍になるだろうね。四国のほうへ渡るとすれば、姫島を経由して佐田岬半島の赤崎鼻、だいたいそのへんまではたどりつけるだろう。

一千余里という距離は、当時の舟が一日、昼だけで航海するのには、いちおうの限界ではなかったろうかと僕は思うな。金海—対馬や対馬—壱岐、そういうところを夜にかけて渡ったとは考えられないからだよ。

この使節団にしたところで、総勢数十人と推定される以上、正使副使たちの幹部が何日か、国賓として邪馬台国に滞在しているうちに、その何人かが分遣隊というような形で、その近くを探査したということもとうぜん考えられるだろう。とすれば、一日で渡れる対岸の倭種の国まで、足をのばしたということも考えられないでもないだろう。

『海を渡ること千餘里にして、復《また》國有り』

この一行には、大発見とでもいうような新鮮な感じがみなぎっている。福岡から、たえず一方に、倭人の住んでいる陸地を見ながら、海岸ぞいに航海して行って、どうにか目的地にたどりついたというような感じにはうけとれないんだがねえ」

「神津さんも、なかなか文学的なセンスがありますねえ」

「冗談言っちゃいけないな。文学という方面の才能がこれっぽっちもないことは、自分でもよくわかっている。そういう言い方をすることは、それこそひいきのひき倒しというものだよ。だいいち福岡の東のほうは陸続きだ。

千余里というのは、僕たちの感覚では、対馬、壱岐間、約八〇キロの直線距離に相当するぐらいの感じだが、余里は誤差と見るのが僕の説の主張の一つだから、これを五割増しと考えてもかまわない。春日市から東へ一二〇キロ進んだら、どこまで行けると思う？」

「国東《くにさき》半島の国東町——だいたいこんなあたりかな、そのあいだには、いったいどんな海があるのかね?」

「さあ……」

恭介は白い歯を見せて笑った。

「それから第三の難点は、この博多説を採ったときには、

『女王國より以北は其の戸數・道里を略載するを得べきも』

という一行がぜんぜん説明できないことだよ。いったい、福岡市の北のほうには、どういう国があるというんだ? 朝鮮半島まで含めれば話は違って来るだろうが、ふつうの感覚でいったなら、国の領域をひろげても、壱岐、対馬さえ北北東から北北西——この間四五度の扇形の中には含まれて来ないいんじゃないのかな?」

「たしかに、仲哀天皇でも、こういう御神託を聞いたら、

『待て、北のほうには海はあるけれども、国はない。そのような神託があるものか』

といって、琴《こと》をひく手を休めたでしょうね……」

「そういう意味では、この博多説もとれないな。その説でもやはり東松浦半島のどこかへ上陸したという大前提が根本となっているんだろう。その後の『陸行』の不可能と言いたいほどの困難さ——それを無視して、その後数百年後についた地名との類似にたよ

っていたところに、これまでこの問題の研究が泥沼《どろぬま》に入った原因があったんじゃないのかな？

そういう文献的な問題は白紙にかえす——という方針を採ったとしても、自然地理学的な問題から検討をやりなおさないかぎり、やはり旧来の『定説コース』から完全にぬけきることは不可能だったんじゃなかろうか」

「まったくそうだと思いますよ」

研三は吐き出すような口調で言った。

「神津さん、それでは最後の大難問『陸行・水行』の問題を、合理的に、それこそ中学生にもわかるように、明快に解決してください。そのときには、僕も完全に脱帽します。明日からでも、この『邪馬台国の秘密』の実働段階にはいりますよ」

研三は一息入れて言った。

「それにしたところで、ここまで追いこめば、たいした問題はないと思うんだがなあ」

恭介はやわらかな微笑を浮かべて、

「いいかね。いま君の段分けによる第八段、投馬国《とうまのくに》の部分を、いちおう全文の中でカッコの中に包んだ形で棚上《たなあ》げすることにしてみよう。

この一段がなかったとしたら、その次の第九段、

『南、邪馬壹國に至る。女王の都する所なり。水行十日、陸行一月』

という文章には、『はろけくも来につるものぞ』という詠嘆の感情がこもっていると

は思わないかね？　ことわっておくが、僕たちは、この使節団が邪馬台国まではたしかにやって来たのだという大前提をおいて、物を言っている」

「すると、『水行十日、陸行一月』というのは出発地のソウルからと判断すべきだということですか？」

「そのとおりだと僕は思う。水行十日、陸行一月、四十日の道中を経て、はろけくも来につる女王国ではなかったのかね？」

「……」

「僕の作った一覧表をよく見たまえ、この(7)と(8)の間に、たとえば(7')として、
　不弥国――邪馬台国　実質的ゼロ里
という一行が入ったと仮定しよう。この実質里程ゼロという感覚は、いまの『誤差論』からとうぜん出て来るはずなんだよ。

　この一行を書き加えたとしたならば、そのときには、帯方郡《たいほう》から邪馬台国まで、コースは全部一貫して、どこにも空間は出て来ないんだ。(1)から(7')までのどこをとりあげてもいいんだが、その間に『水行十日、陸行一月』を必要とするような、長いセクションがあるだろうか？」

「とうてい考えられませんね……となると、(9)に出て来る○○は、帯方郡に相当すると

いう見方しか出来ないことになりますね」

「そうだろう。この『謎の千三百里』をゼロと考えた場合に、『水行十日、陸行一月』という日程は、帯方郡から邪馬台国までの全コースに相当するものだという結論はほとんど自動的に出て来るんだよ。

もう一度、念のためにくりかえすが、

『不弥国、邪馬台国は隣接国家である。従来この両国間の距離と盲信的に信じられていた謎の千三百里は実質的にゼロと見られる』

『水行十日、陸行一月——というのは、帯方郡から邪馬台国への全日程である』

この二つの主張をならべて見ると、一見したかぎりでは、独立した主張のように見えるかも知れない。ことに『陸行・水行』のほうは、これまでこの問題の最大の争点と思われていただけに、重大視されるかも知れないが、前の命題が証明できれば、何の苦労もなく出て来るような結論だし、比重は案外かるいんだ。前者を定理としたならば後者は『系《けい》』といえるんだよ。こういう数学的用語は、君だって忘れてはいないだろう」

「つまり、系とは……一つの定理を証明した場合、その定理から自動的に推理で導き出されて来る一つの命題をいうんでしたね」

「そうだよ。そして、定理の新しい証明法が出来れば、系は証明しなおす必要はないというのが数学の根本原則だ。論理学のほうからいえば、『論理の必然的な延長』ということになるな……ところで、もう一度、この日程を考えなおしてみよう。金海または釜山《プサン》から対馬まで水行一日、対馬、壱岐間水行一日、壱岐、宗像《むなかた》間水行一日、これには疑問の余地はないね。三世紀には一回の飛躍として、この程度の距離を考えるのが、航海の場合には、安全係数をかけて、いいところじゃなかったのかな？　宗像神湊《こうのみなと》へ上陸してからの陸路は七百里にすぎないね。七里一キロとしてほぼ一〇〇キロ、江戸時代の旅行の標準で言ったなら、一日の行程は約三〇キロから四〇キロだが、この三世紀当時は道路事情も悪かったろうから、一日二〇キロとしてみようか。これにしても五日の陸行と見たらいいところだろうねえ」

「………」

「それに対馬と壱岐の場合を考えよう。僕は今度調べたような気象条件から言って、とうぜん『風待ち』というようなこともないではなかったと思うが、いったい古文書には、そういう記録は残っていないのかね」

「あります。『万葉集』の巻第十五ですが、遣新羅使《しらぎし》の一行が、対馬の浅茅湾《あそうわん》に停泊していたところの歌に、

『順風を得ず、經停《とど》まること五箇日なり』

という前書きがついているのがあります。明らかに風待ちの五日ですね……それから念のためにつけ加えますが、この時の使節団の一行は四十余人だったということです。魏使たちの一行にしたところで、最低このぐらいの人数はあったんじゃないでしょうか」

「なるほどね。そういう風待ちまで考えたら対馬、壱岐という二つの島で五日ぐらいの日数がかかったとしてもふしぎではないな。その間には漕《こ》ぎ船を使って、左まわり右まわりの両方のコースで島を一周し、そのピッチの数から周の長さを実測するようなこともあったかも知れない。対馬にしたところで、浅茅湾一帯を視察するぐらいのことはしたろうな。壱岐だったら、それこそ島中を歩いて一周したかも知れないし、九州の陸行五日とあわせて小計十日になる」

「それでもまだ、陸行二十日に、水行七日が残っていますよ……」

研三は悲鳴のような声を出した。

「いいとも。それではもう一度、第一段に帰ってみよう。

『郡より倭に至るには、海岸に循《したが》いて水行し、韓國《かんこく》を経て、乍《たちま》ち南し乍ち東し、其の北岸狗邪韓國《くやかんこく》に到《いた》る。七千餘里』

ところで、君は朝鮮役に関するかぎりは、長編一本書けるくらいの資料を集めたというんだろう。いったい、このときの日本軍は釜山へ上陸してから何日目にソウルへ入ったんだね？」

「ちょっと待って下さい……」

研三は額に手をあてて記憶をたどった。

「開戦当時の日本軍は小西行長のひきいる第一軍と、加藤清正たちの第二軍――この二手に分かれていましたが、第一軍がソウルへ入ったのは釜山上陸後二十日目のことでした。

何といってもこの時は、朝鮮側には抵抗らしい抵抗はなかったんです。国王一家もソウルを捨て、満洲とは眼と鼻の新義州までおちのびたくらいですし、後では日本軍を悩まし続けた明の軍隊は一兵も戦場にはあらわれていません。食料にしたところで、このときは全部現地で調達できて、輸送の心配はなかったというのですから、こういう快進撃も出来たんでしょうね」

「なるほど、そういう戦時行動と、魏使の旅行のような平和時代の道中とをいっしょにするのはどうかといわれるかも知れないけれどもこれで、釜山からソウルまでの陸行が約二十日だということは、ある程度まで裏づけられたね。無人の境を行くような大軍の進撃と、丁重に送迎されながらの使節の悠々《ゆうゆう》とした旅行とは、案外一日の里程にも似たような数字が出るかも知れないし……この日数を二十日としたならばあわせて『陸行一月』という数字はぴしゃりと出て来るじゃないか？　僕は前に、韓国の人から話を聞いたことがあったが、むかしの『科擧《かきょ》』官吏登用試験のために、釜山からソウルまで行く人は一か月をあてていたそうだ。ソウルへ着いてからは数日は休養する必要もあったろうし、やはり歩いている日数は二十日ちょっとじゃなかったかな？　論理的には逆の言い方も出来るはずだ。この『陸行一月、水行十日』が、帯方郡から邪馬台国までの全日程だということが、謎の千三百里はゼロだ——という『定理』から導き出された『系』だとしたら、そこから九州の陸行、対馬、壱岐の滞在——その日数をひいた残りが朝鮮半島陸行の日数になるはずだ——という結論は自然にみちびき出せる。いわば、『系の系』とでもいえるような推理じゃないのかな？　もし、帯方郡がソウルだとすれば、魏使たちはその外港の仁川《インチョン》から出発し、沿岸航路で七日の水行を続けながら、郡山あたりに上陸しそこから陸行に移ったのかも知れない。また伊勢説のように帯方郡が甕州《ようしゅう》半島にあったとすれば、仁川上陸、そしてその後の陸行はいよいよ自然になって来るね。とにかく、この部分の水行を七日と解釈すれば、『水行十日、陸行一月』という日程は、何の抵抗もなく理解できる」

「………」

「それから、投馬国の問題だが、僕はやはり宮崎県のどこかにあると考える。『水行二十日』という日程は、やはり帯方郡からだと考えるんだよ。こちらのほうは、先遣隊という感じの、主として武人で組織された別動隊の行動じゃなかったのかな？」

「……」

「つまり、本隊の目的は、魏王の詔書、金印と相当量の下賜品を出来るだけ安全確実な方法で護送して、卑弥呼へ手わたしすることにあったろう。そういう意味で、玄界灘《げんかいなだ》はやむを得ないとして、そのほかの海の難所といわれるようなところは出来るだけ避けようとしたに違いない。鐘ノ岬、響灘、関門海峡、周防灘——日本側のこの四か所の難所を避けるとすれば、神湊へ上陸するのが、東へ行くとしてぎりぎりのところだろう。そして、朝鮮半島の郡山以南の西海岸には、無数の暗礁が存在していて小型船舶の航行も時には危険をともなうと、僕は戦時中に聞いたことがある。それに、仁川はよくひきあいに出されるが、潮の満干の差の非常に大きな港だろう。この特徴はとうぜんのことだが、朝鮮半島西海岸にはある程度共通するんじゃないのかな」

「たしかに、干潮の時に暗礁の多い海を渡るなら危険がいっぱい——ということになるでしょうからね」

「そう考えると、この本隊にしたならば、とうぜん朝鮮半島は出来るだけ『陸行』したかったところだろう。それから次の問題だが、九州上陸後のたとえば治安の状態などについて、魏使たちは何の心配もしなかったのだろうか？」

「それはとうぜん、倭国のがわから、絶対に安全は保証する——と、口をすっぱくするような説明があったでしょうね」

「しかし、そういうところでも、念には念を入れるのが人情というものじゃないのかな。魏使一行にしてみれば、自分たちのがわの人間の口から、安全度をたしかめて、それから倭国内の陸行に移りたかったところじゃないのかな」

「でも、実際問題として、それにはどうすればいいんです？」

「そこで、この先遣別動隊の役割が重要視されるんだよ……。

邪馬台国にとって、南のほうおそらく鹿児島県あたりに存在していた狗奴国《くなのくに》は、当然公然たる敵国だったね。そして投馬国というのは女王連合国がわの第一線——そういうところに存在している国だったろう。だから、当時の魏国なり帯方郡の当事者にしてみれば、これはいい機会だから、このさい第一線の状況も視察してはどうだという考えがおこったとしてもふしぎはない。

これはとうぜん、純然たる武人から成る一隊だ。海州かそれとも仁川から、純水行の旅を続ける。金海—対馬—壱岐—神湊というコースは、本隊と共通するけれども、その後は響灘―関門海峡―周防灘、この危険な水域を突破して、不弥国へ着く。そしてそこから、一部の人間を陸路神湊のほうへ逆行させたとすれば、この七百里の陸路の治安状態は、はっきりと自分側の人間の眼でたしかめられたんじゃないのかな？」

「まったくそれは理屈ですねえ……そのぐらいの用心深さはたしかにあって然るべきですね。いや、なかったらおかしくないくらいだと思いますよ」

「そういう先遣隊の行動なら、記録の上では本隊の行動の前に出て来たとしてもふしぎはない。もちろん、邪馬台国までの里程日程に計上して行く必要もないことだね」

「では、この文章の『南』というのは？」

「僕はそれをこう解釈しているんだがね。

『不弥国の南のかた投馬国に至る。帯方郡より水行二十日』

『不弥国の南、邪馬台国に至る……帯方郡より水行十日、陸行一月』

こういう省略があったとすれば、これも何の苦もなく解釈できることじゃないか？」

「なるほど、そんな解釈ができるんですか」

研三は大きく溜息《ためいき》をついた。あまりにもあざやかすぎるこの推論には、完全にノックアウトされたような思いで、反問の隙《すき》さえ見出せなかったのだ……。

「なるほど、余里という言葉には、それだけの含みがあったわけなのですね。一万二千余里という一言と、水行十日、陸行一月という一言は、実にみごとに相呼応しあっていたのですね……」

研三はもう一度腹の底からしぼり出すような大きな溜息をついたのだった。

「どうだね？　僕の考えは、いったい間違っているだろうか？　高校生にもわかる程度のかんたんな、しかも合理的論理的な考え方ではないだろうか？」

「おそれ入りました。神津先生……」

研三は椅子から立ち上がって頭を下げた。

「余里の解釈はたしかにコロンブスの卵です。言われてみればそのとおり、どうしていままでの研究家がそこに気がつかなかったか、ふしぎでたまらないくらいですよ」

「要するに玄人《くろうと》すぎたんじゃないかなあ？　僕は歴史に関するかぎり、むかしの中学生程度の知識しか持ってないんだ。考古学の知識といったらゼロに近い。そういうマイナスが、逆に裏目に出たんだろうね」

恭介はべつに誇らしげな色も見せず、淡々たる調子で言ったのだった。

「まったくあなたという人は……毎度のことですが、完全に舌をまきました。あんまりショックが大きいんで、何とも言えないくらいですよ」

「それで、君の新作は書けそうかね？」

「ここまで追いこんでくださったら……あとは時間の問題ですよ！　これが書かずにいられますか！　作家と名のつく人間なら……最後の章の小見出しには『ありがたや、神津恭介』と書きたいくらいですよ！」

「なにも、そんなところに僕の名前を出してもらう必要はないがね。まあ掛けたまえ。それじゃあ話にならないよ」

研三はあわてて椅子に腰をおろした。そして眼をとじて、これまでの研究の過程を頭に思い浮かべた。

どこにも無理はなかったのだ！

自分たちは、魏使たちと同行しての推理旅行で、ごく自然に邪馬台国へたどりついた。この「ごく自然に」というのが、考えてみたならば、最初からの必要条件だったのだ。いままでのこの問題の研究には、この自然さがなかったのだ……。

何だか頭がしびれてきた。眼尻《めじり》があつくなってきた。芳醇《ほうじゅん》なワインにでも酔ったような気持ちがしたのだった。

ちょっと間をおいて恭介は静かな声で続けた。

「ここまで来たら、少なくとも君なら異論は持ち出さないだろう？　この研究は、本にしても、読者の大半は納得してくれるだろう。君が提出してきた十六の条件、それはここなら満足させられる。博多湾付近という候補地でさえ、いま僕が言ったように不完全だとしたら、ほかの九州の候補地は、この十六の条件を、さらに大はばに充《み》たしていない、そう言ってもいいんじゃなかろうか?」

「…………」

「それから君は奴国と金印の関係を聞きたいんじゃないのかね? 奴国はあの文章の中では二度出ているよ。しかしこれはたとえば飛地のようなもの、そう考えても無理ではないだろう?

しかし志賀島には大勢の人間は住めないはずだ。王様クラスの人間を埋葬する墓としても適地と思えない……。

しかし、とうぜん、こういうことも考えられる。いつか年月はわからないが、大戦乱が起こってこの国の都が敵に攻め落とされたとしたならば、国王か王子かが、この金印を持って逃げ出したとしてもおかしくはない。そしてたとえば一時のかくし場所として、いまの金印塚のあたりに埋め、そのままになったと仮定したならば……。

僕に言わせれば、これは仮定ではない真相だと思うんだが、この点については断言はさけるとしよう」

「わかりました……それでは、この三十の国々はどの方面にひろがっていたのでしょう。

一つ一つの国がどこどこだということは、このさい、いっさい抜きにしますが……」

「邪馬台国が宇佐だとすれば、その勢力はとうぜん瀬戸内海の方面にもある程度はのびていたはずだ。たとえば山口県に広島県の西側や、愛媛《えひめ》県、高知県の西側、それに本来の地盤といえる北九州、これが、いわゆる邪馬台連合国の領域だったんじゃないのかな？　これは、いわゆる銅鉾《どうほこ》の分布範囲とおそらく一致しているだろう。そしてこういう地域を想定したときには、宇佐は、ほとんどその中央に位する……三十国を統合する『女王の都する所』としては絶好と言いたい位置にあるんじゃないのか？」

「……………」

「僕が宇佐八幡宮へ行ったのは、福岡の学会の帰りだった。東亜医大の吉田教授といっしょに別府へ一晩泊まり、大分から飛行機に乗って帰って来たんだが、そのとき吉田さんはこんなことを言っていたよ。

『このお宮は、むかしから鉱山の神様だという説もあるんですが、あなたはどう思いますか？』

そんなことを言われたところで、そのときの僕には何とも意見の述べようがない。ただ、はあはあと生返事をしていたんだが、吉田さんはこの神社が奈良の大仏の建立に一役買ったという話をしてくれてね。ここからほぼ西北の香春《かわら》町、いまは福岡県になるが、そこには採銅所という地名がある。現在は廃山になっているようだが――と注釈をつけてくれたんだよ」

「……」

「その話を思い出したとき、僕は正直なところ、ぎくりとしたね。香春三山、一ノ岳の石灰岩採掘による山相の無残な荒れ方を思い出したからだよ。しかし、古生層の銅鉱脈は石灰岩をともなうことが多いから、秩父《ちちぶ》―別子《べつし》と伸びている秩父古生層の支脈がこっちにも伸びているかなと思ったんだ。奈良時代に『和銅』という年号が定められたことはたしかだが、秩父以前にも古代の鉱山はどこかにあったんじゃないのかな？　そういうものの存在を仮定しないかぎり、青銅文化の維持はできないね。朝鮮から無理に地金を強奪して来るか、それとも逆にむこうの従属国的存在だったのか、二つに一つの結論しか出てこないんじゃないのかな？」

「……」

「もしもこういう鉱山が、広い意味での女王連合国の中に、いくつかあったと仮定してみようか。そこに女王の『鬼術』の一つは発揮される。新しい鉱脈の発見が、鉱山の維持と発展にどれだけ重要性を持っているか、そんなことは、いまさら言う必要もなかろうが、もしも卑弥呼《ひみこ》の神がかり的判断が何度か急所を射ぬいたとしよう。それだけでも、彼女はまるで神様のような尊敬を一身に集めてしまうのではなかろうか？」

「……」

「とにかく、科学というものにかけては知識も皆無に近い古代人にとって、予言者、呪《じゅ》術師《じゅっし》というものは、ある場合には神様そのものと思われるんだよ。たとえば舟出の吉凶にしろ、収穫の予想にしろ、天候の予言にしろ、的中率さえ高かったら、もう人間ではない。神様なんだ」

「……」

「次に病気の問題がある。いまの新興宗教にしたって難病の治療を表看板のようにしているのはいくつもあるだろう？　また、医者として僕は、ほっておいても治る病気のパーセンテージが相当に高いことは否定もできないしね……医者の技術的責任が問われるようになったのは、ごく最近の話なんだ。つい一むかし前までは、遺族のほうでも、

『あの先生にかかって死んだのではしようがない』

というふうに、すなおにあきらめていたんだよ。卑弥呼の若かったときの呪術医療にしたところで、『あのおかたにかかって死んだのでは』と言われる程度のところまでは達していたのかもしれない。また、彼女が当時の朝鮮民族の血をひいていたとしたなら、古代中国ではむかしから発達していた生薬学の知識を身につけ、薬用植物の使用によっ

て、医療を続けていたとも考えられるだろう」

「……」

「彼女には千人の女性が仕えていた、ということだったね？　これが召使い的な存在だとすれば数が多すぎるような気もするが、たとえば法皇に対する大司教、司教、司祭というような存在だったとすれば、なるほどとうなずけるだろう。卑弥呼は数百人、千人近くの巫女《みこ》たちを動かして、三十国の人心をがっちり把握できたのだ。古代においてはこの力は、ある意味でなまじっかな武力より強大だったと言えるかもしれない。この巫女たちを動かしたら、内乱を鎮めることも可能だろう。女王に祭りあげられることも決してふしぎではないんだよ」

「……」

「いいかね？　僕は、できるなら『古事記』や『日本書紀』に出てくる女性の名前を持ち出して、これが大女王卑弥呼なのだ——と比定したかったんだよ。それはさすがに無理だった。としたところで、君が一本の長編を書くだけの材料はもう集まったんじゃないのかな？」

恭介はやわらかな微笑を浮かべて言葉を続けた。

「そうかといって、ぜんぜん見当がつかないとも言わないよ。宇佐神宮の中央に祭られている比売《ひめ》大神、これはいったい誰なのだろうね？　これを卑弥呼と比定するのは、あまりに乱暴すぎるだろうか？

応神天皇をここにお祭りするならば、その皇后も同時に――というのはいちおう人情だが、その三人の皇后の名前がもっと正確にわかっている以上、その上の数文字を書きおとす法はあるまい。三人まとめていっしょにというなら名前を並記すればよい。しかも次代の仁徳天皇は、この皇后たちの子供ではなかったんだろう？」

「そうです。たしかにそのとおりです……ただそれでは、卑弥呼と応神天皇の関係はどうなるのでしょうか？」

「これも大胆な想像だが、卑弥呼は一生、夫を持たなかったと『倭人伝』には書いてある。神に仕える女性として、しかも最高の権威者として、一生の処女性を要求されたというのもとうぜんかもしれないが、しかし『隠し夫』と言いたいような男性が存在していたこともこの文章にはちゃんと出ている。ある意味では卑弥呼の能力は、そういう一般的な戒律を超越するところまで達していたかもしれないしね……もし卑弥呼の若いころの子供があったとしたならば、年齢的に壱与《いよ》は卑弥呼のほんとうの血を分けた孫娘、そういう可能性にしたって、とうぜん考えられはしないかね？」

「考えられることですね……」

「それでは極端なことを言って、この壱与が応神天皇の母親か、それとも祖母だったと考えることはできないだろうか？　卑弥呼と応神天皇の間のほぼ百年の空間は、これで何とか埋まるんじゃないかな？」

「つまり、神功皇后を卑弥呼その人にではなく、孫の壱与に比定するわけですね……」

「しかし、神功皇后その人は、『作りあげられた人物』という可能性だって強いんじゃないのかね？　少なくとも、いちおう権威のある百科事典にああ書いてあるくらいだから……。壱与が最後の朝貢をしてから、どういうことになったかは、中国側の歴史にもぜんぜん記録がないのだろう？　あるいは、壱与という女性は、たとえば初代、二代目と二人存在したかもしれないが、ここにいわゆる騎馬民族の侵入があったとしたらどうなる？　彼女と向こうの族長と結ばれるようなこともなかったとは言えないだろう」

「そこで、応神天皇が生まれた——ということになるわけですね？」

「仮にこれを『第二の邪馬台国』とか、『新邪馬台国』とか呼ぶことにしようか。侵入以来数十年、応神天皇が成人に達するところにはがっちりと国の基盤もかたまるだろう。朝鮮側からはたえず物資の補給もあるだろうし、また彼らと土地の女たちの間に生まれた二世にしても、そろそろ青年期に達してくるはずだからね」

「そこで、神武の——いや応神の東征がはじまるわけなのですね」

「そういう進展はとうぜんだろう。日向国、いまの宮崎県にしても、『新投馬国』と考えれば、とうぜん同盟国だった。この両国の兵力を集めて北への進撃がはじまる。福岡県に一年の滞陣、この間には『新伊都国』や『新奴国』そういう国々の兵力も加わったろう。朝鮮からの応援部隊がはせ参じて来ることも充分考えられる。これだけの大兵力を集中して、はじめて前大和王朝征服の大作戦が遂行できたと考えられないだろうか？」

「まったく、そのとおりだと思いますよ」

研三も溜息をつくほかはなかった。

「この研究も、いよいよ終わりに近づいたね。この大遠征を前提として、初めて応神、仁徳と二代にわたる大古墳の誕生が理解できるんじゃないのかな？　新大和王朝というべき日本国家の統一はほぼ完成した。しかし、こうして新邪馬台国が中央へ進出したために、逆に九州では『新狗奴国《くなのくに》』というような国家が勢力を増してきたことも考えられないではない。あるいはその勢力も、新九州王朝と言えるところまで到達したのかもしれない。磐井《いわい》というのはその王朝の最後の大王――そう考えれば、彼の巨大な古墳の理由も、何とか理解できるじゃないか？」

「………」

「僕は宇佐へ行ったとき、『大分の旅』というパンフレットを貰ったけれども、その中には宇佐神宮の神域の中にある菱形山《ひしがたやま》古墳について、

『規模雄大な古墳であり、現在の社殿の下には石棺があり、応神朝にゆかりの深い人の墓であろうと言われている』

と書いてあった。応神朝にゆかりの人……実に微妙な表現だね。しかし応神天皇の古墳が近畿にあることは、はっきりして疑う余地もない。とすれば、応神天皇の祖先にあたる比売大神、これを卑弥呼に比定し、宇佐神宮が卑弥呼の古墳の跡に築かれた神社だというのが僕の最終結論なんだがねえ……。君はいちおうこの問題を調べるときに『古事記』や『日本書紀』は読んだんだろう。そういう古代史料の中で、神話と信じられている部分にでも、比売大神という名前を発見したことがあったかね？」

「どこにものっていませんでした……」

「そうだとすると、おかしなことになりはしないか。応神天皇、神功皇后——その名前なり、実在の人物だったかどうかは別の話として、とにかくこの二人は『日本書紀』の上では、特筆大書されるような重要人物だったんだろう。奈良朝、平安朝の天皇家は祖先神として神格化したんだろう。そういう二人と同格またはそれ以上の神格が認められる比売大神が、どうして古代史料に名前をあらわしていないのか、君はその理由を考え

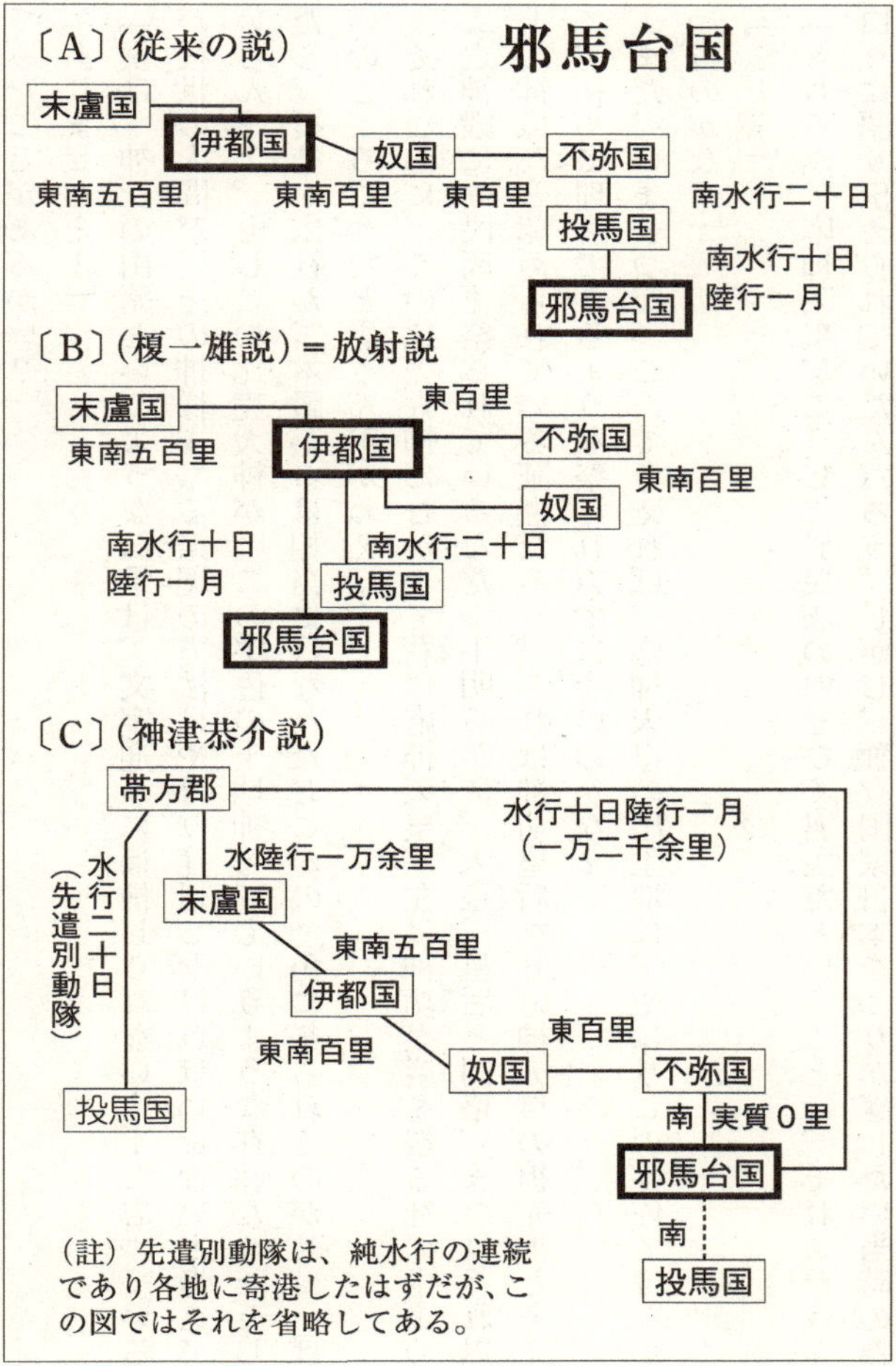
〔A〕(従来の説)
邪馬台国
末盧国
伊都国
奴国
不弥国
東南五百里
東南百里
東百里
南水行二十日
投馬国
南水行十日
陸行一月
邪馬台国
〔B〕(榎一雄説)＝放射説
末盧国
東百里
伊都国
不弥国
東南五百里
東南百里
奴国
南水行十日
陸行一月
南水行二十日
投馬国
邪馬台国
〔C〕(神津恭介説)
帯方郡
水行十日陸行一月
(一万二千余里)
水陸行一万余里
水行二十日
(先遣別動隊)
末盧国
東南五百里
伊都国
東百里
東南百里
奴国
不弥国
南
実質0里
投馬国
邪馬台国
南
投馬国
(註) 先遣別動隊は、純水行の連続であり各地に寄港したはずだが、この図ではそれを省略してある。

てみたことがあるかい？」

「ありません……」

「僕は、神社の由緒というような伝承は、文字通りには信じられない——と思っているが後世の人間が、その神様を祭る祭祀《さいし》の方法はやはり注目しなければいけないと考えているんだよ。もしこの比売大神が、この宇佐の土地神とでもいうような存在だったとしたら、摂社か末社か、本殿からは相当にはなれたどこかの一角に祭られるのがせい一ぱいのところだったと思うんだがねえ……。

それなのに、この比売大神にむかって右に応神天皇、左に神功皇后を祭る社の中央の二之神殿に一段高く祭られているんだ——明らかに、天皇、皇后と同格、またはそれ以上の神様だと認められている証拠だろう。これは神功皇后なり応神天皇の祖先神と考えて、初めて理解できるような祭られ方ではないのかな？

また、いま一つ突っこんで考えれば、応神天皇の出生地は、やはりこの宇佐ではなかったのかな？」

「……」

「もちろん、応神天皇がこうして異民族の血をひく君主だということは、それこそ代々口々に語り伝えられていたんだろう。しかし、独立国家日本をふりかざしたい当時の為政者にしてみれば、日本の天皇家がごく近い時代に朝鮮から渡来した一族の子孫だということは、どうしても記録に残せなかったんじゃないのかな？

そこで神話の時代が生まれた。百数十万年前の天孫降臨にはじまって、苦心惨憺《くしんさんたん》の創作が続いた。こうして『古事記』や『日本書紀』が生まれるのだが、いかに記録をごまかしても彼らは事実を忘れなかった。宇佐の聖地化、宇佐神宮の宗廟化《そうびようか》、その結果は現在でもはっきり形に残っている……。

当時の天皇家とその下の権力者たちは、この形式で卑弥呼をはっきり奈良朝天皇家の先祖と認定したんだよ。この宇佐の地をとりあげて、

『これぞ、真の女王の国』

と断定するのは、はたして僕一人の独断にすぎないだろうか？」

神津恭介は言葉をとめた。松下研三も全身が石化したような思いで、しばらく口もきけなかった。

――これぞ真の女王の国……これぞ真の卑弥呼の国……これぞ真のわたしの国……。

耳の中で誰か女がささやきかけているようだった。

「ありがとうございました、神津さん」

その幻聴が消え去ったとき、研三は立ち上がって大きく頭を下げた。

「まったく恐れ入りました。この歴史的大難問がこれほどあざやかに解きされるとは、僕も思っていませんでした。難攻不落の城はいまでは跡形もありません。幻の女王国はいま白日の下にはっきりその全貌《ぜんぼう》をあらわしたのですね……」

「よかった。君が喜んでくれて……こういうところでなかったら、僕にしたって、ワインで乾杯ぐらいはしたいところだが……」

神津恭介は微笑した。

「ところで、神津さん、僕にはちょっと心配なことがあるんですがね」

しばらくしてから研三はおそるおそる言い出した。

「何だね？」

「最初からこの研究をふりかえって見たときには、たしかに神津さんの追求には、この論争史に『神津説』と名づけられてもいいような斬新《ざんしん》な独創性があると思うんです。

その第一は、従来の定説、東松浦半島上陸説を完全に自然地理学的論証で否定した上で神湊上陸説を提唱したことですよ。少なくともこの新説には、一人も先人はないはずですし、邪馬台研究史の革命とでもいいたいくらいの強力なパンチといえるでしょう。

第二は誤差論を導入して、謎の千三百里をゼロにしたことですね。これにしたところで現実無視の半周説よりは、はるかに合理的な推理ですね。

ただ、第三の宇佐イコール邪馬台国説については、何人かの先人がいるはずですから、これはかならずしも独創的な新説だとはいえませんね」

「それはどうでもいいことだよ。最初から僕たちは、十一の候補地のどこにたどりついてもかまわない。ただ、その途中の推理過程に、万人がうなずくような合理性があり説得力がありさえすれば、それでいいはずだ——というつもりで研究を始めたんだろう。前人未踏のアプローチもたしかにあったんじゃないのかな？」

恭介は何の屈託もなさそうな笑顔を見せた。

「ところで、『水行十日、陸行一月』を、帯方郡からの日程と見ることと、韓国陸行に二十日ぐらいの日程を考えるということでは、古田説のほうが早いということになりそうですが、この点は『先人の学説の模倣』といわれないでしょうか？」

「それは、君の文章の書き方にもよってきまることだろうから、僕としては何とも言えないところもあるがね」

さすがに恭介も苦笑していた。

「しかし、一般的に言うなら、学説というものは、ただ発想を列記しただけでは成り立つものじゃないんだよ。立証、論証という操作がなければ学説という名前には値しない。これは、学者と自称している人間なら、誰でも心得ているはずだがね……。

これを工業特許にたとえて見ようか。いちばんわかりやすい例として、『味の素』などの化学調味料――その主成分のl《エル》―グルタミン酸ソーダの場合を考えよう。最初『味の素K・K』が採用していた工業的な製法は、大豆や小麦の蛋白を稀塩酸《きえんさん》で加水分解して二十種類のアミノ酸を分離し、その中からまたl―グルタミン酸を分離して、ナトリウム塩を製造する方法だった。現在の感覚で言えば原始的な製法といえるが、もちろん『製法特許』は取っている。

ところが、『協和醱酵《はっこう》』の研究室では、ほかの研究をしていたとき、偶然このl―グルタミン酸を作る微生物を発見したんだ。これはたいへんな発見だ――ということになって、それから研究の方向は一転した。その結果、グルコーズとアンモニヤから、ミクロコッカス・グルタミックスという菌を作用させて、l―グルタミン酸を工業生産させることに成功したんだよ。もっとも、ビオチンというビタミンと、若干のミネラルは加えるんだが、これがいわゆる『協和の醱酵法特許』だ。この話は君も知っているだろう？」

「あいにく、小説を書き出して二十何年、サイエンスの世界には、すっかり御無沙汰《ごぶさた》しているもので……」

「まあ、いいさ。化学工業の専門家なら誰でも知っている例だがね。

もし、このlーグルタミン酸という物質そのものに、特許が認められていたとしたら、とうぜん『協和醱酵』の製品は、『味の素』の特許権侵害ということになるわけだろう。ところが話は反対だった。あわてたのは『味の素』の会社のほうだ。全国の醱酵学者の優秀なメンバーをスカウトしたり、協力を求めたりして研究を続け、やっと醱酵法による製造法を樹立したのはいいが、逆にこっちが『協和醱酵』の特許権侵害ということになったんだ。もっともこれは結局、話しあいで和解ということになって、事はおさまったし、その後では石油からlーグルタミン酸をとり出す『合成法』も生まれたが、とうぜんこちらのほうにも独立した製法特許が認められた。

こういうふうに、化学製品に関しては、製品に対する物質特許というものは、少なくとも現在までは一例も存在していないんだよ。ただ製法だけが、特許の対象になっていたんだ。

製品そのものを先に送り出していた『味の素』のほうが製法に関しては『協和醱酵』との争いで、被告側にまわり頭を下げたような形になってしまったんだ。

ところで学説の場合には、論証という操作が、この製法にあたるわけだろう。そしてこの場合には『謎の千三百里はゼロだ』という主張、中間結論が、その『製品』にあたると見なしていいだろう。そういう眼で見れば古田氏の半周説と僕の誤差説は、まったく違う論証だろう。グルタミン酸ソーダにたとえるなら、合成法と醸造法の違いぐらいはあるはずだよ。その点で学説の模倣というような非難が出るとは思えない。しかも『半周説』は自然地理学的検証では成立しないことが証明されるんだろう。あとの陸行、水行なり、韓国陸行の問題は定理に対する系のような比重しかない。ある製品の固有な性質のようなものだ。合成法と醸造法、二つの別々の製法で造ったグルタミン酸ソーダの性質が違ったら、それこそおかしな話だろう」

「そうですね。よくわかりました……それから次は、宇佐神宮の本殿が立っている亀山《かめやま》が古墳かどうかという問題です。これには何か物言いがつきそうな感じですね……」

「まあ、その点になって来ると、僕の力にはあまるなあ……」

さすがに恭介もこのときは額に縦皺《たてじわ》をよせていた。

「正直なところ、現在古墳と認められている遺跡は、正式の学術調査がすんだものだけなんだろう。ところが、宇佐神宮のよう場合は、むかしから神域と認められている場所だから、学術調査もかんたんには出来ないだろう。どんな学者が情熱を燃やしても、神宮側の好意的な協力がないかぎり、石一つさえ動かせまい……だから、学術書をどんなに調べても、正式に古墳として登載されているはずはないと思うが……まあ、これ以上はベッド・ディテクティブの範囲を逸脱するね。僕の仕事は終わったんだ。あとは、君が現地を訪ねて取材にあたったら、何かつかめるかも知れないな。どうせ実働段階に移る前には、もう一度ぐらい、現地調査をしなければならないところだろう」

「僕もとうぜんそのつもりでいました。出来るだけ、早い機会に出かけましょう」

「そのとき、何かもう一つ、このぐらいの問題を探して来てくれないか。邪馬台国の問題は、ちょっとかんたんすぎたなあ」

恭介は真面目《まじめ》な顔をして言ったのだった。

宇佐《うさ》神宮の謎《なぞ》の石棺

松下研三が、恭介の病室へかけこんで来たのは、それから五日目の午後一時だった。ちょうどその日は日曜で、面会時間も正午からということになっていたのである。

「神津さん！　まったくまったく、どえらいことになりましたよ！　まったくあなたのいう通り、千七百年の大秘密も完全に解決されたみたいです！」

研三の相好《そうごう》は完全に崩《くず》れきっていた。喜色満面——どころではない。笑いが顔からはみ出して、顔のまわりに後光のようにただよっていたといわれる『不思議の国のアリス』の中の『ニヤニヤ猫《ねこ》』のような感じだった。

恭介はゆっくりベッドの上に身を起こした。

「どうしたんだい？　昨日おそくの電報の、

『セツカンハココニウマツテイタトヒトニオシエラレルグ　ライ」カンゼ　ンニジ　シンガ　ツイタ」アスカエルイサイソノトキ』

という知らせじゃあ、こっちにしても何とも理解に苦しんだがねえ」

「でも千七百年の歴史的な大秘密がやっと解けたというんでしょう。ここで半日か一日ぐらいおくれたところでたいしたことはありますまい。とにかく、四日前に女房が僕のかわりに見舞いに来て、僕がすぐ大分へ飛ぶ——とお知らせしたでしょう。家へ帰ったとたんにむらむらと来ましてねえ。これこそ神のお告げだろうと思いこんで、あの翌朝、一番の飛行機で大分へ飛んだんですよ」

「なんともなんとも御苦労さま」

恭介はかるく顔を下げた。

「なにしろ松下君は、一高以来、兄弟同然の仲だったから、誰よりも性格は知りぬいている。石橋をたたいて渡らない近松検事どのどころじゃなくって、まず飛んで、それから帰りの橋を探すような性格だからね——と、奥さんとも話しあっていたんだよ。それにしても、奥さんが持って来てくれたあのメロンはうまかった。どうもごちそうさま……」

「メロンぐらいでよかったら、十でも二十でも持って来ますよ。まあ、あわてないで下さいな」

「あわてているのは君のほうだ。まあ、腰をかけて一服したまえ」

「そうでしたねえ。失礼します」

研三はようやく椅子に腰をおろし、いわれた通りに煙草《たばこ》に火をつけて、

「とにかく大分空港へ着くとすぐホーバークラフトにとびのって、大分市へ直行したんです。バスやタクシーへ乗るよりも速いと聞いたものですからね。でも、どうしてホーバークラフトは、陸から自分で海の中までおりて行って、また海から陸へあがれるんでしょう？」

「その理論は専門家に聞いてくれないか？　僕は造船工学にかけては、中学生より弱いんだよ……」

「ごめんなさい。初めから脱線してしまって……この研究の『船越』のことを思い出したもんですから」

研三はまた煙草を一服して、

「それで大分市へ着いた後、すぐ大分県庁へかけこんで、観光休養課へとびこんだんです。県庁発行のパンフレットに、ああいうことが書いてあるといわれたんじゃ、筆者は誰か、古墳説にはどんな根拠があったのか——最初にそれをたしかめなければ、次の手も打てないだろうと思ったんです」

「それで、執筆者はわかったのかね？」

「僕がまず会ったのは、その課の専門員、三重野元という人でした。あのパンフレットの宇佐神宮のくだりを書いたのはこの人だったというんですよ！　でもそのことは後まわしにします。もらった名刺の肩書には、九州二科会写真部会員——とも印刷してありましたが、たしかに写真の技術のほうでも素人離れのした腕を持っているようなんです。宇佐神宮の写真にしても、自分で飛行機に乗って、比較的低空から撮影したカラー写真があるというんで、それを三枚、焼き増しをしてもらって来ました。まあ、これを見て下さい」

研三は鞄《かばん》の中から、三枚の写真をとり出して恭介にわたした。

「どうです？　明らかに前方後円の古墳の形をとっているでしょう？　応神陵や仁徳陵みたいに、平野の中にぽっつりと孤立してそびえているわけじゃなくって、付近の山に接近していますから、そばの平地から見たら、誤認されるかも知れませんが、こうして上空から見たら、この亀山だけが離れていることは誰にでも一目瞭然《いちもくりょうぜん》ですね」

「なるほど……」

恭介も大きくうなずいた。

「時間的に聞いた話をならべて行くと、混乱する恐れがありますから、出来るだけ要領よく整理してお話します。

宇佐神宮の本殿が立っている前方後円型のこの山は小椋山《おぐらやま》とも亀山《かめやま》ともいいます。むかしの記録には小倉山とも書かれていたそうですし、近くにある菱形池がこの古墳を造営したときの土取場の跡だ――という伝承から、この山だけを菱形山と呼んでいる人もあるようです。池が変じて山になった――という意味でしょう。とにかく、僕のあった人たちは、亀山、小椋山、菱形山と、三通りに呼んでいましたが、いちおう亀山に統一して話を進めましょう」

「その亀山という名にしても、山の形になにか関係があるのかな?」

「それもあるかも知れません。しかし、一方では『神山《かみやま》』という名前が、なまったのではないかというような説もあるそうです。

ところで、この亀山が古墳だ――という説をとっている本としては、東洋大学教授の市村其三郎博士の『卑弥呼は神功皇后である』と、大阪の久保泉という弁護士さんの『邪馬台国の所在とゆくえ』というのがあるそうですし、ほかにも重松明久、富来隆、安藤輝国、中野幡能、渡辺澄夫といったような人たちが、邪馬台・宇佐説を採っているそうです。

しかし、市村博士にしても久保弁護士にしても、これは独創的な新説だと主張することは出来ないでしょう。こういうふうにはっきりした前方後円の形の山ですし、僕もこの航空写真のほかに、宇佐市の観光課の人に案内してもらって、ある地点から山の全貌《ぜんぼう》をにらんで来ました。

極端なことをいうなら、現地付近の人間は九割まで、亀山が古墳だと信じこんでいるんじゃないでしょうか？　なにしろ、宇佐神宮の禰宜《ねぎ》さんでさえ、公然と自分の署名入りの原稿で、亀山古墳説をとなえているくらいですからね」

「なんだって？」

さすがに恭介も眼《め》を見はった。

「禰宜といったら、会社で言えば専務取締役とでもいえるようなお方じゃないのかな？　それだけの地位にある人が……それでは、宇佐神宮としての準公式声明とうけとられてもしかたがないよ」

「でも、大分市で発行されている月刊誌『九州往来』に、写真入り署名入りの原稿がのっているからどうしようもないでしょう。

ポイント、ポイントを読んでみます。

『宇佐八幡の鎮座する小椋山（亦《また》は亀山）はイチイガシの原始林に囲まれ、前方後円の古墳の形態を残している……』

『……この小椋山の土質から見ても、山は何時の時代にか築造された事は間違いない様で、麓《ふもと》に広く開けた菱形池は、その時の土取場ではなかったかと云《い》う……』

『……宇佐神宮は向って左から一の御殿八幡大神、二つの御殿比売大神、三の御殿神功皇后と祀《まつ》られている。一の御殿八幡大神はお山の中央に当る地点に、それから二、三と順次右に配祀され、普通の神社ならば中央に祀る神がその主神で上座である筈なのに、神社界では珍しく左が上座と云う型破りの祭祀《さいし》となっている。

御鎮座当時の事情は知るよしもないが、最初は比売大神を主神として中央に祀ったが、宇佐八幡としての格式上、何時の時代からか第一殿の八幡神を上座とし、左より一、二、三と尊称する様になったのではないかと思われる。かくして三殿相並び壮厳なる社殿の完成したのは平安朝になってからであるが、ここに一つの問題がある。最後に祀った三の御殿、神功皇后を延喜式《えんぎしき》神名帖によれば、大帯姫廟神社と称している。廟《びょう》とは〝みたまや〟〝御墓所〟とも通ずるので、この意味からすると、神功皇后の霊の鎮まる所、御墓所かとも思われる……』

『……御承知の通り、比咩《ひめ》大神は天照大神の和魂《にぎたま》として、亦天照大神の御子と云われているが、或《あるい》は天照大神御自身ではなかったかとも思われる。宇佐は古くから伊勢に亜《つ》ぐ第二の宗廟と云い、亦伊勢と並び二所の宗廟とも云われて居る事から、伊勢神宮と同一の神とも思われる。かく説き来る時〝ヒミコ〟なる神のはたらき、この神の統治した〝邪馬台国〟にも関聯がある様に思われてならない。これは私なりの解釈であることをつけ加えておく……』

『……近来、有名無名の方々の来訪や電話が多くなって、小椋山から石棺が出たと云うが本当かとか、それは何時頃《いつごろ》のことかとか、石棺云々は私もよく知らない。大正十年前後にこの様なことがあったとか云う噂《うわさ》程度のことは聞いているが、その当時の職員の人は既に此の世にいないので確かめる訳にも行かないが、尊く由緒深い神の古墳であることは、以上の点からも確かである……』

ざっとこういったところですよ」

「なるほどね……」

神津恭介は溜息をついた。

「一般論をいうならば、神社につとめている神官には、保守的な人間が多いはずだ。『古事記』や『日本書紀』などを、一字も間違いのない神典だとあがめ奉って、その内容から一歩も出ない人が多いんだが、そういう意味でこの佐藤さんという人は、珍しく進歩的な考えを持っているお方だといってもいいんだろうな。それで、君は御本人にあって来たのかね？」

「あって来ました。宇佐神宮で……いま、神官をつとめている職員は、四十人ちょっとだと言いますが、佐藤姓のお方は、ほかにはいないそうですよ。

それで、話はもとに帰りますが、とにかく三重野さんの話では、自分があのパンフレットに、ああいう文章を書いたのは、決して無責任な噂を書き残したわけじゃない。自分の眼で、石棺を目撃したという信用できる人がそばにいたからこそ、ああいう文章を書く気になったというのです。山本聴治という人でいまでも県庁の嘱託として、週二回は県庁へ出て来ているというんです。住んでいるのは中津市だというんですが、僕は翌日県庁であい、その次の日は宇佐神宮で実地検証をしてもらったんですよ」

「そこまでうまくはこんだのかね……」

恭介は爛々《らんらん》と眼を光らせた。

「山本さんという人は、明治三十四年の生まれだということでした。何といっても七十すぎのお年よりですし、いいかげん恍惚化《こうこつか》しているんじゃないかと思っていたんですが、どうしてどうして、たいへん元気な人でした。さすがに声は低くって、何度か聞きかえしたのはしかたがありませんが、全体的な印象から言ったら、ほんとうの年よりも十以上若い感じがしたくらいです。少なくとも、話の筋ははっきり通っていて、こちらが首をひねるようなことは一度もありませんでした」

「なるほど、そしてキャリアのほうは？」

「若いころには地質学を専攻したという話です。アメリカ生活の経験もあり、むかしお兄さんの経営した邪馬渓鉄道、そのほか各地の鉄道の建設の時には、主として地質調査のほうを専門にうけ持っていたというんです。ことに邪馬渓一帯では『主《ぬし》』といわれるような権威で、いまその歴史の本を書き続けているそうです。三重野さんの話では、大分県の史蹟《しせき》名勝、天然記念物などの指定のときには、なくてはならない存在だということでした」

「なるほど、そういう人だったら、話にも信憑性《しんぴょうせい》があるわけだな。それで？」

「明治以前は別として、その後、宇佐神宮の大修理、または造営が行なわれたのは三度しかないそうです。明治四十年前後、大正六年から十年、昭和八年から十七年、これを神宮関係者はかんたんに明治造営、大正造営、昭和造営と呼んでいるようです。むかしの感覚でいうなら、昭和十五年はいわゆる皇紀二千六百年にあたるでしょう。その記念として行なわれた昭和造営がいちばん長期にわたり、大規模だったのもとうぜんかも知れません」

「それで、山本さんはいつ石棺を目撃したというのかね」

「明治造営と昭和造営――三度のうち二度まで、石棺を見とどけたというんです」

「なんだって？」

恭介はベッドの上に身をおこした。

「僕も最初、宇佐へ行ったとき、現在の社殿は昭和十五年前後に造営されたものだという話は聞いていた。だからあのパンフレットで、石棺のことを読んだときにも、そのとき誰か目撃者がいたのかな——と思っていた。しかしそれから三十年もたった今日では、かりに誰かが思いたって、目撃者探しを計画しても、まず不可能だろうと思ったね。なにしろ、この戦争のおかげで、僕たちの年代以上の人間にはたいへんな死者が出ているからな……」

「それが常識的な見方でしょう。ですから、学者や研究家も、この石棺のことについては深くつっこまなかったんじゃないでしょうか。

それに山本さんという人は、人相を一目見たときそう思いましたが、温厚篤実《とくじつ》、自分から出しゃばることは大きらいだ——という性格らしいんです。それやこれや、いろいろな条件が重なって、この石棺の話はいままで表に出なかったんじゃないでしょうか？ 三重野さんの話では、自分があのパンフレットを作ったとき、山本さんは観光課で自分と机をならべて仕事をしていた。だから自分も信念をもって、ああいう文章を書いたのだ——ということでした」

「ふしぎなこともあるものだなあ……まったく奇妙な盲点だ」

恭介も溜息をついていた。

「それでいよいよ本題ですが、この明治造営の理由というのは妙なことだったんです。現在の神楽殿《かぐらでん》の建物はそのころなかったそうですが、あの前にはたいへん大きな楠《くすのき》がそびえているでしょう。内陣の中にも、大きさはあれほどじゃないにしても、何本か楠が生えていますね……。

　ところが、植物の生長力というものは、長い眼で見るとたいへんなものだといわれているでしょう。この根のおかげで、どこかの建物が傾きかけた――というような椿事《ちんじ》がおこったというのです。そのために、このあたり一帯を掘り返して、楠の根を切断する。その上で建物の修復をするという、いわば応急処理的な臨時造営だったんですね」

「なるほど、それで？」

「もちろん、当時のことですから、現場は立入禁止の処置がとられ、工場関係者以外には神宮の職員でもごく一部の人たちしか出入りは出来なかったというんです。しかも工事の関係者でも、毎日仕事を始める前にはみそぎはらいで身を清め、白衣を着て仕事を続けたというんですが、山本さんのお父さんはその工事の何かの部門の責任者だったということです。山本さんは当時七歳ぐらいだったそうですが、何かの拍子にこの工事現場を訪ねて来て、悪戯《いたずら》半分に内陣へ入りこんだというのです」

「なるほど、七つぐらいの男の子といったらほんとうの悪戯ざかりだな。かりにその後で神宮当局の耳にその話が聞こえたとしても、苦笑い程度でおさまったろう」

「ところが、そのとき石棺はちょうど全貌《ぜんぼう》をあらわしていたらしいんですね。山本さんはその一瞬、子供心にも死ぬまで忘れられないような強烈な印象をうけたというんですが、それから後には地質学を専攻し、昭和造営のときにも工事の一部にタッチして、二度この石棺を目撃しているわけですね……。

そういう人がはっきり言っているのです。石棺は完全な長持形、高さ一メートル数十センチ、はば一メートル数十センチ、長さ二メートル数十センチ、角閃石の巨岩一つを削りあげて作ったとしか思えない石棺で、表面はまるで鉋《かんな》でもかけたように、きれいに磨《みが》きあげられていた。石の節理の感じから見て、たとえば国東《くにさき》半島あたりで産出した石材とは思えない。邪馬渓のどこかで採った石を加工したものとしか考えられないというのです」

「僕でも信用するな。その証言なら……」

恭介は両眼を閉じたまま、ひとりごとのようにつぶやいた。

「そして、初めの時には、楠の根が左右からあわせて六、七本、この石棺を上下左右から抱きしめるような形でのびていたのが、特に印象的だったということでした。それにもう一つ、おそらく棺の中に満たしてあった朱が蓋《ふた》の間からはみ出したのでしょうか。棺の側面にそって、真赤な一線が、まるで定規でもあててひいたような真直ぐな感じで、すーっと走っていたのが、いまでも眼の奥にやきついたような感じで残っているというのです」

「それで、二度目の、昭和造営のときは？」

「なんといってもあのころは、いわゆる日中事変の真最中で、大日本帝国神国主義たけなわだった時代でしょう。当時の横山宮司というのはこちこちの内務官僚で、しかもたいへんな信仰家、神がかり的な人物だったようです。ですから、山本さんにしても、この石棺にはさわることも許されず、目測程度の感じしかつかめなかったようですね……。

ですから、工事関係者にも誓約書を書かせ工事中に目撃したことはいっさい他人にもらさない――と誓わせていたそうです。きっと万一口外したならば、神罰たちどころに身に至って狂い死にするであろう――ぐらいのことは言っていたんじゃないでしょうか？

山本さんにしたところで、つい最近までこの話をあんまり人に話さなかったというのはそういうこだわりが心のどこかに残っていたせいじゃないでしょうか」

「なんとなくわかるな。僕たちのように、大正一桁《けた》生まれには、そういう感覚は大いに理解できるね……」

「たしかに山本さんという人は、いま僕たちが追求しているこの問題の鍵を握っていた、たいへん貴重な存在でしたね。たとえば佐藤さんにしても、明治三十八年生まれで大正造営のときにはまだ神宮とは関係がなかったといいますし、昭和造営のときの話を聞いたら、

『なにしろ、私はそのころは、あんまりえらくなかったもので、神宮の最高機密にはタッチできませんでした』

と苦笑いしていたくらいでした」

「それで、昭和造営のときには、どの程度の工事が行なわれたのかね？」

「神津さんも、あそこへお参りしたときには昇殿参拝をしたでしょう。地下の宝物殿ぐらいはのぞいて見たでしょう。ところが昭和造営までは、現在の神楽殿も宝物殿もなかったというんです。たとえば神楽殿にしてもこのとき、四〇度以上の急斜面に、約二五メートルぐらいの基礎、鉄筋コンクリートの土台を造り、その上に造ったという建物だというんです」

「あの神楽殿と本殿とは、ほとんど同一平面に立っていたね……付近の平地がいちおう一〇メートルとして、海抜三十数メートルという感じかな？」

「だいたい、そういったところでしょうね。一方の宝物殿にしたところで、そのとき、本殿の南側の急斜面を、はば数十メートル、長さ数十メートル切り開き、鉄筋コンクリートの地下室みたいな構造に仕上げたんですね。これを地下一階としたならば、現在の拝殿前の石だたみの広場が一階になっている感じですが、昭和造営の前までは、拝殿前の空地はたいへんせまくって、多勢の参拝者があったときには、さばききれなかったというんです」

研三はそこで一息ついて、

「ところが、山本さんは、この宝物殿の工事に関係していたというんです。これだけの土を切りとってみても、地層の変化らしいものは、どこにも認められなかった――と断言しているんです。しかもそのときの土の中からは、性質の違った角石や丸石が無数に出て来たというんです。ここまで説明されたなら、この亀山が人工の山だということは、それこそ小学生にさえわかるんじゃないでしょうか」

「まったくだねえ。それでそのときの土質はやはり菱形池付近の土質に似ていたのかな」

「それは菱形池の土にしたって、築造に使われたことは間違いないでしょう。しかし、それだけの土量では、これほどの山を造りあげるには足りないはずですし、とうぜん付近の何か所からはこばれて来た土が使われていたんじゃないでしょうか。この宝物殿あたりの土質は、宇佐神宮から見て南に数キロはなれている宇佐市内のある地点の土質によく似ていたということでした。この地点にも、むかしは何か、神聖な意味があったかも知れませんが、いまとなっては、その理由を追求することはとうてい不可能でしょう」

「それで、石棺の埋まっていたという地点は確認できたんだね？」

「そうですとも。昇殿参拝をするときには、まず神楽殿でお神楽をあげ、それから内陣へ入って、神功皇后をお祭りしてある三之神殿の前を通りすぎ、真中にある二之神殿、比売大神の前に玉ぐしを奉納するでしょう。あそこの神社は、ほかと違って四拍二礼が正式の拝礼法ですね。ところが、その参拝を終わって神楽殿へもどる途中で、山本さんは白砂の上の一点を指さして言ったのです。

『石棺は、あそこに埋まっていたのです』

ずしーんと胸にこたえた一言でしたね……場所は三之神殿からむかって右に数メートル、内陣を囲んでいる壁の右の小さな門からは左に数メートル、僕たちが立ち止まった回廊の一点からも数メートルの一点でした。その真下約二メートルの深さのところに、この石棺は東北—西南、ほぼその方向にいまでも千何百年かの謎を秘めたまま、横たわっているというんですよ」

「よかったな。そこまでこの大秘密が追求できるとは、僕も最初の段階では、ぜんぜん予想していなかったよ……」

　恭介もほろりとしたような調子で言った。

「まあ、こういう神宮の神域だとすれば、それこそ学術調査など、不可能だといっていいだろう。正式の古墳として、記録に登載されることなど、まず永久に望めないだろう……。

　しかし、それだけの人たちの証言があったら、まず古墳として間違いはないだろうね」

「少なくとも、土質と石棺はきめ手になるでしょうね……後円部の直径にしたところで、約九〇メートルはあるそうです。それは、応神陵や仁徳陵にくらべたら、大きさは問題になりませんが、もし三世紀の古墳と考えたら高さ三〇メートル弱、径九〇メートルといったらたいへんなものですよ。あのパンフレットに出ていたように『規模雄大』という言葉を使っても、どこからも苦情は出ますまい。とにかく、これで僕のほうも完全に実働段階に入る自信が出来ました……。

　この本が出来あがったら、神津さん、いっしょにお礼まいりに行きましょう。費用は

いっさい僕が持ちます。僕は宇佐神宮の本殿であなたを前にして、

『石棺はここに埋まっているのです』

と、指さして見せたいんですよ……」

恭介は眼をしばたたいた。

「なるほど、それではこの百年のあいだに三度、この謎の大石棺は地上に姿をあらわしたんだね。そして、神秘の蓋《ふた》を開かれることもなく、三度地下へ姿を消し去ったんだ。もしまた何十年かの後に、もう一度、この神宮の大造営が行なわれるようなことがあったら……」

「とうぜん、この石棺はもう一度、地上の光をあびるでしょう。そして、その時の責任者の大英断で、その石蓋が開かれることがあったなら……その時こそ、千数百年の謎をひめた『親魏倭王《しんぎわおう》』の金印は、燦然《さんぜん》と黄金の光をはなつかも知れませんね……」

二人は眼と眼を見あわせて沈黙した。

参考文献

古事記

日本書紀

万葉集

魏志・東夷伝

魏略・遺文

魏志倭人伝、後漢書倭伝、宋書倭国伝、隋書倭国伝（岩波文庫）　和田清他

大日本地名辞書　吉田東伍

日本の歴史（中央公論社）

日本の歴史（小学館）

日本歴史（岩波講座）

大漢和辞典　諸橋轍次

世界大百科事典（平凡社）

万有大百科事典（小学館）

邪馬台国（伝統と現代 二六号）

卑弥呼（人物日本史）　川崎庸之

邪馬台国　榎一雄

古代史疑　松本清張

邪馬台国論争　原田大六

謎の日本誕生　推理史話会

謎の女王国　推理史話会

邪馬台国の所在とゆくえ　久保泉

埋もれた金印　藤間生大

邪馬台国物語　野津清

邪馬台国は大和である　肥後和男

邪馬台国を探る　山本峻峰

卑弥呼は神功皇后である　市村其三郎

古墳の話　小林行雄

邪馬台の美姫　青木慶一

国境線・対馬　斎藤隼人

古代筑紫文化の謎　筑紫豊
「邪馬台国」はなかった　古田武彦
邪馬壱国の論理　古田武彦
まぼろしの邪馬台国　宮崎康平

カッパ・ノベルス版カバー「著者のことば」

邪馬台国《やまたいこく》はどこにあったか？　謎《なぞ》の女王・卑弥呼《ひみこ》とは何者か？　これは日本史最大の謎といわれ、過去数百年に二百以上といわれる著書・論文が発表されている。しかし、この問題を解く唯一の鍵《かぎ》『魏志倭人伝《ぎしわじんでん》』の原文に一字の修正もほどこさず、中学生にもわかる明快、科学的な論理でこの難題を解明した前人は皆無である。私は今、この厳正な方法で「永遠の謎」に挑戦した。おそらく謎の女王国はこの地点以外には求め得られないだろう。

（光文社刊　一九七三・十二・一〇）

邪馬台国はいずこに

日本史上最大の謎

邪馬台国はどこにあったか？

これは日本歴史を通じて最大の謎といわれている。大ざっぱに分ければ畿内説と九州説があり、その九州説のほうだけでも、候補地は十ヶ所以上にのぼっていて、なかなか万人の納得できるような説得力のある説は出て来ない。

ところが、私は九州へ何度か旅行しているうちに、ふっといままでの研究家諸氏が見のがしていた重大な盲点に気がついた。その発想を中心として、あれやこれやと検討を続けているうちに、論理的にこのとき邪馬台国へ訪ねて来た魏使の道は自然に宇佐地方へ通じて行く。そして大女王卑弥呼の墳墓は、現在宇佐神宮の本殿がある亀山と考えられる——という結論に達したのだった。

その推理を中心として、私は一昨年の暮に推理小説『邪馬台国の秘密』を発表したのだし、その小説で書きのこした問題を中心としたノン・フィクション『邪馬台国推理行』も既に出版されている。そして、後者の原稿が完成した直後、私はふしぎな運命の働きで、もはやこの世に一人も生存しているはずはないとあきらめていた宇佐神宮、謎の大石棺の目撃者、山本聴治氏にめぐりあって、神宮社頭で石棺の精確な埋没地点を確認できたのだった……。

この「実地検証」的な旅行記が、この原稿の「目玉」だが、その前にいくつかの問題にふれておきたい。

私はこの満二年の間に八回九州を訪ね、宇佐も六回訪ねている。壱岐から対馬——その北端の比田勝港にまで足をのばして、いちおう西暦二四〇年、魏使が日本を訪ねて来たとき、足跡を残したと思われる点はのこらず調べて見たのだった。

これまでの定説にしたがうと、魏使の一行はこのとき対馬から壱岐に渡り、壱岐から東松浦半島の尖端にある二つの良港、名護屋か呼子か、そのどちらかに上陸し、それから現在の地名でいうなら、唐津——前原——福岡というふうに陸行して来たということになっている。

現在の福岡市付近からはそれこそ道は無数に分れて行くのだが、ここまでの過程は九州説の論者でも畿内説を採る学者でも、ほぼ一致していると考えてよい。

ところが、私は車と国鉄筑肥線で、唐津街道を何度か往復しているうちにおやと思った。大ざっぱに言って、深江あたりの海岸から、浜玉町あたりの海岸までは、海上に壱岐の島影が見えるのだ。

深江以東、たとえば浜窪あたりからでは、鷺の首という岬にさえぎられ、浜玉以西になって来ると、東松浦半島にさえぎられて、この展望はきかなくなる。また国鉄筑肥線はこの区間に関しては、唐津街道とほとんど一致していると考えてもよい。

これは、壱岐が同一図面に含まれている九州全図を見ただけでも誰にもわかることである。そして、いままでの研究家諸氏の中にも「魏使はこのとき、なぜ深江あたりまで、水行して来なかったのだろう？」

という疑問を提出していた人もあるが、たしかにこれはこういう地図を一目見ただけでとうぜん発生してくる疑問だろう。

深江から呼子付近まで、現在の道を車で走ったときの距離は約四十キロぐらいのものである。ところが壱岐の印通寺を起点にとってたとえば呼子と福吉までの海上の直線距離をくらべると、二十五キロと四十キロ、その差は十五キロにすぎないのだ。

この違いは一見たいへんなように見えるがよく考えて見るとたいしたことはない。

このとき、魏使たちをのせた舟は、朝鮮半島南端から対馬まで、対馬から壱岐まで、直線距離で約八十キロの海を一気にのりきれる能力をそなえていたはずである。そういう意味で、二十五キロが四十キロになったとしてもたいしたことはない。せいぜい二―三時間の時間がのびた程度と推察されるのだ。

魏使は神湊に上陸

それに対して、陸行のほうはそうかんたんなものではない。彼等はこのとき、銅鏡百枚を含む莫大な下賜品をたずさえて日本へやって来たのだし、当時の日本には牛や馬はいなかったことも「倭人伝」にはっきり書いてある。とうぜんこういう大荷物は数十人の人間がかついで道中するほかはなかったろう。それにくらべたら、舟による荷物の運搬がはるかに楽だったろうということは論ずるまでもない。その上に、唐津平野も糸島平野もいわゆる沖積平野だということは間違いないのだから、千七百年も前にはこのあたりの海岸線もはるか内陸部へ後退していたはずである。したがって、その道にしたところで、四十キロという現在の道よりはるかにのびて来るはずだし、陸行のハンディキャップは大きくなるばかりである。

しかも、私はほかの資料から、三世紀当時の海岸線は、現在の地図でいうなら五―十メートルの標高線あたりにあったはずだ――というような結論に達したのである。そして、九州北海岸の五万分の一の地図を全部手に入れて調べて見たが、その結果、海岸線が現在より六メートル高いところにあったとすれば、唐津街道はほとんどが「海中街道」となってしまう。五メートル高かったとしても、いたるところで分断される――というような結論に達してしまったのだった。

しかも地図で見ても、浜玉―福吉間、いわゆる鹿家《しかか》海岸は、この街道の中でも最高の隘路《あいろ》である。街道と国鉄路線はぴったり接近して走っていて、山が海岸すぐ近くまでせまっているため、国鉄は七つのトンネルをくぐりぬけなければいけないような状態なのだ。

あとでわかったところでは、万葉時代にはやはりこの道はなかったらしい。筑紫豊氏の説によると、天平時代の公道は、谷口古墳のあたりから山越えに福吉のほうへ出たようである。七曲峠を越えたか白木峠を越えたか、どちらかはよくわからないが、どちらも道の最高所は三五十メートルぐらいになるはずだし、その道も前者の名前だけからでもわかるようにたいへんな屈曲のいわゆる「羊腸たる道」なのである。

これでは「陸行」の条件はいよいよ悪くなるばかりである。歩く距離にしたところで四十キロどころか、六十キロ以上になって来るのではないだろうか？

そして万一、魏使たちが重い荷物を運搬しながら、この険道を越え、海上に壱岐の島影を認めたとしたら、

「なぜここまで舟でつれて来なかったのか」

と、案内役の倭人にたいして烈火のようにどなりつけるのではなかろうか？

これはとうぜんの怒りである。当時の倭国は臣礼をとってまで魏の国と親交を結ぼうとしていたのだ。その答礼使というべき使節たちに、こういう非礼非常識な道中をさせたということは、私にはとうてい考えられない。

しかも、この時代に糸島半島の北側は十ぐらいの島にわかれており、現在の唐津街道のあたりには、糸島水道とでも呼びたいような海峡があり、唐津湾と博多湾は直接この海峡を通って舟で水行できたはずである。

これについては、九大名誉教授、山崎光夫博士が作製された復元地図があり、宮崎康平氏の『まぼろしの邪馬台国』にも掲載されているから、興味のあるお方はそちらを参照していただきたい。

ということは、呼子―唐津―深江―博多と来るような沿岸ぞいの水行コースはとうぜ

ん存在したはずだということになってくる。そしてこのときの魏使の旅行の最大唯一の目的は、邪馬台国を訪ねて、女王卑弥呼に詔書金印その他の下賜品をわたすことにあったはずだから、そのコースは出来るだけ安全でしかも便利な道だったろう。邪馬台国が現在の福岡市より東側に存在するとしたならば、この間の難路を「陸行」することは、ぜんぜん無意味というほかはない。

そこまで推理を進めれば、現在の糸島半島の北側を一路博多湾へ向かう直線コースもとうぜん考えられるのだ。現在の汽船航路を見ても、対馬の厳原と壱岐の郷の浦、そして郷の浦から博多港、このコースはほぼ同じ約八十キロの距離であり、所要時間も約二時間半と一致している。

だから、私は博多湾に当時の良港を探し求め、宗像神湊が彼等の上陸地点ではないかという大胆な推定を下したのだった。

もちろん、ここまで来るためには、玄界灘一帯の気象条件、潮流風向その他の自然地理的条件に対しても出来るだけの調査は行なっている。

そして、彼等が神湊へ上陸したとし、「倭人伝」に出て来る里程を七里＝約一キロと考えたら、原文の方向や里程、日程の表示は一字も変えないで、道は必然的に宇佐市付近にたどりつくという推理が出来たのだった。

このあたりの詳しい説明は、たいへん長くなるから、いっさい省略するが、興味のあるお方は『邪馬台国推理行』を読んでいただきたい。

ただ、あえて一言するならば、神湊上陸とその後の「陸行」には必然性がある。この後も水行を続けて宇佐方面へ向かうとすれば、鐘の岬、響灘、関門海峡、周防灘——古代人にとってはたいへんな難所と思われるこの四つの水域を乗り切らなければならなくなるということをつけ加えておきたい。

遺跡の宝庫、豊の国

後に、豊後、豊前に分れる「豊の国」、福岡県の一部と大分県にまたがる地方に、豊富な遺跡がない——というような人もあるが、これはとんでもない認識不足である。たとえば宇佐市で専門家の調査報告をまとめた記録によると、市内だけでも遺跡の数は三三三ケ所、古墳はそのうち一五六ケ所に達しているのだ。また、日豊本線を初めて敷設したときには、行橋—新田原《しんでんばる》の間約四キロの線路をしくときに、六十の古墳をとりつぶしたという記録もある。直線距離で約七十メートル平均で一つずつの古墳が存在していたということになるわけだし、古老の話にしたがうと、なにしろ汽車で走っても無数の古墳にさえぎられて、しばらくの間は海も見なかったということなのだ。

そういう遺跡はとうぜんのことながら、文明開化の波浪の前に跡形もなく消え去ってしまったのだろう。そうして失われた古墳の中に、現代の考古学者の目から見れば驚くような遺品がなかったとは誰にもいえまい。

私は考古学に弱いので、「女王国のベールをはぐ」という論文の筆者、伊勢久信氏の御教示にしたがうが、唐津・糸島・博多方面の豊富な出土品は、卑弥呼の時代、三世紀からさらに一三〇年前の後漢時代のもの、三〇〇年前の前漢時代のものが主流を占め、三世紀時代のものはとぼしいということだ。

たとえば、三角縁神獣鏡なども唐津、糸島あるいは博多で発見されたものは少なく、畿内の六三枚につぐのは豊前の二〇枚だということである。

宇佐石棺の目撃者

さて、本論の石棺の話に移ろう。

大分県から発行されている「大分の旅」というパンフレットには、宇佐神宮のところに、

「……規模雄大な古墳であり、現在の社殿の下には石棺があり、応神王朝にゆかりの深い人の墓であろうといわれている……」

というような文章がのっている。

この文章は、市村其三郎氏の「卑弥呼は神功皇后である」という著作にも引用された し、私の前著にも引用したが、それに対して松本清張氏は、

「パンフレットには学術的な権威はないし、亀山が古墳だという証明はされていない。またこの石棺にしたところで、権威のある目撃者の精確な証言がなければ信じられない」

という主旨の文章を発表されたのである。

宇佐神宮の大修理または造営は、明治以後には、明治四十年、大正六年――十年、昭和八年――十七年と三回にわたって行なわれているが、そのたびごとに大石棺を目撃した人がいたという噂がひろがっていたのだった。

私は前著『邪馬台国の秘密』の執筆にかかる前に、とうぜん宇佐も訪ねており、この石棺の話も耳にした。

何とか、その目撃者を探し出すことは出来ないだろうかと思ったが、最後の昭和造営からでも三十年の年月がたっている。しかも、今度の大戦で私の年代以上の代にはたい

へんな死者が出ているのだし、宇佐神宮関係の記録にしても、大分県庁に保存されていたために、空襲にあって大部分が焼失したということである。それに数年前にも、毎日新聞西部本社の誰かがこの問題に興味を持ち、さんざん探しまわったが結局見つからず調査を断念した――というような話も聞えて来た。

これでは、私のような他所者《よそもの》が旅先で数日探しまわったくらいでは、とうてい見つかるはずはない。そう思って、私は最初からこの捜索を断念していた。

ところが、そういうことを雑誌に書いたものだから、それを眼にした三重野元氏が丁重なお手紙を下さったのである。

三重野氏は大分県観光休養課の専門員であり、九州二科会写真部会員で写真にも素人ばなれのした腕を持っておられる。

そして、問題のパンフレット「大分の旅」のこの部分の筆者だったのだ……。

「……私があの文章を書いたのは想像で書いたのではありません。

中津市に住む山本聴治氏が日露戦争後の明治四十年頃、父親に連れられ、立入禁止の現場で見ているわけです。山本さんは県の文化財専門委員、県環境管理課の嘱託として、週二回は県庁に出ていますし、三年ばかり前までは、私と同じ観光課で、主として耶馬渓（名勝地として県が管理）の仕事をしていただいていたわけです。もう七十七、八歳にもなる老人ですが、国定公園耶馬渓の歴史について、今執筆中でありますし、史蹟名勝、天然記念物等の指定については、山本さんはなくてはならない人であるわけです……」

私はこの手紙を見たときには眼を疑ったくらいだった。三十年前の目撃者でさえ見つかるまいとあきらめていたのに、七十年前の目撃者が生存していたのか！

しかも、こちらから何の働きかけもしなかったのに、こういうお知らせがあったというのは、それこそ奇蹟とでも呼ぶべき現象としか言いようもない……。

亀山は前方後円墳

私はすぐ三重野氏と連絡をとり、一月二十六日、大分へとんだ。そして二十七日には大分県庁で、二十八日には宇佐神宮で、山本氏その他のお方のくわしいお話をうかがったのだった。

まず私は三重野氏が御自分で飛行機に乗り比較的低空から撮影したという一枚のカラー写真に眼を見はった。さすがはベテランの作品だけに、亀山の全貌はみごとにキャッチされている。これを一目見たならば、誰でもこの山は前方後円の古墳に違いないとうなずくだろう。

この事実は、現在では宇佐神宮の当事者でさえ、はっきり認めていることである。

佐藤四五爾宜は、現在宇佐市文化財調査委員、宇佐市史刊行委員などの仕事も兼ねておられるが、昭和四十九年十月、「九州往来」という雑誌に「宇佐八幡の森について」という文章を書いておられる。その中には、

「宇佐八幡の鎮座する小掠山（亦は亀山）は『イチイガシ』の原始林に囲まれ、前方後円の古墳の形態を残している……」

「この小掠山の土質から見ても山は何時の時代かに築造せられた事は間違いない様で麓に広く開けた菱形池はその時の土取場ではなかったかと云う」

というような文章が出ている。この亀山・古墳説はこうして神宮当局でさえ、公然と認めていることなのだ。学術的な調査報告に、はっきり登載されていないから――というだけの単純な理由で、この山が古墳でないときめつけるのは、偏狭な独断というほかはないだろう。

なんといっても、山全体は神域ということになっているのだから、これまで学術的な調査が進まなかったのはとうぜんの話である。ましてむかしは、宮中の一角に黒血が降り、陰陽寮でその理由を占わせたところ、宇佐の神山の土を採ったためだ――というこ

とになって、その後はこの山の土にふれてはならない——という勅命も下ったらしい。こういう信仰的感覚はとうぜんだが、つい最近まで関係者の心に活きていたはずだ。考古学的な学術調査が行なわれなかったのも何のふしぎもない。

しかし、幸いに私は山本聴治氏というこの上もない証人にめぐりあったのだ。

今年、七十九歳だということだが、長寿の相で、ほんとうのお年よりはるかに若く見えた。声はさすがに低く、お話も何度か聞きなおしたところはあったが、論旨はすっきり通っていたし、記憶力も人一倍と思われた。

それに経歴にしたところで、地質学を専攻してアメリカ生活の経験もあり、若いころにはお兄さんの経営していた耶馬渓鉄道、その他の鉄道の工事にも関係し、現在でも「耶馬渓の主《ぬし》」といわれるようなお方だという。

そのいかにも学者然とした温厚篤実な風貌といい、そのキャリアといい、証人としてはこれ以上の人はあるまいと思われる。少なくともこうして現場で直接お話を聞いた私は、その証言に対して何の疑念もおこらなかったと断言する。

亀山の高さは、付近の平地から見て約二十五メートルぐらいである。海抜三十メートルぐらいと考えてもいいだろう。

昭和十五年を中心とするいちばん最後の大造営では、拝殿前の広場が非常に狭かったため、その拡張工事も行なわれている。

山の南側の斜面の土を高さ数メートル、長さ数十メートル切りとり、コンクリートでかためた、現在の拝殿前の広場の地下に宝物殿が造られたのだが、山本氏はそのときの工事にも関係しておられたようである。

自然の山の一部をこれだけ切り開いたら、そこには地層の変化が認められるはずなのだが、そういうものはぜんぜん感じられなかったということだった。

しかも、その土の中には無数の丸石、角石などがまじっていたというのである。明らかにどこからか採取され、はこばれて来た土によって築造された人工の山だということになって来る。

あるいは、菱形池の土も一部に使われていたかも知れない。しかし、それだけの土量では、とてもこの山全体を作りあげるには足りないはずだし、とうぜん近くの数ケ所がそのときの土取場となったのだろう。

この宝物殿のあたりの土質は、南に三、四キロ離れた宇佐市内のある地点の土質と非常に似ていたということだった。その地点にもなにか特殊な「神聖な」意味があったのかも知れないが、もちろんその理由はいまではたしかめようもない。

現在、本殿の東側にある神楽殿の建物も、やはりこのとき、四十五度近い急斜面の上に鉄筋コンクリートの土台を作り、その上に建てられたものだということだ。その土台の高さは約二十五メートルだったというのだし、神楽殿も本殿もほとんど同じ平面にあるのだから、これでこの山の高さもほぼ正確にわかったのだ。

本殿の社殿は南面して、西側から応神天皇をお祭りする一之神殿、比売大神をお祭りする二之神殿、神功皇后をお祭りする三之神殿と、いわゆる三殿並立の型式をとった建築なのである。

もちろん、応神天皇や神功皇后というような名前は「日本書紀」なり「古事記」にはっきりあらわれている。しかし比売大神という名前は、日本神話のどこにもあらわれてはいない。

たとえば市村其三郎博士や、久保泉氏などの先輩諸氏が提唱された説もあり、私が初めてというわけではないが、私もやはりこの比売大神は三世紀に魏の国へ貢使を送ったという謎の大女王、卑弥呼ではなかったかと思っている。そういう仮説を採れば必然的に、邪馬台国はこの宇佐付近に存在していたとしか考えられなくなって来る。

もちろん、その領域はこのへんだけではなく、国東半島から別府、大分、そのあたりまでひろがっていたかも知れない。しかし、たとえば神奈川県庁が県全体としては東端に近い横浜市にあるように、邪馬台国の中心の都がその国の周辺部にあったとしてもなんのふしぎもないだろう。

私は神社の起源というような話になると、無条件では信じることは出来なくなってくるのだが、後世の人々が神を祭った祭祀の方法は、やはり特に注意しなければいけないという見解を持っている。

もし、比売大神がただの土地神のような存在だったとしたら、とうぜん摂社か末社に祭られる程度のあつかいしか受けなかったはずだし、またこの神宮にも摂社、末社はいくつも存在している。比売大神は少なくとも奈良時代、聖武天皇の時代から応神天皇と同じ神格を認められていたのだ。三之神殿、神功皇后を祭る神殿が出来たのは、それからほぼ百年後、嵯峨天皇の弘仁年間のことである。

これは、奈良時代から平安時代にわたる天皇家が公然と、比売大神は応神天皇、神功皇后と同格、またはそれ以上の祖先神だ――と認めていたという証拠になるだろう。

皇位の継承問題が神託で左右されたといういわゆる「道鏡事件」にしても、いわれのなかったこととは思えないのだ。

金印があらわれる時

さて問題の石棺だが、山本氏によれば、その形は正確な長方形、高さ一メートル強、はば一メートル強、長さは二メートル数十センチという大きさだったそうである。角閃石の一枚岩をくりぬいて使ったものとしか思えないものであり、そういう石は国東半島には産出しない。耶馬渓のどこからか採取され、ここまで運ばれて来て加工されたものと思われるということだった。

棺の表面はまるで鉋《かんな》でもかけたようになめらかになっており、厚い石の蓋《ふた》がしてあったし、棺の中に満されたと思われる朱が、この蓋の下の部分にはみ出したのか、側面にすーっと鮮かな真赤な直線が走っていたのが特に印象的だったそうである。

明治四十年の改造工事は、現在の神楽殿の前にある楠の巨木の根と、内陣にある楠の根がはり出し、社殿の建物の一部が傾きかけたので、応急修理というような形で行なわれたのだという。

内陣の庭の一部が掘り返されたとき、突然この大石棺は姿をあらわした。山本氏の話によれば楠の根は左右から六、七本、この石棺を上下左右から抱きしめるような形でのびていたということである。

七十九歳のお年よりが七歳のころ、ただ一回目撃したのだとすれば、あるいはその話には信憑性もないといわれるかも知れない。しかし山本氏は地質学を専攻して、その後の昭和造営にも技術者としてタッチしたのだ。

ただ、その時の神宮最高の責任者、横山宮司はコチコチの内務官僚であり、たいへん熱烈な信仰家であって、この石棺についてはかたく沈黙をまもらせ、山本氏などはさわることも許されなかったそうである。だから大きさの数字にしても目測程度の感じしかつかめなかったのであろう。

この石棺はいま、三の御殿から数メートル、そのむかって右側の小さな門からも数メートルの地点、深さ約二メートルぐらいのところに、東北―西南、ほぼその方向に埋もれている。山本氏は昇殿参拝を終った直後に、その一点を指さして、

「石棺はあそこに埋まっていたのです」

と教えて下さった。その一瞬の興奮を私は終生忘れられないだろう。後日、私が誰かといっしょに宇佐へ参拝することがあったら、やはりその一点を指さして、

「石棺はあそこに埋まっているのです」

とくりかえすことだろう。

この百年の間にこの石棺は三度地上に姿をあらわしたのだった。そして一度も神秘の石蓋を開かれることもなく、三度地下へ姿を消して行ったのだ。

数年か、十数年か、数十年かの後、いま一度この神宮の大造営が行なわれることがあったら、石棺は四たび地上に姿を見せるに違いない。そしてその時の責任者の決断によって、この蓋が開かれたとしたら――。

千七百年の謎を秘めた「親魏倭王」の金印はふたたび人々の眼の前に、燦然と黄金の光をはなつかも知れないのだ。

(「旅」一九七五・四・二三)

『邪馬台国』と『邪馬台国』

鯨《くじら》 統一郎《とういちろう》
（作 家）

ぼくは映画『白昼の死角』に出演している。

高木彬光氏に関して、まずそのことが頭に浮かぶ。

ぼくの親族の半分が青森に住んでいることも、青森出身の高木氏との繋がりを感じさせる。

そして何より、高木彬光氏の存在がなければ、ぼくは作家になっていなかった。その事実がぼくの中での高木氏を、特別な存在たらしめているのだ。

映画『白昼の死角』は、高木氏の代表作の一つを原作とした夏八木勲（当時は夏木勲）主演の東映映画だ。監督は村川透。制作は一九七九年。

そのころぼくはエキストラのアルバイトをしていた。テレビドラマや映画など、数多くの作品に出演したが『白昼の死角』もその中の一本なのだ。役柄はただの通行人に過ぎなかったが、すでに『成吉思汗《ジンギスカン》の秘密』の大ファンだったぼくは、高木氏原作の映画に参加できることがうれしかった。ちなみに原作も最高におもしろく、初めて読んだときに高木氏の多才ぶりに感嘆した覚えがある。

親族が青森に住んでいるのは偶然だが、ぼくが高木氏に導かれるようにして作家デビューを果たしたことには（それが一方的な思いこみだとしても）不思議な縁《えにし》を感じている。

ぼくは一九九八年に『邪馬台国はどこですか？』（創元推理文庫）という小説で作家デビューした。

この作品は六つの短編小説からなる短編集だ。ジャンルは歴史ミステリ。内容は〝邪馬台国の比定地〟〝明智光秀謀反の真相〟〝聖徳太子の正体〟〝イエスとユダの真実〟などなど……。

幸い好評を博し、その年の『このミステリーがすごい！』第八位、『本格ミステリ・ベスト10』第三位にランクインした。

デビューの直接のきっかけは『邪馬台国はどこですか？』という短編を創元推理短編賞に応募したことだが、もともとこの作品は長編ファンタジーだった。現代（一九八〇年代）のアイドル歌手、松本伊代が、邪馬台国の時代にタイムスリップして、卑弥呼の宗女、イヨになるというストーリーだった。タイトルは『センチメンタル・ジャーニー』。これを新潮ファンタジーノベル大賞に送ったのだが、あえなく落選した。

どこが悪かったのだろうと、知人に読んでもらい意見を聞いたところ「全体的に平板。ただし邪馬台国の比定地に関する論考部分はやけにおもしろい」との評を得た。

この時、突如としてぼくの脳裏に浮かんだのが高木彬光氏の『成吉思汗の秘密』なのだ。

高校生の頃に読んで、あまりのおもしろさにすっかり傾倒し〝いつかこんな歴史ミステリを書いてみたい〟と思った。その思いが、長い年月を経て甦ったのだ。

——そうだ、この長編ファンタジーを、短編歴史ミステリとして書き直そう。

そう思い定めたぼくは、その作業に没頭した。一心不乱に書直《リライト》した。そして完成したのが短編歴史ミステリ『邪馬台国はどこですか？』で、その作品が創元推理短編賞の最終候補に残り、デビューに繋がったのである。

まさにぼくのデビューは高木彬光氏なくしてはありえなかったわけで、氏はぼくが足を向けて寝られない心の恩人の一人なのである。

ところで『成吉思汗の秘密』がおもしろかったので、ぼくは作品内で紹介されていた歴史ミステリの先駆、ジョセフィン・テイの『時の娘』にも手を伸ばした。こちらも滅法おもしろかった。当然、高木氏の『邪馬台国の秘密』も続けて読むことになる。この読書体験がおそらく、後年、ぼくに邪馬台国を舞台にした長編ファンタジーを書かせたのだと思う。

『邪馬台国の秘密』において、名探偵神津恭介が邪馬台国の比定地を解き明かすきっかけとなったのが、ある実在の女性推理作家の名前だった。このあたりのセンスに、おそらくぼくは多大な影響を受けている。一つの作品や一人の作家の大きな影響下にあり続けることに否定的な評価を下すむきもあるようだが、ぼくは気にしない。

多くの読者にとって、高木彬光氏の作品群は宝物のような存在だ。その影響力は、今後も決して消えることはないだろう。

解題——明快な論理で神津恭介が日本史の謎に迫る

山前《やままえ》　譲《ゆずる》
（推理小説研究家）

一九七二（昭和四十七）年十一月より、光文社版「高木彬光長編推理小説全集」の刊行がスタートした。全十六巻・別巻一で、四半世紀になる創作活動で発表された代表的な長編をまとめたものだったが、それだけでなく、これから書かれる新作長編の収録も予告されていた。すなわち、第十二巻に『検事霧島三郎』とともに収録される『新作A』と、第十五巻に『都会の狼』とともに収録される『新作B』だった。個人全集としてはなかなかユニークな企画で、最終的には、『新作A』として、当時世間を大きく賑わせた連合赤軍事件をテーマにした『神曲地獄篇』が、『新作B』としては、久々に姿を見せた神津恭介が古代史の謎に挑んだ本書『邪馬台国の秘密』が執筆された。

『神曲地獄篇』は「推理」増刊並びに「小説推理」に連載されたものだが、『邪馬台国の秘密』は久しぶりの書下ろし長編であった。といっても、その全集に書き下ろされたわけではない。全集収録に先立って、一九七三年十二月、カッパ・ノベルス（光文社）

より刊行されている。全集版は翌一九七四年一月の刊行だった。そして、改稿新版が一九七六年九月に東京文藝社より刊行され、一九七九年四月、角川文庫に収録された。本書はこの角川文庫版を底本としている。こうした刊行の経過も含め、カッパ・ノベルス版が半年間で三十五万部も売れたという、高木作品の中でも屈指のベストセラーとなった『邪馬台国の秘密』は、いろいろ話題の尽きない長編推理である。

タイトルにあるように、本書は、弥生時代から古墳時代に移ろうかという三世紀の日本に存在した、邪馬台国の謎に挑んでいく。中国の歴史書『魏志・東夷伝・倭人の条』、いわゆる『魏志・倭人伝』に、その場所や国の様子が書かれている。遠く中国と交流をするほどの国家であり、また卑弥呼という女王の存在もあって、日本の歴史上、とくに注目されているのが邪馬台国だが、まだその場所を完全に特定するような考古学的発見はない。また、『魏志・倭人伝』に書かれている中国・魏からの使者の道筋をそのまま辿っていっても、邪馬台国に該当する場所がない。したがって、全部で二千字ほどしかない『魏志・倭人伝』をいかに読み解くかで、各人各説の邪馬台国が誕生することになった。九州か、あるいは本州の畿内か、はたまた……。なかにはエジプトという説もあるらしい。在野の研究者も多く、関連書はにわかには数え切れないほど出版されている。

戦前の教育では教わらず、高木彬光は小説を書き出してしばらくたって、邪馬台国や卑弥呼の名を耳にしたとのことだ。本書執筆の十年ほど前に一度興味を持ったが、その時には解決不能とあきらめたという。再び挑む直接的なきっかけとなったのは、生島治郎との対談によれば（「小説推理」一九七四・五）、邦光史郎の『夜と昼の神話』（別題『幻の出雲神話殺人事件』）だった。一九七二年にやはりカッパ・ノベルスとして刊行された長編推理で、日本の神話の謎に迫っていた。全集に入れる新作の構想に苦労していたとき、編集者からその作品の取材の苦労話を聞いて、〝こういう取材なら、ビールを飲みながら、居眠りしていてもできるといっちゃった。それで、オレを九州に連れて行け、何か書いてやるからといったら引っ張って連れて行かれてしまったわけです（笑）。それで、最初は北九州〟からあてのない取材が始まった。二回目には南九州を回っている。

取材したからといってすぐ小説の構想が浮かぶはずもないが、邪馬台国への道を発見するきっかけは、その取材行にあったのだ。途中、福岡在住の夏樹静子と会食をすることになった。行ったのは福岡一といわれる水たき料理店だったが、酒に酔った高木彬光は、鶏料理専門店で「おれが博多へ来たのは、玄界灘の鯛が食いたかったからなんだ」とわめいたそうである。

今年の夏、私は伊東へ来て、海の見える温泉へつかり、ぼんやり初島へ通う汽船の航跡など見つめていた。そして何げなく、夏樹さんとの初対面のときのことを思い出していた。

一瞬、私は風呂からとび上がった。そしてアルキメデスのように「わかった。解けた!」と叫んで、裸で部屋へとびこんだ。

夏樹静子というペンネームと玄界灘の鯛。

ここに日本歴史最大の謎といわれる「邪馬台国の秘密」を解くたいへんな鍵があったのである。もともと神がかり的傾向がある私は、そのとき一千七百年前、この邪馬台国に君臨していた大女王、卑弥呼の幽霊が、この鶏料理屋にあらわれて、私に、あんなとんでもない台詞をわめかせたのだと信じこんだのである。

——女流二作家との因縁(「高木彬光長編推理小説全集第十四巻月報」一九七三・一二)

この「大発見」のエピソードは、神津の推理の端緒として、もちろん作中に織り込まれている。一九七二年三月に高松塚古墳の色鮮やかな壁画が発見され、古代史ブームが巻き起こっていたことも時代背景としてあっただろうが、高木彬光はこうして卑弥呼に導かれ、邪馬台国へと足を踏み入れたのだ。

執筆にあたっては、以下の三つの基本方針を立てている。

1　邪馬台国がどこにあるかということについては、これまでの先人の結論と一致したとしてもかまわない。あえて推理小説的な奇抜さだけをねらうことは考えない。

2　ただし「邪馬台国へ至る道」の推理については、万人の認めるような合理性がなければならない。

3　その推理には、どこか「前人未踏のアプローチ」がなければならない。

こうした隙のない推理となれば、やはり名探偵・神津恭介に登場してもらわなければならない。かくして、急性肝炎を患った神津は、源義経がジンギスカンとして甦ったと推理した『成吉思汗《ジンギスカン》の秘密』の時と同じように、東大病院に入院することとなった。その病室を親友である推理作家・松下研三が見舞いに訪れ、ベッド・ディテクティブが始まる。

『成吉思汗の秘密』と違って、完全に二人の会話だけで物語が展開しているが、これはまず、一九七三年五月に公開された映画『探偵〈スルース〉』の影響を受けたという。もともとは舞台劇だが、ロンドン郊外の邸宅で、ローレンス・オリヴィエとマイケル・

ケインがスリリングな頭脳戦を繰り広げ、二転三転の展開で観る人を釘付けにしてしまった傑作ミステリー映画である。もうひとつ、真山青果の戯曲「御濱御殿綱豊卿」も念頭にあった。これは『元禄忠臣蔵』の一幕だが、復讐の倫理をめぐって、甲府宰相徳川綱豊卿と赤穂浪士の一人富森助右衛門が、相手の思いを探りつつ語り合う。推理小説的制約のあるなか、構成としてはこの二作に挑戦する思いで書きはじめた。

この「邪馬台国」(四二〇枚)を書きあげて光文社に渡したのは昭和四十八年の九月十三日である。執筆には約三十日、実働約三百時間しかかからなかったが、その以前には約一七〇枚のシノプシスを作っている。本誌に連載した「神曲地獄篇」は五〇〇枚、そのシノプシスが約一二〇枚だったといえば、この「邪馬台国」に対する事前の準備が不充分でなかったこともわかっていただけるだろう。なお念のために書きそえるなら、この二十七年間の作家生活を通じて、これほど長いシノプシスを作ってかかった作品は、この二作のほかにはなかった。

――「邪馬台国の秘密」について(「小説推理」一九七四・六)

『邪馬台国の秘密』は高木彬光作品のなかでも特筆される話題作である。荒正人は「小説推理」の月評（一九七四・二）で、朝鮮半島と北九州の航海路に注目したことを評価し、〝「歴史派」の推理小説として出色のものだと思う〟と記している。大内茂男は「推理小説界展望」（「日本推理作家協会会報」一九七四・二　のちに『１９７４年版推理小説年鑑』に収録）で、推理小説の臨界を極めたもので、江戸川乱歩のいう「純粋推理の文学」が実現されたと評価した。また、中島河太郎は全集版の解説で、〝本文の記述から踏みはずさぬことに細心の注意を払いながら、はるばるも来つるものかなという旅路の果てを窮めたのである〟と述べている。

ところが、この『邪馬台国の秘密』の初版には、方角の決定法において、初歩的なミスがあったのだ。「黄道修正説」と作中では名付けられていたが、春分、秋分の日に太陽が真東から昇ってこないと神津恭介は勘違いし、魏使の考えた東西南北は現在の東西南北とずれているとしていたのである。発売されてまもなく読者から指摘があり、佐野洋もすぐに気付いてミスを作者に連絡し、「小説推理」に連載していた「推理日記」で二回にわたって『邪馬台国の秘密』を取り上げた。このミスはカッパ・ノベルス版が次々と増刷されていくなかで訂正されたが、幸いなことに、神津の推理を根底から覆すような致命的なものではなかった。

また、なにしろ日本史最大の謎である。ベストセラーとなって多くの読者を得るなか、ほかの邪馬台国研究者からのさまざまな指摘もあった。『邪馬台国の秘密』で比定された邪馬台国の位置はけっして前例のないものではないし、また、先行文献をすべてチェックすることなど不可能である。そのアプローチが独創的であっても、結論的には先行する説と類似しているところがないわけでもなかった。一九七四年後半の「小説推理」誌上では、自らも邪馬台国に関するさまざまな論考を執筆している松本清張とのあいだで、「論争」が交わされたりもした。なお、そうした指摘にたいする反論は最初私家版としてまとめられたが（一九七七・五）、のちに『邪馬壹国の陰謀』（一九七八・四日本文華社）と題して公刊されている。

刊行して一年、大きな反響を呼んだこの『邪馬台国の秘密』を、高木彬光は、「黄道修正説」にかかわる箇所の全面的な訂正も含め、大幅に書きなおす作業に入った。まず、小説では技法的に省略したことも多かったとして、「捨てた材料・書かなかった話」も含めたノンフィクション『邪馬台国推理行』を一九七五年五月、角川書店より刊行している。そして、改稿新版と銘打たれた『邪馬台国の秘密』が、一九七六年九月、東京文藝社より刊行された。四二〇枚が六〇〇枚にと、かなり大幅な改稿となったが、初刊本と変わりないところも多い。とくに作者が重点的に改稿したのは以下の箇所である。

・「万人の認める修正」の章題を「星で方角は分らない」とし、「黄道修正説」を撤回し

て、新たな方位の指針を決定
・「冬の海路　夏の海路」の章を大きく加筆改稿し、「唐津街道海中に在り」「冬の海路　夏の海路」「出船の港　入船の港」の三章に
・「これぞ真の女王の国」の章を大きく加筆改稿し、「余里を誤差と解釈す」「これぞ真の女王の国」の二章に
・最終章「宇佐神宮の謎の石棺」を新稿で追加
これによって、初刊本では全十八章だったのが、改稿新版では全二十二章となった。改稿したことで、神津説でもっとも独創的な魏の使者の北九州上陸地、そして距離的に大きな論点となってきた「水行十日、陸行一月」「帯方郡より一万二千余里」について、とりわけ綿密な推理がなされている。なお、角川文庫版は表現を一部改めたりした程度で、推理部分にはとくに改稿はない。

佐野洋は「推理日記」において、『成吉思汗の秘密』はアリバイ破りのパターンであり、『邪馬台国の秘密』は犯人探しのフーダニットのパターンに近いと指摘した。しかし、改稿新版はあえて「真犯人」は隠そうとしないで、その犯人を確定するにいたるまでの推理をより論理的にしたのだ。

『邪馬台国推理行』の「はじめに」で高木彬光は、〝今まで出された研究・著書の大部

分は、邪馬台国はここだ――と断言する途中の過程で説得力を欠いている〟とし、〝推理小説にたとえれば、「犯人はたしかにこの人物だ」と指摘はしているのだが、なぜその人物が犯人か――という途中の推理を省略したり、あったとしても、その推理に説得力を欠いているようなものである〟と述べていた。謎と論理の本格推理の世界における第一人者として多くの作品を発表した作者ならではの指摘であり、その不満から『邪馬台国の秘密』が書かれたのだ。たしかに神津恭介が推理した邪馬台国は、とくに意外な場所ではない。けれど、といって神津説が色あせるわけではない。本書の眼目は、邪馬台国がどこにあったのかではなくて、どういう過程でそこに辿り着いたかにあるのだ。

昨今、いろいろな考古学的発見が相次いでいるなか、邪馬台国関連では畿内説に有力な発掘があったようだ。関連書も相変わらず多数出されていて、その所在地への興味は尽きてない。『邪馬台国の秘密』に刺激されてか、邪馬台国の謎をテーマとした推理小説がその後多く書かれ、近年もユニークなアプローチがなお試みられている。まもなくその謎は解かれるのだろうか。まだしばらく、いや永久に謎は謎のままなのだろうか。それとも『邪馬台国の秘密』が真実を語っているのか。邪馬台国は間違いなく『魏志・倭人伝』の中に存在しているのだが――。

光文社文庫　光文社

高木彬光コレクション／長編推理小説
邪《や》馬《ま》台《たい》国《こく》の秘《ひ》密《みつ》　新装版
著　者　高《たか》　木《ぎ》　彬《あき》　光《みつ》

2006年10月20日　初版1刷発行
2025年10月10日　6刷発行

発行者　三　宅　貴　久
印　刷　大　日　本　印　刷
製　本　大　日　本　印　刷

発行所　株式会社　光　文　社
〒112-8011　東京都文京区音羽1-16-6
お問い合わせ
https://www.kobunsha.com/contact/

ISBN978-4-334-74142-6　Printed in Japan

組版　ＫＰＳプロダクツ